불사조 2

진실과 거짓

불사조 2 - 진실과 거짓

발행일   2022년 1월 5일

지은이   도로시
펴낸이   손형국
펴낸곳   (주)북랩
편집인   선일영   편집   정두철, 배진용, 김현아, 박준, 장하영
디자인   이현수, 허지혜, 안유경   제작   박기성, 황동현, 구성우, 권태련
마케팅   김회란, 박진관
출판등록   2004. 12. 1(제2012-000051호)
주소   서울특별시 금천구 가산디지털 1로 168, 우림라이온스밸리 B동 B113~114호, C동 B101호
홈페이지   www.book.co.kr
전화번호   (02)2026-5777   팩스   (02)2026-5747

ISBN   979-11-6836-122-5 04810 (종이책)   979-11-6836-123-2 05810 (전자책)
          979-11-6539-956-6 04810 (세트)

(주)북랩 성공출판의 파트너

북랩 홈페이지와 패밀리 사이트에서 다양한 출판 솔루션을 만나 보세요!

홈페이지 book.co.kr • **블로그** blog.naver.com/essaybook • **출판문의** book@book.co.kr

작가 연락처 문의 ▸ ask.book.co.kr

작가 연락처는 개인정보이므로 북랩에서 알려드릴 수 없습니다.

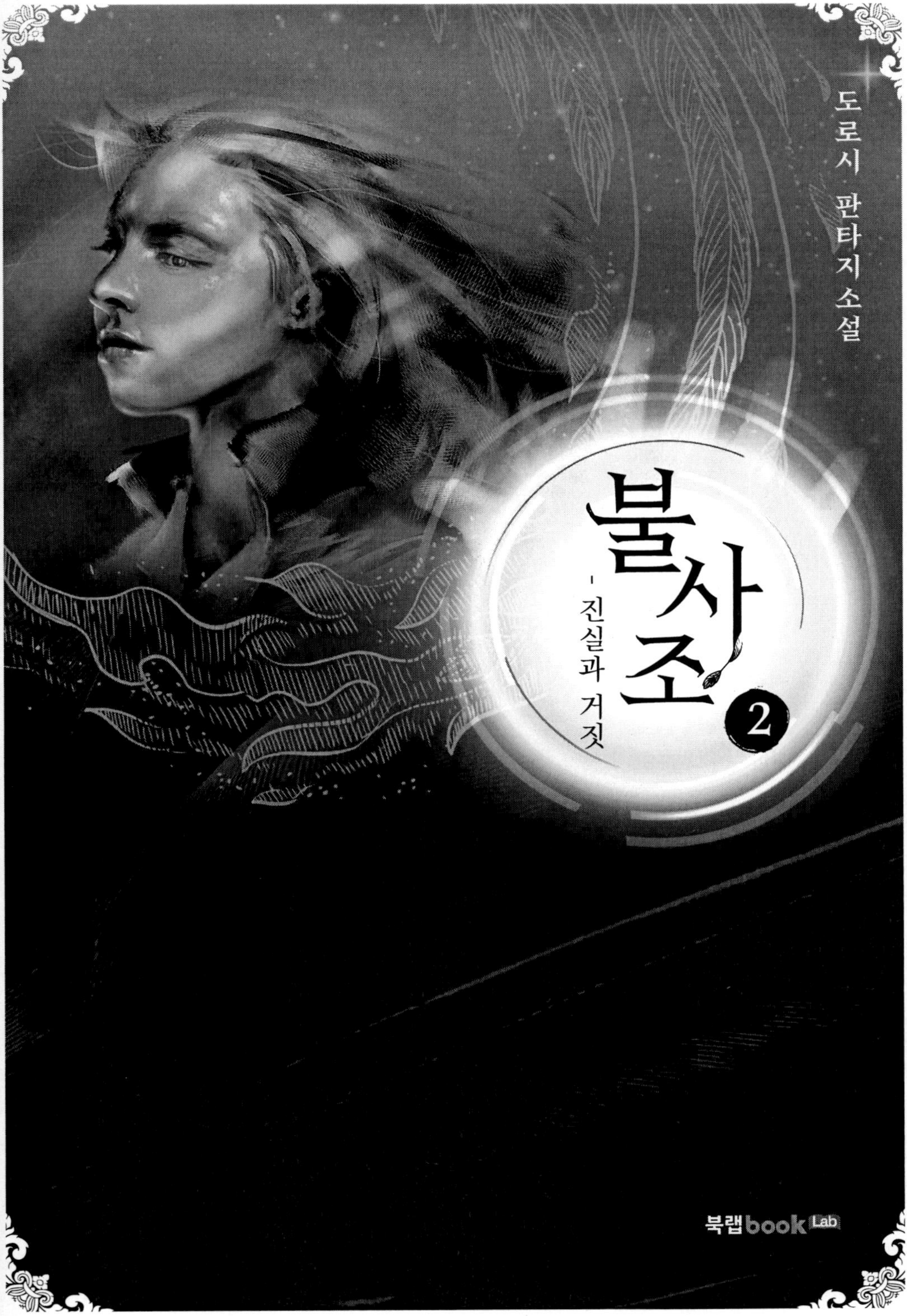
도로시 판타지소설
불사조
- 진실과 거짓
2
북랩book Lab

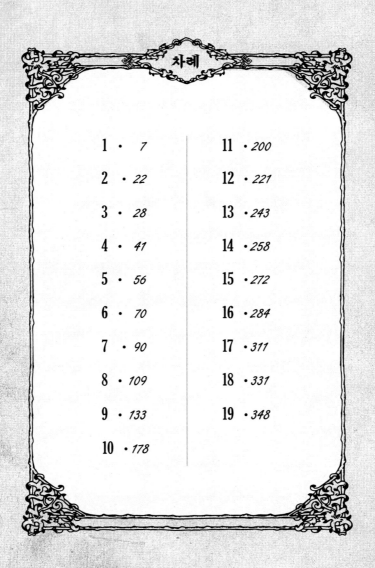

차례

소영이는 기지에 무전을 보냈다. 소영이는 매우 진지한 표정과 근심 어린 표정으로 가득했다. 우린 어찌해야 할지 모르는 상태에 빠져 버렸다. 우리가 선한 편이라는 걸 증명해야 한다면 할 수 있을 것 같은데, 마리 카우스가 어떤 술수를 부릴지 알 수가 없었다. 겁이 났다. 지금도 빨리 적들로부터 멀어지지 않으면 금방 잡힐 것만 같았다. 조바심이 났다. 윤아는 근심 어린 표정으로 주변을 두리번거렸다. 마이클이 자기 몸을 만졌다. 어딘가 다친 것 같았다. 소영이가 마이클의 몸을 손바닥으로 살폈다.

"마이클, 몸에 멍이 많이 든 것 같아."

"응…."

제시카가 가방에서 바르는 약과 파스를 꺼냈다. 그리고 마이클을 돌봐 주었다. 우린 이곳이 어디인지 파악하고 있었다. 이곳은 한강 근처다. 잠실나루역이라고 쓰여 있었다. 우린 한강 쪽으로 걸어갔다. 우린 뭉쳐 다니지 않고 서로 떨어져서 걸었다. 새벽이 밝아 오고 있었다. 우린 한강으로 향하는 자전거 길을 걸었다. 옆에는 푸른 나무와 풀들이 가득했다. 여름 냄새가 난다.

"한강 쪽으로 가 보게?" 엘리자베스가 말했다.

"응, 한강에서 쉬게." 소영이가 답했다.

우린 한강에 도달해 강을 바라보며 다 같이 앉았다. 주변에 자전거를 타고 가는 사람들이 보였다.

"우린 이제 적으로 알려지게 되었어. 우린 반드시 이 상황을 역전시켜야 해." 소영이가 말했다.

"우리도 세상 밖으로 나와야 한다고 생각해." 수지가 말했다.

난 어떤 말을 할까 고민했지만 말을 안 하는 게 나을 것 같다. 내가 뭐라 말을 해도 우리가 감당할 수 있는 일은 아니었다. 소영이도 정답을 몰랐다. 그저 명령이 내려지길 기다리는 모양이다. 소영이는 강을 바라봤다. 태호는 내 옆에 붙어서 내 손을 만졌다. 태호는 질리지도 않는 것 같았다. 손의 부드러움에. 윤아가 태호가 내 손을 만지는 걸 이상한 눈초리로 봤다. 그렇지만 난 태호를 그냥 두었다. 지금은 모두 쉬어야 할 때라고 생각했다.

"민우야, 혹시 거기서 맞았어?" 태호가 물었다.

"응, 조금. 근데 괜찮아." 내가 답했다.

태호가 내 얼굴에 남아 있는 상처를 본 것 같았다. 태호는 내 뺨을 쓰다듬었다. 가만히 보면 태호는 어린아이 같았다. 어른으로 성장하지 못한 아이 같았다. 난 급작스럽게 부담감이 생기는 것 같았다. 태호를 내가 항상 봐주고 돌봐야 한다는 생각이 들었다. 난 누굴 돌보기보다는 기대고 싶다는 생각이 들었다. 그렇지만 태호를 내 곁에서 멀리하고 싶지 않았다. 난 태호의 얼굴을 쓰다듬었다. 토비가 강가에서 날 바라봤다. 토비의 마음이 보인다. 토비는 날 만지고 싶어 하고 있었다. 토비를 어떻게 떼어 놓아야 할지 모르겠다. 영원히 태호와 토비와 같이 있어야 하는 건가? 소영이는 가만히 앉아 강가를 바라봤다. 그러다 일어났다. 우린 소영이가 일어나는 걸 보고 같이 일어났다. 소영이는 우릴 바라봤다.

"자, 이동하자. 강남에서 멀리 떨어진 곳에서 안전하게 상황을 지켜보자…."

"걸어갈 거야?" 숙희가 말했다.

"아니, 지하철 타고 가자. 민우야, 주변을 감지해 줘." 소영이가 말했다.

난 고개를 끄덕이고 주변을 감지하며 우린 지하철역으로 걸어갔다. 우린 새벽까지 움직이느라고 많이 피곤했다. 빨리 호텔을 찾아 잠을 잤으면 좋겠다. 우린 어디에 머물까를 생각하며 핸드폰으로 지도를 보았다. 소영이는 전에 우리가 잠깐 들렀던 가평의 숙소를 지도에서 살펴보았다. 요한이와 나는 처음 갔던 곳이었지만 소영이 일행들에게는 익숙한 장소 같았다. 아마도 그곳에서 숨어 지낼 생각인 것 같았다. 전에 그 장소에서 적들과 마주쳤던 기억이 난다. 처음으로 나의 초능력을 발휘한 순간이기도 하다. 우린 가평에 가기 위해 지하철과 버스를 이용일 생각이다. 우린 지하철에 올라탔다. 다들 말이 없었다. 적들은 세상의 평화를 위해 지상에 올라왔는데. 우리들은 정의를 위한다고 단련하면서 악당의 껍데기를 뒤집어쓰고 말았다. 이건 실수다. 나는 모바일폰으로 뉴스를 보았다.

"시민들을 위한 봉사와 초자연적인 초능력으로 재난과 어려움을 돕는 초능력자들 습격당하다!"

이게 타이틀 제목이다. 난 사실 지금 혼란스럽다. 호퍼가 있던 무리의 사람들. 마리 카우스의 집단들이 악인지 선인지 구분이 안 되는 것 같았다. 그게 나의 문제이자 근심이다. 이걸 소영이에게 털어놓을지 고민이다.

"민우 오빠, 무슨 생각 해?"

윤아가 날 빤히 처다보고 있었다. 내가 너무 고민에 빠져 있었나 보다. 윤아의 동그란 눈동자가 반짝였다.

"아무것도 아니야." 난 웃어 보였다.

그러곤 내가 윤아 이마에 손을 얹었다. 윤아를 기분 좋게 해 주었다. 윤아가 웃었다. 그걸로 됐다. 그렇지만 윤아는 나에게 더 많은 것을 바라고 있었다. 차마 그것이 무엇인지 알아내려 하지 않았다. 내가 너무 부담스러웠다. 난 일어서 있다. 태호 옆에 앉았다.

"윤아가 귀찮게 해?" 태호가 물었다.

난 다소 당황스러웠다. 어린 윤아가 날 귀찮게 할 게 뭐가 있담.

"아니야, 그렇지 않아." 난 웃어 보였다.

태호가 질투를 할 리 없다. 그렇지만 태호 마음속에서 질투심이 피어올랐다. 난 좀 당황스러웠다. 태호가 내 손을 잡았다. 내 손에 부드러운 면을 만졌다. 난 그냥 만지게 두었다. 토비가 내 옆에 앉았다. 나를 힐끔 보다가 내 허리를 만졌다. 두 남자가 양옆에서 날 만졌다. 난 무감각해져 있었다. 그러다가 우종이가 날 범하려고 했던 기억이 떠오른다. 난 온몸에 소름이 돋았다. 몸을 움찔했다. 그러자 토비가 손을 뺐다. 태호는 날 바라봤다.

"왜 그래?" 태호가 물었다.

난 멍하니 태호를 바라봤다. 우종이가 내 몸을 손대고 내 입 속으로 혀를 넣은 감각이 되살아나자 난 얼굴을 찌푸리고 멍을 때렸다. 난 소름이 돋았다. 난 안정을 찾으려 노력했다. 그렇지만 우종이의 느낌이 사라지지 않았다. 태호가 날 걱정 어린 표정으로 바라봤다. 난 태호 손을 잡고 우종이의 느낌을 떨쳐내려 했다. 난 눈을 감았다. 정신을 집중했다. 난 도로시를 떠올렸다. 도로시의 촉촉한 입술이 떠올라 좀 당황스러웠다. 도로시의 새빨간 눈 화장도 생각났다. 꼭 피가 말라붙은 것 같았다. 난 눈을 떴다. 태호가 날 빤히 쳐다보고 있었다. 난 태호가 좀 부담스러웠다. 태호는 오직 나만을 바라봤다. 내가 태호의 머리를 만져 주고 쓰다듬어 주었다. 태호가 기분 좋아했다. 그리고 난 너무 피곤해 잠에 빠졌다. 난 불편하게 일어났다. 태호가 내 어깨에 기대어 있었다. 토비가 내 손을 잡고 있었다. 엘리자베스가 날 바라봤다 난 멍하니 엘리자베스를 바라봤다. 다른 아이들은 잠을 자거나 눈을 뜨고 앉아 있었다. 마이클, 제시카, 수지, 숙희, 소영, 태호, 토비, 윤아, 엘리자베스. 난 이들이 무사히 있나 한 명씩 둘러봤다. 우린 목적지에 도착해 자리에서 일어났다. 망우역이었다. 우린 소영이를 따라 내렸다. 아이들이 너무 피곤한지 그냥 뭉쳐서 걸었다. 다들 말이 없었다.

"피곤하지? 아침 먹자." 소영이가 말했다.

우린 망우동 역에서 벗어나 밖에 나왔다. 이 동네는 전에도 지나쳤던 기억이 난다. 우린 어디서 먹을까 돌아다니다 그냥 통닭집에 갔다. 아침에도 장사를 했다. 서양 아이들이 있어서 그런지 통닭 같은 걸 먹고 싶어 했다. 우린 닭을 시키고 앉았다. 토비가 또 내 옆에 앉았다. 마이클은 제시카와, 소영이는 수지와 숙희, 엘리자베스, 윤아, 이렇게 모여 이야기를 나누었다. 내 옆에는 토비와 태호가 있었다. 태호가 나에게 물 잔을 주었다. 난 웃으며 마셨다.

"민우는 얼굴 찡그리며 웃는 게 예뻐." 태호가 말했다. 그러자 아이들이 다 나를 쳐다보았다. 난 그게 좀 부담스러웠다. 그런 말은 단둘이 있을 때 하라고 태호에게 이야기해야 할 것 같다. 난 좀 부끄러웠다. 닭이 나와서 우린 닭을 먹었다. 다들 맛있게 먹었다. 소영이는 일부러 항상 맛있는 음식만 먹게 하는 것 같았다. 윤아가 야무지게 먹었다. 내가 다 기분이 좋았다. 태호가 닭 다리를 내 앞접시에 주었다. 난 별다른 생각 없이 먹었다. 태호는 모든 게 다 나를 향해 있었다. 닭집 티브이에서 우리 뉴스가 나왔다. 우리 얼굴은 다 모자이크 처리 되었다. 우리가 마지막에 마리 카우스와 싸우는 영상이 조금 나왔다. 누군가 핸드폰으로 찍은 모양이다. 시민들 반응이 할리우드 영화를 보는 것 같다고 감탄을 했다. 내가 봐도 꼭 영화에 나오는 장면 같고 꼭 CG를 사용한 장면 같았다. 그렇지만 이 모든 건 실제로 벌어지는 사건이다. 세상은 좀 더 놀라운 방향으로 급변하고 있었다. 우린 식사를 마치고 커피를 마시러 갔다. 난 끊임없이 주변을 살펴보았다. 아마도 우리 적대 세력들이 다 강남 쪽에 있는 게 아닌가 추정되었다. 우린 다시 버스를 타고 가평으로 향했다. 버스가 가는 도중에 공격을 당하면 어찌할 바를 모르지만 주변에 초능력자가 아무도 없기 때문에 그냥 가기로 했다. 사실 다들 지쳐 있었고 심리적으로도 부담을 느끼고 있었다. 우린 말없이 가평으로 향했다. 그러면서 나는 모바일 폰을 보며 꾸준히 뉴스를 봤다. 우린 가평에 도착했다. 전에 갔던 거처에는 걸어갈 모양인가 보다. 아직 여름이라 푸른색이 가득했다. 걸어가는 길 쪽으로 자전거를 타고 가는 사람들이 많이 보였다. 우린 따로 떨어져서 걸었다. 매미가 울기 시작하고 더위가 찾아왔다. 난 셔츠의 단추를 조금 풀었다. 토비가 나를 돌아봤다. 내 가슴의 하얀 살을 바라봤다. 전에 나와 사랑을 할 때 내 몸이 부드럽다고 감탄하던 토비의 흥분한 표정이 떠올랐다. 그 생각을 하니 성욕이 솟구쳤다. 난 매우 음란한 사람이다. 난 마음을 다스렸다. 주변을 감지했다. 그냥 일반 사람들만 많았다. 가평은 항상 사람이 많은 것 같다. 우린 놀러 온 무리들을 지나쳐 우리 거처에 도착을 했다. 전에 봤던 모습 그대로다. 전에 소영이가 공격을 위해 뜯어낸 벽돌은 바닥에 널려 있었고 토비가 부숴 버린 나무들이 처참하게 널려 있었다. 우린 안쪽으로 들어갔다. 역시나 여긴 꼭 교회 같았다. 거실이 넓었고 냉장고나 티브이, 에어컨들이 구비되어 있으며 지하에는 방 여러 개가 있었다. 개조된 집 같았다. 보통 다른 집들보다 구조가 특이했다. 우린 짐을 풀고 핸드폰을 충전시켰다. 무전기를 빼고 점검을 했다. 우린 각자 쉬었다. 토비가 나에게 다가왔다.

"우리 그때 키스 좋지 않았어?" 토비가 묘한 미소를 보이며 말을 했다. 맙소사. 토비에게 일말의 방심도 금물이다. 조금만 나와 닿아도 꼭 뭘 하자는 걸로 오해하는 것 같았다.

"그건 아무 의미 없는 거야, 토비." 내가 말했다.

"거짓말 마. 너도 즐기고 있었잖아."

토비가 말했다. 이 대화가 다른 아이들에게 들릴까 봐 걱정이다. 난 자리를 피했다. 토비는 그런 나를 웃으며 바라봤다. 기다리면 자기에게 내가 다가설까, 내 몸을 내줄까 하는 생각을 하는 것 같았다. 어쩔 때는 내가 진짜 여자인 것처럼 느낄 때가 많았다. 내가 여자여서 토비와 태호가 날 두고 만지는 것 같았다. 그렇지만 난 태호를 사랑한다. 태호를 사랑한다는 걸 마음에 분명히 새기고 싶었다. 난 태호 옆에 갔다. 태호는 앉아서 쉬고 있었다. 그러다 내 머리카락을 가지고 놀았다.

"민우야, 이 주변을 감지해 봤어?" 소영이가 물었다.

"응. 초능력자는 우리들밖에 없어."

"어제 마리 카우스랑 싸울 때 나에게 힘을 줬잖아. 그거 어떻게 한 거야?"

"글쎄, 그냥 갑자기 한 행동인데 내가 남에게 기분이 나아지는 능력을 주잖아. 그래서 혹시 나의 힘을 전달할 수 있지 않을까 하는 생각이 들어서 해 본 거야. 정말 긴박한 상황이었어."

"맞아, 그렇지만 민우가 그런 기지를 발휘한 게 도움이 됐어. 잘했어, 민우야."

소영이가 웃어 주었다.

"고맙긴, 소영이가 다 가르쳐 준 거잖아." 내가 웃으며 말했다.

"민우는 생각보다 능력이 큰 것 같아. 좀 더 단련하면 소영이 수준으로 올라갈 것 같아."

수지가 말했다.

"그래, 그럴지도 모르지. 그렇지만… 지금 우리가 시민을 위협하는 존재로 오해받는 게 걱정이네." 내가 말했다. 다들 생각에 빠진 듯하다.

"내가 알렉스에게 좀 물어볼게. 앞으로 어떻게 해야 하는지." 소영이가 말했다.

그리고 소영이는 무전을 했다. 우린 소영이가 알렉스에게 어떤 말을 들을지 주목했다. 알렉스와 이야기를 주고받은 소영이는 잠시 가만히 있다가 우리에게 말을 했다.

"그냥 상황을 지켜봐 달라고 하고 가평에서 지내고 있는 게 좋겠데."

소영이 말에 우린 침묵했다. 결국 알렉스도 어찌할 방법을 생각하지 못하는 것 같다는 생각이 든다. 우린 방안에 조용히 앉아 있었다. 말을 꺼내는 사람이 없었다. 태호가 내 손을 잡았다. 그리고 내 귀에 속삭였다.

"잠깐 밖에 나가자."

난 눈을 끔벅이다 소영이에게 말했다.

"잠깐 산책하고 와도 돼?"

"응, 갔다 와. 주변을 탐지하는 거 잊지 말고."

난 태호와 밖에 나왔다. 파란 풀이 가득하고 선선한 여름 냄새가 났다. 나무도 왕성히 자라나 있었다. 급작스럽게 태호가 날 안았다.

난 눈을 동그랗게 뜨고 태호를 바라봤다. 그러다 나도 태호를 안았다. 그냥 안았다. 태호 품이 따듯했다. 좀 덥기도 했다. 태호가 자기 뺨을 내 뺨에 문질렀다. 토비가 이런 짓을 자주 했다. 다행히 태호는 자기 얼굴을 문질렀다. 토비는 자기 물건이나 자기 몸을 내 얼굴에 문지르곤 했다. 우린 따스한 햇빛을 받으며 정원 의자에 앉았다. 태호는 내 머리카락을 만지작거렸다.

"태호야. 나에게 가슴이 있었으면 좋겠어?"

그러고 내가 태호를 바라봤다.

"가슴? 아니… 없어도 돼."

"진짜 없어도 돼?"

"웅. 그런 걸 왜 물어봐?"

"그냥 태호가 어쩌면 여자를 좋아하는 사람이면 어쩌나 싶어서."

"난 민우 너를 좋아해."

난 태호에게 좀 더 물어보고 싶었다. 그런 마음이 생겼다.

"태호야, 내 몸이 좋아?"

태호는 조금 망설이는 듯싶다.

"웅, 좋아. 부드러워…."

"나의 어디가 부드러워?"

내가 너무 캐묻는 걸까? 태호 얼굴이 빨개졌다.

"너의 몸이 부드러워."

난 더 이상 물어보지 않았다. 그리고 난 태호에게 웃어 주었다. 그리고 태호 손을 잡아 내 손에 얹었다. 난 태호가 영원히 날 좋아하길 바랐다. 시간이 지나 내가 질려 버리면 어쩌나 하는 생각이 들었다.

"태호야. 나랑 언제까지 사랑할까요?"

태호가 많이 당황스러운 표정을 지었다. 내가 아까부터 이상한 질문을 해서인 것 같았다.

"왜 그런 걸 물어보는데, 갑자기?"

난 예쁘게 웃어 보였다.

"아니야, 안 물어볼게." 그러곤 나는 태호를 쓰다듬어 주었다 태호는 머리 만져 주는 걸 좋아하는 것 같았다. 난 태호의 머리카락을 만져 주었다. 태호는 내 손을 꼭 잡았다. 내 손이 꼭 부적이라도 되는 것처럼 잡았다. 그러다 아이들이 다 나왔다. 아이들은 태호와 나를 쳐다봤다.

"둘이 뭐 해?" 엘리자베스가 물었다.

"그냥 앉아 있어." 내가 답했다.

"우리 밥 먹으러 갈 거야." 소영이가 말했다. 우린 가평 근처에 식당으로 갔다. 거기서 고기를 구워 먹었다. 우린 간혹 먹는 걸로 스트레스를 풀었다. 난 게임이하고 싶었지만 그런 말을 하지 않았다. 요한이가 그립기도 했다. 부디 부산의 기지는 무사하길 바랐다. 만약에 적들이 부산 쪽으로 간다면 우리가 먼저 가서 방어를 해야 한다. 난 주변을 감지했다. 우리밖에는 아무도 없었다. 우린 식사를 하고 가평 캠핑장을 주변을 걸었다. 우리가 이렇게 밖에 나와 돌아다녀도 될지 모르겠지만 내 감지 능력을 봐서는 초능력자는 우리 빼고는 아무도 없었다.

"난 강남에 다시 돌아가 적들이 어떻게 움직이고 있는지 알아야 된다고 생각해."

수지가 말했다.

"그래 그것도 좋을 것 같지만 지금 당장은 위험해. 적들의 수가 우리보다 많으니까 아마 이번에 잘못 걸리면 당해 버릴 것 같은 생각이 들어."

소영이가 말했다.

"부산의 기지도 위험한 거 아니야?"

태호가 말했다.

"부산은 아직 위험하다는 신호는 없어. 적들이 아마 부산이라고는 알 것 같지만 정확히 어디인지는 모를 거야."

소영이가 말했다.

"그럼 우린 지금 뭘 해야 해?"

수지가 물었다.

"지금 당장은 기다리자."

소영이가 말했다. 기다리는 수밖에 없는 것 같다. 아마도 알렉스 쪽도 뭔가 생각하고 있겠지 하는 생각이 들었다. 확실히 우린 위기에 빠졌다. 아마 뉴스에 우리 얼굴이 도배되는 순간 우린 어쩔 수 없이 싸우거나 도망가야 할 신세가 되고 만다. 적들이 아직 우리 얼굴 사진을 뉴스에 싣지 않는 걸 보면 아직 우리에게 뭔가 목적이 있음을 느낄 수 있었다. 혹시 아직 우리를 자기 편으로 끌어당기려고 하는 걸까? 우리가 정말 거기에 넘어갈 거라고 생각하는 걸까? 난 문득 호퍼가 걱정이 되었다. 호퍼가 무슨 처벌을 받는다면 난 호퍼의 고통스러운 얼굴이 떠오른다. 호퍼가 무사하길 바란다. 우린 잠을 못 자서 다들 피곤한 상태였다. 우린 생체 시간을 똑바로 하기 위해 저녁에 자기로 했다. 우린 저녁을 또 먹고 다 같이 거처에 모였다. 토비가 내 옆에 반듯이 앉아 있겠다는 식으로 내 옆에 들러붙어 앉았다. 그리고 내 손을 굳이 잡겠다고 잡았다. 그리고 내 손에 부드러운 면을 문질렀다. 난 토비가 대단한 변태라고 생각한다. 난 토비가 잡은 손을 다른 아이들이 못 보게 뒤로 감추었다. 우린 뉴스를 다 같이 봤다. 올해의 경제와 그리고 부쩍 늘어난 초능력자에 대한 탐구 시간. 그리고 어떤 적대 세력의 초능력자가 불이 난 집에 불을 다스렸다. 그리고 안쪽의 사람들이 무사히 나온 후에 집을 날려 버려 불까지 꺼 버렸다. 히어로 영화처럼 유니폼을 입은 게 아니라 체크무늬 티셔츠에 반바지를 입었고 슬리퍼를 신고 있었다. 아시아인이고 동네 아저씨처럼 생겼다. 아무리 봐도 그는 악당 같아 보이지 않았다. 난 도로시와 호퍼를 떠올렸다. 그때 마지막 뉴스로 어떤 초능력자 사진이 올라왔다. 난 눈의 휘둥그레졌다. 그는 호퍼였다.

"미국계 백인이며, 요번 초능력자 습격 사건의 주범 중에 하나이며, 현재 도망 중에 있습니다."

라고 나왔다. 호퍼가? 호퍼가 적대 세력을 공격한 주범이라고? 이게 무슨 엉뚱한 소리지? 호퍼는 적대 세력의 구성원 중에 한 명이며 나를 감시하던 사람인데. 소영이는 호퍼를 한참보다 말했다.

"민우야 저 사람 너를 감시하던 사람 아니야?"

소영이가 물었다.

"맞아, 호퍼야. 나를 감시하던 사람인데…"

내가 말끝을 흐렸다. 나를 감시하는 사람이라고 하자 태호가 움찔하며 물었다.

"민우야. 널 괴롭게 했어? 널 다치게 했어?"

태호가 흥분한 듯하다.

"아니, 나에게 잘해 줬어. 적대 세력의 사람은 맞지만 나쁜 사람은 아니야."

내가 답했다. 그러자 아이들이 다 날 쳐다봤다.

"나쁜 사람이 아니라고? 너희들을 붙잡아 놓았잖아. 윤아가 아니었으면 어쩔 뻔했어? 민우 네가 세뇌를 당하거나 당할 수도 있었어. 아니면 호퍼가 널 속였거나, 적대 세력이 좋은 사람인 것처럼 연기해서 같은 편으로 만들었을 수도 있어…."

숙희가 말했다. 옆에 있던 수지는 동의한다는 듯이 고개를 끄덕였다. 나도 그 말이 맞다고 동의해야 할지 알 수가 없었다. 난 혼란스러웠다. 호퍼는 분명 좋은 사람이었다. 그 모든 게 다 연기였단 말인가? 난 믿을 수 없었다. 요한이 음성이 들려오는 듯하다. "민우 넌 너무 사람을 잘 믿어." 같은 음성이 태호는 날 빤히 쳐다봤다.

"태호야 그 사람이 날 괴롭히거나 하지 않았어."

라고 말했다. 난 우종이가 날 강간하고 사람들 앞에서 날 발가벗기는 일을 차마 누구에게도 이야기하지 못하겠다. 어쩌면 토비가 술에 취해 내가 당한 일을 이야기할지도 모른다는 생각이 들기는 했다. 난 토비가 술을 안 마셨으면 좋겠다. 물론 자주 마시진 않는다. 토비는 말끔하게 차려입고 그 특유의 근육질이 보이는 팔을 드러내고 있었다. 토비는 마음만 먹는다면 우종이처럼 나를 덮칠 수도 있지만 요즘에는 그러지 않는 것 같았다. 내가 토비 이마에 손을 대고 그의 기분이 나아지게 만들어서 그런 걸지도 모르겠다. 태호는 안

심하는 듯이 다시 뉴스를 봤다. 나도 뉴스를 봤다.

"이 인물은 초능력자들을 공격한 사람으로 현재 달아난 상태라고 합니다. 이 사람을 보신다면 꼭 연락을 바랍니다."

라고 아나운서가 말을 마치고 뉴스는 끝났다. 그리고 초능력자가 나오는 드라마가 곧 시작될 참이다. 배우들은 실제 초능력자가 아니지만 요즘 CG 기술이 좋아 배우들을 초능력자처럼 능숙하게 보이게 만들었다. 요즘은 초능력자가 유행이다. 혹시 나도 초능력자가 아닐까 하는 생각도 유행이다. 그렇지만 나처럼 운석을 만지거나 여기 있는 아이들처럼 어렸을 때 초능력자 학교에 들어가지 않는 이상 갑자기 초능력이 생길 리는 없다. 윤아처럼 예외적인 아이가 있을지도 모르겠다.

난 윤아를 바라봤다. 그러자 윤아도 내가 본다는 걸 안다는 식으로 나를 봤다. 윤아는 날 빤히 쳐다봤다. 내가 살짝 웃었다. 그리고 난 티브이를 봤다. 호퍼에게 무슨 일이 있었던 걸까? 왜 호퍼가 우리 같은 처지가 됐을까? 우리 얼굴은 뉴스에 안 나오는 거 보니 확실히 아직 우리에게 뭔가 미련이 있는 듯하다. 난 마음속에서 왠지 호퍼를 찾고 싶다는 생각이 드러났다. 내가 왜 그런 생각을 할까. 혹시 이건 함정일지도 모른다. 태호는 내 무릎에 얼굴을 기대었다. 태호는 이제 내가 아주 편한 상태가 된 것 같았다. 우린 드라마를 안 보고 할리우드 영화를 봤다. 토비는 배고프다며 내 손을 풀고 주방에 가서 사발면을 뜯었다. 우린 다 같이 영화를 보고 잠이 들었다. 잘 때 태호가 내 옆에 누워 날 만졌다. 난 그냥 가만히 있었다. 토비는 지미 옆에서 잠을 잤다. 난 눈을 감았다.

✌ 2 ✌

우린 아침을 먹고 주변을 살펴보러 나왔다. 소영이, 토비, 숙희가 나왔다. 나머지는 거처에 있기로 하고 집 주변에 박살 난 나뭇조각들을 치우기로 했다. 소영이와 토비 숙희와 인근에 휴가 온 사람들과 놀러 온 사람들을 둘러보았다. 우린 미리 편의점과 식당 등을 봐두었다 어차피 다 술집 같았다. 어제 고기를 먹은 곳도 술집이었다.

"민우야, 호퍼가 너에게 잘해 줬어?"

소영이가 물었다.

"응. 좀 수다스럽긴 해도 괜찮은 사람 같았는데."

내가 답했다.

"근데 그 사람이 왜 적대 세력의 적이 됐을까?"

난 마지막에 마리 카우스가 하는 말을 떠올렸다. 호퍼를 처단하겠다던. 혹시 호퍼가 어떤 잘못된 선택을 한 게 아닐까? 하는 추정을 해 보았다. 그렇지만 어떤 상황이 있었는지 알 수가 없어 함부로 판단하기 어려웠다.

"민우가 보기에는 호퍼가 어떤 사람 같았어?"

소영이가 물었다.

"그냥 평범하다면 평범한 사람 같았어. 악당 같지는 않았는데?"

소영이가 뜸을 들이다 말을 했다.

"나도 사실 그 사람들이 다 악당이라고 생각하지 않아. 한때는 우리 쪽 사람이었으니까. 난 우리가 힘이 증가할수록 욕망이라든가 욕구가 더 강해진다고 생각해. 욕심도 그렇고."

소영이는 나를 바라봤다.

"민우도 뭔가 변한 게 있지?"

난 소영이 말에 가슴이 콩닥거렸다. 내 성욕이 강해졌다는 걸 말하기가 부끄러웠다.

"변한 게 있지만 심하진 않아."

난 거짓말을 했다. 어떤 초능력자가 내 머릿속을 들여다본다면 난 너무 부끄러울 것이다. 난 토비와 관계를 맺던 상황을 떠올리며 흥분을 했다. 소영이에게 절대 들키고 싶지 않았다.

"심하지 않다고? 민우는 빠른 시간 안에 힘이 놀라울 정도로 상승했는데? 정말 아무 일 없어?"

소영이가 한 번 더 물었다. 나보다 소영이가 경험도 더 많기 때문에 난 거짓말을 할 수 있을까?

"음… 지금 이야기 하긴 좀 그런데…."

"알았어. 말하고 싶을 때 나에게 꼭 말해 줘야 해."

난 알았다고 답하고는 하늘을 쳐다봤다. 언제쯤 소영이에게 솔직히 말할 수 있을까? 그러면서 난 토비와 거칠게 즐겼던 상황을 머릿속에 떠올렸다. 난 태호와 사랑을 나누고 싶었다. 그렇지만 그럴 만한 여건이 안 됐다. 우린 가평 유원지에 끝 지점에 다다랐다. 초능력자는 아무도 없었다.

"그만 돌아가자."

숙희가 말했다.

"그래, 민우야. 뭐 특별한 거 있어?"

소영이가 말했다.

"초능력자는 우리밖에 없어."

내가 답했다.

우린 되돌아갔다. 돌아가 보니 집 주변이 정리돼 있었다.

"소영아 이리 와 봐!"

수지가 소영이를 불렀다. 뭔가 다급한 모양이다. 소영이는 빨리 달려가 수지에게 갔다. 수지가 큰 패드를 보여 줬다. 거기서 뉴스가 나오고 있었다. 소영이의 얼굴은 경악과 충격으로 번졌다. 나도 빨리 그게 무슨 일인지 보고 싶어서 수지에게 갔다. 다들 모였다. 수지가 들고 있는 미디어 패드에서 과거에 만났던 로버트 패트릭 신부가 묶여 있는 상태로 뉴스에 나왔다.

"신부님. 어째서?" 소영이가 말을 뱉었다. 신부님이 의자에 묶여서 멍한 얼굴을 하고 있었다.

"이건 초능력을 사용한 거야. 봐, 로버트 신부님의 눈을 자세히 봐."

신부님의 눈은 공허하고 깊이를 알 수 없이 깊었다. 뭔가에 홀린 것 같았다. 신부님은 뭔가에 홀려 있었다.

"이 사람은 지상에 올라온 초능력자들을 위협하는 일원 중의 하나이며, 현재 세상을 돕는 초능력자들에게 잡혔습니다. 정말 다행이죠? 시민들의 안전과 재난을 도맡아 처리해 주던 초능력자들을 왜 위협하는 걸까요?" 아나운서가 말했다.

"그들은 욕심이나 욕망이 강합니다. 무한한 힘을 추구하기 때문이죠. 그래서 우리가 그들을 잡아서 교화시켜야 하고, 그들을 저지해야 합니다."

마리 카우스 쪽에 초능력자가 말했다. 로버트 신부님도 악당으로 뒤집어씌우려고 하는 것 같았다. 우린 경악했다. 적대 세력들은 생각보다 비열했다.

"현재 초능력자들은 이 남자와 나머지 악한 의도를 품고 있는 적들의 본거지를 찾고 있다고 합니다. 시민들의 많은 제보 바랍니다."

마리 카우스는 우리들의 기지를 찾고 있는 것 같다. 다행히 기지가 발각되지는 않은 것 같다. 우린 서로 한동안 말이 없었다. 소영이는 충격에 빠진 듯하다. 난 로버트 신부님을 저렇게 만든 게 도로시가 아닌가 하는 생각을 했다. 도로시는 그런 능력이 있었다. 도로시의 능력은 치명적이다. 마리 카우스는 우릴 죄여 오고 있었다. 우린 가만히 있을 수도 움직일 수도 없었다. 적들에게 쳐들어 간다면 우린 영락없이 악당이 되는 셈이고, 도망간다면 아마 평생 도망자의 신세가 될 지경이다. 마리 카우스의 지략에 우린 꼼짝도 못 할 지경이다. 소영이는 다시 한번 기지에 연락을 했다. 그리고 우리에게 말했다.

"만약에 우리가 로버트 신부님을 구하러 간다면 적대 세력들이 분명 함정을 깔아 놨을 거야. 만약 기지로 돌아간다면 적들이 우릴 따라 기지를 발견할 수도 있어. 우린 좋은 작전이 생길 때까지 기다려야 해."

기다리란 말 말곤 아무 방법이 없어 보였다. 우린 잔디에 앉아 서로 말이 없었다. 난 불안했다. 마음이 불안하자 성욕이 솟구쳤다. 아주 음란한 생각이 떠올랐다. 누가 내 머릿속을 안 들여다보길 바란다. 윤아가 말없이 벽을 통과하는 연습을 하기 시작했다. 소영이가 윤아를 살펴보다 갑자기 나를 바라봤다.

"민우야. 그때 그거 다시 해 보자."

소영이가 말했다.

"그때 뭐?"

"민우 네가 나에게 힘을 전해 주었잖아. 그러자 우리 몸이 불타오르듯이 빛이 났어."

소영이가 말했다.

난 무슨 말인지 이해했고, 자리에서 일어나 소영이에게 다가갔다. 소영이는 가만히 서 있었다. 내가 소영이 머리에 손바닥을 감싸듯이 머리에 대었다. 난 온 정신을 집중해서 상상력을 펼쳤다. 나의 능력이 소영이 머리로 옮겨지는 상상을 했다. 나의 파란빛이 소영이 쪽으로 흘러들어 가는 상상을 했다. 우리 주변에 붉은빛이 발광하기 시작했다. 아이들은 놀랐다. 빛이 점점 확산됐다. 소영이와 나는 불타올랐다. 뜨겁지는 않았다. 아주 따듯했다. 소영이가 한 손을 올려 빛을 느끼려는 듯한 행동을 했다. 소영이가 주먹을 쥐었다. 그러자 주변에 빛이 소영이 주먹으로 흘러 들어갔다.

마치 꽈배기가 돌아가듯 소영이 주먹에 빛이 빨려 들어간다. 소영이가 아이들을 피해 나무쪽으로 주먹을 대고 손바닥을 폈다. 아이들은 깜짝 놀라 다들 자리에서 일어나 우리 뒤쪽으로 뛰어들었다. 나무들이 무성한 곳이 폭발했다. 소리가 2초 후에 들렸고 나는 귀를 막았다. 소영이는 가만히 서 있었다. 나무 파편이 날아들었지만 소영이와 나의 빛이 그걸 막아 냈다. 공격도 하지만 방어도 됐다.

3

　주변의 몇몇 사람들이 우릴 찾아왔다. 대부분 나이가 많으시고 이곳 주변을 관리하는 사람들 같았다. 우린 고기를 구워 먹다 부탄가스가 터졌다고 설명했고, 주의하겠다고 말을 했다. 대부분 조심하라며 돌아갔다. 그 폭발음이 너무 커서 다들 귀가 먹먹해졌다가 지금은 나아졌다. 우린 거처 안으로 들어가 뉴스를 봤다. 로버트 신부의 얼굴이 대문짝만 하게 나 있었고 로버트의 눈은 공허하고 흘려 있었다. 우린 로버트 신부의 공허한 눈을 보자면 거기 빨려 들어갈 것 같다. 우린 전의를 상실했다. 그렇지만 방금 소영이와 내가 힘을 발현할 때 어쩌면 이걸 잘 이용하면 여러 명의 적들을 날려 버릴 수도 있다고 생각을 했다.

　마치 전쟁 다큐에 나오는 작은 수소 폭발 같았다. 따지고 보면 이

건 소영이의 힘이다. 나는 소영이가 사용하고 발산하는 힘을 더한 것뿐이다. 내가 광역으로 정신 공격을 가한 후 소영이와 힘을 합쳐 공격을 가한다면 어마어마한 폭발이 일어날 것이다. 난 우리의 능력이 언젠가 전쟁 무기들을 능가할 날이 올 거라는 생각을 했다. 나는 아까 힘을 쓴 후에 성욕이 미친 듯이 폭발했다. 누군가 날 범해 주길 바란다는 생각이 들었다. 난 부끄러웠다. 얼굴이 붉어졌다. 태호를 바라봤다. 태호와 눈이 마주쳤다. 난 얼굴이 상기돼 있었고. 태호는 침을 삼켰다.

"잠깐 산책하고 올게."

내가 아이들에게 말했다. 그리고 태호와 밖으로 나갔다. 우린 손을 꼭 잡았다. 앞에 사람이 걸어오면 손을 풀었다. 남자 둘이 손잡고 다니는 것은 자연스러운 일이 아니다. 우린 사람이 보이면 따로 떨어져서 걸었다. 난 고개를 약간 태호 쪽으로 향하고 입을 벌리고 눈은 음란한 욕정이 가득한 빛을 발하며 우린 외진 곳으로 갔다. 태호가 날 바라봤다. 태호의 눈에 호기심이 가득했다. 나의 몸에 대한 호기심 같았다.

"난 네가 여자 옷을 입었으면 좋겠어."

태호가 말했다. 태호는 무척 흥분해 있었다. 우선 내가 태호를 달래 줘야 할 것 같았다. 난 반바지를 벗었다. 위에 하얀 와이셔츠를 입어서 꼭 치마를 안 입은 여자 같아 보였다. 태호는 내 그런 모습을 보고 날 마구 만졌다. 내 얼굴을 만지고 내 입에 손가락을 넣었다. 내가 그 손가락을 빨았다. 그리고 내 아래를 만지기 시작했다.

"부드러워."

태호가 부드럽다고 감탄했다. 내 몸은 아주 부드러웠다. 그리고 단단했다. 그리고 난 태호에게 음란한 짓을 했다. 태호의 흥분이 더욱더 커졌다. 터질 것만 같았다. 난 숨을 헐떡였다. 태호도 내가 했던 짓을 나에게 했다. 난 극도의 흥분이 온몸을 강타했다. 태호는 부드러웠다. 우린 지체하지 않고 본론으로 들어갔다. 태호는 내 허리를 잡았다. 난 태호가 날 거칠게 다루도록 내주었다. 우린 서로 헐떡거렸고 난 절정에 다다라 여자처럼 신음했다. 그리고 내가 허리를 돌려 태호 머리에 손을 대고 쾌감을 증폭시켰다. 우린 커다란 쾌감을 공유했다. 그리고 우린 둘 다 바닥에 누워 버렸다. 난 입이 벌어졌다. 태호가 날 안고 내 머리를 쓰다듬었다. 우린 그렇게 누워 있다. 아이들이 우리에 대해 이상한 생각을 할까 싶어 일어나 거처로 돌아갔다.

"둘이 뭐 하고 왔어?"

엘리자베스가 물었다.

"그냥 산책하며 대화 나눴어."

태호가 답했다.

"난 우리가 뭔가 해야 한다고 생각해."

수지가 말했다. 우린 서로 얼굴을 바라봤다.

"어떻게 하고 싶은데, 수지?"

소영이가 곧바른 자세로 물어봤다. 수지는 뭔가 골똘히 생각하는 것 같았다.

"적들이 있던 강남 근처에서 탐지하면 어떨까? 여기 가만히 있는 것보단 나을 것 같아."

"그러다 발각되면? 아마 우리도 또 붙잡혀 들어갈지 몰라. 이번에는 못 빠져나올지도 몰라. 적들은 윤아라는 아이가 벽을 통과하는 능력을 가졌다는 걸 모르고 있었거든. 이제는 알고 있을 거야. 우리가 하나의 새로운 능력을 보여 줄 때마다 그에 대비해 적들도 계략을 짜. 적들 근처에 가는 건 위험해."

수지는 고개를 숙였다. 그리고 우린 한참 조용했다. 그러다 뜬금없이 소영이가 윤아에게 물었다.

"윤아야, 너 벽을 통과하잖아. 근데 만약에 적들이 사물이나 에너지 파장 공격을 하면 그게 네 몸을 통과해서 지나치기도 해?"

윤아는 눈을 끔벅였다.

"글쎄 그런 상황이 없어 봐서 모르겠어. 난 그냥 도망만 다녔는걸. 만약에 무언가 나에게 던지면 내 몸을 그냥 통과할 것도 같아."

그러자 토비가 윤아에게 네모난 휴지 갑을 던졌다. 그렇지만 윤아 몸에 툭 맞고 떨어졌다.

"아이, 토비 오빠. 내가 준비될 때 해야지."

윤아가 그렇게 말하곤 조금 있다 다시 토비가 휴지 갑을 던졌다. 그러자 휴지 갑이 윤아 몸을 통과해 바닥에 떨어졌다. 우린 그 관경을 멍하니 바라봤다.

"어쩌면 윤아는 모든 공격을 다 피할 수도 있겠구나."

소영이가 말했다. 윤아는 본인이 그렇다는 것에 감탄하는 것 같았다. 소영이는 항상 남에 능력이 뭔가 새로운 방향으로 변화될 수 있다는 걸 잘 파악하는 것 같았다. 소영이는 윤아를 데리고 마당에서 훈련을 했다. 나도 가만있을 수만은 없어 태호와 같이 나가서 여러 가지 훈련을 하기 시작했다. 난 태호의 머리를 조금 아프게 했다. 태호가 눈살을 찌푸렸다.

"민우야, 아파."

"미안. 다른 거 해 보자."

내가 정신을 집중해서 태호의 셔츠 단추를 하나하나 정교하게 풀기 시작했다. 이런 능력을 활용하면 난 머리가 지끈 아팠다. 이번엔 내가 인상을 썼다. 난 태호의 윗옷을 벗겨 버렸다.

"둘이 초능력 가지고 서로 벗기고 노는가 보구나."

엘리자베스가 말했다. 난 그냥 웃었다. 태호가 다시 윗옷을 입었다. 난 잔디를 하나둘씩 뽑기 시작했다.

"민우야, 잔디 망가지잖아. 하지 마."

소영이가 말했다. 난 내 힘이 증가하고 매우 예민해지고 정교해지고 있다는 생각이 들었다. 난 계속 어떤 행위든 하고 싶었다. 난 나무를 뜯어내기 시작했다.

"민우야, 이리 와 봐."

소영이가 날 불렀다. 그리고 손을 내 머리에 얹었다. 소영이 손바닥이 끈적했다.

"마음을 가라앉혀. 너 힘이 너무 남용되는 것 같아. 자, 마음을 다스려 봐."

난 눈을 감고 마음을 가라앉혔다. 소영이 같은 리더가 없다면 나뿐만 아니라 다른 아이들도 정말로 자기 힘에 빠져들어 이상하게 변해 버릴지도 모른다고 생각한다. 그것이 섬찟하고 무서웠다. 난 내 힘이 무한대로 뻗어 나갈 수 있을 거라고 생각한다. 내가 내 힘을 조절해야 한다. 난 신호흡을 하고 잔디밭에 앉아 눈을 감고 명상을 했다. 난 상상력을 발휘해 내 힘이 옅어지는 상상을 했다. 나에게로부터 해방되는 상상을 했다. 주변이 아지랑이가 생겨났다. 토비가 주먹으로 나무를 부수는 짓을 해서 내 명상이 깨져 버렸다.

"토비, 차라리 물가에 가서 물을 쳐."

소영이가 토비에게 말했다. 토비는 웃통을 벗고 물에 뛰어들어 훈련을 하는 건지 수영하며 노는 건지 모를 행동들을 했다. 난 태호에게 가서 태호 눈을 손으로 가리고 태호가 눈에서 에너지를 조절할수 있게 도와주었다. 나도 소영이처럼 다른 아이들을 도와주고 싶었다. 태호는 에너지를 방출하면 눈을 아파했다. 그래서 태호가 능력을 자유롭게 사용하지 못하는 것 같았다. 난 내 힘을 이용해 태호 안구를 감싸 안는 상상을 했다. 태호가 조금 나아지는 듯싶다. 그래도 눈을 아파했다. 우린 그러다 식사를 하러 갔다. 우린 훈련을 하면서 조금의 활기를 되찾았다. 식사는 역시나 맛있는 걸 먹었다. 돼지갈비를 먹었다. 우린 맛있게 먹었다. 외국인인 마이클, 제시카, 수지, 토비, 지미도 돼지갈비를 좋아했다. 어차피 그들에게도 고기이니까. 특히 토비가 양념된 돼지갈비를 좋아했다. 난 콜라로 입가심을 했다. 주변에 놀러 온 사람들이 많았다. 다들 술을 많이 마셔 매우 흥분된 상태로 시끄럽게 이야기를 했다. 난 사람들의 기를 관찰했다. 기가 술렁술렁 춤을 추는 것 같다. 꼭 각 사람들마다 귀신이 들러붙은 것처럼 보여 조금 무섭다는 생각을 했다. 우린 식사를 마치고 천천히 거처까지 걸어갔다. 우린 두서없이 이런저런 말을 주고받았다.

"소영아. 만약 적들이 초능력 말고 다른 걸로 우릴 공격할 수도 있어?"

내가 물었다.

"다른 거 뭐? 총 같은 거?"

"응."

"음… 총 말고 아마 화학 무기로 공격하면 우리가 당할 수도 있어. 화학 무기는 막기가 좀 어렵거든."

화학 무기라. 난 괜스레 겁이 났다. 바이러스 같은 걸로 공격하면 우린 전멸할 것이다. 괜한 근심이 늘었다.

"로버트 박사를 언론에 노출시킨 건 그들의 전략이야. 우릴 움직이게 만들려는 거지."

소영이가 말했다.

"그쪽 사람들은 항상 야비해."

숙희가 말했다.

"혹시 우리 기지로 돌아갈 수 있는 방법이 없을까?"

제시카가 말했다. 제시카와 마이클은 기지에서 나와 밖에 있는 시간이 길어질수록 적응을 잘 못하는 것 같았다.

"기지로 가는 건 위험해. 내가 말했잖아. 여기서 지내는 것에 적응해 보도록 해."

소영이가 말했다. 제시카와 마이클은 조금 의욕이 없어 보였다. 기지로 돌아가고 싶어 하는 것 같았다. 내가 아무 생각 없이 제시카와 마이클의 이마에 손을 대어 기분을 나아지게 해 주었다. 내가 말 없이 그런 행위를 하자 둘 다 당황하는 듯했지만 금방 얼굴이 밝아졌다.

"와, 어떻게 하는 거야?"

제시카가 물었다.

"응. 내 능력 중에 하나야."

마이클은 큰 덩치에 어울리지 않은 함박웃음을 지었다. 덩달아 나도 기분이 좋아졌다.

"민우야, 나도 해 줘."

태호가 말했다.

"잠깐."

난 잊지 않았다는 듯이 윤아 먼저 해 주었다. 윤아가 밝게 웃었다. 그리고 태호에게 해 주었다. 그리고 역시나 잊지 않고 토비도 해 주었다. 토비를 영원히 떼어 놓지 못할 것 같았다. 토비가 내 몸을 마구 다루다가 언젠가 내가 지겨워질 거라고 생각한다. 그러다 나같이 예쁘게 생긴 남자를 찾아내서 나를 잊을 거라고 생각한다. 내가 토비 이마에 손을 얹자 태호가 고개를 돌려 다른 곳을 봤다. 태호는 분명 불편해했다. 난 태호 손을 잡았다. 난 네 거라고 확인시켜 주고 싶었다.

"오빠 둘이 손잡지 마. 이상해."

윤아가 말했다. 그래서 난 손을 뺐다. 난 생각을 골똘히 했다. 난 성 소수자다. 기지 밖을 나서면 난 사회에서 정상인 취급을 받기 어렵다고 생각을 했다. 여하튼 내가 남자와 사랑하고 있다는 걸 숨기고 살아야겠다고 생각했다. 우종이가 날 범하던 생각이 갑자기 들어 몸을 움찔했다. 성추행이라는 개념을 이제야 비로소 이해하고 있다고 생각했다. 이건 영원히 지워지지 않는 불쾌감이 날 따라다니는 것 같았다. 우종이에 덥수룩한 털이라든가 우종이의 피부 촉감 같은 게 입 안에서 씹히는 것 같았다. 난 소름을 느꼈다. 이 느낌을 지워 버리고 싶다. 그렇지만 잘 안되었다. 입 안이 더러워진 느낌이 들었다. 우린 다음 날부터 시간을 보내고자 앞마당에서 훈련을 했다. 주변에 나무가 많아 주변 사람들에게는 안 보였다. 정 걱정되면 내가 감지를 했다. 우리 쪽에 다가오는 사람이 있는지. 우린 자주 이 주변을 돌아다녀 주변 사람들이 언뜻 우리를 아는 것 같았다. 우리가 휴가를 4주나 한 달 동안 받은 사람처럼 보일 것 같다. 우리 중에 어려 보이는 사람이라든가 나 스스로가 미성년자이기 때문에 어린 사람들이 이 주변에 자주 돌아다니니 조금 눈에 띈다는 생각도 들었다. 우리 중에 윤아가 가장 어려서 그게 또 눈에 띄는지 모르겠다. 난 윤아를 잘 보호하고 싶다는 생각이 들었다. 내가 진짜 여자는 아니지만 나에게도 모성애가 있었으면 좋겠다는 생각이 들었다. 언제부터 그런 마음이 흘러들어왔는지 잘 모르겠다. 내 뺨은 더욱더 부드럽고 우유처럼 하얗다. 난 내 얼굴을 거울로 보면 내가 여자가 되는 느낌이 든다. 마음이 뭐라 표현할지 모르겠지만 나에게 과도하게 여성 호르몬이 주입되는 느낌이다. 나쁜 말로 계집애 같은 느낌이 들기도 하다. 난 가끔 태호와 사랑을 나누었다. 토비는 이제 날 건드리지 않았다. 그러던 어느 날 토비와 나 단둘이 밖에 나갈 일이 생겼다. 태호는 소영이와 훈련을 하는데 태호가 어느 정도 눈에서 에너지를 발산하지만 더 크게 발산하려고 하면 계속 안구에 통증이 소영이가 안구를 어떻게 보호하며 강한 힘을 발산할지에 대한 문제를 해결해 보고자 했다. 소영이와 태호는 바빴다. 마이클과 제시카는 둘이 연애라도 하는지 어딘가로 나가고 없다. 윤아는 지미가 던지는 물건을 다 자기 몸에 통과되어서 거기에 신이 나 계속 그 훈련을 했다. 숙희와 수지는 서로 술래잡기 같은 훈련을 했다. 수지가 열 덩어리를 만들어 던지면 숙희는 믿을 수 없을 만큼 빨리 피했다. 하늘을 날아다니는 사람보다 숙희의 빠른 속도가 더 영화같이 보였다.

토비와 나는 물과 먹을거리를 사러 갔다. 시간이 지나 난 토비에 대해 무덤덤해질 때쯤이다. 토비가 내 손을 잡으려고 했다. 난 멀뚱히 토비를 쳐다봤다. 우린 같이 길을 걷던 중이었다. 난 토비를 무표정하게 보다 내가 손을 내밀었다. 그냥 내 손을 만지라고 신호를 보냈다. 이 정도는 괜찮다고 생각을 했다. 토비가 내 손을 소중히 잡았다. 예전처럼 기지에 있을 때처럼 내 손을 갖고 이상한 짓을 하거나 자기 물건에 문지르지 않고 정말 여자 손을 잡는 것처럼 소중히 움켜쥐었다. 마치 내 손이 꽃이라도 되는 것처럼, 꽉 잡으면 일그러지기라도 한다는 것처럼 잡았다. 난 기분이 좀 새로웠다. 우린 남자 둘이서 손을 잡고 걸었다. 다행히 근처에는 아무도 없었다. 난 토비가 이것을 빌미로 내 몸 어딘가를 주무를 것 같다는 생각이 들었다. 엉덩이라든가 있지도 않은 가슴을. 그렇지만 토비는 놀랍도록 얌전했다. 내 얼굴을 보지도 않고 앞을 보고 편안한 얼굴로 걸어갔다.

"토비. 내 손이 아직도 좋아?"

난 침묵을 견딜 수 없어 토비에게 말을 했다.

"응, 부드러워."

토비가 조용히 답했다.

"태호보다 내가 더 널 잘 알아."

토비가 말했다. 난 말다툼하고 싶지 않았다.

"토비는 다른 좋은 사람을 찾을 수 있을 거야. 나 말고 더 좋은 사람이 있을 거야."

난 이렇게 말하는 것이 최선이라고 생각했다. 토비는 날 바라봤다. 화나 보이진 않았다. 토비는 묘한 표정을 지었다.

"난 알아. 나에겐 너밖에 없어. 네가 먼저 날 끌어당겼어. 기억나?"

기억? 그런 기억이 있었나? 내가 먼저 토비를 끌어당겼다고? 난 그런 기억이 나지 않았다.

"난 기억 안 나. 네가 먼저 날 건드렸어, 토비."

토비는 고개를 다시 돌렸다. 그리고 아무 말도 안 했다. 마치 자기 말이 무조건 맞다는 식으로 침묵했다. 우린 양옆에 기다란 나무가 있는 예쁜 길을 걸었다. 앞에 사람이 느껴져 토비에게서 손을 뺐다. 그러자 토비가 날 휘감아 키스를 했다. 내 입술을 억지로 벌려서 자기 혀를 집어넣었다. 난 몸을 들썩이고 빠져나오려고 했다. 앞에 사람이 오는데!

"이봐, 게이 친구. 오랜만이야."

앞에서 누군가 그렇게 말을 했다. 토비와 난 깜짝 놀라 입술을 떼고 앞을 봤다.

"맙소사. 호퍼?"

난 믿을 수가 없었다. 호퍼가 서 있었다. 내가 놀란 것은 호퍼이기 때문이기도 했지만 호퍼는 너무 야위어 있었다. 옷이 다 해지고 더러워져 있었다. 손에는 빈 생수통을 들고 서 있었다.

"이봐, 너 민우지? 한국은 개울가 물 그냥 마셔도 돼?"

"응. 나야, 호퍼. 어떻게 된 거야?"

"응, 도망쳤어. 그곳에서 네 말대로 우린 악당일지도 모르겠어."

"여긴 어떻게 찾아온 거야?"

"여긴 전에 쳐들어온 적이 있던 곳이잖아. 우리에게는 잘 알려진 장소라고. 혹시 너희들이 있나 찾아와 봤어. 난 갈 데가 없거든."

토비는 나를 뒤로하고 금방이라도 주먹으로 날려 버릴 듯한 자세를 취했다.

"토비, 잘 지냈나? 이제 내가 맞을 차례군."

호퍼가 말했다.

"토비, 기다려 봐. 호퍼는 좀 달라. 나쁜 사람은 아닌 것 같아."

내가 말했다 그러자 호퍼가 서글픈 표정을 지었다.

"민우야, 호퍼는 우리 적이야. 우릴 어떻게 대했는지 기억해?"

토비가 말했다. 하지만 호퍼는 달랐다. 난 어떻게든 호퍼를 보호해야 한다는 생각이 들었다. 그때 요한이가 속삭이는 것 같다. 넌 너무 사람을 잘 믿어. 난 호퍼에게 다가가 호퍼를 살펴보았다. 호퍼는 한쪽 팔이 다친 것 같았다. 모자를 푹 눌러써서 얼굴이 더 야위어 보인다. 호퍼는 물을 안 줘서 메말라 버린 화초 같았다. 난 토비와 호퍼를 양옆에 두고 어서 마트에 갔다. 토비가 계속 호퍼를 노려봤다.

"여긴 어떻게 온 거야?"

토비가 호퍼에게 물었다.

"여기면 혹시 너희들을 만날지 모른다는 생각을 했어. 만약 여기도 없다면 난 갈 데가 아무 데도 없거든."

"왜 우리들을 찾아온 거야, 호퍼?"

내가 물었다.

"응… 갈 데가 없었거든. 그리고 생사가 달린 부분도 있고 해서."

소영이와 아이들은 다들 놀란 표정으로 우릴 바라봤다. 호퍼가 어떤 표정을 지어야 할지 몰라 가여워 보였다. 난 호퍼에게 먹을 걸 주고 싶었다.

"소영아, 호퍼가 도망쳐 왔대."

내가 말했다. 소영이는 표정 변화가 없었다. 소영이는 냉정하게 호퍼에게 다가가 호퍼 머리에 손을 얹었다. 지미가 따라나와 소영이 옆에 서 있었다. 자칫 잘못하면 지미가 호퍼를 때려눕힐 기세였다. 호퍼는 백인 특유의 광대뼈가 드러나 있었다. 나와 헤어진 이후부터 굶은 것 같다는 생각이 들었다. 소영이가 눈을 감았다. 호퍼도 단념하겠다는 표정으로 눈을 감았다. 호퍼는 금방이라도 쓰러질 것 같았다. 소영이는 한참 후에 눈을 떴다. 소영이가 눈을 뜨자 우리들은 숨을 편하게 쉬었다. 모두 긴장으로 가득했다.

"정말이네. 호퍼, 어째서 도망치게 된 거야?"

소영이가 말했다. 지미도 경계를 풀었다.

"응… 마리 카우스가 날 죽이려고 했어. 너희들이 도망치고 난 뒤에 나를 불러 죽이겠다는 암시를 줬거든."

"암시라고?"

수지가 따져 물었다.

"암시라는 게 어딨어? 거짓말하는 거 아니야?"

"믿든 말든 난 이제 아무 데도 갈 데가 없어. 얼굴이 알려져서 먹을 것도 얻을 수 없다고." 그러면서 호퍼는 침을 삼켰다.

난 호퍼에게 방금 사 온 샌드위치와 물을 주었다. 호퍼는 우리 눈치 안 보고 허겁지겁 먹었다. 그는 너무 약해 보였다.

"고마워, 게이 친구."

"게이라고 부르지 말아 줄래?"

내가 말했다. 윤아가 날 빤히 쳐다봤다. 난 좀 당황스러웠다. 호퍼는 나를 빤히 보며 먹었다. 호퍼는 전에 봤던 것보다 나이 들어 보였다. 소영이는 자리에 앉아 호퍼가 먹는 걸 지켜봤다.

"혹시 마이클 신부님에 대해서 알아?"

소영이가 말했다.

"응, 물론이지. 그는 좋은 분이야. 그렇지만 우리가 데리고 있기에는 힘이 어마어마한 분이셔서 다루기가 쉽지 않았지. 도로시가 겨우 마이클 신부 옆에 항상 붙어서 그의 정신을 멀게 했어."

호퍼가 대답했다.

"끔찍하구나, 너희들은 정말."

숙희가 말했다.

"어쩔 수 없어. 너희들도 우릴 죽이려고 벼르고 있잖아."

"우린 그런 적 없어, 호퍼. 문제는 항상 너희들이 일으키지."

소영이가 말했다.

호퍼는 다투기 싫다는 듯이 샌드위치를 마저 먹어 치우고 물을 들이켰다. 호퍼는 이제 살겠다는 표정으로 우릴 멍하니 바라봤다.

"난 버려진 사람이야. 너희들이 날 어떻게 하든 난 막을 수 없어. 그렇지만 당분간 내가 앞으로 어떻게 살아야 할지 정할 때까지 너희들과 함께 있으면 안 될까? 아이러니하지만 너희들하고 있는 게 가장 나에게 안전하거든. 너희들이 시키는 일은 뭐든지 할게 뭐 궁금한 거 있어?"

소영이는 안경을 만지작거렸다.

"난 너를 믿지 않아. 명심해."

소영이가 말했다. 호퍼는 자포자기한다는 표정으로 눈을 아래로 내리깔았다.

"난… 빨리 움직이는 능력이 있어. 너희들에게 도움이 될까?"

호퍼가 말했다.

"호퍼, 넌 우리와 함께 할 수 없어. 그렇지만 당분간 여기 있어도 좋아. 그렇지만 우린 너를 보호해 줄 수 없어."

당분간 같이 있어도 좋다는 말에 호퍼는 안도하는 듯하다.

"소영아 여기가 적들에게 잘 알려진 장소라면 우린 여기를 떠나야 해."

수지가 말했다. 소영이는 뭔가 고민하는 듯했다. 한참 후에 소영이가 말을 꺼냈다.

"갈 데가 한 군데 있어."

소영이가 말했다. 우린 다 소영이를 쳐다봤다.

"어디, 소영아?"

숙희가 물었다. 다들 소영이의 답변을 기다렸다.

"학교에."

소영이가 말한 학교는 나와 요한이가 처음 발을 들였던 초능력자들의 학교다. 거긴 아직 시체들이 가득할 거다. 그 생각에 난 겁이 덜컥 들었다. 우린 소영이 말에 의문을 달지 않았다. 어차피 우린 부산 기지에 갈 수가 없다. 우리도 갈 곳이 없었다. 적들이 호퍼를 따라왔을지도 모를 일이다.

우린 호퍼가 기운을 차릴 때까지 조금 기다렸다. 호퍼는 얌전히 우리가 하는 말에 따랐다. 특히 잘 때는 불침번을 섰다. 호퍼 때문에 우린 조금 불안했는지도 모르겠다. 그렇지만 호퍼는 어딘가 텅 비어 보였다. 뭔가 상당한 충격을 받은 것처럼 멍할 때가 많았다. 확실히 호퍼는 뭔가 문제가 있어 보였다. 난 물어보지 않았다. 내가 호퍼에게 자주 말을 걸면 토비가 상당히 싫어했다. 태호는 호퍼에게 단 한마디도 말을 안 걸었다.

"너희들은 날 묶어 두지 않는구나."

호퍼가 말했다.

"우린 그런 사람들이 아니야."

내가 답했다. 그러고 호퍼는 어딘가를 멀리 바라보듯 눈에 초점이 없었다.

"호퍼. 혹시 마리 카우스가 널 어떻게 했어?"

내가 작게 조심스럽게 물어봤다. 호퍼는 멍을 때렸다. 그는 나를 바라봤다. 맙소사. 그의 눈 속에는 공포가 가득했다. 난 그의 공허한 눈 속에 빨려 들어갈 것 같았다. 난 몸을 뒤로 빼서 눈을 감았다 떴다.

"그가 나에게 죽음의 두려움을 느끼게 해 주었어. 나란 존재가 사라지면 세상이 아무것도 달라진 것 없이 그대로 돌아간다는 것 죽음은 매우 공허하다는 걸."

호퍼가 말하며 고개를 돌려 창밖을 바라봤다. 난 호퍼를 바라보다 정신을 차리고 자리를 피해 밖에 나갔다. 아이들이 운동을 하거나 잡담을 나누고 있었다. 난 태호에게 갔다. 태호가 눈에서 강한 에너지를 발산할 수 있게끔 내가 도와주었다. 나의 정신기를 통해 태호 안구를 느끼고 그 안구를 감싸 안아 주었다. 어쩌면 태호와 내가 붙어 다니면서 고출력 에너지를 적들에게 발산할 수 있을 것 같기도 하다. 그러면서 난 호퍼가 걱정이 되었다. 이후에 호퍼가 몸이 나아져서 우린 학교로 떠날 준비를 했다. 우린 무전기와 다용도 핸드폰, 옷, 가다가 마실 것과 거처에 보관되어 있는 비상 자금까지 다 가지고 떠날 준비를 마쳤다. 우린 버스를 타고 학교 근처까지 갔다가 이후에는 걸어갈 생각이다. 우린 가평을 빠져나와 버스정류장 앞에 도달했다. 우린 마치 놀다가 이제 집에 가는 사람들 같았다. 우린 버스 자리가 넉넉한가를 보면서 버스를 살펴보고 보내고를 반복했다. 난 호퍼가 지나치게 내 옆에 붙어 있다는 생각이 들었다.

그리고 호퍼는 뭔가 불안해 보였다. 난 호퍼가 내 옆에 바짝 붙어도 괜찮다는 걸 확인시켜 주고 싶었다.

"호퍼, 괜찮아?"

내가 물었다.

"응. 괜찮아, 게이… 아, 민우야."

호퍼는 무미건조한 미소를 지었다. 토비가 호퍼를 내 곁에서 떼어 놓았다. 토비의 굵은 팔뚝이 호퍼를 종이 상자처럼 가볍게 밀어 버렸다. 난 토비가 그러지 않았으면 좋겠다. 난 무의식적으로 호퍼의 손을 잡을 뻔했다. 그러면 태호가 싫어할 거다. 난 버스를 살펴보는 데 집중을 했다.

"이번 버스는 자리가 많네. 이거 타자."

드디어 자리가 많은 버스가 왔다. 우린 우르르 몰려 탔다. 다들 버스 자리에 앉고 버스가 출발했다. 우린 버스를 한참 타고 춘천시 까지 갔다.

중간에 버스를 한 번 갈아탔다. 수지와 숙희는 수다를 떨고 토비 와 지미는 드문드문 대화를 나누었다. 태호는 내 손가락을 만지며 놀았다. 윤아는 소영이와 같이 잠이 들었다. 마이클과 제시카는 서 로 기대고 있는 걸 보니 연인 사이 같았다. 호퍼는 피곤해 보였지만 눈을 부릅뜨고 버스 창밖을 바라보았다. 난 잠이 와서 눈을 감았 다. 난 꿈을 꾸었다. 내 몸이 불타고 있었다. 그렇지만 뜨겁지는 않 았다. 불이 아니라 빛이었다. 붉은빛. 그 빛 안에서 난 나의 무한대 에 가까운 놀라운 힘을 느끼고 있었다. 난 물 위를 걸을 수 있고 바 다를 가를 수도 있었다. 난 신화적인 인물이 된 것 같았다. 고대의 신화에 나오는 인물들은 다 초능력자들이었다. 그리고 내 안에 욕망이 분출되었다. 그것은 성욕이었다. 난 너무 부끄러워 내 주변에 붉은빛을 가라앉히려고 했지만 빛은 꺼지지 않았다. 그리고 난 많은 사람들을 내 밑에 두고 그들은 나를 향해 무릎을 꿇었다. 그리고 갑자기 꿈이 어두워졌다. 나의 친구들이 모두 바닥에 누워 있었다. 꿈이지만 이상한 냄새가 났다. 공기가 무거웠다. 공기가 너무 무거워 숨쉬기가 어려웠다. 어딘가 이상한 빛이 흘러 들어왔다. 밝고 무서운 빛이었다. 누군가 웃고 있었다. 웃음소리가 무섭다. 그리고 난 꿈에서 깨었다. 정말 이상한 꿈이었다. 우린 춘천시에 도착했다. 우린 버스에서 내려 시골길을 걷기 시작했다. 우린 무전기를 점검했다.

"민우야, 주변을 감지해 줘."

"응."

난 주변을 감지했다. 초능력자는 느껴지지 않았다. 내 감지 범위가 더욱더 넓어졌다. 우린 천천히 학교 방향으로 걷기 시작했다. 내가 기억하는 건 거대한 옥수수밭이 있다는 것이다. 난 앞을 봤지만 그 거대한 옥수수밭은 안 보였다. 전에 우린 상당히 많이 걸어서 나온 것 같다는 생각이 들었다. 날씨가 더워지기 시작했다. 우린 땀을 흘리기 시작했다. 그러고 보니 난 살이 안 탔다. 계속 내 피부는 우유같이 하얗다. 내 몸 주변을 뭔가 감싸 안는 것 같았다. 나의 무의식에 흐르는 전파 망 같았다. 추정일 뿐이다. 내 안에서 발산되는 초능력 에너지가 어떻게 생성되고 어떻게 발산되는지는 알 수가 없었다. 눈에는 내 몸에 파란 에너지가 맥박처럼 움찔움찔했다. 우린 그 거대한 옥수수밭에 도착을 했다. 그리고 잠시 쉬었다. 우린 옥수수밭 길에 길게 앉아 쉬었다. 우린 물을 마시며 두서없는 대화를 나누었다. 그리고 다시 일어나 학교 방향으로 향했다. 난 학교의 전체 모습을 보는 건 처음인 것 같았다. 정말 크고 넓었다. 난 이해가 안 됐다. 이게 어째서 한 번도 뉴스에 나오거나 사람들이 발견하지 않았는지 나중에 소영이에게 꼭 물어볼 생각이다. 우린 학교 문에 다다랐다. 정말 큰 문이고, 전에 봤던 것처럼 기하학적인 문양으로 들쑥날쑥하게 디자인돼 있었다. 소영이가 문 단말기에 번호를 입력했다. 그러자 문이 열렸다. 아무런 소음도 안 들렸다. 문은 신속하게 열렸다. 마치 비상문 같은 느낌이 들었다. 언제든지 이 학교에서 빨리 빠져나가게 문이 재빨리 열렸다. 그리고 우린 두리번거리며 안으로 들어갔다. 윤아의 얼굴에 흥분이 감돌았다. 학교는 정말 컸다. 전에 봤던 정원을 보았다. 잡풀들이 좀 나 있었다. 바닥에 낙엽 같은 것이 많았다. 광장에 나무들이 좀 있는데 어떤 것은 부서져 있었다. 우린 식당 쪽으로 들어갔다. 이상하다는 느낌이 들었다. 전과는 뭔가 다르다. 뭐더라… 아! 나는 갑자기 생각난 듯 전율했다. 시체가 없었다. 그 누워 있던 많은 사람들이 안 보였다. 누군가 시체를 치운 걸까? 난 소영이에게 물어보려다가 말았다. 시체에 대한 이야기를 하는 거 자체가 꺼림직했다. 게다가 윤아도 있고. 우린 식당을 지나 게임룸이 있는 곳을 둘러보았다. 전기가 아직 들어와 마지막 그대로인 것 같다.

"게임룸이라, 기지보다 여기가 더 크네."

마이클이 말했다.

"마이클 너 게임하지 마. 너 그것만 계속하잖아."

제시카가 마이클을 보며 말했다. 마이클은 멋쩍은 표정으로 제시카를 바라봤다. 나 역시 게임을 많이 해서 누군가 언젠가 한소리 할거라는 생각이 든다. 아니다. 이미 예전에 소영이가 게임 좀 늦게까지 하지 말라고 잔소리한 것 같다.

"창고에 비상식량이 있나 보러 가자. 아니면 우린 매일 사 먹어야 해."

소영이가 말했다. 우린 게임룸을 벗어나 정원을 지나쳐서 운동실까지 왔다.

"여기서 매일같이 훈련하면 되겠다."

운동실을 보며 소영이가 말했다. 우린 소영이가 말한 창고라는 곳에 가 보았다. 생각보다 작았다. 아마도 비상시를 대비해 만든 공간 같았다. 안쪽에 눈에 확 띄는 노란 상자들이 빼곡히 쌓여 있었다.

"자, 이게 비상식량인데 먹을 만해. 지금부터 이걸 먹으며 지내자." 소영이가 말했다. 난 소영이가 항상 골라 주는 맛있는 음식을 이제 못 먹는다니 좀 아쉬웠다. 우린 소영이를 따라 학교 끝자락에 있는 숙소에 갔다. 방이 어마어마하게 많았다. 우린 방을 고르기 시작했다. 운동장 쪽으로 가는 길과 가까운 1층 쪽에 여자 방, 남자 방을 나눌 수 있는 구조의 방을 골랐다. 여자 방과는 가운데 복도를 사이에 두고 있었다. 가까워서 무슨 일이 생기면 재빨리 서로 만날 수 있는 곳이었다. 우린 각자 짐을 풀었다. 우린 무전기를 충전했다. 전기가 잘 들어왔다. 토비가 땀을 씻으러 샤워를 했다. 침대가 일렬로 쭉 놓여 있었다. 난 태호 옆에 자리를 잡았다. 아마 자다가 태호가 손을 뻗으면 내 손을 잡을 수 있을 것이다. 호퍼는 가장 끝에 자리를 잡았다. 난 호퍼를 살펴보았다. 다른 아이들은 다 괜찮았지만 호퍼는 하루 종일 말 한마디 안 하고 불안한 듯 주변을 두리번거렸다. 난 호퍼에게 다가가 옆에 앉았다. 호퍼가 나를 봤다.

"민우, 여기는 안전한 거야?"

내 이름을 부르는 호퍼의 발음은 좀 특이했다.

"글쎄. 나는 다른 초능력자들처럼 어렸을 때부터 여기서 지내지 않았어. 나 두 번째로 여기 오는 셈이야."

"그래? 우리 쪽 사람들이 여길 아는 것 같던데."

"그래 아마도 전에 여길 습격하러 왔었거든."

"민우야. 나 고민을 해 봤는데, 너희들과 계속 지낼 수 없을까?"

난 호퍼가 마음이 상당히 약한 상태라는 걸 알았다. 호퍼는 전과는 다르게 얼굴에 미소가 없어졌다. 전에는 항상 웃는 듯한 인상이었다.

"그래? 우리랑 왜 같이 있고 싶어?"

내가 물어봤다.

"응… 갈 데가 없거든."

"음… 그럼 직접 소영이에게 말해 봐."

호퍼는 알았다는 듯이 고개를 끄덕였다. 난 자리에서 일어나 태호에게 다가가 게임룸에 가자고 했다.

"좋지, 가 보자."

그러다 문득 난 호퍼에게도 가서 말했다.

"호퍼 게임룸에 가지 않을래?"

"응… 좋아."

우린 같이 게임룸에 갔다. 토비와 지미도 따라왔다. 마이클은 제시카 때문에 눈치를 보는 것 같았다. 태호와 난 에픽게임즈에서 만든 게임을 했다. 전에도 해 봤던 게임이다. 총이 전기톱으로도 활용이 돼서 적들을 잔인하게 해치우는 게임이다. 우린 스토리도 감상하며 같이 코옵으로 싱글을 했다. 우린 한참 게임을 했다. 소영이가 들어왔다.

　"너희들 게임 그만하고 훈련하러 가자."

　소영이가 말했다. 우린 아쉬운 마음을 뒤로하고 운동장으로 우르르 몰려갔다. 호퍼는 관람석에 앉아 우릴 구경했다. 우린 각자 초능력을 활용한 훈련을 했다. 난 소영이와 합동 훈련을 하고 태호에게 가서 태호 옆에 붙어서 태호가 강한 에너지를 발산할 수 있게끔 태호의 안구를 보호해 주었다. 그리고 우린 체력 훈련도 했다. 딱히 정해진 건 없었지만 각자 헬스 기구를 하나씩 돌아가면서 같이 해 보았다. 난 근력이 약해서 토비가 역기를 잡아 주고 하나만 더하라고 날 다그쳤다. 난 진이 다 빠져 아이들 곁에 빠져서 바닥에 앉아 쉬었다. 난 다시 일어나 러닝머신이라도 뛰려고 갔다. 갑자기 토비가 내 엉덩이를 두들겼다. 난 움찔하며 토비를 쳐다봤다. 토비는 고개를 돌려 역기를 들기 시작했다. 기분 나쁘진 않았지만 그렇다고 이상하지도 않았다. 토비와 내가 하도 몸을 섞어서 별다른 느낌이 안 들었다. 태호가 안 봤길 바랐다. 태호는 나를 보더니 내 옆에 와서 같이 러닝머신을 뛰었다 땀을 흠뻑 흘리니 몸이 개운해졌다. 태호는 더 뛰었다. 태호는 나보다 체력이 좋았다.

　"오빠, 나에게 전파 공격을 좀 가해 줘 봐."

땀을 뻘뻘 흘리는 윤아가 와서 나에게 똑 부러지게 말했다. 난 이해를 하지 못했다.

"윤아야, 그럼 머리가 많이 아플 거야."

"괜찮아. 한번 내 머리에 공격을 가해 봐."

난 한참 있다가 아주 약하게 윤아 머리에 살짝 전파를 사용했다. 그러자 윤아가 인상을 찌푸렸다.

"괜찮아?"

내가 바로 윤아 이마에 손을 얹어 기분을 나아지게 했다. 윤아는 금방 회복되었다.

"전파 공격은 나를 통과하지 못하나 봐."

그제야 난 윤아가 왜 자기를 공격하라고 하는지 알게 되었다. 내 전파 공격도 윤아 몸을 통과해 가나 해 본 것이다. 난 윤아에게 전파를 가하는 이 훈련을 지속할지 고민을 했다. 아마도 소영이라면 찬성했을지도 모르겠다. 그렇지만 윤아를 아프게 하는 게 싫었다. 어쩌면 윤아의 생존율을 높여 줄지도 모른다고 생각했다. 소영이가 옆에 왔다.

"민우야 윤아에게 전자파를 약하게 주기 시작해서 혹시라도 윤아 몸이 민우의 전파 공격을 통과시키면 조금씩 강도를 높여 줘."

"응, 알았어."

결국 이 훈련을 하게 되는 것 같다. 윤아는 신나 하는 것 같았다.

난 아이들이 운동을 끝낼 때까지 조금 쉬었다. 난 호퍼를 흘끔 보았다. 호퍼는 우릴 바라보고 있었고, 어두워 보였다. 토비가 또 나에게 다가왔다. 또 어떤 핑계를 만들어 내 몸을 만지작댈까 하는 생각이 들었다.

"민우, 우리 맥주 마시러 갈 거야. 너도 가끔 마시잖아. 가자."

"난 미성년자라 안 마셔."

내가 답했다. 그렇지만 전에 태호랑 몇 번 마셨다. 맥주를 마시면 우린 더 흥분되는 것 같았다. 그리고 토비는 태호만 빼놓고 나와 토비, 지미, 마이클만 데리고 가려고 했다. 난 여전히 토비가 좀 비열하다고 생각했다.

"너 미성년자였구나. 어쩐지 쫄깃하더라."

토비가 나에게 속삭였다. 토비의 감정은 뒤죽박죽인 것 같았다. 혹시나 조울증이 아닌가 의심된다.

"그런 말 하지 마, 토비. 기분 나빠."

토비는 웃으며 사람들과 맥주를 마시러 갔다. 난 태호랑 같이 샤워하러 갔다. 호퍼도 우릴 뒤따라 왔다. 여자아이들도 씻으러 갔다. 아마도 학교 창고에 맥주가 있는 모양이다. 우린 씻고 여자 방에 둘러앉아 나머지 남자아이들이 올 때까지 기다렸다. 한참 후에 나머지 남자아이들이 왔다. 다들 조금 취해 보였다. 드디어 우린 비상식량을 먹게 되었다. 난 포장을 뜯어 보았다. 네모난 빵 같은 걸 먹어 보았다. 카스테라 빵 같은 맛이 났다. 맛있었다. 그리고 캔에 든 것도 뜯어서 먹어 보았다. 꼭 맛이 야채 참치 맛이 났다. 이것도 맛있었다. 그리고 몇 가지 부속 음식을 먹었다. 사탕도 들어 있었다.

이걸 다 먹으니 배가 불렀다. 다들 그럭저럭 먹을 만하다는 것에 안도한 듯하다. 맛도 자극적이지 않아 질릴 염려도 없었다. 우린 포장지를 모아 쓰레기통에 버렸다. 그리고 다 같이 양치를 하고 잠자리를 만졌다. 우린 다 같이 모여 티브이를 보았다. 뉴스에는 아직까지 로버트 박사의 얼굴이 나왔고 또 사라져 버린 호퍼의 얼굴이 나왔다. 난 호퍼의 심리를 조금은 알 것 같았다. 호퍼의 얼굴이 다 알려져서 호퍼는 어디도 갈 수가 없을 거다. 요즘 CCTV가 널려 있어서 호퍼는 무엇도 할 수 없는 거다. 우린 뉴스를 보다 여자아이들이 연속극을 본다고 해서 게임룸에 갔다. 수지와 제시카는 외국인인데도 한국 연속극을 흥미롭게 보는 것 같았다. 우린 게임룸에 가서 게임을 했다. 토비는 내가 게임하는 걸 뒤에서 보다가 농구공을 넣는 게임을 했다. 호퍼는 오래된 아케이드 게임을 했다. 태호와 난 아까에 이어서 그 게임을 했다. 한참 후에 마이클이 제시카와 같이 왔다 둘이서 아케이드 오락기 앞에 앉더니 같은 색의 풍선을 맞추는 게임을 같이 했다. 난 마이클이 다른 게임을 하고 싶어 한다는 걸 느꼈다. 제시카가 마이클을 잡고 사는 것 같았다. 그러면 행복할까 하는 생각이 들었다. 아마 토비라면 나를 쥐어 잡고 곁에 두고 살지 않을까 싶다. 정말 끔찍한 일이다. 난 태호와 사랑을 나눠 다행이라고 생각했다. 난 진짜 여자가 되어서 가슴도 봉긋하게 나오고 예쁜 원피스에 앞치마를 두르고 태호에게 맛있는 음식을 해 주는 상상을 했다. 그건 정말 행복하다고 느꼈다. 태호가 갑작스레 내 볼에 뽀뽀를 했다. 내 볼은 부드럽고 따스했다. 태호의 입술은 촉촉했다. 난 태호를 보고 웃었다. 여자처럼 웃었다. 나는 찡긋하며 웃었다. 그러자 태호 얼굴이 환해졌다. 토비가 날 노려보는 게 느껴졌다. 토비의 기가 나를 향해 분출되었다. 난 마음을 다스렸다. 너무 많은 사람들의 감정과 기를 느끼면 난 너무 힘들어졌다. 그리고 우린 다 같이 아쉬운

마음을 뒤로하고 자러 갔다. 태호와 난 이불을 같이 뒤집어쓰고 키
스를 했다. 그리고 각자 자리로 돌아가 잠을 청했다.

⟜ 5 ⟞

다음 날 우린 8시에 일어났다. 우린 알람을 끄고 일어나 각자 씻었다. 우린 다 같이 모여 아침을 먹었다. 우린 아침 뉴스를 봤다. 보려고 한건 아닌데 우연히 수지가 뉴스를 보다 우릴 다 불러 모았다. 경찰들이 회견을 열고 있었다, 경찰청장도 등장했다.

"이 시간부로 현재부터 우리 시민의 평화와 범죄를 예방하는 초능력자들을 비둘기 평화단이라고 부르기로 했습니다. 그리고 최근 비둘기 평화단을 습격한 초능력자들을 잡기 위해 전 지역에 경찰 병력과 초능력자들이 배치될 것입니다. 시민들의 안전과 평화를 위해 최선을 다하겠습니다."

우린 티브이를 한참 바라봤다.

"그럼 여기는?"

수지가 말했다.

"여긴 당분간 안전할 거야. 걱정 마."

소영이가 말했다.

"그렇지만 만약을 대비해 민우가 수고해 줘야겠어."

소영이가 날 바라봤다.

"민우가 입구 쪽에서 훈련할 때를 제외하고 적들이 오나 안 오나 감시해 줘."

"응 알았어."

난 알았다고 답한 후 마음을 다스렸다. 난 우리가 악당이 된 상황을 빨리 반전시키고 싶었다. 우리도 언론에 나서야 하는 게 아닐까? 그렇지만 지금은 아무 말도 하고 싶지 않았다. 어찌할 방도가 없는 것 같았다. 난 바로 밖으로 나가 입구 쪽으로 갔다. 뒤에서 호퍼가 따라왔다.

"호퍼, 왜 따라와?"

"응, 그냥 갈 데가 없어서."

호퍼는 얼굴에 그늘이 있었다. 난 그냥 호퍼가 따라오게 내버려 두었다. 학교 입구 위에 감시탑 같은 게 있었다. 아래쪽에 계단이 있어 위로 올라갔다. 감시탑 안에 작은 모니터와 작동하지 않는 장치들이 있었다. 난 의자에 앉아 나의 정신파를 발산했다. 호퍼는 내 옆에 앉았다.

"너 정말 여자 같구나."

호퍼가 시비를 거는 듯싶다. 난 무표정하게 호퍼를 바라봤다.

"왜 그래, 호퍼? 나 지금 집중해야 해. 적들이 너도 찾고 있잖아."

"아니, 그냥 앉아 있는 게 다리를 여자처럼 모으고 앉잖아."

"내 골반이 넓어져서 그래. 이렇게 앉아야 내가 편해."

"이런 거 물어봐도 되는지 모르겠지만 너 거시기는 있어?"

"맙소사. 호퍼, 그런 건 물어보지 마. 여하튼 거시기는 있어."

"아, 있구나…. 그래야 그 남자끼리 할 수 있으니까?"

난 어이없다는 표정으로 호퍼를 본 후 정신을 집중했다. 난 정신피를 아주 넓은 범위로 확산시켰다. 옥수수밭에는 사람이 없었다. 누구의 옥수수밭인지도 잘 모르겠다. 아마 초능력자들의 소유가 아닌가 생각이 된다.

"그럼 너는 토비랑 파트너야?"

난 또 어이없는 표정으로 토비를 바라봤다.

"아니야. 토비는 그냥 친구야."

"친구끼리 항상 키스를 하나 봐?"

저번에 호퍼랑 가평에서 마주쳤을 때 하필 토비가 급작스럽게 키스하던 걸 보고 이야기하는 것 같았다.

"그건 오해야. 난 태호랑 사귀어."

난 호퍼에게 고개를 돌려 집중했다.

"그렇구나. 태호가 파트너구나."

난 파트너라는 표현이 싫었다. 태호와 나는 사랑하는 사이라고 말하고 싶지만 호퍼가 또 어떤 엉뚱한 말을 할까 봐 말을 말았다. 그때 마침 태호가 왔다. 난 태호를 바라봤다. 그리고 살짝 미소 지었다. 태호가 좋아하는 찡긋하는 미소를 지었다. 태호는 웃으며 내 옆에 앉았다. 호퍼는 태호와 나를 번갈아가며 바라봤다. 태호는 내가 심심할까 봐 휴대용 게임기를 들고 왔다. 휴대용 게임기가 있었다니 닌텐도 게임기다. 나온 지 오래된 골동품 게임기다 그걸로 난 여러 다양한 로봇들이 나오는 전략 게임을 했다. 그러면서 동시에 초능력자들을 감지해 보았다. 태호는 옆에서 책을 읽었다. 스티븐 킹 소설이다. 동물을 어떤 묘지에 묻으며 살아난다는 무서운 책이다. 난 무서워서 못 읽는다. 호퍼는 무척 심심해하는 것 같았다. 그렇지만 얌전히 있었다. 우린 오후까지 감시탑에 있다가 점심을 먹으러 갔다. 이후로 저녁에는 훈련을 하고 오후에는 감지를 했다. 윤아에게 내가 공격을 가하는 훈련은 잘 안됐다. 난 저녁을 먹고 감시탑에 올라가 전파감지를 했다. 그럼 항상 호퍼가 따라왔다.

"다른 아이들은 싫어?"

내가 말했다.

"뭐가?"

"왜 나만 따라다녀."

"그냥 아는 사람이 없어서."

"그래? 우린 다 좋은 사람들이야."

그렇지만 난 토비를 떠올렸다. 이건 거짓말이다.

"그래? 그렇다면 좋아. 난 오래 생존하고 싶다고. 우리 쪽 사람들이 오면 나부터 죽이려고 할걸."

"왜? 마리 카우스에게 뭐 잘못했어?"

"아니 전에도 이야기했잖아. 너를 놓쳐서 처벌을 받으려고 했다고."

"그럼 정말 사형같이 죽인다는 거야?"

"아니, 그거보다 더 끔찍해."

"어떻게 하는데?"

"응, 머리를 바꿔 버려."

"그게 무슨 말이야?"

"마리 카우스는 사람의 정신을 바꿔 버리는데, 다른 사람처럼 만들어 버려. 너희들을 배신한 우종이라는 놈도 아마 지금쯤 다른 사람이 됐을걸?"

난 소름이 돋았다. 난 문득 전에 잡혀간 아이들이 떠올랐다.

"전에 우리 쪽에서 데려간 아이들은 어떻게 됐어?"

"세뇌당했지. 아이들은 포기하는 게 좋을 거야."

난 말문이 막혔다.

"소영이는 아이들을 포기하지 않을 거야."

난 말했다.

"그래… 너희들은 정의의 편이니까."

호퍼가 답했다.

"너 피부가 우유 같구나."

호퍼가 날 보며 말했다. 난 좀 부담스러웠다. 문득 전에 호퍼가 나에게 손을 뻗으려 했던 기억이 난다. 호퍼는 동성애자가 아니다. 내가 마주치는 모든 남자들이 동성애자일 리 없다. 혹시 내가 어떤 영향을 주는 건가? 마리 카우스가 나에 강한 힘을 끌어올릴 때 난 천사보다 아름다운 나 자신의 모습이 나타났다고 생각한다. 나의 능력이 뭔가 주변 사람들에게 영향을 주는 게 아닌가 추정을 했다. 난 호퍼를 무표정하게 바라봤다.

"호퍼, 너는 지금 동성애자에게 피부가 곱다고 칭찬을 했어. 징그럽지 않니?"

"응. 그래, 징그러워. 너희들은 뒤로 하잖아."

"그래 뒤로 해. 사실 좀 비위생적이야. 머릿속에 상상도 하지 마."

"근데 왜 하는 건데?"

"응. 서로 사랑하니까 애정 어린 행위를 하는 것뿐이야."

"그냥 섹스하는 거잖아."

호퍼는 말을 직설적으로 했다.

"그래, 그런 관계를 맺는 거야. 우리도 사람이잖아. 누구나 다 그런 걸 즐기지. 호퍼, 너도 그러고 싶어?"

호퍼는 당황해했다.

"아니, 난 이성애자야. 그런 이야기 하지 마."

"알았어, 안 할게. 호퍼도 말 좀 조심히 해. 좀 기분 나쁠 때가 있어."

호퍼는 표정이 안 좋았다.

"알았어, 민우."

호퍼가 내 이름을 발음할 때 좀 특이했다.

"호퍼는 좋아하는 여자 없었어?"

난 화제를 바꾸었다.

"있었지. 지금 미국에 있어. 아주 예뻐."

"만나고 싶겠다."

"만나고 싶지…"

그리고 호퍼는 말이 없었다. 우린 한참을 감시탑에 있다가 훈련을 하러 갔다.

"민우 나에게 전자파를 쏴 봐."

호퍼가 말했다.

"너도 훈련하게? 근데 왜 전파 공격을 하라고 하는 건데?"

"내가 너의 정신 능력을 빠르게 피해 볼게."

"호퍼 내 능력은 내 눈에 보이는 곳에 있으면 아주 빠르게 공격이 가해져 못 피할걸?"

"그래도 해 봐. 내가 피해 주겠어."

난 호퍼에게 바로 공격을 가했다. 호퍼는 피하기는커녕 그냥 자리에 주저앉았다.

"맙소사, 정말 아프군. 그만해!"

난 공격을 멈췄다. 호퍼는 주저 않아 머리를 감싸 안았다. 내가 가서 호퍼에 이마에 손을 얹어 주었다. 그러자 호퍼가 눈을 동그랗게 뜨고 날 보더니 희미한 미소를 지었다.

"세상에, 어떻게 한 거야?"

그러다 토비가 왔다. 토비가 호퍼를 밀쳐내고 내 팔을 잡아끌었다.

"아파, 토비."

"민우야, 저 자식에게 선심 쓰지 마!"

토비가 날 노려보며 말했다. 난 토비가 나에게 화내는 게 싫었다.

"토비. 호퍼는 좋은 아이였어."

"착각하지 마. 호퍼는 그 자식들 편이라고 잘해 주지 마. 알았어?"

토비가 씩씩거렸다. 난 토비를 무표정하게 바라보다 다른 곳으로 갔다. 호퍼는 고개를 숙이고 있었다. 난 윤아와 같이 훈련을 했다.

내가 전파를 쏘자 윤아가 집중을 했다. 윤아 몸에 내 전파가 전해지는 것 같았다. 윤아 몸에서 통과하지 않았다. 윤아가 고통스러워하면 내가 이마를 만져 주었다. 회복과 공격을 반복적으로 해 보았다.

"윤아야, 자신의 몸이 공기가 되는 상상을 해 봐."

윤아는 인상을 썼다.

"난 상상력이 좋지 않아."

"그래. 그렇지만 상상력이 많이 도움이 될 거야. 상상을 하려고 해 봐."

"알았어, 오빠."

난 윤아가 충분히 준비될 때까지 기다린 후 전파를 가했다. 그러자 윤아가 인상을 썼다.

"아까보다는 안 아픈데? 살짝만 공격한 거야?"

"아니, 아까랑 똑같이 공격했어."

혹시 전파 공격을 걸러냈나? 난 다시 윤아가 충분히 준비할 때까지 기다렸다. 그러자 윤아가 살짝 인상을 썼다. 공격을 어느 정도 통과시키는 것 같았다. 윤아는 좋아지고 있었다. 난 그러다 문득 호퍼를 바라봤다. 호퍼도 나를 보고 있었다. 둘이 눈이 마주쳤는데 내가 호퍼의 마음을 들여다볼 뻔했다. 난 그러지 않았다. 우린 훈련을 마치고 다들 쉬러 가고 난 감시탑에 갔다. 태호도 뒤따라왔다. 태호와 난 키스를 했다. 태호의 혀가 부드러웠다. 더한 것도 하고 싶었지만 누가 올까 봐 하지 못했다. 태호는 내 옆에 앉아 내 손을 가지고 놀았다. 난 정신을 집중하며 드넓은 옥수수밭을 바라봤다. 어둠이 깔려 옥수수가 듬성듬성 보였다. 꼭 스티븐 킹 소설에 나오는 배경 같았다. 누군가 옥수수밭을 가로질러 와 눈앞에 드러날 것만 같았다 난 그냥 겁이 났다. 난 태호에게 몸을 기댔다. 태호에게서 샴푸 냄새가 났다.

"태호는 나에 대해서 어떻게 생각해?"

난 생각 없이 태호에게 말을 던졌다.

"민우? 민우는 부드러워. 부드러움 덩어리 같아. 그리고 따듯해. 그리고 좋은 향기가 나."

나는 내 몸의 냄새를 맡아 보았다.

"그리고 사랑스러워. 민우는 어쩔 때는 정말 여자 같아. 그래서 내가 남자를 사랑하는 건지 여자를 사랑하는 건지 헷갈릴 때가 많아."

"그래? 내 몸에 어디가 제일 좋아?"

그러자 태호가 얼굴을 붉혔다.

"음… 손."

"거짓말. 나랑 하면 내 다리하고 엉덩이만 신경 쓰잖아."

내가 이렇게 이야기하자 태호가 웃었다.

"맞아, 난 너의 몸이 좋아."

태호는 나와 나누는 성행위만 좋아하는 걸까? 그런 생각이 드니 난 확인하고 싶었다.

"나 사랑해?"

태호는 나를 봤다. 눈은 빛이 났다.

"사랑하지."

"그래? 어떻게 사랑하는데?"

"음, 항상 보고 싶고 항상 손을 잡고 있고 싶어. 네가 없으면 불안해. 우린 연결돼 있나 봐."

"우리가 연결돼 있다고?"

난 태호의 기를 느껴 보았다. 정말 우리 파란 기운은 연결돼 있었다. 태호의 파란 기가 나를 향해 있었다. 그리고 그런 파란기가 여기 저기 보였다. 뒤쪽에 우리 초능력자들의 기다. 그리고 나는 옥수수밭 쪽을 바라봤다. 그쪽에는 아무런 기가 없었다. 적들은 이 학교를 잊어버린 걸까?

"아, 태호야. 근데 전에 여기 있던 시체들은 누가 치웠어?"

"아. 우리가 부산에 기지로 돌아갔을 때 비공식적으로 여러 명의 사람들이 파견해서 여길 정돈해 놨어."

"그렇구나."

난 그 시체들이 다 어디로 갔을까 하는 생각이 들었다. 그러다 문득 옥수수밭에서 뭔가 희번덕거렸다. 난 그걸 집중해서 관찰했다. 초능력자다!

난 무전기로 재빨리 소영이에게 알렸다.

"소영아, 초능력자야!"

소영이가 응답하고 아이들이 재빨리 이쪽으로 오는 것 같았다. 파란기가 내 쪽으로 빨리 다가왔다. 옥수수밭 쪽의 기는 천천히 움직였다. 아이들이 순식간에 정문 앞으로 왔다. 아이들이 각자 자리를 잡고 소영이가 정문을 잠가 버렸다. 아마 적들이라면 이 담벼락을 뛰어 넘어올 것이다. 소영이가 양팔을 벌려 주변을 모두 컨트롤하기 시작했다. 난 적들이 뛰어넘어 오면 바로 정신파를 가해 무기력하게 만들 참이었다. 토비는 주먹을 쥐고 태호는 양 이마에 손을 갖다 대 에너지를 방출할 준비를 했다. 엘리자베스는 벌어질 싸움에 할 수 있는 일이 없기 때문에 뒤에 서 있었다. 마이클과 제시카는 둘이 붙어서 기를 모았다. 윤아는 제일 뒤쪽에 서 있었다. 숙희는 빠르게 달릴 준비를 했고 수지는 손에 열 덩어리를 만들었다. 그들이 점점 다가오고 있었다. 옥수수밭을 헤치며 천천히 다가오고 있었다. 매미 소리가 멈추고 주변이 고요해졌다. 그리고 비가 조금씩 내리고 있었다. 바람이 한 번 크게 불어왔다. 초능력인가? 그냥 바람 같았다. 앞에서 말하는 소리가 작게 들렸다.

"다들 준비해."

소영이가 무전기에 대고 말했다.

앞에서 말하는 소리가 더 가깝게 들렸다. 난 전자파를 살짝 줄까 고민 중이다.

"소영아 먼저 전파 공격을 가할까?"

"응, 그래. 민우야, 일단 조금만 기다려."

기다리라는 말에 조바심이 났다. 그들이 앞문에 거의 다다른 것 같다. 우린 다들 긴장했다. 말이 없었고 식은땀이 났다. 지미가 날아 오를 준비를 했다. 윤아가 뒤에서 꼼지락거렸다. 밖에서 말소리가 들렸다. 난 무슨 말인가를 집중해서 들었다. 일종의 잡담 같았다. 아마도 우리에게 다가오는 초능력자들은 여기 아무도 없다고 생각하는 것 같았다. 그들이 문 앞까지 왔다. 우린 조용히 하고 있었다. 앞에서 말소리가 들렸다.

"열려?"

"역시 안 열려."

누군가 정문을 열려고 하는 것 같았다. 문 앞이 덜컥거렸다.

"씨발, 아무리 해도 안 열려."

"그냥 가자고."

사람이 네 명 정도 있는 것 같았다. 그러다가 좀 더 멀리서 경찰 사이렌이 들렸다.

"경찰이 온다고 문을 열 수 있을 것 같지 않은데?"

"기다려 봐."

우린 앞에서 말하는 경찰이 올 때까지 서로 조용히 했다. 한참 후에 경찰들이 온 것 같다. 그리고 말소리가 들렸다. 그러더니 발자국 소리가 멀어져 갔다. 그들은 여기서 떠난 것 같았다. 그래도 우린 긴장하며 조용히 있었다. 한참 후에 소영이가 말했다.

"그들이 갔나 봐. 누군지는 모르지만."

"아마 마리 카우스 사람들이겠지."

수지가 말했다.

"아마도 여기로 들어오지 못하는 것 같아. 아니면 별로 신경 안 쓰거나."

숙희가 말했다.

"이제 어쩌지?"

지미가 물었다.

"민우야, 감시탑에 조심히 올라가. 계속 감지해 줘."

소영이가 말했다.

"응, 알았어."

난 감시탑에 천천히 올라갔다. 감시탑을 넘어 보면 적들이 있을 것 같아 불안했다. 다행히 앞에 펼쳐진 옥수수밭에는 아무도 없는 것 같았다. 내 뒤로 토비와 태호가 따라왔다. 난 토비와 태호를 번갈아 보고 감시탑에 앉았다. 그러자 둘이 따라 앉았다. 난 좀 불안했다. 토비가 시비를 걸지 않을까 신경 쓰였다.

"토비, 왜? 할 말 있어?"

내가 토비에게 부드럽게 물었다.

"아니, 없어. 그냥 안전한지 보려는 거야."

난 할 말이 없었다. 태호가 내 옆에 바짝 붙어 앉았다. 우린 어깨를 서로 대고 있었다. 난 토비가 혹시 심술을 부리지 않나 토비를 한번 돌아봤다. 토비는 가만히 있었다. 약간 웃고 있는 것 같기도 하다. 혹시 토비가 날 지켜 주려고 하는 걸까? 같은 생각이 들었다. 나를 향한 토비의 뒤틀린 애증은 날 불안하게 만들었다. 게다가 토비가 태호를 어떻게 할 거란 생각이 들기도 하다. 태호가 내 손을 잡았다. 나도 태호 손을 만져 주었다. 태호는 일부러 토비에게 보이려고 하는 것 같다는 생각이 들었다. 난 태호와 잡은 손을 감추었다. 토비는 얌전히 있었다.

"민우, 내 머리 좀 만져 줘."

토비가 말했다. 난 당황스러웠다. 태호가 날 쳐다보고 토비를 봤다.

"민우는 집중하고 있잖아, 토비. 네가 굳이 여기 있을 필요는 없어."

태호가 말했다.

"알았어, 괜찮아. 만져 줄게."

나는 태호 손을 잡고 토비 이마에 손을 대었다. 토비는 기분이 나아진 것 같았다. 동시에 토비와 태호의 피부를 느꼈다. 둘 다 아주 따스했다. 그렇지만 난 둘 다 사랑을 할 자신이 없었다. 난 토비에게 다른 사람이 있었으면 좋겠다. 난 누가 있을까 싶어 곰곰이 생각을 해 보았다. 그렇지만 아무도 떠오르지 않았다. 우린 한참을 그렇게 셋이 앉아 있다가 저녁을 먹으러 갔다. 우린 비상식량을 먹었다. 밤에 잠자리에 들기 전에 난 감시탑에 가서 좀 더 주변을 감지했다. 다음 날 우린 훈련을 했다. 드디어 윤아가 내 전파 공격을 투명하게 통과시켰다. 윤아는 무척 기뻐했고 그때 나를 안았다. 난 그냥 여동생 안듯이 안았다. 윤아는 생각보다 야위고 작았다. 윤아는 생각보다 어린아이 같았다. 다음에 소영이는 윤아가 다른 모든 종류에 공격을 피할 수 있게 훈련을 해 보자고 했다. 윤아는 어쩌면 무적이 될 수도 있다고 생각한다. 난 그리고 태호를 옆에서 도왔다. 태호의 안구를 내가 보호해 주고 태호가 에너지를 발산하게 했는데 태호는 마음만 먹으면 상당한 양의 에너지를 방출할 수 있다는 걸 알 수가 있었다. 대신 내가 옆에 있어 주어야 한다. 그렇게 시간이 흘러가고 있을 때쯤 알레스에게 연락이 왔다.

"알렉스 님? 무슨 일이시죠?"

"네."

"네."

소영이가 우릴 모두 보며 뜸을 들이다 말을 했다.

"적들이 부산으로 내려간대."

6

잘 들어. 부산에 우리 쪽 초능력자들도 있어. 몇 명이 밖에 나가 주변을 살펴보고 있어." 소영이가 말했다.

우린 서둘러 준비를 했다. 혹시 모를 때를 대비해 우린 여분의 비상식량과 물을 가방에 넣었고 무전기를 완충하고 떠날 채비를 했다.

호퍼는 여기 남기로 했다. 호퍼는 얼굴이 잘 알려진 건 물론이고 적들의 표적이기 때문에 눈에 바로 띌 것이다. 소영이와 수지가 호퍼를 데리고 다니면서 학교 내부에 어떤 시설이 있는지 설명해 주었다 그때 난 학교에 일종에 실험용 무기나 장비들이 있는 걸 봤다. 프로토 타입 같은 장비들이 많았다.

"우종이가 다 이야기했겠지."

숙희가 말했다.

"그래, 어차피 한판 붙을 거, 가 보자고."

지미가 말했다.

"조심해, 민우."

호퍼가 나에게 말했다. 난 호퍼의 감정이 느껴졌지만 차단했다. 난 겁이 났다.

"그래, 호퍼. 잘 지내. 훈련은 꾸준히 하는 게 좋겠어. 네가 우릴 도와준다면 어쩌면 우리 편이 될지도 모르지."

내가 말했다. 소영이는 아무 말 안 했다. 그리고 우린 말이 없었다. 우린 아침에 출발했다. 옥수수밭을 지나 버스를 타고 기차를 타고 갈 예정이다. 난 주변을 감지하며 갔다. 우린 기차를 타고 부산에 도착했다. 오는 동안은 다행히 아무 일도 없었다. 몇몇 초능력자를 감지했지만 그냥 지나쳤다. 우린 부산역 쪽에 카페에 들어갔다. 우린 무전기로 조용히 대화를 했다.

"기지 근처에 가면 안 돼, 기지가 발각될 수 있으니까. 기지에서 좀 먼 거리에서 초능력자들을 감지해서 우리가 어떻게든 기지 쪽으로 못 가게 해야 해."

소영이가 말했다.

"근데 적들과 마주치면 우리가 공격을 먼저 할 거야?"

수지가 물었다.

"우리가 공격하지 않고 미행만 하자. 우리 이따가 모자를 사자 얼굴 좀 가리게."

소영이가 말했다.

"우리를 알아볼 것 같아 좀 걱정돼. 한두 번 마주쳐 본 게 아니잖아."

수지가 말했다.

"엘리자베스가 적들의 시선을 멀게 할 수도 있어."

숙희가 말했다.

"내 능력을 사용하면 초능력에 말려들었다는 걸 결국에는 알게 될걸?"

엘리자베스가 말했다.

"근데 내 생각에는 우리 쪽에 외국인들이 있으니까 어쩌면 우릴 쉽게 알아볼 수 있을 것 같아."

내가 말했다.

"우리 모습을 숨길 수 없을까?"

수지가 말했다.

"그런 능력을 가진 사람이 없잖아."

소영이가 말했다.

우린 고민했다. 난 커피를 조금 마셨다. 이제 저녁이 돼 가고 있었다. 우린 어떻게 적들에게 접근할 것인지 고민하고 있었다. 날이 어두워지고 해운대 근처에 사람들이 술에 취해 비틀거리고 있었다.

"일단 밖에 나가 보자."

소영이가 말했다. 우린 상당히 조심히 밖에 나갔다. 난 정신을 집중해 초능력자들을 감지했다. 초능력자들이 바다 근처에서 발견되었다.

"소영아. 바닷가에 초능력자들 우리 편이야?"

내가 말했다.

"기다려 봐, 민우야."

소영이가 말했다. 기지에서 받은 무전기로 대화 시도를 했다. 우린 무전을 기다렸다. 소영이가 무슨 말을 하는 듯하다.

"민우야, 우리 편이야. 위험하긴 하지만 우리 편 있는 곳으로 가 보자."

우린 소영이를 따라 바닷가로 갔다. 우린 많은 사람들을 지나쳤다. 난 긴장해서 땀이 조금 났다. 우린 한참을 가다 파란색 빛이 발산되는 곳에서 사람들을 만났다. 우린 놀러 온 사람처럼 보이길 바랐다.

"마리아, 아무 일 없어?"

소영이가 어떤 백인 여성에게 말을 꺼냈다. 마리아는 금발머리에 통통한 여자다. 날이 좀 추운지 가운을 입고 있었다.

"소영, 오랜만이야. 주변에 특별한 건 없어. 다들 놀러 온 사람처럼 보여."

마리아가 말했다.

"민우야, 주변을 감지해 봐. 지금 마리아와 아이작이라는 애들이 있는데 이 둘 말고 또 초능력자가 있나 살펴봐 줘."

난 고개를 끄덕이고 주변을 감지했다. 능력을 확장시켜 아주 먼 거리까지 관찰했다.

"아무도 없어 우리뿐이야."

내가 말했다. 그러고 나서 소영이가 좀 안심하고 아이작과 마리아를 우리들에게 소개해 주었다. 마리아는 사람의 신체를 치유하는 능력을 가졌고 아이작은 쇠를 움직이는 능력을 가졌다고 한다. 아이작의 공격력이 토비보다 높다고 알려 주었다. 그렇지만 주변에 쇠가 있어야만 한다.

"쇠만 있으면 총알같이 날려 버릴 수도 있거든. 근데 잘 사용 안 해. 사람을 거의 죽이거든."

아이작이 말했다. 아이작은 짧은 머리에 반바지, 하와이안 셔츠를 입고 있었다. 셔츠 목덜미에 선글라스를 끼웠다. 우린 아이작과 마리아와 잠시 해변에 있었다. 우린 부산역까지 가 보자고 의견을 모으고 있었다. 적들이 기차역을 통해서 올 수도 있고 차를 이용해도 부산역을 지나치니 부산역에 가기로 해 보았다. 나는 소영이 옆에 서고 그 뒤로 토비, 지미, 숙희, 수지, 엘리자베스, 윤아, 마이클, 제시카, 제일 뒤에 마리아, 아이작과 일렬로 떨어져 걸었다. 난 주변을 감지했다.

"만약에 싸움이 나면 어떻게 해?"

아이작이다. 아이작은 전투 경험이 없다고 한다.

"아이작, 쇠를 가지고 방어막을 만들어 줘. 우리가 공격할 때 방해가 안 되게."

소영이가 말했다.

"알았어, 해 볼게. 적들이 어떻게 공격을 해, 주로?"

아이작이 물었다.

"사방에서 공격해. 정신만 차리면 어느 정도 방어와 공격을 즉각적으로 할 수 있어."

소영이가 말했다.

"소영아, 난 어떻게 해야 해?"

마리아가 물었다.

"마리아는 우리 중간에 있어. 우리가 사방으로 방어와 공격을 할게. 혹시 우리가 다치면 중간에 있다가 치료하러 가 줘."

소영이가 말했다. 아이작과 마리아가 무척이나 긴장하고 있다. 난 그걸 감지할 수 있었다. 우린 아름다운 해변을 벗어나 술집들이 있는 번화가로 접어들었다.

사람이 무척 많았다. 사람들 틈에 섞이니 우린 남처럼 보였다. 다행이다. 사람들이 술에 빠져 있는 모습 때문에 나도 취하는 것 같았다. 사람들의 기가 술렁였다. 앞에 누군가 걸어오는데 사람들이 양옆으로 피해 갔다. 난 그들이 초능력자라는 걸 알 수 있었다. 파란빛이 다가온다.

"소영아, 앞에 초능력자 세 명."

내가 무전기로 작게 말했다. 그러자 마리아가 우리 가운데 쪽으로 빨리 걸어왔다.

"마리아, 움직이지 마."

소영이가 말했다.

"그냥 아무 일 없다는 듯이 지나쳐."

소영이가 말했다. 마리아는 움찔하며 자리로 돌아갔고 우린 그들을 지나쳤다. 난 힐끔 그들을 봤다. 백인 남자와 백인 여자 둘이다. 두 여자는 청 반바지와 셔츠를 입었고 남자는 청바지와 검은 셔츠를 입었다. 아마도 이들은 언론에 나온 사람들이라 추정된다. 주변 시민들이 다 이들을 알아봤다. 우린 모른 체하며 그냥 지나쳤다.

"소영아. 우리 기지 쪽으로 가는 것 같지 않아?"

수지가 말했다.

"기다려. 저 앞에 골목에서 돌아서 저들은 쫓아갈 거야. 다들 눈에 띄는 행동은 하지 마. 침착해."

소영이가 말했다.

우린 긴장할 수밖에 없었다. 우린 옆으로 골목을 돌아 다시 왔던 방향으로 틀어서 걸었다.

"너무 일렬로 서 있으니까 이상해."

숙희가 말했다.

"각자 두 명씩 붙어 가자."

소영이가 말했다.

우린 각자 짝을 이루어서 걸었다. 조금 서로 떨어져 있었다. 조금 걸어가자 아까 지나쳤던 그 세 명이 보였다. 우린 천천히 따라갔다.

"토비, 수지, 지미. 저들을 자연스럽게 앞질러 가서 우리 기지에서 좀 떨어진 곳에 있을 수 있어?"

소영이가 말했다. 토비와 지미 수지가 해 보겠다고 했다. 그렇지만 불확실했다. 우리 쪽 세 명은 뒤로 돌아가서 복잡한 골목 쪽을 들어가 멀리 돌아서 적들을 앞질러 기지 쪽에 갈 생각이다. 한참의 시간이 흘렀다.

"토비, 어디 있어?"

소영이가 물었다.

"음, 기지 쪽으로 가는 길인데 정확히 어디 있을지 생각 중이야."

토비가 답했다.

"기지에서 좀 멀리 있어. 우리가 그리로 갈게, 기다려."

소영이가 말했다.

"민우야. 적들과 토비 쪽 아이들 기를 관찰해 줘. 우리가 만날 수 있게."

"웅, 알았어."

난 적들의 기와 멀리 어렴풋이 보이는 토비 일행들의 기를 보았다. 우린 해변가로 다시 왔다. 그리고 적들이 해변 쪽으로 갔다. 우리 기지 쪽으로 가는 것 같지 않았다. 그들은 해변을 둘러보았다. 그리고 지나가는 사람들과 대화를 나누었다. 그들은 확실히 사람들에게 알려진 초능력자들 같았다. 우린 멀리서 그들은 지켜봤다. 이후 그들은 다시 오던 길로 돌아가 술집이 많은 번화가 쪽으로 갔다. 그들은 술집에 들어가 술을 마시는 듯하다.

"아직 안 왔어? 너희들 어디 있어?"

토비 일행이 물어봤다.

"웅, 토비야. 적들이 오던 길로 돌아가서 우리가 그쪽에 있어 거기서 우리 쪽으로 다시 와 줄래?"

소영이가 말했다.

"알았어, 소영아."

우린 적들 근처에 있다가 이동이 없으면 다른 곳을 살펴볼 생각이다. 토비가 오기 전에 커피를 주문했다. 한참 후에 토비 일행이 돌아왔다. 수지 얼굴이 하얗게 떠 있었다. 좀 긴장하고 있는 것 같다. 우리가 커피를 내밀자 아주 반가워했다. 우린 커피를 마시고 바로 다른 곳으로 갈 셈이다. 나와 소영이만 아까 그 적대 세력 세 명이 술집에 계속 있는지 관찰했다. 그들은 소주와 맥주를 잔뜩 시켰고

저녁도 해결하려는지 안주를 듬뿍 시켰다. 우린 그걸 보고 우리 일
행 쪽으로 갔다.

"이제 어디 가 보게?"

수지가 물었다. 마리아와 아이작이 하품을 했다.

"응. 여기 반대 방향으로 가 보자. 다들 좀 떨어져서 걸어 두 명
씩."

소영이가 말했다. 난 태호화 짝을 지었다. 태호 안구를 보호해 강
력한 에너지를 쏘아 낼 것이다. 우린 아름다운 여름 해변가를 지나
기지 쪽으로 걸어갔다. 이 근처에 적대 세력의 초능력자가 있으면
안 된다. 우린 긴장하며 기지 앞쪽으로 지나가고 있었다. 주변에는
순수한 연인들 약간 상기된 상태로 지나가는 젊은 사람들 그리고
아애 술이 취해 버린 일행들이 있었다. 우린 그들 사이에서 천천히
지나갔다. 난 앞쪽을 감지했다. 있다! 초능력자가 있다! 난 긴장되었
다. 그들이 기지 주변을 돌아다닌다.

"소영아, 앞에 초능력자 두 명."

"응, 민우야. 누군지 알려 줘."

소영이가 말했다.

"응, 기다려. 아, 보인다. 짧은 스커트를 입은 아시아 여자와 수염
달린 흑인."

난 그들과 눈을 안 마주치려고 고개를 돌렸다. 흑인이 백인 여자
의 어깨에 손을 올렸다. 난 보지 않고 그 형상이 보인다. 둘은 연인
사이인 것으로 추정된다. 우린 그들을 지나쳤다가 다시 뒤를 돌아
그들을 조심히 따라갔다. 그들은 우리 기지 방향으로 향하진 안 않

다. 우린 다시 한번 안도했다. 실상 우리 기지 쪽으로 간다 해도 싸 워서 의심을 만들 것인가. 어찌할 것인가 계획을 새우지 못 하는 상 태다. 그들은 해변가로 갔다 우리가 이 근처를 계속 왔다 갔다 한다 면 눈에 띌지도 모를 일이다.

"옷을 갈아입어야 하나?"

엘리자베스가 말했다.

"민우에게 여자 옷을 입히고 한 번 보내고 이후엔 남자 옷을 입히 고 한 번 더 보내면 되겠어."

이 말을 하고 엘리자베스가 웃었다.

"말도 안 돼, 엘리."

내가 말했다.

"다들 긴장해. 이 일행들만 보고 잠시 흩어지자. 민우를 중심으로 내가 민우랑 같이 있을게. 민우가 멀리 보이는 초능력자들을 찾으면 두 명씩 거길 가 봐."

소영이가 말했다. 나와 소영이가 해변에 있고 토비 지미. 수지 숙 희. 엘리자베스 제시카. 태호 마이클. 마리아 아이작. 이렇게 둘둘씩 사방으로 흩어졌다. 난 해변가에서 지상 쪽에 계단형 자리가 있었 다. 거기 높은 곳에 서서 사방을 둘러봤다. 아까 술집에 간 세 명. 우리 근처에 있는 두 명. 또 없나 바라봤다. 멀리 파란빛이 보인다. 우리 아이들이다. 난 아이들을 느낄 수 있었다. 부산역 방향에서 파 란기가 올라왔다. 속도를 보니 자가용 같았다.

"소영아, 부산역 쪽 자가용으로 오고 있어. …어… 두 명."

"토비, 지미. 부산역 쪽으로 와 줘. 나머지는 천천히 와 봐. 토비,

모바일에서 우리 위치를 보고 와. 난 민우랑 천천히 접근할게."

"알았어, 소영."

소영이와 난 해변가를 지나 부산역 쪽으로 천천히 갔다. 어차피 차가 우리 쪽으로 오고 있었다.

우린 차 있는 곳까지 갔다. 그들이 내리는 것을 보았다.

"도로시."

내가 말했다.

"누구?"

"도로시라고, 나 잡혀 있을 때 내 쪽에 있던 애야. 저 아이가 로버트 박사의 정신을 멀게 만든다고 했어."

내가 말했다.

"그래? 어쩌면…"

소영이가 말을 멈추었다. 차가 우리 눈에 보이는 곳까지 다가왔다.

"소영아?"

내가 물었다.

"어쩌면 도로시를 해치워야 할지 몰라."

소영이가 말했다.

"그럼 우리도 악당이 되겠지. 그렇지만 도로시가 없으면 로버트 박사는 힘을 발휘할 수 있을지 몰라."

소영이가 말했다.

"해치우자."

수지가 말했다.

"잠깐, 얘들아. 같이 있는 자가 누군지 보고."

난 도로시와 같이 있는 자를 보았다. 처음 보는 사람이었다. 그냥 평범한 아이였다. 도로시가 팔짱을 꼈다. 둘이 가까운 사이로 보였다.

"못 보던 아이인데 초능력자는 맞아. 근데 파란기가 약해. 너무 약한 아이인데 도로시는 기가 강해."

내가 말했다.

"어떻게 할 거야? 난 도로시라는 아이를 유인해서 없애 버리고 싶어."

수지가 말했다.

"살인을 하자고? 난 반대해. 어쩌면 도로시를 잡을 수도 있어."

소영이가 말했다.

"소영아. 무슨 생각인지는 알겠는데, 이러다 우리가 계속 당할 거야. 끝까지 몰릴 거라고."

수지가 말했다.

수지가 몹시 도로시를 제거하고 싶어 했다. 혹시 도로시와 아는 사이인가? 우린 모두 다 어떤 결말로 이어질지 집중하고 있었다.

"수지야, 진정해. 내가 민우랑 좀 더 가까이 가서 상황 좀 볼게. 수지는 좀 쉬고 있어. 우리가 도로시를 죽이면 더 언론에서 난리 칠 거야. 역시나 우린 악당이었다, 초능력자를 죽였다고. 이건 다 마리 카우스가 원하는 거야. 그렇게 되길 바라지 않아."

소영이가 말했다.

"알았어, 소영아."

수지가 답했다. 도로시는 내 얼굴을 알기 때문에 난 소영이 뒤에

서서 그 식당을 바라봤다. 다섯 명이 모여서 술을 마셨다. 도로시는 예쁜 아이라인이 눈에 띄었다. 도로시가 고개를 뒤로 살짝 돌렸다. 꼭 나를 보는 것 같다. 그리고 도로시는 웃었다. 도로시가 자리에서 일어났다. 난 소영이를 잡아 빨리 골목으로 들어갔다.

"도로시가 날 알아본 것 같아."

"진짜야?"

"날 느낀 것 같아."

"도로시가 그런 능력이 있어?"

소영이가 날 빤히 쳐다봤다.

"아니 그냥 그런 느낌이 들어."

"민우야 나도 도로시를 알아 알던 사이야."

"그래?"

우린 둘 다 한참 말이 없었다. 도로시가 식당 앞에 나와 담배를 피웠다. 우린 고개를 빼고 도로시를 봤다. 삐삐 머리에 분홍 립스틱을 발랐고 진홍색으로 눈 화장을 했다. 그리고 웃고 있었다. 도로시의 웃음이 날 불편하게 했다. 도로시는 다른 쪽으로 고개를 돌리다 우리 쪽을 봤다. 소영이와 난 골목으로 빨리 들어갔다.

"나가지 마, 소영아. 도로시가 이쪽으로 오고 있어."

내가 말했다. 도로시가 걸어왔다. 그리고 골목 앞에 멈춰 섰다. 도로시의 파란빛이 발광했다. 도로시는 내가 생각했던 것보다 능력이 더 뛰어났다. 파란빛이 거대하게 부풀어졌다. 난 식은땀을 흘렸다. 도로시는 사람을 홀린다. 망각을 하게 만든다. 난 그게 더 무서웠다. 도로시는 한참 서 있다가 다시 식당으로 들어갔다. 소영이와 난 잠시 안도했다. 그때 무전이 와서 둘 다 놀랐다.

"어디 있어? 표시 지점까지 왔는데 너희들 안 보여."

토비였다 우린 골목에서 신호를 보냈다. 토비, 지미가 골목에 들어왔다.

"맙소사. 한잔 당기네. 한판 붙을 거야?"

토비가 말했다. 그러면서 토비가 담배를 피웠다. 난 토비의 담배를 빼앗아 발로 꺼 버렸다. 토비가 날 쳐다봤다.

"왜? 이럴 때 한 대 피우는 것뿐이야."

토비가 말했다.

"담배 끊어, 토비!"

내가 인상을 쓰고 말했다. 토비가 한참을 날 바라봤다.

"네가 원한다면…" 그리고 토비는 담뱃갑을 바닥에 버렸다. 토비는 침을 뱉고 골목 밖을 봤다.

"여기서 어떻게 할 거야?"

지미가 말했다.

"우린 여기서 녀석들이 어디로 가는지 볼 거야. 기다리자."

소영이가 말했다. 우린 골목에 더 깊이 들어가 내가 그들을 감지했다. 나머지 아이들은 조금씩 접근하고 일정 지점에 대기하고 있었다.

"기지로 돌아가서 보고해야 하는 거 아니야?"

마리아가 말했다.

"안 돼, 우린 기지로 갈 수 없어. 우릴 따라 들어올 수도 있어, 마리아."

마리아가 조바심을 내는 것 같았다. 그러고 두 시간이나 기다려야 했다. 도로시 일행들은 술을 즐겼으며 간혹 나와서 담배를 피웠다. 그리고 그들이 밖으로 나오기 시작했다.

"나온다, 소영아."

"응, 기다려. 다들 그들이 이동한 후에 우리가 뒤를 천천히 따라갈 거니까."

소영이가 말했다. 도로시 일행들은 타고 온 차를 두고 해변 쪽으로 걸어갔다. 우린 한참 후에 따라 걸었다. 나와 토비는 얼굴이 알려져 있기 때문에 조금 멀리서 걸었다. 소영이와 지미가 앞장을 섰다. 도로시는 늘씬한 파티 복장 같은 걸 입고 있었다. 그들은 해변가를 거닐며 대화를 나누었다.

"해변에서 나가자."

소영이가 말했다. 우린 해변에서 나와 끝에 가서 아이들과 다 합류했다. 총 다섯 명의 적대 세력의 능력자가 해변가에 있었다. 난 멀리서 도로시의 윤곽만 볼 수 있었다. 도로시의 파란 파장이 하늘 높은지 모르고 상승했다.

"도로시는 매우 강한 기를 갖고 있어."

내가 말했다.

"우리가 한판 붙으면서 녀석들을 여기서 멀리 보내 버릴 수 없을까?"

수지가 말했다.

"아니야, 위험해. 도로시가 망각이나 환영 같은 술수를 쓸 수도 있어. 정신 공격으로 추정되는데 난 그게 걱정이 돼."

내가 말했다.

"알았어, 민우야. 공격을 최후의 보류로 두고 오늘은 적들이 어디로 가는지만 집중해서 확인하자. 그게 목표야. 다들 알았지? 절대 발각되어서는 안 돼."

우린 각자 알았다고 답변을 했다. 멀리서 도로시가 나를 본다. 난 도로시를 느낄 수 있었다. 도로시는 나를 보고 있다. 불확실하다 나의 착각인가? 그렇지만 뭐든지 소영이에게 알려 줘야 한다.

"소영아. 좀 이상한데? 도로시가 날 보는 것 같아."

소영이는 좀 생각을 하고 있었다.

"확실해?"

"아니, 불확실해. 내가 예전에 도로시의 능력에 당한 적이 있었는데 현실을 망각하게 되는 것 같아. 그 힘이 상당히 강해. 나도 모르는 순간 어떤 망각에 빠져드는 것 같아. 그러니 조심했으면 좋겠어."

"응, 알았어. 민우야, 그럼 우리 여기서 조금만 멀리 떨어지자."

우린 해변가를 완전히 떠나 그 맞은편에 있는 카페에 들어갔다. 사람이 많았고 다들 밤샐 작정으로 커피를 시키고 수다를 떨었다. 우린 창가 자리에 다 같이 앉았다. 도로시가 나를 본다는 느낌이 사라졌다. 난 조금은 안도를 했다. 우린 그들이 해변가를 돌아다니는 걸 멀리서 볼 수가 있었다. 이후 그들은 자가용 쪽으로 가고 있었다. 우린 접근하지 않고 창밖을 보며 그들을 관찰했다. 그들은 차를 타고 우리 기지를 지나쳐 부산에 높은 빌딩이 많은 곳으로 갔다. 그리고 사라졌다.

"음, 오늘은 여기까지 살펴보자."

소영이가 말했다. 우린 다들 카페를 나와 드문드문 떨어져서 걸었다.

"어디서 잠을 잘 셈이야?"

숙희가 물었다.

"기다려, 알렉스 님에게 연락 좀 해 볼게."

소영이가 연락을 마치고 우릴 보며 말했다.

"기지로 돌아가자."

우린 신중을 다해 세 명씩 짝을 이루고 기지로 들어갔다. 나머지는 주변을 그냥 맴돌았다. 30분 간격으로 기지로 들어갔다.

우리가 다 들어오니 새벽 1시 30분이 되었다. 다들 피곤한 상태다. 우린 기차가 오길 기다렸다. 기차가 와서 기차를 탔다.

"소영 언니, 내일도 밖에 나갈 거야?"

윤아가 물었다.

"응, 그러는 게 좋겠어."

우린 오랜만에 기지로 돌아갔다. 역시나 난 그 깊이를 알 수 없는 광대한 바다를 보았다. 수많은 물고기들이 춤을 췄다. 기지로 도착하자 알렉스가 있었다.

"다들 무사하구나. 적들이 부산까지 내려와 지금 심각한 상황이란다. 적들이 만약 이리로 들어오면 우린 탈출선을 타고 바다로 올라 미국으로 가야 해. 미국 쪽에 우리 편과 힘을 합쳐 어쩌면 전쟁을 벌일 수도 있단다."

우린 잠이 확 달아났다. 전쟁이라!

"그렇지만 만약 우리가 전략적으로 어떻게든 적들의 정체를 밝히고 납치당한 로버트 박사를 다시 찾을 수 있다면 적들을 제어할 수 있을지도 몰라."

우린 다들 말이 없었다.

"좀 더 생각을 해 보자."

알렉스는 말을 마쳤다. 우린 다들 짐을 풀고 안쪽에 입었던 특수 재질의 운동복을 벗고 무전기와 모바일을 충전기에 넣어 놨다. 그리고 난 태호와 함께 내 방에 갔다.

"요한아!"

난 요한이가 무척 반가웠다.

"와, 징그러. 너 계집애 같단 말이야!"

요한이가 외쳤다. 그리고 우린 웃었다. 요한이는 좋아 보였다. 기지에서 잘 먹고 잘 자고 했던 것 같다.

"별일 없었어?"

요한이가 물었다. 난 여태까지 있던 일을 짧게 들려주었다.

"적들에게 붙잡혔다고."

요한이가 놀랬다.

"혹시 그들이 고문 같은 걸 했어?"

"아니, 약간의 폭력은 있었지만 미미했어. 다행히 빠져나왔고." 난 죽어도 우종이 이야길 할 생각이 없다. 마음속에 담아 두고 살 생각이다.

"민우, 다친 데 없어?"

요한이가 날 여기저기 살펴봤다. 난 그런 요한이가 좋았다. 난 요한이 얼굴을 한참 봤다. 그리고 이마에 손을 대 주었다.

"맙소사. 민우! 이거 뭐야?"

요한이 머리에서 엔도르핀이 솟구치는 것 같다.

"와, 세상에. 야, 이거 뿅 가는데. 이거 혹시 마약 아니야?"

난 웃었다.

"아니야. 기분을 나아지게 해 주고 정신을 맑게 해 주는 능력이야. 내가 자주 해 줄게."

요한이는 감탄을 했다. 태호가 내 손을 잡아 자기 이마에 대었다. 난 태호도 해 주고, 태호 머리를 좀 정리해 주었다.

"너희 둘 그러다가 결혼할 거니?"

요한이가 물었다.

난 태호와 마주 보고 있었다. 그러다 내 얼굴이 붉어졌다.

"그럼 같이 평생 사는 거지?"

태호가 말했다. 난 답변이 어려웠다.

"웅. 평생 같이 사는 거지."

내가 답했다.

"어디에 살게?"

요한이가 말했다.

"난 여기서 살았으면 좋겠어. 밖에서 살면 우린 어쩌면 살아가기 힘들 거야."

내가 말했다.

"나도 여기가 좋아. 여기가 망가지면 우리 시골 같은 데서 살까? 우리 초능력으로 사업도 할 수 있지 않을까? 우린 돈을 많이 벌 거야."

태호가 말했다. 그리고 우린 키스했다. 너무 부드럽고 따듯했다. 요한이가 헛기침을 했다. 난 웃으며 요한이를 봤다.

"무사히 돌아와서 다행이다."

요한이가 말했다.

그러고 우린 늦게 잠을 잤다. 다음 날 우린 일어나서 언제 또 밖에 나갈지 아침을 먹으며 잠시 이야기를 했다.

"마리아. 또 우리랑 밖에 나갈 수 있겠어?"

소영이가 물었다. 마리아는 좀 걱정하는 것 같았다.

"난 치료할 줄만 알지 공격은 못 해."

"치료만 해 주면 돼. 대부분은 내 옆에 있으면 되고."

"혹시 신체를 치유한다면 신체를 다치게 할 수는 없어?"

"그럴 수도 있겠네."

소영이가 말했다.

"다들 아침 먹고 게임하러 가지 말고 훈련장으로 모여."

소영이 말에 우린 모두 알았다고 했다.

7

우린 훈련장에서 훈련을 했다.

"엘리자베스. 그 망각에 빠지거나 정신을 잠깐 나가게 하는 거 어떻게 방어할 수 있어?"

엘리자베스는 곰곰이 생각에 빠졌다.

"그 헬멧이 필요해. 정신기를 막아 주는 헬멧."

"그건 너무 귀해서 우리가 갖고 있는 건 세 개밖에 없어. 그리고 학교에 두 개인가 있을 거야. 그게 없어도 우리가 그 정신 능력을 막을 수 있어야 해. 지금부터 그걸 알아내야 해. 로버트 신부님도 정신 공격에 홀려 있어. 우린 그 정신 공격을 방어할 방법을 찾아야 해."

우린 다 같이 고민을 했다.

"정신 공격을 하는 사람이 민우밖에 없으니까 민우가 생각 좀 해 볼래?"

소영이가 말했다. 난 고민을 했다. 전파. 정신 공격을 어떻게 하면 방어할까. 우린 그러다가 훈련을 했다. 난 따로 독서실에 갔다. 정신과와 관련된 책을 모두 모아 봤다. 그러다 요한이가 왔다.

"민우야, 게임 안 할래?"

"응. 못 할 것 같아."

난 요한이를 봤다. 그러다 물었다.

"요한아. 정신 공격을 받으면 뭘로 방어할 수 있지?"

요한이는 약간의 미소를 짓고 있었다.

"그건 인간의 방어기제가 아닐까? 현실을 부정하기라든가."

난 그 말을 듣고 뭔가를 떠올려 보려고 했다. 그렇지만 잘되지 않았다. 방어기제라… 내가 만약 아이들에게 방어막을 씌워 줄 수 있다면 내 전파 능력으로 사용되는 정교한 물질의 헬멧 같은 거 그런 것들이 실제 물리적으로 물건을 움직이고 파괴하기도 하니까, 그 능력으로 상상 속에 방어구를 아이들 머리에 둘러 준다면 어떨까? 그걸 현실화할 수 있을까? 난 바로 훈련장에 가서 아이들을 보았다. 소영이가 날 바라봤다.

"소영아, 테스트해 볼 게 있어."

"뭔데?"

"일단 아이들을 다 세워 봐."

소영이가 아이들을 불러 세웠다. 토비의 주먹질 연습이 끝날 때까지는 기다려야 했다. 토비는 웃으며 자리에 섰다.

"자 내가 너희들 머리에 방어구를 만들어 볼 거야. 조금 아플 수
도 있으니 한번 잘 참아 봐."

그러자 아이들이 긴장했다. 내 정신 공격은 머리를 상당히 아프게
하기 때문에 웬만한 아이들이 내 공격 상대가 되고 싶어 하지 않았
다. 난 눈을 감고 집중을 했다. 난 나의 상상력을 동원했다. 아주 날
렵하고 단단한 헬멧을 만들었다. 그리고 그걸 아이들 머리 위에 씌
웠다.

난 강하고 단단하며 어떤 물질도 통과할 수 없는 밀도가 높은 재
질로 만들어 보는 상상을 했다. 나의 전파장 하나의 단단한 원소로
뭉쳐져 그것이 헬멧을 구성하는 것이다. 아무것도 통과할 수 없는
헬멧이다. 난 이 생각에 집중했다.

"엘리자베스. 아이들의 정신을 멀게 만들어 봐."

"알았어."

엘리자베스가 손을 뻗어 아이들에 정신을 홀리게 만들었다. 아이
들은 모두 눈만 깜박이고 가만히 있었다. 엘리자베스가 이상하다는
표정을 지었다.

"너희들 아무 반응 없어?"

엘리자베스가 말했다. 아이들은 모두 멀쩡했다. 그러다 내 능력이
풀렸다. 내 몸에서 에너지가 빠져나갔다. 난 다리가 후들거렸다.

"민우야 괜찮아?"

소영이가 말했다.

"응, 좀 어지러운데."

"앉아 있어, 민우."

수지가 말했다.

"놀라운데? 유지만 계속하면 완벽하겠어."

엘리자베스가 말했다.

"소영아, 내 능력을 더 강하게 해야 해."

내가 말했다. 소영이는 잠시 가만있다 답을 해 줬다.

"민우야, 그러면 어떤 욕망이 널 흔들어 놓게 될 거야. 네가 시도하려는 건 가장 강한 보호막을 만드는 건데 그걸 구현하고 나면 넌 달라질 수도 있어."

소영이가 심각하게 말했다. 난 소영이 말을 진지하게 받아들일 수밖에 없다. 다른 사람도 아닌 소영이이기 때문이다.

"민우야, 이리 와 봐."

난 소영이 곁으로 갔다. 소영이는 내 머리에 손을 얹었다. 그리고 머리를 감쌌다.

"민우가 이 정도 능력이 상승했다면 분명 뭔가 달라졌을 텐데."

소영이가 날 심각한 눈으로 바라봤다.

"민우야, 날 따라와. 잠깐 이야기 좀 하게."

난 알았다고 하고 소영이를 따라갔다. 다른 아이들은 멀뚱히 서 있다가 운동을 하려고 하는 듯했다. 소영이와 난 게임룸 앞쪽에 있는 정원에 앉았다.

"민우야, 솔직히 말해 줘. 여태까지 너에게 무슨 일이 있었는지."

"무슨 일이라니. 구체적으로 어떤 것?"

"민우의 욕망 같은 것. 모든 게 다 포함돼 있어. 소유욕, 물질에 대한 욕구, 질투, 사랑, 성욕."

소영이가 성욕이라는 말을 하자 난 가슴이 두근댔다.

"방금 민우는 성욕에 반응한 거 보니 민우 너 성욕이 강해졌구나. 그렇지?"

난 얼굴이 붉어졌다. 뭐라고 말을 해야 할지 모르겠다.

"소영아… 나… 그래, 그 성욕이 좀 많아진 것 같아."

결국 난 털어놓고 말았다. 과연 소영이가 날 어떻게 생각할까.

"그랬구나. 그럼 어떻게 해결했어? 괜찮아, 나에게 털어놔."

소영이가 부드럽게 말을 했다. 그리고 난 말문이 막혔다.

"태호랑 관계를 맺어?"

소영이는 거침없이 말했다.

"응."

나는 끝내 대답했다.

"혹시 그게 기묘할 정도로 증가하지 않아? 그 욕구가."

"응, 증가해."

그리고 난 토비와 어떤 기행에 가까운 짓을 했는지 끝내 말을 할 수가 없었다.

"혹시 토비하고도 그런 욕구를 해소했어?"

"응."

난 답했다.

"그럼 민우는 동성애자구나?"

난 동성애자다. 난 그 단어를 항상 피해 왔었다. 대신에 난 다른 가능성을 말하고 싶었다.

"소영아. 나 가끔 여자가 되고 싶을 때가 있어."

"여자가? 음, 그럼 성전환 수술 같은 걸 고려해?"

"아니. 그냥 그런 거 없이 여자 같은 마음이 들 때가 있어."

"그렇구나. 신체가 변화되지 않고 그냥 여자 같은 존재가 되고 싶은 거구나."

소영이는 정확히 내 마음을 알았다.

"조금 위험한 게, 어떤 사람은 남자이면서 여자의 역할도 하는 존재로 되길 바랐어. 그건 마치 신과 같아. 신화적인 이야기지?"

난 소영이 말을 귀담아들었다.

"대부분의 잘못된 길로 빠진 사람들이 여성성과 남성성을 부정하고 마치 자웅동체처럼 자신이 특별한 인물이고 모든 행동과 모든 자신의 사상이 완벽하다고 생각하는 사람으로 빠져드는 경우가 있어. 정말 신이 되고 싶어 하는 거지. 근데 결국 그렇게 된 사람은 없어. 끝내 불행해지고 말거든. 누구도 인간으로 시작해 신이 될 수는 없어."

소영이가 말을 마쳤다.

"민우는 완벽을 포기해야 해. 남자면서 여자일 순 없어. 명확하게 선택해야 해. 남자로 살 건지 여자로 살 건지. 내가 터치할 일은 아니야. 그렇지만 위험할까 봐 이야기하는 거야."

난 고민을 했다. 바로 답할 수는 없었다.

"그 아이들에게 보호막을 씌우는 연습은 계속해. 그렇지만 내가 지켜봐야 해 네가 갑자기 변할 수도 있어. 어떤 다른 존재로."

"그래, 알았어."

난 답을 했다. 난 이 고민을 떨쳐내고자 아이들에게 돌아가 운동을 했다. 초능력은 사용하지 않았다. 태호가 와서 날 바라봤다. 난 태호를 보며 웃어 주었다. 태호는 내 옆에 앉아 내가 러닝머신 하는 걸 지켜봤다. 태호가 단계를 조금씩 높였다. 난 숨이 차서 못 견딜 지경이 되었다. 내가 러닝머신에서 내려오자 태호가 내 이마에 뽀뽀를 했다.

"너무 힘들어 죽을 뻔했어."

내가 말했다.

"민우는 체력을 좀 더 키워야 해."

그리고 난 훈련장을 한 바퀴 돌았다. 그리고 다 같이 샤워하러 갔다. 난 마음이 가라앉은 상태다. 태호와 함께 정원에 갔다. 난 태호의 어깨에 기대어 생각에 잠겼다.

"태호야, 우린 동성애자이지?"

"응. 누가 봐도 우린 동성애자야."

"뭔가 더 특별한 관계일 수 없을까?"

태호가 생각에 빠졌다.

"응, 사랑하는 동성연애자 사이?"

난 그 말이 좀 무덤덤하게 들렸다. 난 소영이 말을 떠올렸다. 난 그냥 동성연애자다. 성 소수자고 현실 밖으로 나가면 난 소수자로 살게 될 것이다. 그 현실이 목 조르지 않았으면 좋겠다.

"응. 우린 그냥 동성연애자야."

난 그냥 초능력자다. 신적인 존재는 될 수 없다. 난 마음을 다시 잡았다. 내 능력은 우리 팀을 위한 것이다. 나를 과시하려고 하는 건 아니다. 다음 날 난 아이들을 다 모아 놓았다.

"자, 어제처럼 너희들에게 정신 방어구를 씌울 거야. 엘리자베스 강하게 애들의 정신을 멸게 만들어 봐."

엘리자베스는 신호를 보냈다. 난 온정신을 집중해 아이들 머리에 가장 단단한 방어구를 씌웠다. 엘리자베스가 능력을 발휘했다. 아이들은 멀쩡했다. 난 초를 세기 시작했다. 운동장 전광판의 시간을 보았다. 10초, 20초…. 난 힘이 쑥 빠지기 시작했다. 30초. 좀 더…. 난 좀 더 능력을 끌어내었다.

나를 보호하는 보호막을 벗겨 내는 느낌으로 내 능력 전부를 쏟아부었다. 소영이 말이 떠오른다. 육체의 힘과 부피와 상관없이 초능력은 무한대로 거대해진다고. 난 그 말을 구체화시켰다. 초능력이 내 몸에서 나오는 게 아니라 나의 육체를 벗어나 어떤 다른 곳에서 무한대로 뻗어 나오는 힘이 있다고 상상했다. 난 어떤 구멍을 상상했다. 거기서 나의 힘이 뿜어져 나오는 것이다. 1분이 지났다. 엘리자베스의 공격을 계속 막고 있었다. 나의 힘은 절대 떨어지지 않는다. 3분이 지났다. 3분 동안 방어가 가능하다.

"민우야, 그만!" 소영이가 외쳤다.

난 그만두었다. 소영이가 나에게 와 나를 살펴보았다.

"지금 마음속이 어때?"

소영이가 물었다.

"응 차분해."

"그래? 뭔가 솟아오르는 욕망 같은 건?"

확실히 그런 건 없다.

"응. 그런 건 없는 것 같아."

그리고 소영이는 물러났다. 어쩌면 도로시의 공격을 막을 수 있을 것이다. 난 이제 윤아와 훈련을 하고 그다음 태호의 공격을 도와주고 토비와 투닥거렸다. 그리고 마지막으로 체력 연습을 하고 일과를 마무리했다. 그리고 그날 성욕이 솟구쳤다. 난 태호를 불러냈다. 그렇지만 태호는 안구에 무리가 와 병원에 가야 했다. 난 주체할 수 없을 정도로 성욕이 솟아올랐다. 난 그러다 토비를 바라봤다. 토비는 날 보지 않았다. 토비하고, 말도 안 돼! 난 토비에게서 멀어졌다. 난 방에 돌아가 샤워를 한 번 더 했다. 스스로 해소하려고 했다. 그때 토비가 들어왔다.

"민우. 난 너를 태호보다 더 잘 알아. 아까 널 봤어."

난 눈을 끔벅이며 토비를 바라봤다. 토비가 나에게 서서히 다가왔다.

"아까 너를 바라봤어. 너도 모르게 넌 지금 내가 필요하지, 그렇지?"

토비와 하도 예전에 뒹굴어서 토비가 내 표정을 아는가 싶다. 난 토비에게서 물러났다.

"토비, 난 너와 일을 벌이고 싶지 않아." 나는 뒤로 물러섰다.

"그냥 즐기는 것뿐이잖아. 아무렴 어때. 태호가 모르게 하면 되잖아."

난 그러고 싶지 않았다. 태호를 속이고 싶지 않았다. 그럼 난 미안함에 끙끙댈 것이다. 난 생각보다 마음이 여리다.

"토비, 나가 줄래? 지금 네가 불편해. 나가 줘."

토비는 심술궂은 미소를 지었다. 그는 나가지 않을 것이다. 토비가 내 앞까지 다가왔다. 내 팔을 부드럽게 잡았다. 난 토비 손을 떼어 냈다. 토비는 힘을 과시하지 않았다. 그는 내 목덜미를 만졌다.

"내 목걸이 아직 하고 있네? 진작에 이런 걸 벗었어야지."

난 목걸이를 벗었다.

"이제 됐어? 그만 가 줘."

"다른 것도 벗으면 어때? 내가 아주 예쁜 옷을 입혀 줄게." 토비는 뒤에서 전에 나에게 입혔던 빨간 원피스를 보여 주었다. 난 그 빨간 색에 매료되었다.

"어때? 오랜만에 보네, 네 뿅 가는 표정."

토비가 날 보며 웃었다. 토비가 내 셔츠의 단추를 풀었다. 난 멍하 니 있다가 토비의 손을 치웠다. 내 다리 사이가 마구 따갑고 혼란스 러웠다. 난 얼굴이 붉어졌다.

"달아올랐네."

토비가 말했다. 토비가 얼굴을 가까이했다. 나에게 입을 맞추려고 한다. 난 고개를 돌렸다. 토비가 나의 턱을 곱게 잡았다. 내 턱을 손 가락으로 문질렀다. 난 토비를 바라봤다.

"하지마, 토비. 난 너와 사랑하고 싶지 않아. 난 태호를 사랑해."

"이건 사랑이 아니야. 그냥 즐기는 거야."

이상하게 난 눈물이 났다. 감정이 복잡했다. 내 몸이 뜨거워졌다.

"곧 태호가 올 거야. 어서 나가 줘."

토비 표정이 이상했다.

"왜 울어?"

난 내가 왜 우는지 알 수가 없었다. 눈물방울이 흘러내렸다. 성욕이 폭발할 것 같았다. 토비가 내 눈물을 닦아 주기 시작했다. 토비 손이 거칠고 따듯했다. 나도 모르게 토비 손을 잡아 내 볼에 두었다. 그러고 눈을 감았다. 난 토비가 나에게 키스를 할 거라 생각했다. 난 그걸 막을 것이다. 토비는 그냥 내 눈물만 닦았다. 토비는 내 얼굴을 쓰다듬고 보듬고 만지다가 그냥 가 버렸다. 토비는 그냥 갔다. 무엇을 의미하는지 알 수가 없었다. 난 그렇게 앉아 있었다. 많은 시간이 지난 것 같았다. 난 머릿속에서 환청이 들리는 것 같았다. 초능력자인가? 난 뭔가 변화되는 것 같았다. 환청은 내가 만드는 소리 같았다. 내가 나에게 욕을 하는 것 같았다. 환청이라고 생각하지 않고 나는 그게 내가 만들어 내는 소리 같았다. 왜 갑자기 이런 소리가 들리는지 모르겠다.

"씨발! 변태 새끼."

"게이 새끼."

"뒤로 하는 더러운 놈."

이런 욕들이 머리에 들렸다. 이건 내가 만든 소리 같다.

난 이런 환청에서 벗어나고자 자리에서 일어났다. 세수를 하고 밖으로 나갔다. 난 태호를 찾아다녔다. 성욕을 해소하기 위해서가 아니라 마음에 안도를 얻기 위해서다. 난 병원 앞에서 기다렸다 토비가 셔츠 단추를 좀 풀어 놔서 그걸 또 몇몇 아이들이 쳐다봤다. 날 일종의 가슴이 작은 여자라고 생각한 모양이다. 난 단추를 채웠다. 병동에서 태호가 나왔다. 난 함박웃음을 지었다. 난 태호를 안았다.

"민우야, 눈이 많이 아픈데 이마에 손 좀 대 줘."

난 기꺼이 태호 이마에 손을 올렸다.

"씨발 게이 새끼!"

내 머릿속에서 또 소리가 들렸다. 난 움찔했지만 태호를 기분 좋게 해 주었다. 내 머릿속에서 내는 소리는 꼭 우종이가 내는 소리 같았다. 혹시 우종이에게 당하고 나서 내가 정신적인 데미지를 입은 걸까? 그때 기억이 갑자기 솟아오른다. 발가벗겨지고 만져지고 입에 그 더러운 물건이 들어오고 내 입속을 마음껏 쑤시고 하는 느낌들이 전해 왔다.

"민우야? 왜 그래?"

태호가 물었다 태호 얼굴에 근심이 가득했다.

"아… 아니야, 아무것도."

"뒤로 하는 새끼!"

또 머릿속에서 소리가 들렸다. 혹시 도로시가 이렇게 하는 건가? 도로시는 여기 없다. 난 혼란스러운 표정을 지었다.

"민우야, 이리 와."

태호가 날 안았다. 나도 태호를 꼭 안았다. 그리고 태호와 함께 요한이를 보러 갔다. 우린 가는 도중 손을 잡고 걷는다는 걸 잊고 걸었다. 아이들이 쳐다보자 우린 아차 하는 순간 둘 다 손을 떼었다. 동성애자는 이 세상에서 정상적으로 살아갈 수 없다. 난 이제 환청이 안 들렸다. 태호는 나를 가까이하고 방으로 갔다. 요한이는 게임하러 갔다.

"태호야 하고 싶어."

그러면서 내가 립스틱을 발랐다. 그리고 침대 밑에서 여자 옷을 꺼내 입었다. 태호는 내 빨간 입술을 보고 급작스럽게 흥분했다. 숨을 헐떡였다. 그리고 우린 사랑을 나누었다.

"더러운 새끼."

난 눈을 떴다. 누군가 내 머릿속에 들어와 욕을 했고, 난 그 말에 답을 했다.

"내가 왜 더러운 새끼야?"

난 혼잣말을 했다. 태호는 수업 때문에 갔고 방에는 나 혼자밖에 없었다.

"뒤로 박으니 더러운 새끼지. 그리고 넌 음란한 새끼야, 변태 새끼."

또 들렸다.

"난 더럽지 않아. 사랑을 나누는 것뿐이야."

난 또 혼자 말을 했다. 갑자기 문이 열리고 요한이가 들어왔다.

"누구 있어?"

요한이가 물었다.

"아니 나밖에 없어."

내가 답했다.

"아니, 말소리가 들리길래."

요한이는 방을 둘러봤다.

"음, 잘못 들었나 보지."

"너 왜 여자 옷 입고 있어?"

난 아차 하고 옷을 갈아입었다.

"무슨 짓을 하는지 모르겠지만 무리하지 마라."

요한이가 말했다.

"그래, 그렇게. 고마워."

난 머리에 혈압이 오르는 것 같았다. 몸이 어디가 안 좋은 걸까? 난 누워서 머리를 가라앉혀 보려고 했다. 신호흡을 크게 했다. 머리가 좀 맑아졌다. 난 다시 일어나 밖에 나갔다. 바람을 좀 맞으면 좋아질 것 같았다. 눈앞에 누가 서 있었다. 토비다. 토비는 심술궂게 보이지 않았다. 그는 예전처럼 꽃을 들고 있었다 설마 정원에 꽃을 뽑아 온 건 아닌지 걱정이 되었다. 난 토비를 바라봤다. 토비는 표정이 묘했다. 난 느꼈다. 토비는 여전히 날 자기와 함께 사랑을 나누는 연인이라고 생각하는 것 같았다. 난 꽃을 받았다. 아니. 받으면 안 되는 건데, 난 받아 버렸다. 요한이 음성이 들린다. "넌 거절을 못 해. 그래서 항상 오해를 만들어." 난 꽃을 받고 토비를 멍하니 바라봤다. 토비가 내 손을 잡았다. 그리고 말했다.

"내가 천하의 나쁜 놈인 건 알지만 네가 우는 건 싫어. 그러니 울지 마."

난 그 말을 듣고 고개를 한쪽으로 기울였다. 그리고 토비를 바라봤다.

"토비. 내 생각 해 줘서 고마워. 그렇지만 난 네가 다른 사랑하는 사람에게 꽃을 줬으면 좋겠어."

"그래, 그랬잖아. 너에게 꽃을 줬어. 버려도 돼. 난 그냥 네가 받았다는 것에 만족해. 이만 가 볼게."

토비가 뒤를 돌아갔다. 난 토비의 뒷모습을 바라봤다. 난 꽃다발을 방에 꽃병에 넣었다.

"인기도 많아 좋겠어?"

요한이가 말했다.

"그래."

그리고 난 웃었다. 웃으면 안 되는 건데. 어떻게 하면 토비를 나에게서 떼어 놓을지 고민이다. 토비에게 심한 말을 하고 싶지 않았다. 토비는 상처를 받는다. 다른 사람들은 몰라도 난 안다. 토비의 마음이 느껴진다. 토비는 크게 상처받을 거다. 난 내가 악독한 사람이었으면 좋겠다. 냉담하고 감정적이지 않은 사람이었으면 좋겠다. 토비를 냉담하게 떨어뜨려 놓았으면 좋겠다. 그렇지만 난 그러질 못한다. 난 나약한 사람이다. 난 혼잣말이라든가 머리에서 들리는 환청을 잊어버리고 훈련장에 갔다. 다른 초능력자 아이들이 있었다. 난 운동기구에 가서 운동을 했다. 땀을 빼고 싶었다. 그러다 호출이 와서 소영이 일행들과 만났다. 오늘 저녁에 밖에 나갈 것이다. 부산으로 내려온 초능력자들을 살펴볼 계획이다. 우린 수중 기차를 타고 밖에 나왔다. 더운 날씨였다. 우린 또 해변가로 걸어가 봤다. 수지, 숙희, 소영, 태호, 토비, 지미, 엘리자베스, 이렇게 나왔다. 윤아는 굳이 나올 필요가 없어서 빠졌다. 우린 또 마리아와 아이작을 만났다. 이 둘은 항상 밖에 자주 나가는 것 같았다. 둘은 어제와 같이 긴장하고 있었다. 적들과의 대치 상황은 없지만 만나서 싸우게 되면 어쩌나 하는 걱정 같은 게 자꾸 스트레스를 주는 것 같았다.

"민우, 오늘도 초능력자가 있어?"

마리아가 나에게 물었다.

"지금은 없어. 기지 근처에 없어 다행이긴 한 것 같아."

내가 답했다.

"오늘은 좀 멀리 나가 보자."

소영이가 말했다. 우린 둘씩 짝지어서 멀리 떨어져 걸었다. 오늘은 부산역을 넘어 멀리까지 가 볼 생각이다. 우린 한참을 걸어 부산역까지 도달하고 잠깐 자리에 대기했다.

"여기서 어디로 갈려고?"

숙희가 물었다.

"민우야 초능력자가 안 느껴져?"

소영이가 물었다. 난 주변을 천천히 돌아봤다. 서울 가는 방향으로 파란빛이 희미하게 솟아오르고 있었다.

"소영아, 저쪽에 서울 방향으로 빛이 보여. 저쪽에 있는 것 같아."

내가 말했다. 그래서 우린 그 방향으로 천천히 조심히 걷기 시작했다. 파란빛이 점점 가까워지고 있었다. 특이 사항은 없었다. 그냥 우린 파란빛이 나는 쪽을 보고 멈춰 섰다. 우린 주변을 살펴보고 그 파란빛이 이동하지 않는지 살펴보았다. 우린 그 빛 쪽으로 더 가까이 가 보기로 했다. 나와 소영이 토비만 가까이 가 보았다. 그 빛은 어느 호텔에 있었고 아마도 그 호텔에 적들이 머무는 것 같았다. 가까이 갈수록 파란빛이 농도가 진해지고 크게 느껴졌다. 우린 이곳이 적들이 머무는 곳이라고 판단한 후 조금 멀리 떨어진 곳에서 그들이 움직이지 않는지 살펴보았다.

"12시까지 살펴보자."

소영이가 말했다. 우린 카페에 들어갔다. 24시간 하는 카페이고 사람이 드문드문 있었다. 우린 띄엄띄엄 자리에 앉았다. 난 여기서 12시까지 적들의 파란빛을 살펴볼 생각이다. 다행히 카페 창이 적들 방향으로 나 있었다.

"민우, 적들이 어디 있어?"

마리아가 물었다. 조바심이 나는 것 같았다.

"응. 적들은 움직이지 않고 있어."

내가 답해 주었다. 마리아는 상당히 긴장하고 있는 것 같았다. 아이작은 빨대를 씹고 있었다. 난 둘을 보다가 이마에 손을 대 주었다. 마리아가 환하게 웃었다. 웃으니 예뻐 보였다. 아이작은 내가 손을 올리자 약간 당황해했지만 금방 밝아졌다.

"뭐야? 어떻게 하는 거야?"

아이작이 물었다.

"그냥… 내 능력이야."

난 답했다. 둘을 해맑게 웃었다. 난 그게 웃겨서 웃었다. 난 문득 내가 자만심을 느낀다고 생각했다. 그냥 순간 마리아와 아이작이 바보같이 보였다. 내가 그런 생각을 했다는 것이 부끄러웠다. 난 문득 태호 손을 잡았다. 그걸 마리아가 빤히 쳐다봤다.

"둘이 친한가 봐?"

마리아가 물었다. 난 순간 태호 속에서 손을 뺐다. 난 문득 겁이 났다. 그때 또 환청이 들렸다. "병신 게이 새끼!"

"왜 그래, 민우?"

마리아가 물었다.

난 눈을 크게 뜨고 멍하니 있었다. 그러다 정신을 차리고 마리아를 바라봤다.

"아무것도 아니야."

난 혼잣말이 나올 뻔했다. 태호가 날 빤히 바라봤다. 난 태호의
얼굴을 보는 게 왠지 두려워졌다.

그렇지만 태호는 나를 끈질기게 바라봤다. 난 태호 얼굴을 바라
봤다. 태호는 미소 짓고 있었다. 난 안도했다. 태호와 키스를 하고
싶었지만 그럴 수가 없었다. 여긴 사람들이 있었다. 난 주체할 수 없
는 성욕을 느꼈다. 우발적인 성욕이 나타난 것 같았다. 이런 부분을
소영이에게 말해야 한다는 게 불안했다. 태호가 내 귀에 대고 말을
했다.

"민우야, 얼굴에 그늘이 졌어."

난 그 말을 듣고 뭐라고 답변할까 고민을 했다. 내 얼굴에 그늘이
졌다는 게 무슨 모습일지 머릿속에 그려지지 않았다. 그렇다고 억지
웃음을 짓고 싶지 않았다. 그럼 얼굴이 일그러져 버릴 것 같았다.
난 문득 깊은 두려움에 빠지기 시작했다.

"민우야? 무슨 생각 해?"

소영이가 무전기로 말을 했다.

"응? 그냥."

"민우야, 이제 들어가자."

소영이가 말했다. 우린 갑자기 기지로 복귀했다. 난 이게 나 때문
이라는 걸 느끼고 있었다. 난 해져 기차를 탈 때 태호 손을 꼭 잡았
다. 태호가 내 몸에 기대어 손을 만져 주었다. 난 빨리 기지로 돌아
가고 싶었다. 소영이가 나에게 왔다. 소영이가 내 옆에 앉아 내 머리
에 손을 올려 주었다.

"민우야, 이제 사람들을 기분 좋게 하는 거 중단해. 너 무리하고

있었어. 미안해."

"미안하다니, 소영이가 나에게 뭐가 미안해?"

난 놀랐다.

"민우야, 너 무리하고 있어. 병원에 좀 가 보자."

소영이가 말했다. 내가 무리하고 있다는 말이 이해가 안 됐다. 태호가 날 걱정했다 그런 감정이 느껴졌다. 난 태호의 손을 꼭 잡고 있었다. 윤아가 날 이상하게 봤다. 난 기지에 있는 한 번도 가 본 적 없는 병원에 갔다. 소영이가 날 안내했다. 그중에 소영이는 정신과를 가자고 했다. 정신과? 내가 정신에 이상이 있을 리가 없다. 난 정신병자가 아니다.

8

"모든 걸 솔직하게 말을 해야 건강이 호전될 수 있어요."

의사는 흑인이었는데 한국말을 상당히 잘했다. 나와 의사 둘만 있었다. 난 상당한 고민을 하기 시작했다. 무엇을 이야기하지? 그러자 몸에 소름이 돋았다. 우종이가 날 강간하던 기억이 떠올랐다. 그냥 잊으면 그만이라고 생각했지만 그게 사실은 항상 날 따라다녔다. 그 이야기를 차마 할 수가 없었다. 그게 너무 부끄러웠다. 너무 창피했다. 난 동성연애자다. 남자에게 강간까지 당했다. 그때 차라리 우종이를 공격했으면 이런 일을 격지 않을 텐데 왜 그때 우종이를 공격하지 못했지? 이제야 왜 공격할 생각을 못 했는지 아무리 생각해도 이해가 되지 않았다. 난 말없이 긴 시간을 앉아 있었다. 의사는 꽤 참을성 있게 나를 기다려 주었다.

"저는 동성애자예요."

"그래서 행복해요?"

"네 태호와 함께 있으면 즐거워요."

"힘들었던 적은 없어요?"

"힘들었던 적은… 처음 초능력자들 학교에 갔을 때 죽음에 대한 공포를 느꼈어요."

"그래서 그걸 누군가와 이야기해 본 적이 있으세요?"

"아니요. 그건 그냥, 사람들은 보통 어려움을 다 겪고 산다고 생각해요."

"사람들이 보통 죽음에 두려움을 느끼고 산다고요?"

"아니…"

난 잠시 말을 멈추었다. 어깨가 떨렸다. 난 가슴이 먹먹하기 시작했다. 난 인정할 수 없었지만 눈에서 눈물이 흐르기 시작했다. 난 바보같이 울기 시작했다 눈에서 큰 눈물방울이 흘러내렸다. 의사가 차분하게 날 바라봤다.

"때론 우는 게 약이에요. 우는 게 사람을 치유하기도 해요. 과하면 안 좋지만."

의사가 말했다.

"저는…"

난 말을 차마 할 수가 없었다. 말을 하길 원치 않았다. 마음을 닫아 버리고 싶었다. 그러면 내가 마음을 닫으면 태호는 어떻게 보지? 소영이는 어떻게 대하지? 난 호흡을 한번 깊이 했다. 후 하고 한번 숨을 내쉬었다. 그리고 의사에게 말을 했다.

"강간을 당한 적이 있어요."

"저런 누구한테 이야기한 적이 있어요?"

"아니요, 그냥 털어 버리려고 했어요."

"털어 버릴 수 없어요. 강제로 그런 일을 당하면 사람은 데미지를 입어요. 그게 복구가 안 될 수도 있어요. 게다가 나이가 어리신 것 같은데 어서 털어놔 봐요."

"당했는데 왜 그때 공격을 못했는지 모르겠어요."

"강제로 당하면서 그 사람이 하는 행동이나 말을 인지하셨나요?"

"인지요…? 그냥 멍했던 것 같아요. 당황스러워서."

"원래 사람은 당황하면 사리분별을 못 해요. 그건 자연스러운 현상이에요. 그게 민우 씨의 잘못은 아니에요. 여기서 후회하시거나 마음에 담아 두면 큰일 나요."

"근데 그게 마음속에서 사라지진 않아요."

"알겠습니다. 털어놓고 싶은 말이 있으면 충분히 털어놔요."

"그게…"

난 뭐라고 말을 해야 할지 알 수가 없었다. 더 이상 말하기가 괴로웠다. 난 머리가 멍했졌다. 난 혹시 내가 나를 기분 좋게 할 수 있는지 내 이마에 손을 올려 보았다. 그렇지만 아무 일도 벌어지지 않았다 난 나 스스로를 나아지게 할 수 없었다.

"무슨 생각 해요?"

의사가 물었다.

"음… 그냥…"

"다음에 다시 오셔도 돼요. 언제든지 와요."

의사는 여기서 끝마치고 싶어 하는 것 같았다. 나도 머리가 멍해서 말할 기분이 아니었다. 울고 나니 조금 후련한 기분도 있다. 난 일단 일어났다. 인사를 하고 밖으로 나갔다. 난 의외로 많은 아이들이 대기하고 있다는 걸 알았다. 정의의 히어로들이 정신질환을 안고 산다니 아이러니하다. 그리고 난 약을 받아 갔다. 무슨 약인지 설명은 못 들었다.

"민우야, 어때?"

소영이가 날 걱정했다.

"응. 조금 괜찮아."

정말 괜찮은 걸까? 정말일까? 난 잠을 자러 갔다. 내 방까지 소영이가 따라왔다. 소영이는 날 걱정했다. 왠지 모르게 난 그게 부담되었다. 태호가 기다리고 있었다. 요한이가 잠을 안 자고 있었다.

"민우야, 괜찮아?"

요한이가 물었다.

"응. 조금 나아졌어."

"어디가 아픈 거래?"

요한이를 이해시키려면 난 요한이에게 모든 걸 털어놔야 한다. 그러기가 쉽지가 않다. 문 앞에 누군가 있다. 그건 토비다. 토비가 안절부절못하고 있었다. 단 한 번도 토비가 그런 사람일 거라고 기대하지 않았다. 난 토비와 태호를 동시에 느끼고 있었다. 둘 다에게 차마 내가 겪은 일을 털어놓을 수 없었다. "더럽고 지저분하니까." 또 환청이 들렸다. "내가 왜?" 난 혼잣말이 나올 뻔했다.

"응, 뭐라고?"

태호가 물었다.

"아니야, 아무것도."

난 침대에 앉아 태호 손을 잡았다. 조금 마음이 편해졌다. 요한이가 일어나 내 옆에 앉았다. 요한이는 내 어깨에 손을 올렸다.

"민우야, 어디가 아픈 거래?"

"어. 그, 몸에 좀 무리가 갔나 봐."

"그래, 약은?"

"약 받았어."

"그래? 몸 어디가 아픈데?"

난 준비한 말이 없다. 난 그런 생각을 했다. 내가? 내가 정신병이 있을 리 없다고 부정했다.

"응. 몸이 무리한 것뿐이야. 괜찮아, 요한아. 이제 자자."

태호가 날 안았다. 나도 태호를 안았다.

그리고 태호는 내일 보자며 내 볼에 뽀뽀를 했다. 난 토비를 어떻게 할까 고민을 했다.

"민우야. 혹시 동성애 때문에 그런 거야?"

요한이가 물었다. 아마도 요한이는 내게 병이 있다고 생각하는 것 같았다.

"아니야. 그런 거 네가 생각하는 게 아니야."

불안감이 감돌았다. 문득 병원에서 받은 약이 떠올라 일단 약을 먹었다. 그리고 샤워를 하고 나오니 좀 졸린 것 같다. 혹시 이게 수면제 같은 건가, 그런 생각이 들었다. 난 그러다 토비를 보러 가야겠다는 생각이 들어 그렇게 했다. 토비가 걱정됐다. 그러다 문득 토비도 정신과에 데려가야 하는 게 아닌가 하는 생각이 들었다. 그렇지만 문밖에 토비가 없었다. 난 갑자기 토비가 보고 싶어졌다. 이러면 안 되는 건데, 난 토비 방에 갔다. 토비가 누워 있었다. 지미는 없었다. 난 토비를 불렀다. 내 목소리는 떨리고 있었다. 토비는 나를 바라봤다. 그는 몹시 미안한 표정을 짓고 있었다.

"토비, 난 괜찮아."

"응… 미안해."

"괜찮아. 걱정하지 마."

내 목소리는 떨렸다. 그것 때문에 토비가 더 미안해하는 것 같았다. 그리고 난 잠을 잤다. 새벽에 누군가 나에게 찾아와 뽀뽀를 했다. 난 마음이 여자 같아졌다. 내가 진짜 여자가 되는 상상을 했다. 그리고 다시 잠들었다. 아침에 난 힘들게 일어났다. 졸음이 왔다. 그리고 축 처진 채로 아이들과 만나고 식당에 따라갔다. 난 잠이 와서 자고 싶었다. 태호는 날 걱정했다. 난 태호가 걱정하는 게 싫어서 음식을 먹었다. 전에는 식탐이 있었는데 이제는 입맛이 없어졌다. 난 음식을 맛없게 먹었다. 그리고 훈련을 하러 갔다. 전에도 느낀 적이 있지만 주변 아이들이 나를 쳐다보고 수군대는 것 같다. 그런 것을 느끼는 게 더 심해졌다. 그리고 내 다리를 보고 엉덩이를 쳐다봤다. 난 간헐적인 불안감을 느꼈다. 태호가 내 손을 잡았다. 난 재빨리 손을 뺐다. 태호가 조금 놀랐다. 난 다시 태호 손을 잡았다. 꼭 잡았다.

"괜찮아?"

태호가 물었다.

"응."

그리고 난 태호를 보며 웃었다. 이제 괜찮아질 거라고 믿었다. 그렇지만 마음이 불안했다. 그리고 난 잠이 왔다.

"민우야, 아이들에게 정신 공격을 보호해 주는 훈련할 수 있어?"

소영이가 물었다.

"응."

난 정신을 집중했다. 난 순간 깜짝 놀라 어깨가 들썩였다. 나의 힘은 거의 천장을 뚫을 듯이 폭발했다. 우리 일행들에게 너무나 막강한 힘을 전해 주었다. 아이들도 깜짝 놀라 다들 서로를 쳐다봤다.

"그만!"

소영이가 외쳤다. 소영이가 다가와 나의 머리에 손을 얹었다.

"민우야 그만 조금 쉬어."

난 이해가 되진 않았다. 이 힘이면 우리가 압도적으로 적을 이길 수 있다. 그렇지만 난 항상 소영이 뜻을 따라왔기 때문에 소영이 말에 따라 마음을 가라앉히고 잠시 앉았다. 그리고 난 두 팔을 허공에 띄울 수밖에 없었다. 내 몸이 붉은색으로 빛났다. 난 너무 신기해서 내 몸을 살펴보았다. 그리고 소영이를 바라보았다. 소영이도 나를 보는 것 같았다. 소영이가 날 이상하게 쳐다보았다. 그리고 훈련이 끝났다.

"민우야, 내일부터 나랑 따로 훈련을 하자. 이제 아이들은 각자 훈련할 수준이 됐어. 민우는 나랑 따로 훈련해."

소영이가 말했다.

"응, 알았어. 근데 아까 정말 대단한 힘이 나왔어."

"응, 나도 알아. 그게 상당히 위험한 상태라고 생각해 줬으면 좋겠어. 그 힘을 사용하면 안 돼."

"알았어…. 만약에 사용하면 어떻게 돼?"

"만약 그 힘을 적들에게 사용하면 끔찍하게 죽어 버릴 거야."

"그래? …알았어."

그리고 우린 점심을 먹고 체력 단련을 했다. 피곤함은 좀 줄어들었다. 난 운동이라도 열심히 하자는 생각에 열심히 했다. 토비가 나에게 올까 갈팡질팡하다가 결국 나에게 와서 역기 드는 걸 도와주었다. 난 토비가 그러도록 내버려 두었다.

"민우야, 하나만 더."

토비가 말했다. 난 있는 힘을 다해 하나는 겨우 들었다. 그러고 난 러닝머신을 뛰었다. 운동을 하고 나니 좀 후련해졌다. 난 시원하게 샤워를 하고 싶었다. 이제 기분이 나아져서 태호를 보는 게 편했다. 난 태호를 보고 찡긋하고 미소를 지었다. 태호의 기분이 좋아졌다. 태호는 나를 뒤에서 안았다. 우린 그렇게 붙어 있었다. 토비는 나를 바라봤다. 토비의 마음도 조금 편안해졌다. 평소 훈련장에 안 오던 요한이가 왔다.

"민우야 다 끝났어? 밥 먹고 게임하러 갈까?"

"좋아, 가자."

우린 다 같이 이제 저녁을 먹고 정원에 앉아 있었다.

"민우 오빠, 몸 괜찮아?"

윤아가 물었다. 난 기분이 나아졌다. 나를 생각해 주는 사람이 많아서 안도가 되었다. 아침과는 다르게 저녁은 기분이 호전됐다.

"응. 괜찮아, 윤아야."

그리고 옆에서 토비가 조심스럽게 내 손을 만졌다. 난 토비가 그러도록 내버려 두었다. 태호는 내 손을 잡고 어깨에 자신을 기대었다. 그러다 난 요한이와 태호와 게임을 하러 갔다. 우린 내일 밖에 나가기로 했다. 오늘은 다 같이 쉬기로 한 것 같다. 나는 조금은 부담을 느꼈다. 여기 있는 초능력자들이 다 내 능력에 의지를 하는 것 같았다. 난 밤새도록 게임을 하고 자러 갔다. 다음 날 나는 소영이와 단둘이 훈련을 했다.

"민우야, 그 힘을 지금 써 봐."

난 있는 힘을 다해 내 힘을 분출했다. 어제와 같다. 나의 파란빛이 천장까지 치솟았다. 정말 상당한 힘이다. 이 힘으로 난 무엇이든지 할 수 있을 것 같다.

"상당하구나. 민우야, 그 힘을 단계적으로 낮춰 볼래?"

난 힘을 조절해 보려고 했다. 잘 안됐다. 내 힘을 낮추려면 머리에 두통이 왔다.

난 안간힘을 써서 내 힘을 낮추려고 했지만 잘되지 않았다.

"천천히 해, 민우야. 급할 필요 없어."

소영이 말에 난 힘을 다시 풀고 힘을 조금씩 천천히 주어서 힘을 제어하려고 했다. 운동장 바닥이 진동을 했다. 다른 훈련하는 아이들이 주변을 두리번거렸다.

"그만, 민우야. 힘을 풀어 봐."

난 힘을 풀었다. 진동이 사라졌다.

"민우야, 그 힘을 한번 써 보자. 어떤 걸 하고 싶어?"

내 힘을 쓰면 아이들 머리가 터질 것 같았다. 난 공포심이 솟아났다. 난 운동장에 운동기구들을 바라봤다.

"저 운동기구들을 움직여 볼게."

"그래, 그렇게 해 봐."

난 힘을 사용해 무거운 운동기구들을 전부 들었다. 기존에는 없던 정교한 힘의 날카로움을 느꼈다. 난 운동기구들을 아주 세세하게 움직일 수 있었다. 그 모든 무거운 운동기구들을 하늘로 띄워서 난 정교하게 컨트롤했다.

"민우의 초능력이 전파 같은 성질을 띠지만 나랑 비슷한 것 같아."

소영이가 말했다.

"민우야, 이제 힘을 풀어."

난 아주 천천히 운동기구들을 내려놓았다. 소영이는 뭔가 결심한 듯한 표정을 지었다.

"민우야, 전에 나에게 힘을 줬었잖아. 지금 그걸 한번 해 볼까?"

난 소영이에게 힘을 주었다. 파란 농도 짙은 파장이 소영이에게 흘러갔다.

"와. 이거 너무 힘이 강한데."

소영이가 이 힘을 감당하기 어려워하는 것 같았다. 소영이는 손을 뻗어 허공에 힘을 썼다. 그러자 공기가 파장을 이루듯이 눈에 보였다.

공기를 사용해 공격이나 방어가 가능할 것 같다는 생각이 들었다. 사물을 사용하지 않고. 소영이는 감탄하고 있었다.

"안 돼. 우린 이 힘을 사용해서는 안 돼. 너무 강해."

그러나 소영이는 부정적이었다. 소영이는 나를 살펴보기 시작했다. 우린 운동장 끝으로 갔다.

"민우야, 지금 어떤 욕구가 생겨?"

소영이가 물었다.

"응… 그래. 그냥 솔직하게 말할게."

"좋아, 말해 봐."

난 각오를 단단히 했다.

"성욕이 생겨. 그리고 내가 남자들을 끌어들이는 것 같아. 그런 생각이 문득 들 때가 있어."

"그렇구나, 민우야. 그런 거 나에게 이야기해도 괜찮아. 민우 말이 맞아. 그런 욕구, 욕망이 솟아날 거야. 문제는 그게 너를 망칠 수도 있다는 거야."

"응…"

"성욕은… 음, 이런 말은 좀 나도 어렵지만 태호와 잘 해소하길 바라. 그리고 다른 욕구는 없어?"

"다른 욕구는, 글쎄. 요즘 자주 환청이 들려."

"그렇구나. 민우야, 초능력자 중에 정신분열증 환자가 많아. 그걸 달고 사는 게 우리가 겪을 수 있는 부작용 중에 하나야."

난 정신분열증이라는 말이 마음에 와닿지 않았다. 내가 정신병자일 리 없다. 난 그걸 부정하고 싶었다.

"이제부터 너의 힘을 제어하는 훈련을 계속하자."

소영이가 말했다. 난 고개를 끄덕인 후 우린 내 힘을 낮추면서 이 힘을 이용해 무엇을 할 수 있는지에 대한 훈련을 하기 시작했다. 그리고 오늘은 밖에 나가기로 했다. 적들을 경계해야만 한다. 난 나가기 전에 약을 먹었다. 그럼 조금 피곤했다. 잠이 오는 것 같았다.

"민우, 초능력자들은 어딨어?"

마리아가 또 물었다.

"응. 저쪽에 있어."

내가 손으로 부산역 쪽을 가리켰다. 오늘은 적대 세력의 초능력자들이 부산역에 모여 있었다. 우린 그쪽으로 짝을 지어 멀리 떨어져 걸어갔다. 소영이와 나와 토비가 초능력자들이 누구인지 얼굴을 봐 둘 생각으로 조금 가까이 갔다. 거기 도로시가 있었다. 도로시와 저번에 봤던 수염 난 흑인 남자와 여자아이가 있었다. 총 세 명이다.

"도로시가 날 알아봐서. 좀 떨어져 있을게."

내가 말했다.

"응, 그래."

토비와 난 도로시로부터 멀리 있었다. 그들이 기지 쪽으로 걸어가는 듯하다. 정확히 어디로 가는지는 알 수가 없다.

"적들이 기지 방향으로 걷는다."

소영이가 말했다. 우린 일행과 합류해 기지 방향으로 천천히 걸었다. 파란빛이 우리 뒤쪽에서 다가오고 있었다. 난 순간 앞을 보자 잔뜩 긴장했다.

"소영아. 앞쪽에도 초능력자가 있는데, 우리 쪽 사람이야?"

소영이는 뜸을 들이다 답변했다.

"아니. 우리 쪽 초능력자는 마리아와 아이작만 있어."

초능력자들이 앞뒤로 다가오고 있었다.

"해변가 쪽으로 빠지자."

소영이가 말했다. 우린 해변가 쪽으로 걸어갔다. 앞뒤로 오는 파란빛은 서로 만났다. 그러고는 해변 기준으로 중간에 있었다.

"서로 대화를 나누고 있는 것 같아."

내가 말했다.

"여기서 좀 기다리자. 그냥 서 있지 말고 뭐 하는 척이라도 하자."

소영이가 말했다. 우린 해변을 걷거나 모래를 만졌다. 수지가 떠밀려 온 물고기를 살펴봤다. 나는 걷는 척하며 적들을 살펴봤다. 그들은 해변 쪽으로 걸어오고 있었다. 난 가슴이 철렁했다.

"소영아, 적들이 해변 쪽으로 와. 어디로 나가지?"

내가 말했다.

"해변가를 돌아 기지 쪽으로 나가자."

소영이가 말했다. 우린 오른쪽으로 천천히 걷기 시작했다. 파란빛이 갑자기 돌진했다.

"온다!"

내가 말했다. 파란빛이 출렁거렸다. 뛰어오는 모습이었다. 난 돌진하는 줄 알았다. 도로시가 늘씬한 몸으로 달려오고 있었다. 우린 다소 긴장했지만 오른쪽으로 빠져나갔다. 그리고 해변 뒤쪽에 있기로 했다. 도로시와 일행들이 해변가를 거닐며 놀았다.

"적들이 이곳에 온 이유가, 그냥 놀러 온 건가?"

숙희가 말했다.

"그건 알 수가 없지만 기지와 가까워서 우리가 계속 살펴봐야 해."

소영이가 말했다. 도로시가 우리 쪽을 바라봤다. 정확히 나를 보는 것 같았다. 난 긴장했다. 이걸 말해야 할지 모르겠다. 도로시는 나를 빤히 보는 것 같다. 도로시의 파란 파장이 크게 주변을 훑었다. 난 몸을 움츠렸다. 혹시 도로시에게 초능력자들을 보는 능력이 있나? 그런 유의 능력이 있을 법도 하다는 생각이 든다. 난 아이들 머리에 보호구를 형성했다.

"민우야, 왜?"

소영이가 물었다.

"도로시가 우릴 보는 것 같아. 추정일 뿐이야."

내가 답했다.

"그래? 조금 있다가 자리를 옮기자. 지금 움직이지 말고 5분 있다가 천천히 일어나자."

소영이가 답했다. 우린 5분 뒤에 자리를 일어나 기지 방향으로 걷다가 편의점 앞에서 멈춰 섰다. 도로시 일행들의 기는 조금 멀리 있었다. 그러다 경찰이 왔다. 우린 경찰차가 오자 조금 더 멀리 떨어졌다. 거의 기지 입구 근처까지 갔다. 경찰과 도로시 일행이 만나는 듯하다. 그들은 대화를 나누고 있었다.

"민우야. 지미, 토비, 나와 같이 적들 근처에 가 보자."

소영이가 말했다. 우린 적들이 보이는 근처에 서서 살펴봤다. 경찰은 네 명이고 아까 봤던 도로시 일행 세 명이 모여서 이야기를 나누고 있었다. 또 도로시가 나를 보는 것 같다. 도로시의 파란 기가 나를 향하는 것 같았다. 난 기분이 묘했다.

"소영아, 도로시가 나를 보는 것 같아. 아까처럼."

"민우야, 해변 쪽으로 한번 움직여 봐."

소영이가 말했다. 난 해변 쪽으로 움직였다. 도로시가 나를 보는지 확인하고 싶었다. 도로시는 고개를 다른 쪽으로 돌렸다. 난 천천히 더움직였다. 도로시는 다른 곳을 계속 바라봤다. 날 보는 것 같지 않아 난 다시 자리로 복귀했다.

"날 안 보는 것 같은데…."

"확실해?"

소영이가 물었다. 난 좀 머리가 복잡했다.

"그런 것 같아."

우린 계속 도로시 일행들을 관찰하다 새벽 1시까지 있었다.

"여기 계속 있지 말고 자리 좀 옮기자."

소영이가 말했다. 우린 해변가가 보이는 카페로 들어갔다. 늦은 시간이지만 사람이 많았다. 난 가장 창가와 가까운 자리에 앉았다.

"소영아, 경찰차가 우리 기지 쪽 방향으로 가는데?"

내가 말했다.

"기다려, 기지 쪽에 연락할게. 혹시 모르니까."

난 경찰차가 기지 쪽으로 가는 걸 보다가 해변가에 초능력자들을 보았다. 그들은 한참 있다가 기지 쪽으로 걷기 시작했다. 우린 카페를 나와 그들의 뒤를 따라가기로 했다. 난 또 하나의 빛을 보았다. 도로시 일행에 하나의 파란빛이 합류했다. 우린 그들의 뒤를 따랐다.

"소영아 그들이 멈췄어."

도로시 일행이 멈춰 섰다. 기지 입구에서 조금 떨어진 곳이다. 우린 당황했다.

"어쩌지? 길이 일방통행인데 중간에 골목이 우리 기지 입구로 가는 데밖에 없어."

수지가 말했다.

"침착해, 그냥 스쳐 지나가자. 민우야. 토비, 숙희. 고개를 다른 곳으로 돌려. 너희들과 나를 알아볼 수 있어."

소영이가 말했다. 난 고개를 도로시 일행 반대 방향으로 돌렸다. 파란빛들이 옆에서 스쳐 지나갔다.

"안녕 공주님?"

도로시다. 난 순간 도로시를 나도 모르게 쳐다봤다. 실수다. 그 순간 난 우리 아이들 머리에 보호막을 씌웠다. 그러다 난 누군가를 봤다. 그는 호퍼다.

"호퍼?"

"미안. 그 학교에서 잡혀 왔어."

호퍼는 매우 힘들어 보였다. 그의 눈은 축 처졌고 옷은 해지고, 맞았는지 얼굴에 멍이 들었다. 전보다 더 말라 보였다.

"얘들아, 준비해!"

우린 대형을 짰다. 난 보호막을 유지했다. 내 힘은 비상식적으로 커졌다. 매우 비대한 느낌이 들었다.

"민우야, 정말 놀라운 힘을 갖게 되었구나."

도로시가 말했다. 도로시는 웃고 있었다.

소영이가 가운데 있고 양옆에 수지, 숙희, 그리고 오른쪽에는 토비, 왼쪽에는 지미, 그리고 나는 가운데 있었다. 엘리자베스는 지나가는 사람들의 정신을 멀게 했다. 마리아와 아이작은 패닉 상태에 빠져서 있던 자리에 우두커니 서 있었다.

"마리아, 아이작. 가운데로 와."

그제야 마리와 아이작이 가운데로 뛰어왔다.

"민우야, 아이들에게 보호막을 쳤구나? 머리 좋네."

도로시가 말했다. 도로시 양옆에 있는 아시아 여자와 흑인 남자는 싸울 준비를 하는 것 같았다. 소영이가 무전기에 대고 속삭였다.

"기지 입구에서 멀어지자."

우린 옆으로 조금씩 움직였다. 도로시는 우릴 보고 예쁘게 웃고 있었다. 자세히 보면 그녀는 사악한 웃음을 띤다. 도로시가 호퍼의 머리에 손을 얹었다. 그러자 호퍼의 얼굴이 일그러졌다. 호퍼 입에서 신음 소리가 나왔다.

"호퍼를 내버려 둬. 너희 편이었잖아!"

내가 말했다.

"호퍼는 우릴 배신했어. 너희들 쪽으로 갔잖아."

도로시가 말했다.

"호퍼는 갈 데가 없어서 우리 쪽으로 온 거야."

내가 말했다.

"그만, 민우야. 적들과 대화하지 마. 호퍼는 신경 꺼."

소영이가 말했다.

호퍼가 자기 몸을 감싸 안았다. 호퍼의 몸이 일그러졌다. 호퍼는 상당한 고통을 느끼고 있었다.

"내가 이러는 게 아니야. 그냥 호퍼가 자기 몸을 부러트리는 거야."

도로시가 웃으며 말했다. 아니다, 도로시가 호퍼의 몸을 저러는 것이다. 호퍼는 무수히 많은 땀을 흘렸다. 비명 지르기 일보 직전이다.

"민우야 나랑 키스했을 때 기억해? 내 부드러운 혀를 더 느끼고 싶지 않아?"

난 대꾸를 안 했다. 좀 당황스럽긴 했다. 도로시의 목소리는 울리고 달콤했다. 난 도로시의 말을 경계했다. 호퍼의 몸이 더욱더 구겨졌다. 기이한 형상을 띠고 있었다. 난 그걸 보는 걸 견딜 수가 없었다. 호퍼는 비명을 지르기 시작했다. 호퍼의 기이하게 꼬인 몸과 더불어 기이했다. 난 공포를 멀리하기 위해 한번 힘을 줬다. 아이들에게 더욱더 강한 보호막을 씌웠다.

"호퍼는 죽을 수밖에 없는 것 같아. 그렇지, 민우?"

도로시가 말했다.

"다른 거 바라지 않을게. 우린 대화를 시도하러 온 거야. 믿어 줘. 민우 너희들이 지내는 곳이 어딘지 알려 줄래?"

도로시가 나를 보며 말했다.

"민우, 정신 차려. 아이들을 보호하는 데 집중해!"

소영이가 말했다.

"공격하자."

토비가 말했다.

"기다려. 말려들지 말아 봐."

숙희가 말했다.

도로시가 기이한 웃음을 지으며 호퍼의 몸을 더 뒤틀었다. 호퍼는 비명을 지르기 시작했다. 난 그걸 볼 수가 없었다. 난 어떻게든 호퍼를 구해 내고 싶었다. 난 호퍼 머리에 상상 속에 보호구를 씌워 보았다. 나의 힘은 넘쳐났다. 호퍼는 괜찮아지고 있었다. 그리고 저 멀리서 여러 개의 파란빛이 다가오고 있었다. 공중에서도 다가왔다.

"소영아 적들이 더 오고 있어."

"그래 여기서 멀어지자."

"잠깐 호퍼는 어떻게 해?"

"민우야, 어쩔 수 없어. 우리의 기지가 밝혀지면 끝이야."

난 호퍼를 바라봤다. 호퍼의 두 눈에서 눈물이 흐르기 시작했다.

"어서 움직여!"

우린 기지와 멀어지기 위해 오른쪽으로 걸어갔다. 도로시를 중심에 두고 자리를 옮겼다.

"어디 가려고?"

도로시가 웃으며 말했다. 난 답변하지 않았다. 기지에서 멀어져야 한다. 멀리서 초능력자들이 왔다. 하늘은 나는 사람이 들이닥쳤다. 그는 전에 봤던 마커스다. 그는 선글라스 끼고 항상 정장을 입었다. 그가 하늘에 둥둥 떠 있다. 지상으로 내려왔다. 그리고 그 쌍둥이 여자들이 왔다. 둘 다 교복 같은 걸 입고 있었다. 이들은 항상 복장이 자유로운 것 같다. 그리고 전에 봤던 그 무술가 네 명이 왔다. 이들은 총 아홉 명이었다.

"오랜만이군, 민우. 잘 지냈나?"

마커스가 말했다.

"민우 힘이 정말 대단한데? 무슨 일 있었어?"

도로시가 말했다. 난 답변하지 않았다. 여전히 아이들에게 보호구를 씌워 주었다. 난 전파 공격을 할까 고민하고 있다.

"소영아, 공격할까?"

토비가 말했다. 토비 몸이 근질근질한 것 같다.

"아니, 기다려. 여기서 좀 벗어나자."

우린 조금씩 위쪽으로 이동했다. 기지 입구와 반대 방향이다. 난 호퍼를 관찰했다. 호퍼에 머리에 보호구를 씌워서 호퍼가 좀 괜찮아 보였다.

"호퍼에게 뭔가를 했나 보네. 민우 머릿속에도 들어갈 수 없어. 어떻게 한 거야?"

도로시가 미소를 지으며 말했다. 난 아무 답변도 안 했다.

"피곤한 저녁에 되겠어?"

마커스가 하늘로 날아올랐다. 주변에 먼지바람이 날렸다. 쌍둥이 여자 둘이 불덩어리를 만들었다. 수지가 그에 맞춰 차가운 냉 덩어리를 만들었다. 토비는 적들 가까이 다가갔다. 그렇지만 소영이가 말렸다.

"토비, 가만있어!"

소영이가 말했다. 쌍둥이 자매가 불꽃을 매우 빠른 속도로 날렸다. 수지가 그걸 냉 덩어리로 방어했다. 앞에서 얼음 파편과 불꽃 빛이 튀겼다. 골목이 순간 번쩍였다. 엘리자베스가 주변 사람들의 정신을 멀게 했다. 내가 쌍둥이 자매에게 전파 공격을 가했다. 쌍둥이 자매가 머리를 부여잡고 쓰러졌다. 도로시가 나에게 정신 공격을 가했다. 난 정신이 아득해지는 듯했으나 재빨리 내 머리에 보호막을 씌웠다. 우리 일행들의 보호구가 잠시 풀리는 듯했으나 내가 다시 씌웠다. 주변에 모래바람이 일어나고 있었다. 골목에 전등이 깜박였다. 소영이가 힘을 집중하는 것 같았다.

"민우야, 지금 기분이 어때?"

소영이가 물었다. 내가 힘을 과도하게 사용하는 것에 대해서 걱정하는 것 같았다.

"응. 지금 기분은 아무 이상 없어."

내가 답했다. 우린 기지 입구로부터 멀어지고 있었다. 도로시가 미소를 지으며 두 손을 펼쳤다. 도로시가 내가 씌운 방어구를 걷어내는 것 같았다. 도로시의 힘은 상당하다. 거의 적대 세력의 엘리트 급인 것 같았다. 나의 방어구를 벗겨 내려고 안간힘을 썼다. 그렇지만 난 거의 무한대에 힘을 느끼고 있었다. 전에 마리 카우스가 내 힘을 끌어내는 것 정도의 힘이 솟아났다. 소영이는 이것이 위험한 상태라고는 하지만 난 편안함을 느낀다. 그리고 난 자만심을 느꼈다. 그러다가 환청이 들렸다. "이 게이 새끼야!", "더러운 놈. 뒤로 하는 더러운 새끼."

순간 난 움찔하며 힘이 가해졌다. 쌍둥이 자매가 머리를 쥐어뜯고 바닥에 뒹굴었다. 험악한 광경이었다. 마음만 먹으면 여기 적들을 다 없애 버릴 수도 있었다. 그런 생각이 머릿속에 나와서 날 간지럽게 했다.

"민우야, 그럴 필요 없어!"

소영이가 외쳤다.

난 힘을 제어했다. 쌍둥이 자매 얼굴에 공포심이 가득했다.

"호퍼를 돌려줘!"

내가 말했다.

"호퍼가 내 애인이야?"

도로시가 받아쳤다.

"호퍼를 돌려주면 너희들이 지내는 곳이 어딘지 알려 줘."

도로시가 말했다. 난 마음만 먹으면 도로시를 굴복시킬 수가 있다. 난 도로시에게 힘 조절을 하며 힘을 가했다. 도로시 머리에 힘을. 도로시의 얼굴이 굳어졌다.

"민우야, 그만."

소영이가 말했다. 소영이가 작게 무전기로 말했다.

"민우야, 여기서 빠져나가자. 자, 모두."

우린 빠른 걸음으로 기지 입구에서 더 멀어졌다. 마커스가 하늘에서 우릴 쫓아왔다. 쌍둥이 자매는 아까 받은 공격 때문에 공포심을 느꼈다. 난 자매의 감정을 느낄 수 있었다. 공포에 짓눌려 있었다. 난 더욱더 우월한 존재가 된 느낌이다. 어쩌면 마리 카우스도 상대할 수 있을 것이다.

"자, 도로시. 호퍼를 놔줘."

내가 말했다. 도로시는 웃고 있었다. 도로시는 호퍼를 일으켜 세워 우리 쪽으로 걷게 했다. 호퍼의 표정은 멍해져 있었다. 정신이 다른 어딘가로 나가 버린 것 같았다.

"호퍼는 됐어. 그냥 가만히 둬."

소영이가 말했다.

"민우야. 호퍼가 기지가 어디인지 다 알려 주게 될 거야. 호퍼를 데려갈 수 없어. 오늘은 적들 견제만 해."

소영이가 말했다.

"이제 그만 여기서 사라져, 너희들."

내가 말했다. 도로시와 마커스 쌍둥이 자매 무술가 네 명은 서로 말을 주고받는 듯하다. 그들은 우릴 보며 말했다.

"오늘은 여기까지 하지. 내일 또 볼 수 있으면 보자고."

도로시가 웃으며 말했다.

"아마도 여기 근처에 너희들 보금자리가 있나 보지?"

도로시가 미소 지으며 말했다. 우린 긴장했다. 우리 기지를 찾을 때까지 계속 우리에게 접근할 생각인 것 같다. 난 문득 이들을 다 제거하면 갈등이 없어질 거란 생각을 했다. 그러다가 난 겁이 나서 그런 생각을 관두기로 했다. 그렇지만 마음 한편에서는 그 생각이 사그라들지 않았다. 지금 당장 이들을 죽여 버린다면. 내 몸에서 붉은빛이 올라왔다. 너무 아름다웠다. 난 황홀경에 빠졌다.

"민우야, 힘을 컨트롤해. 지금 힘이 너무 강해."

소영이가 말했다.

"소영아. 지금 이들을 해치우면 우리가 안전해질 수 있어."

내가 말했다. 소영이는 잠시 말이 없었다.

"도로시, 지금 여기서 끝내자. 너희들은 어서 돌아가, 위험하니까."

소영이가 도로시에게 말했다.

"왜 어째서? 위험하다고? 우릴 걱정하는 거야?"

도로시가 웃으며 말했다. 도로시의 미소가 더 깊어졌다. 더 사악해지는 기분이 들었다. 내 강한 힘보다 도로시의 미소가 더 무서운 기분이 들었다. 도로시가 손을 뻗어 나를 가리켰다. 도로시의 기묘한 기운이 나에게 흘러 들어왔다.

"우리에게 와."

"민우야, 우리에게 와. 더 이상적인 힘과 삶을 살아갈 수 있어. 너의 곁에 있는 사람들은 너의 힘을 발산하지 못하게 할 뿐이야. 넌 신이 될 수 있어."

내 머릿속에 도로시의 달콤한 속삭임이 들려왔다. 난 정신이 몽롱해졌다. 난 방어구가 느슨해짐을 느꼈다.

"민우야, 이제 돌아가자."

태호가 말했다. 난 다시 정신을 차렸다.

"여기서 벗어나. 아니면 내가 너희들을 해칠 수도 있어."

내가 말했다.

"어서 여기서 멀리 벗어나. 이건 경고야."

내가 말했다.

"너희들을 죽일 수도 있어."

9

도로시 일행들은 서서히 우리 시야에서 사라졌다. 우린 기지 입구
에서 천천히 멀어졌다.

"여기 CCTV 같은 거 있는 거 아니지?"

숙희가 말했다.

"여긴 없어. 우리가 다 제거했어."

소영이가 말했다.

"오늘 저녁은 다른 곳에 있자. 우리가 기지로 들어가는 걸 적들이
무슨 수를 쓰던 알아낼 수가 있으니까."

소영이가 말했다. 도로시 일행의 파란기가 사라져 간다. 우린 저
들이 더 멀리 사라질 때까지 기다렸다.

"민우야, 이리 와."

소영이가 날 불렀다. 난 소영이에게로 갔다. 소영이가 내 머리에 손을 얹었다. 난 마음이 가라앉았다.

"민우야. 누군가를 죽이거나 해치는 일은 없었으면 좋겠어."

소영이가 말하며 내 뺨을 쓰다듬어 주었다. 소영이 손이 따뜻했다. 마음이 차분해졌다. 태호가 날 바라봤다. 나도 태호를 바라보았다. 소영이가 존재하지 않았다면 난 어떻게 되었을까. 난 덜컥 겁이 났다. 내가 아까 그들을 죽인다고 했었나? 내가 사람을 죽일 수 있을까? 내 마음이 변화가 혼란스러웠다. 난 살인자가 될 수 있을까? 태호가 내 손을 잡았다.

"뭘 그렇게 생각해?"

난 태호의 얼굴을 보았다. 태호의 피부와 머리카락 눈동자 숨소리 이런 살아 있는 존재를 해칠 수 있을까? 하는 생각이 들었다. 난 태호를 안았다. 태호가 내 등을 토닥여 주었다.

"연애는 다른 데 가서 하자."

엘리자베스가 말했다.

우린 기지 입구로부터 멀어져 다른 동내에 왔다. 지금 시간에 사람은 거의 없었다. 난 주변에 초능력자들이 없나 살펴보았다.

"다음에는 더 강한 아이들이 우리에게 접근할 것 같아."

수지가 말했다.

"그럴 거야. 우리 쪽에 민우가 있으니까 적들도 더 세게 등장하겠지."

소영이가 말했다. 우린 배가 고파 편의점에서 이것저것 먹었다. 그리고 정처 없이 걸었다.

"민우야, 이마에 손 좀 얹어 줘."

태호가 말했다.

"안 돼, 민우야. 하지 마."

소영이가 말했다. 난 태호의 이마에 손을 데려다가 떼고, 대신 태호의 얼굴을 쓰다듬어 주었다.

"손이 너무 부드러워."

태호가 말했다. 난 내 손을 만져 보았다. 내 손은 정말 부드러웠다. 비누 같았다.

"아쉽다."

태호가 말했다. 난 태호의 손을 잡고 같이 걸었다. 새벽바람이 차가웠다. 우린 번화가 술집 주변을 배회했다. 난 약 때문인지 졸음이 밀려왔다. 그렇지만 졸리다고 말하긴 어려웠다. 우린 24시 카페에 들어가 밤을 새웠다. 그리고 새벽 늦게 기지로 복귀했다. 주변에 초능력자는 없었다. 우린 보고를 하고 아침에 잠을 잤다. 저녁에 일어날 셈이다. 우린 저녁에 또 나가서 적대 세력을 찾아낼 생각이다. 기지 입구가 발각되는 것이 위험하기 때문에 우리는 기지 입구 멀리서 관찰할 셈이다. 우린 저녁 7시에 일어났다. 다들 피곤한 상태이고 훈련은 건너뛰었다. 적들이 더 대범하게 나올 것을 대비해 우린 긴장을 했다. 그렇다고 수를 늘릴 수가 없었다. 눈에 띄고 어수선하기 때문에 어제 멤버 그대로 나갔다. 난 정신과 진료 예약이 있었지만 어쩔 수 없이 취소했다. 난 일어나서 약을 먹었다. 역시나 졸음이 왔다. 우린 늦은 저녁을 먹고 기차 타는 곳에 모였다.

"오늘도 적들이 우릴 노리고 모일 거야. 너무 긴장하지 말고. 싸움이 벌어지면 우리가 충분히 제어할 수 있어, 걱정하지 마."

소영이가 말했다. 마리아와 아이작이 긴장이 심했다. 그들에게 기분을 좋아지게 해 주고 싶지만 하지 않았다.

"싸움이 안 났으면 좋겠어."

마리아가 말했다. 마리아는 불안해 보였다. 아이작의 눈은 공포로 가득했다. 난 이들을 지켜주고 싶었다. 그러면서 또 스스로에 대한 우월감이 생겨나는 것 같았다. 그런 기분을 자제해 보려고 노력했다. 정말로 소영이 말처럼 난 강한 힘에 빠져 버리게 될지도 모른다고 생각했다. 윤아가 우릴 마중 나왔다.

"난 모든 공격을 통과할 수 있으니까 나도 나가면 안 돼?"

윤아는 겁이 없었다.

"윤아야. 나가면 위험하니까 기지를 지키고 있어."

숙희가 말했다. 소영이가 윤아에게 가서 머리를 만져 주고 쓰다듬어 주었다. 우린 기차를 타고 밖으로 나갔다. 나갈 때 한 명씩 시간차를 두고 나가 시간이 오래 걸렸다. 우린 부산역 쪽으로 향했다. 적들의 기는 느껴지지 않았다. 우린 두 명씩 짝지어서 걸었다. 오늘은 왠지 거리가 한산했다. 술 취한 사람도 있긴 하지만 조용했다. 우린 길을 천천히 걸으며 초능력자들이 어디 있는지 탐색하기 시작했다. 우린 한참 후에 그들이 부산역을 지나 중앙역에 모여 있는 것을 발견했다.

"소영아 적들이 저 앞에 있는데, 보여?"

내가 말했다. 소영이가 앞에 모여 있는 초능력자들을 확인했다.

"여기서 잠시 기다리자."

소영이가 말했다.

우린 앞에 초능력자들을 두고 대기했다. 그들은 모여서 대화를 나누고 있는 것처럼 보였다. 도로시와 마커스 쌍둥이 자매 네 명의 무술가 또 수염 난 흑인과 아시아 여자. 이들은 열두 명이다. 우린 열 명이고 이들이 숫자적으로 우릴 압도할 생각인 것 같다. 우린 먼저 싸움을 걸지 않았다.

"오늘 저들과 싸울 거야?"

마리아가 물었다.

"너무 긴장하지 마. 우리가 보호해 줄게, 마리아."

수지가 말했다. 아이작은 벌써부터 쇠로 된 물건들을 조금씩 움직여 보기 시작했다.

"아이작 아직 힘을 쓰지 마."

소영이가 말했다.

"진정해, 아이작."

아이작이 얌전히 있었다.

"어서 두들겨 패 주고 싶어 죽겠네."

토비가 말했다.

"토비, 너도 진정해. 싸우는 게 꼭 답은 아니야."

소영이가 말했다.

"민우야, 오늘 기분은 어때? 아직도 힘이 넘쳐나?"

소영이가 물었다.

"응. 힘이 너무 많이 방출되는 것 같아. 갑자기 그러네."

내가 말했다. 정신과에 다녀온 이후로 그런 것 같았다. 환청은 안 들렸다. 졸음은 조금 왔다. 약 때문에 그런 것 같다. 어느 순간에는 무기력한 기분이 들기도 하다가 기분이 업되기도 했다. 기분이 오락가락하는 것 같았다. 내 힘이 증폭했다가 줄었다가를 반복하는 것 같았다. 소영이에게는 말하지 않았다. 힘을 발현하면 상당히 거대해지기 때문이다. 우린 적들에게 서서히 다가갔다. 어차피 마주칠 일이다.

"오늘도 나왔네. 오늘은 우리가 거칠게 나올 수도 있어."

도로시가 말했다. 난 도로시가 정신 공격을 가하기 전에 먼저 아이들에게 보호막을 씌웠다.

"그래, 민우는 아이들을 잘 보호해 주는구나. 아이들이 좋은가 봐?"

난 답변할까 말까 고민되었다.

"근데 아이들이 널 이용하는 것 같지 않아? 민우 너만 항상 힘을 주로 쓰잖아."

"쓸데없는 말 하지 마, 도로시!"

소영이가 말했다.

"민우야, 너무 아름답다. 나와 같이 가서 예쁘게 치장하고 우리 즐겁게 지내자."

도로시가 말했다. 난 내가 아름다운 화장대 앞에 몽롱한 불빛들을 받아 예쁘게 화장하는 상상을 했다. 이러한 생각이 도로시의 술수인가?

"도로시, 너와 같이 가고 싶지 않아. 난 나의 친구들이 있어."

내가 말했다.

"너무해, 민우. 우린 왜 친구로 생각하지 않는 거야? 우리도 너의 좋은 친구가 될 수 있어. 우리가 무지막지한 악당이라고만 생각하잖아."

도로시는 슬픈 표정을 지었다. 연기하는 것 같았다. 그렇지만 표정이 정말 진솔했다.

"호퍼는?"

내가 호퍼에 대해 물었다.

"호퍼는 잘 있어. 우리가 잘 데리고 있을 거야."

"너 호퍼를 괴롭게 했어."

"어쩔 수 없었어. 너희들의 기지를 안 알려 주잖아…."

"알려 주면 뭐 하게, 쳐들어오게?"

"그냥 우리 뜻을 전달할 뿐이야."

"지금 여기서 이야기해도 되잖아."

"그러길 원치 않아. 우린 직접 너희들이 지내는 곳을 보고 싶어. 그런 다음에 이야기할 거야. 생각해 봐, 어쩌면 우린 하나가 될 수도 있어."

도로시가 말했다.

"하나가 된다고. 어떻게 하나가 된다는 거야?"

소영이가 물었다.

"쉬워. 나눠 가지면 되잖아. 우린 강남 일대를 가질게. 너희들은 나머지 골라서 가져."

도로시가 갖는다는 의미는 아마 그 지역을 소유한다는 의미 같았다. 각자 자기들의 원하는 구역을 갖자고 하는 것 같았다. 역시나

이들의 의도는 사람을 돕겠다는 게 아니라 이 나라를 소유하겠다는 생각이다.

"도로시. 이 나라를 통제하거나 가질 수 없어. 그건 악당들이나 하는 짓이야."

소영이가 말했다.

"그래? 너무하는구나, 너희들은. 정말 너무해. 쉽게 가질 수 있는 건데 바보같이 관찰만 하다니. 도대체 그 잘난 힘은 갖고 있으면 뭐해? 어디다 써먹으려고?"

도로시는 심각한 표정을 지었다.

"도로시, 우린 사람들을 보호하고 싶어. 위험한 일이 생기면 도와주고 싶고."

내가 말했다. 도로시는 반응하지 않았다. 도로시가 고개를 숙였다. 그리고 갑자기 고개를 들어 눈을 번쩍였다. 그러자 내 머릿속에 침범해 들어와 내가 바로 보호구를 씌웠다. 난 손을 양쪽으로 들고 도로시 일행들에게 가벼운 전파를 가했다. 그러자 다들 인상을 쓰기 시작했다. 머리가 아픈 것이다. 소영이는 아이들에게 대형을 갖추도록 오더를 내렸다. 도로시가 이마에 손가락을 대고 나를 노려봤다. 도로시의 힘은 강하다. 난 보호구를 계속 유지했다. 내가 보호구를 상상해야만 유지가 가능하다. 난 극도로 집중을 했다. 아이작이 주변에 쇠로 된 쓰레기통 리어카 같은 것을 들어 보호막을 형성했다. 수지가 얼음덩어리를 만들었다. 그러자 쌍둥이 자매들도 불덩어리를 만들었다. 마리아는 뒤로 빠졌다. 토비가 앞으로 튀어나가 네 명의 무술가들과 육탄전을 벌였다. 주먹이 그들을 치면 파동 같은 게 형성되었다. 토비의 힘은 정말 강했다.

"토비! 다시 돌아와!"

소영이가 소리쳤다. 토비는 무술가들을 때려눕히고 우리 진영으로 다시 돌아왔다. 토비는 몹시 흥분한 상태다.

"토비. 또 그러면 너 이제 우리랑 같이 못 나올 줄 알아!"

소영이가 토비를 다그쳤다.

"알았어, 젠장. 조심할게."

토비가 말했다. 하늘의 남자 마커스가 하늘로 빠르게 올라가 두 팔을 양쪽으로 펴고 빛을 쏟아 부었다. 엄청난 무게가 느껴졌다. 난 무릎을 굽힐 뻔했다. 소영이가 그 빛을 막아 위로 올려 버렸다. 마커스의 힘도 만만치 않았다. 빛을 다시 아래로 내렸다. 난 마커스의 머리에 타격을 주었다. 마커스가 머리에 타격을 받고 아래로 내려왔다. 거기다 대고 수지가 불덩이를 날렸다. 마커스가 불덩이를 맞고 붕 떠서 날아갔다. 쌍둥이 자매도 우리에게 불덩이를 쏘았다. 아이작이 쇠로 된 사물들로 그걸 막았지만 불덩이 하나가 더 날아와 숙희를 맞혔다. 숙희는 재빨리 상당한 스피드로 치고 나가 자매들을 공격했다. 발로 걷어차고 주먹을 질렀다. 자매들도 무술을 익혔는지 맞고 있지만은 않았다. 숙희는 너무 빨라서 잔상이 남았다. 잔상을 보고 있으면 숙희는 다른 곳에 있었다. 쌍둥이 자매들은 숙희를 향해 불꽃을 작게 만들어 날렸다. 숙희가 전부 다 피해 자매들에게 타격을 가했다. 지미는 하늘로 날아올라 폭격기처럼 흑인과 아시아 여자를 공격했다. 흑인도 아이작과 같다. 그도 쇠를 주로 다루었다. 순간 위험이 찾아왔다. 흑인이 날카로운 칼날을 들어 올렸다. 난 긴장했다. 난 그 칼날을 물리적으로 통제해서 멀리 날려 버렸다.

그러자 그 흑인이 펜스를 다 뜯어내서 여러 개의 창으로 만들어 우리 쪽을 향했다. 마리아의 얼굴이 새하얘졌다. 마리아는 숨을 제도로 쉬기가 어려운 것 같았다. 소영이가 두 손을 펼쳐서 공격에 대비했다. 옆의 아시아 여자가 흑인이 들고 있는 창에다가 손을 뻗어 더 날카롭게 만들었다. 물질을 변형시키는 것 같았다. 난 저 날카로운 창끝을 갈아 버리는 상상을 했다. 존재하지 않는 판자로 끝을 갈아 버렸다. 흑인이 그걸 눈치채고 우리에게 매우 빠른 속도로 날렸다. 아이작이 그 쇠창을 컨트롤했다. 그렇지만 몇 개가 쏙 빠져 우리에게 날아왔다. 소영이가 그걸 다잡아 찌그러뜨렸다. 아시아 여성이 팔을 앞쪽으로 뻗었다. 그러자 우리가 서 있는 시멘트 바닥이 죽처럼 녹아내리는 물질로 바뀌었다. 우린 다 넘어졌다. 토비는 박차고 나와서 흑인과 아시아 여성을 공격했다. 그들에게 주먹을 날려 타격을 가했다. 난 다시 일어나 아이들에게 보호구를 씌웠다. 그리고 전체에다 대고 전파 공격을 사용했다. 적들이 자지러졌다. 그렇지만 도로시는 강한 정신력으로 꿈쩍도 하지 않고 나에게 손을 뻗어 내 머릿속에 침투하려고 했다. 약간의 몽환적인 기분이 들었다. 아름다운 내 모습이 그려졌다. 너무나 황홀했다. 그렇지만 그 생각이 차단되었다. 난 내 머리에 방어구를 내리고 그 몽환에 빠지고 싶다는 생각을 했다. 그렇지만 머릿속에 태호가 떠올라 그 생각을 차단했다. 난 도로시에게 전파 공격을 가했다. 강하게 가하지는 않았다. 도로시는 머리를 잡고 무릎을 굽혔다. 도로시는 다시 일어서 나에게 손을 뻗었다. 그렇지만 그건 속임수다. 그 손은 마리아를 향했다. 마리아의 동공이 커지고 희미하게 웃음을 지었다. 괴이한 현상이다. 난 재빨리 마리아에게 보호구를 씌웠다. 너무 늦은 걸까?

"치료해야 해!"

마리아가 외쳤다.

"치료를 해야 해."

마리아가 속주머니에서 작은 칼을 꺼내 자기 허벅지를 그었다. 난 깜짝 놀라 마리아에게 갔다. 아이작이 먼저 마리아에게 가서 칼을 빼앗으려고 했다. 이때 우리 진영이 흔들렸다. 마리아 허벅지에서 피가 흘렀다. 그리고 마리아가 자기 상처를 치료했다.

"치료해야 해."

정말 기괴한 술수를 벌여 놓았다. 난 마리아와 아이들의 머리에 보호구를 씌우고 마리아를 잡고 진정시켰다. 마리아는 아이작이 맡았고 난 도로시에게 전파 공격을 가할 생각으로 도로시를 바라봤다. 도로시는 왠지 슬픈 얼굴을 하고 있었다.

"너 우릴 악당이라고 생각하는 거지?"

도로시가 말했다.

"당연하지. 왜 이런 일을 벌이는 건데?"

"너는 모르는구나. 너희들이 먼저 우리를 어떻게 했는지."

도로시가 말했다. 난 소영이를 바라봤다. 소영이는 나를 보고 고개를 양옆으로 저었다. 난 이들에게 어떤 과거가 있을 걸로 추정이 되었다.

"그만 싸우자, 도로시. 우리 기지를 찾아서 뭐 하게?"

내가 말했다.

"왜 알려 주면 안 돼?"

도로시의 마음을 알 수가 없었다. 진지하게 말하는 건지 우릴 농락하는 건지 알 수 없었다.

"호퍼는 무사해?"

내가 물었다.

"호퍼는 괜찮아. 내가 조금 아프게 한 것뿐이야. 너희들도 과거에 그런 짓을 한 적이 있어. 소영이에게 물어봐."

도로시가 말했다.

"민우야, 도로시 말 듣지 마. 내가 나중에 이야기해 줄게."

소영이가 말했다.

"소영이는 반장인가 봐?"

도로시가 말했다.

"왜 그런 걸 물어보는데? 도로시, 여기서 물러가."

소영이가 말했다. 난 도로시가 눈물짓는 걸 보았다. 난 믿을 수 없었다. 연기일까? 도로시는 일행들을 모아 두고 이야기를 나누었다.

"민우야, 긴장 풀지 마. 도로시가 어떻게 나올지 알 수가 없으니."

소영이가 말했다.

"오늘은 돌아갈 거야. 다음에 보자."

도로시가 말하곤 부산역 쪽으로 사라졌다. 그렇지만 우린 계속 긴장하고 있었다. 숙희가 가져온 가방에서 붕대와 소독약을 꺼내서 마리아의 바지를 찢고 치료를 했다.

"괜찮아. 내가 스스로 치료하면 돼."

마리아는 자기 다리에 손바닥을 대고 집중했다. 상처가 실시간으로 아물어 갔다. 이게 마리아의 능력인가 보다. 난 마리아를 항상 데리고 다녀야 한다고 생각했다.

"다른 곳으로 가자. 도로시가 우릴 지켜보고 있을지도 몰라."

소영이가 말했다. 우린 기지 입구 쪽으로 갔다가 다른 동네 쪽으로 넘어갈 생각이다.

"오늘은 밖에서 자자. 좀 불안해."

수지가 말했다. 태호가 옆에 와서 내 손을 잡았다. 우린 손을 잡고 걷다가 사람이 많아지자 손을 놨다. 한참 후에 토비가 다가와 내 손을 잡았다. 난 그냥 내버려 두었다. 태호는 보지 못했다.

"소영아, 과거에 무슨 일이 있었어?"

내가 조심스럽게 소영이에게 물었다.

"응, 민우야. 나중에 이야기해 줄게. 신경 쓰지 마. 그리고 오늘 잘해 줘서 고마워."

"고맙긴, 소영이가 다 가르쳐 준 거잖아."

"그래."

소영이는 미소 지었다. 난 마음이 편해졌다. 환청은 들리지 않았다.

"아까 대단하던데. 그렇지만 끔찍했어."

아이작이 내 옆에 와서 말했다.

"대단하다니?"

"진짜 한바탕 붙었잖아."

"그래, 조금 위험하기도 했어. 도로시의 정신능력이 좀 위험한 것 같아."

내가 말했다. 아이작은 다시 마리아에게 가서 마리아를 보살폈다. 우린 천천히 여유롭게 걸었다. 난 진짜 도로시가 따라오거나 우릴 살펴보지 않는지 정신을 집중해서 주변을 감지했다. 우린 밖에 있다가 새벽 늦은 시간에 기지로 돌아갔다. 우린 또 아침을 먹고 잠을 잤다. 오늘은 안 나갈 거라고 한다. 난 잠결에도 일어나서도 도로시의 얼굴이 잊히지 않았다. 난 궁금증이 솟아났다. 분명 마리 카우스 일당들과 알렉스 진영과 무슨 일이 있었는지 알고 싶었다. 전에도 이런 부분에 대해 궁금증을 갖고 있었던 것 같다. 난 소영이를 찾았다. 가다가 태호를 만나서 우린 사람 안 보이는 곳에서 뽀뽀를 했다. 난 태호에게 물어볼까 하다 그냥 소영이를 찾았다. 난 태호와 같이 여자들이 가끔 모여 있는 곳에 가 보았다. 거기 소영이가 있었다. 난 소영이를 따로 불러내기가 좀 어려웠다.

"소영이는 왜?"

태호가 물었다. 난 태호를 바라보며 말했다.

"비밀."

그러고 난 웃었다. 태호도 웃었다. 태호는 내 손에 부드러운 면을 만졌다. 소영이가 자리에서 일어나서 난 소영이에게 다가갔다.

"소영아 지금 바빠?"

"아니 안 바빠 왜?"

"그냥 이야기 좀 하고 싶어서."

"그래, 무슨 이야기."

"그… 과거에 있었던 일들."

"아, 응. 그래, 그럼 따라와. 미안한데 태호는 여기 있어. 민우랑 단둘이 이야기하고 올게."

태호는 무표정하게 서 있었고 난 소영이를 따라갔다. 우린 기지 내부에 있는 카페에 갔다. 여긴 와 본 적이 없는 곳이다. 우린 자리에 앉았다. 소영이는 나를 바라보며 생각을 하다 말을 하기 시작했다.

"내가 처음에 학교에 왔을 때 한 달에 한 번은 적대 세력들과 싸움을 했어."

소영이는 눈을 아래로 두고 말을 하기 시작했다.

"우리 학교에서 또 기지에서 더 많은 힘과 더 많은 물질적인 것을 얻기 위해 뛰쳐나간 사람들이 많았어. 그러다가 결국 스스로 컨트롤하기 어려울 정도로 강한 힘을 가지게 돼서 스스로 제어를 못 하게 되었지. 그런 사람들이 우리와 적대관계가 되기 시작했어."

잠시 후 어떤 학생이 와서 뭘 마시겠냐고 물어봤다. 소영이와 나는 둘 다 아이스 아메리카노를 시켰다.

"예를 들어 스포츠카를 갖고 싶다든가 비싼 시계를 갖고 싶다든가 그런 식으로 시작을 해. 뭔가를 갖고 싶고 또는 유흥 같은 것을 즐긴다든가 성적으로 너무 활발해져서 무분별하게 성범죄를 저지른다든가."

난 성적으로 활발해진다는 말에 가슴이 뜨끔했다. 나도 비슷한 걸 겪고 있으리라 추정했다. 소영이는 말을 계속했다.

"그런 사람들이 밖에 무단으로 나가서 일을 벌이곤 했어. 마음껏 세상을 돌아다니며 훔치거나 범죄를 저지르거나 했지. 그런 사람들을 잡기 위해 우리가 간혹 밖에 나가 그들을 찾아다니며 싸우거나 잡아 오곤 했어. 그렇지만 밖에 나가는 사람들이 점점 많아지면서 우린 어쩔 수 없이 냉정한 방법을 사용하기 시작했어. 스스로 제어하지 못하는 초능력자들을 사형시키기도 했어."

사형이라는 말에 난 긴장했다.

"민우가 이해할지 모르겠지만 우리 쪽 사람들도 싸우다 많이 죽고 적들도 많이 죽고 선과 악이 모호해질 때까지 가고 만 거야. 난 사실 도로시와 아는 사이였어. 도로시는 원래 좋은 아이였어. 그렇지만 사랑하는 사람이 있었어. 그 사람이 악에 빠진 거야. 그렇지만 그때는 선과 악이 모호해서 누가 악당이고 누가 선한 편인지 분간도 안 되던 시대였지. 난 그때 어려서 듣기만 했어. 모든 상황들을 도로시는 사랑하는 사람이 밖에 나가 온갖 범죄에 물들고 욕망을 배출하고 다녔어. 그 사람을 알렉스가 죽였어. 그럴 수밖에 없었어. 안 그러면 그 사람이 더 많은 사람을 죽일 수 있기 때문이지."

우린 아이스 아메리카노를 받았다. 소영이는 한 모금 마시고 이야기를 계속했다.

"그래서 그 사람이 죽고 도로시가 방황에 빠지게 되었지. 도로시가 설득하려고 했는데 먼저 알렉스가 죽여 버린 거야. 그래서 도로시는 알렉스를 원망했지. 그 당시에도 도로시의 능력을 매우 뛰어났어. 문제는…"

소영이가 말을 멈추었다. 소영이가 날 똑바로 바라봤다. 소영이는 뭔가 불안해 보았다.

"알렉스는 그런 싸움에 지쳐 있었어. 결국에는 도로시도 변할 거라고 생각했나 봐. 도로시를 압박하기 시작했지. 그에 못 견뎌 도로시는 거의 쫓겨나다시피 나갔어. 그때는 그랬어."

그때는 그랬다는 말에 소영이는 고개를 아래로 숙였다.

"알렉스도 많이 힘들어했어. 도로시를 다시 찾으러 밖에 나갔지만 도로시는 밖에서 더 자유로운 삶을 살 수 있다는 걸 알게 되고 다시는 돌아오지 않았어. 그 당시에 그렇게 나간 사람들이 많고 죽은 사람들도 많아. 도로시가 마리 카우스랑 있는 것은 도로시 잘못은 아니라고 생각해. 우리도 힘들어서 포기할 수밖에 없었지."

소영이는 한숨을 쉬었다.

"지금은 그때 같지는 않아. 많이 안정된 거야. 근데 민우가 오고 나서 한 번 더 쳐들어왔지. 아마도 우릴 다 제어하거나 없애고 싶어 하는 것 같아. 이제는 세상에 드러났으니…."

마리 카우스는 우릴 다 없애 버리고 싶어 하거나 같은 편으로 만들고 싶어 하는 것 같았다. 난 그렇게 짐작을 했다.

"더 이야기해 줄까?"

소영이가 물었다.

"뭔가 다른 일도 있었어?"

소영이가 잠시 생각에 빠진 듯하다.

"민우도 우리와 지낸 지 오래된 것 같아. 많은 일들이 있었고. 음… 민우는 우리가 좋은 편이라고 생각해?"

난 생각에 잠겼다. 소영이는 확실히 선한 아이다. 그렇지만 토비나 우종이를 생각하면 여기는 하나의 세상 같았다. 작은 지구 작은 마을 별의별 사람들이 다 모여 있는. 절대적으로 선한 건 없다.

"그냥 다 좋은 사람들이고, 그러길 바라."

내 대답이 애매모호한가? 소영이는 나를 바라보며 눈을 깜박였다.

"민우는 원래 동성애자가 아니지?"

난 가슴이 조금 두근댔다.

"내가… 토비를 만나기 전에 가끔 그런 생각을 한 적이 있어. 마음이… 뭐라 할까, 소녀같이 변할 때가 있었어. 그것 때문에 내가 여자의 형상을 하게 된 걸까?"

"그건 모르지. 초능력 때문에 동성애자가 되지는 않을 것 같아."

소영이 말에 난 머리가 복잡해졌다. 난 원래 동성애 성향을 타고난 걸까? 그런 걸 어떻게 알 수 있지?

"이만 일어날까?"

소영이가 일어나자 해서 우린 그만 자리에서 일어났다. 소영이는 다른 아이들을 만나러 가기로 했고 난 정신과에 가기로 했다. 정신과에는 아이들이 많았다. 난 자리에 앉아 기다렸다. 아이들이 다 날 쳐다보는 기분이 든다. 난 나의 초능력을 사용해 정말로 나를 보는지 감지했다.

"네가 민우구나?"

얼굴에 스모키 화장을 한 아시아 여자아이가 말했다.

"응…."

"네가 그렇게 강하다며?"

"내가? …음, 강하긴 한 것 같아."

여자아이가 살짝 미소를 지었다.

"어디가 아프구나?"

"응, 좀 머리가 아파."

"여긴 아픈 아이들이 많아. 점점 정신이 망가지는 것 같아."

자세히 보니 이 여자아이는 눈이 풀린 것 같다는 생각이 들었다. 약을 먹었나?"

"난 김승환이라고 해."

"응 안녕."

"안녕… 사람들이 그러는 데 너 동성애자라며?"

난 그런 걸 물어보는 게 불편했다.

"응, 왜?"

"그냥. 내 친구들 중에도 동성애자가 있어. 좋은 친구야."

"그래?"

난 그 친구를 만나 보고 싶었다. 아니다 차라리 토비와 대화를 하면 되는 게 아닌가? 난 그런 생각을 했다.

"너 정말 예쁘다. 혹시 원래 여자였어?"

승화가 물었다.

"아니, 원래 남자고 지금도 남자야."

"가슴만 달면 진짜 여자 같을 것 같아."

그러고 승화는 웃었다. 난 나도 모르게 그냥 허탈하게 웃었다.

"미안, 이런 말 해서. 사실 내가 약에 취했거든."

"그래? 괜찮아."

난 갑자기 승화가 안타까워 보였다. 승화는 갑자기 얼굴이 어두워졌다. 난 뭐라 말을 걸까 하다 간호사가 내 이름을 불러 의사선생님 방에 들어갔다. 의사는 아직도 성폭행당한 기억이 날 괴롭히는지 물어봤다. 난 여전히 그 기억이 떠오른다고 했다. 오늘은 난 울지 않았다. 약 때문에 내 마음은 가라앉아 있었다. 그리고 약간에 졸음이 왔다. 의사는 다시 보자며 인사를 나누고 난 밖에 나갔다. 난 승화에게 살짝 인사하고 병원을 나섰다. 토비에게 가 볼까? 뭐라고 하지? 원래 동성애자였는지 물어볼까? 왜 동성애자가 됐는지 물어본다든가. 그런 걸 물어본다면 내가 좀 편해질까? 나는 왜 동성애자가 됐지? 가끔 소녀 같은 마음을 가진다고? 그런다고 동성애자가 된다고? 초능력 때문일까? 앞을 보니 문득 토비가 보였다. 지미와 몸 장난을 치고 있었다. 토비와 같이 있다 태호에게 걸리면 난감해질 것이다. 차라리 태호에게 물어보자. 난 그렇게 마음을 먹었다. 난 태호를 찾아다녔다. 태호가 아까 그 자리에 앉아 있었다. 난 태호가 좋아하는 미소를 지었다. 찡긋하고 웃으며 태호의 볼을 감쌌다. 태호가 일어나서 날 안았다.

"소영이랑 무슨 이야기 했어?"

소영이랑 단둘이 대화를 나눠서 신경 쓰였던 거다. 태호는 사랑스러운 아이다.

"응, 옛날이야기 물어봤어. 옛날에 무슨 일이 있었는지 궁금해서."

"옛날이야기? 여기? 여기 초능력자들 이야기?"

"응, 맞아."

그리고 난 태호를 올려다보고 웃었다.

"태호야, 나랑 이야기 좀 하자."

태호는 웃었다.

"무슨 이야기?"

"응. 그냥 궁금한게 있어."

"그래, 가자."

우린 게임룸으로 갔다. 게임룸에도 앉아서 이야기할 곳이 있다. 태호와 난 사람이 없는 자리에 앉았다. 난 눈웃음을 짓고 태호에게 물었다.

"태호야. 너 원래 동성애자였어?"

태호가 눈을 동그랗게 뜨고 날 바라봤다.

"아니."

"아니라고?"

난 웃음이 사라졌다.

"그럼 왜 날 좋아하게 된 거야?"

난 몹시 궁금했다.

"난 네가 아는 줄 알았어."

태호가 말했다.

"내가 뭘?"

"난 동성애자가 아니었고 너를 처음 본 순간 그냥 널 좋아했어."

"나를? 나 때문에?"

난 약간 충격받았다. 태호는 애당초부터 동성애자가 아니었다.

"왜 나 때문에?"

내가 눈을 크게 뜨고 물었다.

"네가 너무 예뻐서. 아름답고. 너에게 반했나 봐."

난 태호가 예전에 학교에서 우리가 저녁을 먹을 때 나에게 했던 말을 떠올렸다.

"그럼 지금은 나 때문에 동성애자가 된 거야?"

"아니 난 동성애라기보다는 그냥 너를 좋아한다고 느껴. 그냥 너 니까 좋아."

난 태호가 날 몹시 사랑한다는 걸 느꼈다. 태호와 난 키스를 했다. 남자끼리 키스를 하니 몇몇 아이들이 쳐다봤다. 태호는 내 손을 잡았다. 내 손에 부드러운 면을 쓰다듬었다. 난 태호를 사랑스럽게 바라봤다. 난 문득 어떤 생각이 들어 빨리 자리에서 일어났다. 난 토비를 보고 싶었다. 혹시나 하는 생각이 날 지배하기 시작했다. 작게 피어난 의문이 머릿속에서 싹트고 정신을 지배하기 시작했다.

난 태호에게 어디 좀 간다고 하고 자리를 벗어났다. 난 토비를 찾아다녔다. 아까 토비가 있던 곳에 갔다. 토비와 눈이 마주쳤다. 난 눈을 껌벅거리며 토비를 바라봤다. 토비도 날 한참 보다 나에게로 성큼성큼 걸어왔다. 토비 팔뚝이 더 굵어진 것 같다. 토비가 와서 내 어깨를 잡았다. 난 불편하지는 않았다.

"왜?"

토비가 물었다.

"이야기 좀 해."

내가 말했다. 토비 눈에서 빛이 났다. 혹시 같이 하자고 오해하지 말았으면 좋겠다. 우린 전에도 갔었던 사람들이 없는 장소에 갔다.

"토비, 우린 동성애자잖아."

내 말에 토비는 눈을 동그랗게 떴다.

"토비. 나 궁금해서 그런데, 너는 왜 동성애자가 됐어?"

토비답지 않게 진지한 표정으로 골똘히 뭔가를 생각하는 듯했다.

"난 동성애자가 아니야."

토비에 말에 난 또 충격을 받았다. 난 눈을 크게 뜨고 입을 벌렸다. 그러자 토비가 내 입에 키스를 하려고 하자 토비 입을 손으로 막았다.

"하지 마, 토비. 동성애자가 아니라고? 근데 왜 나랑 사랑을 나눴어?"

"그냥 네가 좋아서. 네가 날 보면 꼭 날 원하는 것 같았거든. 그냥 너니까 널 좋아했던 것 같아."

토비가 솔직히 말해 주었다.

"넌 나를 끌어당기는 것 같아. 네가 날 항상 부르고 있는 것 같아."

토비가 말했다. 난 생각에 잠겼다. 토비가 내 손을 잡았다. 태호처럼 부드러운 면을 쓰다듬었다. 그리고 날 안으려 했지만 난 토비를 막았다.

"너무 부드러워."

토비 얼굴이 황홀해 보였다. 난 토비에게서 벗어났려고 했다.

"왜 그런 걸 물어보는데?"

난 갑자기 당황스러웠다.

"그냥 궁금해서."

토비가 내 손을 잡고 자기 이마에 대었다. 난 그냥 토비를 기분 좋게 해 주었다. 토비 얼굴이 환해졌다.

"몸은 괜찮아? 네가 소영이랑 정신과에 간걸 알고 있어 나 때문에 그런 거야?"

난 토비 뺨을 손으로 어루만져 주었다.

"아니야. 너 때문에 그런 거 아니야. 걱정하지 마. 토비 난 이만 가 볼게."

난 가려다가 다시 토비를 보고 말했다.

"분명 토비가 좋아할 만한 사람이 있을 거야."

그렇게 말하고 난 토비를 떠났다. 그리고 저녁시간이 돼서 소영이가 찾았다. 난 아이들과 모여서 같이 저녁을 먹으러 갔다. 우린 말없이 식사를 했다. 마리아와 아이작은 피곤이 가득했다.

"저, 나도 전투훈련 같은 걸 받고 싶어."

아이작이 마음을 먹고 말했다. 소영이가 아이작을 쳐다봤다.

"그래. 시간을 만들어 보자."

소영이가 답해 주었다.

"오늘 저녁에도 밖에 나가?"

마리아가 걱정하듯이 물어봤다.

"걱정 마. 오늘은 안 나가니까."

소영이가 미소 지으며 답해 주었다.

"우리 생활 패턴을 바꿔야 하지 않아?"

수지가 말했다.

"매일 아침에 자면 어떻게 해."

"당분간은 이렇게 생활하자."

소영이가 말했다. 우린 저녁을 어떻게 보낼까 고민을 했다. 소영이는 시간차에 익숙해지게 훈련을 하자고 했다. 난 잠시나마 게임을 하면 어떨까 생각을 했는데 좀 아쉬웠다. 우린 훈련장에 모여 초능력을 사용하며 시간을 보냈다. 내 힘은 비상식적으로 커져 있었다. 이게 정신분열증에 결과인지는 알 수 없었다. 소영이는 나에 강한 힘을 경계했다. 나 역시 경계해야 하는가에 대한 고민에 빠지기 시작했다. 이 힘이면 적들을 이길 수 있다.

"민우야, 이리 와 봐."

소영이가 불렀다.

"자, 힘을 최대한으로 개방해 봐."

소영이가 내 머리에 손을 얹었다. 난 있는 힘을 다해 힘을 사용했다. 바닥이 진동하고 천장이 흔들렸다. 많은 아이들이 우리 쪽을 바라봤다. 나도 내 힘에 놀랄 지경이다.

"민우야. 조금만 낮춰 봐."

난 소영이 말에 따라 힘을 낮춰 보았다. 근데 그게 안 됐다. 내 힘을 내가 제어하지 못하는 것 같았다. 그냥 힘을 꺼 버려야 한다.

"소영아, 힘을 낮출 수가 없어."

"낮춰 봐, 민우야. 집중해!"

주변에 번개가 번쩍였다. 빛이 번쩍이고 유리창 밖의 물고기들이 자극을 받아 움찔했다. 바람이 불어온다. 이곳은 내부라 바람이 부는 일은 없을 텐데 바람이 불어왔다. 회오리를 형성하는 것 같았다. 난 위험하다 싶어 힘을 정말 꺼 버렸다. 순식간에 주변이 잠잠해졌다.

"이거 제어가 아예 불가능한 느낌인데."

"제어가 안 돼? 그럼 제어가 될 때까지 해 보자."

소영이가 말했다. 그렇지만 너무 버거웠다. 내 힘을 조절하려 해도 틈이 안 보였다. 전에는 어떤 훈련을 하던 틈이라는 게 있어서 그 틈을 파고드는 느낌으로 제어했지만 이 힘은 전혀 틈이 안 보였다. 이 힘은 왠지 내가 불러온 괴이한 현상같이 느껴졌다. 왠지 모르게 꺼림직하다. 난 힘을 냈다가 껐다를 반복했다. 일말에 틈도 안 보였다. 그렇게 진이 빠지도록 새벽 3시까지 반복을 했다. 그러다가 우린 허기가 져서 식당으로 갔다. 식당은 문을 닫았지만 음식을 내놓았다. 샐러드와 빵과 잼들이 있었다. 난 치킨 샐러드를 먹었다. 우린 새벽이라 그런지 다들 말이 없고 조용했다. 태호가 식사를 다하고 내 어깨에 기대었다. 난 태호를 보듬어 주었다. 토비와 태호 둘 다 애당초부터 동성애자가 아니었다니 그럼 나는 동성애자인가? 난 뭐지…. 이런 생각들이 나를 사로잡았다. 언뜻 내 머리가 불안해지는 걸 느꼈다. 또 환청이나 혼잣말이 튀어나와 버릴 것 같았다. 난 정신을 가다듬었다.

"불사조 같아."

숙희가 말했다.

"불사조?"

"응. 민우 힘쓸 때 붉은빛이 어깨에 날개를 만들어 주는 것 같아. 꼭 불사조 같아."

"그래? …그거 멋있다…."

숙희는 날 멍하니 바라봤다. 숙희는 좀 피곤해 보였다. 마리아와 아이작은 꾸벅꾸벅 졸았다.

"자, 운동하자."

소영이는 우릴 운동시킬 생각인 것 같다. 우린 기운 없이 운동장에 가서 이런저런 운동기구를 돌아가며 했다. 또 토비가 날 끌고 가 역기 드는 걸 시켰다. 토비는 반드시 하나를 더하라는 듯이 날 힘들게 했다. 난 내 팔뚝이 다른 남자 보다 크지 않다는 걸 알게 되었다. 체형이 여자 같아서 팔뚝이 다른 남자들보다 작았다. 그래서 팔힘이 좋지 않다는 걸 알기 시작했다. 난 토비에게 벗어나 러닝 머신을 뛰었다. 아까부터 머리가 복잡해서 입에서 혼잣말이 튀어나올 것 같았다. 난 뛰면서 마음을 가라앉혔다. 약간 짜증도 나는 것 같았다. 난 도로시의 눈물을 머금은 얼굴을 떠올렸다. 도로시가 원해서 그곳에 있는 것일까? 우린 운동을 마치고 각자 방으로 돌아갔다. 난 태호와 요한이와 같이 있었다. 요한이는 시종일관 내 몸 걱정을 했다. 요한이는 보약 같은 걸 달여 먹으라고 말했다. 여기서 보약을 어떻게 구할지 알 수가 없었다. 태호는 요청하면 갖다줄 수도 있다고 한다. 난 그런 이야기를 들으며 잠이 들었다. 난 아침 9시까지 잤다. 몸이 너무 피곤하고 무거웠다. 그렇지만 머리는 잠잠했다. 난 일어나서 정원에 나가 봤다. 아이들이 아침을 먹고 정원에 가득히 있었다. 머리가 좀 몽롱했다. 그러다 다른 아이들도 일어났고 소영이가 오늘은 밖에 나갈 거라고 했다. 우린 오후 4시쯤 일찍 밖에 나갔다. 난 도로시를 다시 보고 싶었다. 이유는 알 수 없지만 난 도로시가 잘 있는지 보고 싶은 마음이 들었다. 난 어느 순간부터 도로시가 우리의 적이라는 생각이 안 들었다. 난 이런 생각이 드는 게 도로시의 수작이라는 생각은 안 들었다. 난 초능력자들이 느껴졌다. 가까이 있다. 우린 그리로 향했다. 도로시는 운동복 바지와 핑크색 티셔츠를 입고 서 있었다.

"왔구나? 오늘 또 싸울까?"

도로시가 말했다.

"아니. 왜 여기 있어?"

내가 말했다.

"너희들은 어디서 지내니?"

"알아서 뭐 하게? 공격해 오려고?"

소영이가 말했다.

"너희들 경찰들이 찾고 있는 거 알아?"

도로시가 말했다.

"우리가 뭘 어떻게 했는데?"

"글쎄?"

도로시는 무표정해 보였다.

"말장난은 집어치워, 도로시. 여기서 물러나."

급작스럽게 긴장감이 감돌았다. 난 아이들에게 보호구를 씌웠다. 하늘에서 누군가 날아왔다. 난 그에게 재빨리 정신 공격을 가했다. 그는 주춤하고 아래로 내려왔다. 도로시 진영에는 흑인 남자, 아시아 여자, 하늘은 나는 마커스, 소영이와 비슷한 능력을 갖고 있는 하와이 셔츠 남자, 쌍둥이 자매. 이렇게 일곱 명이 있었다. 흑인 남자가 자동차 한 대를 들어 올렸다. 자동차 타이어가 덜덜거리고 먼지가 피어났다. 우리 중간에 있는 전봇대들을 아시아 여자아이가 물처럼 쏟아지게 만들었다. 물질을 변화시키는 능력이 있으리라 추정된다. 하와이 셔츠가 주변에 흉기가 될 만한 것만 골라서 하늘로 붕 띄웠다. 쌍둥이 자매는 불꽃을 튀기며 불똥을 여러 개 만들었다. 중간에 도로시가 눈을 부릅뜨고 손을 우리 쪽으로 향했다. 조금만 도로시가 정신으로 침범하면 끝이다. 난 보호구를 더욱더 단단하게 형성했다.

"도로시. 싸우지 않아도 될 거라고 생각해."

내가 말했다.

"민우, 어차피 두 집단 중에 하나는 무너지는 거야. 우린 공존할 수 없어."

도로시가 말했다.

"난 네가 나쁜 아이가 아니란 걸 알아. 넌 악당이 아니야."

내가 말했다. 도로시의 손이 떨렸다.

"너는 아무것도 몰라. 아마 네가 우리부터 만났으면 우리 편이 됐을걸?"

도로시가 말했다. 나는 깊은 고민에 잠겼다.

"우리가 어떻게 하길 바라는데?"

내가 물었다.

"바라는 거 없어. 너희들이 전멸하거나 우리와 합류하길 원해."

"어떻게 우리가 지금 너희들과 합류할 수 있겠니? 도로시, 그건 말이 안 되잖아."

소영이가 말했다.

"소영이 넌 선한 편에 설 수 있는 환경이 조성되었을 뿐이야. 운이 좋았을 뿐이야. 모두가 너처럼 운이 좋은 건 아니야."

도로시가 말했다. 도로시의 눈빛은 서글퍼 보였다. 난 도로시를 우리 쪽으로 끌어당기고 싶었다. 난 도로시 진영으로 걸어갔다.

"민우야, 제자리로 돌아와!"

소영이가 외쳤다. 난 소영이를 돌아봤다. 태호도 보았다. 태호는 눈을 동그랗게 뜨고 나를 바라보며 고개를 저었다. 흑인 남자가 자동차에 힘을 가하는 것 같다. 자동차가 덜덜거렸다. 그걸 직통으로 나에게 날릴 생각인 것 같았다. 아이작도 자동차를 제어하려 했다. 아이작이 손을 펼쳐 자동차에 대고 자동차를 바닥에 내리려고 안간힘을 썼다. 둘 다 쇠를 통제하는 능력을 발휘하는 것 같았다. 자동차에 스파크가 튀었다. 엘리자베스가 주변에 구경나온 사람들의 정신을 멀게 만들어 그들을 안전한 곳으로 걷게 만들었다. 도로시에 눈동자가 떨렸다. 아시아 여자가 바닥을 흔들리게 만들었다. 소영이가 바닥을 고정시켰다. 아시아 여자아이는 안간힘을 쓰지만 소영이를 이길 수 없었다. 난 도로시에게 다가갔다. 도로시가 눈을 크게 뜨고 날 바라봤다. 내가 손을 펼쳐 도로시 이마에 손을 대었다.

"도로시, 그 자식 없애 버려!"

하와이 셔츠가 외쳤다. 도로시 얼굴이 굳어졌다, 펴졌다. 도로시 눈동자가 깜박였다. 입을 살짝 벌리고 고개를 살짝 숙였다. 난 도로시에게 더욱더 강렬한 힘을 통해 도로시를 환하게 만들었다. 도로시 얼굴에서 빛이 났다. 도로시는 손을 내렸다. 그때 불똥이 날아왔다. 눈앞에서 빛이 번쩍였다. 태호가 눈에서 나온 광선으로 막았다. 태호는 눈이 충열 됐다. 난 재빨리 도로시를 제외하고 나머지 일당에게 정신 공격을 가했다. 그들에게 고통을 주기보다는 움직이지 못할 정도로 머리에 고통을 주었다.

"민우. 이렇게 한다고 내가 달라지진 않아."

도로시는 손을 펴서 내 머리에 댔다. 난 머리에 보호막을 강화했다. 도로시의 환영이 조금 들어왔다. 도로시는 내가 여자 옷을 입고 화장했을 때의 모습을 머릿속에 심어 넣었다. 난 그것이 황홀하다고 생각했다. 토비와 태호는 원래 동성애자가 아니라는 생각이 떠올랐다. 그들에게 나는 남자로서가 아니라 여자로서 다가서고 싶다는 생각이 들었다. 그게 내 머리를 지배하기 시작했다. 난 도로시의 환영을 떨쳐내려고 노력했지만 환영과 열망이 너무나 강렬했다. 소영이가 나를 끌어당겼다. 내 몸이 소영이 쪽으로 이끌렸다. 도로시는 내 손을 잡았다. 날 해치려고 잡은 게 아니라 날 붙잡고 싶어 하는 감정이 느껴졌다 도로시의 감정이 나에게 다가왔다. 도로시의 마음은 소녀같이 여리다. 난 깜짝 놀랐다. 도로시는 생각보다 약하다. 도로시와 키스했을 때가 떠올랐다.

"또 하고 싶어?"

도로시가 물었다. 도로시도 내 생각을 읽는 건가? 내가 아차 하는 순간, 도로시가 내 머릿속에 들어왔다. 도로시가 보였다. 도로시는 아름답다. 양 갈래머리에 큰 눈 예쁜 입술 도로시는 내 머릿속을 마음껏 돌아다녔다. 난 우리 기지 위치를 숨겼다. 도로시의 목적은 기지의 위치가 아닌 것 같다. 도로시는 내가 좋아하는 오즈의 마법사에 도로시 옷을 입었다. 그리고 도로시의 얼굴이 내 얼굴로 변했다. 난 예쁘고 아름다웠다. 내가 웃고 있었다. 난 조금 섬   한 느낌이 들었다. 난 머리를 미친 듯이 흔들었다. 보이지 않는 손이 내 머리를 잡는 것 같았다. 난 무언중에 과거에 내가 학교에 있을 때 내 머릿속에 들어온 사람이 도로시였다는 걸 알았다. 도로시는 날 황홀하게 만들었다. 난 안감힘을 써서 손을 올려 도로시 머리에 대었다. 도로시와 내가 서로의 머리를 만졌다. 도로시의 머리카락은 부드러웠다. 난 도로시의 머리에 구체적이지 않지만 좋은 기를 쏟아 주었다. 도로시도 내가 전해 주는 황홀경을 느꼈다. 그리고 도로시 가슴속에서 고통스러운 덩어리가 느껴졌다. 아마도 과거의 일인 것 같았다. 그것은 내가 어찌해 줄 수가 없는 것 같았다.

"민우야?"

소영이가 날 부르는 소리가 들렸다. 도로시와 나를 가운데 두고 두 집단이 대치하고 있었다. 도로시의 강렬한 환영의 힘이 날 사로잡았다. 난 태호와 나란히 서 있었다. 난 태호의 신부가 되었다. 난 아이도 가질 수 있다. 태호의 완벽한 여자가 되었다. 그것은 나에게 충격을 가져다줬다. 여자의 마음을 느꼈다. 부드럽고 따스하다. 너무 부드러워서 날카로운 물건이 반사적으로 떠올랐다. 도로시의 황홀한 열망이 머릿속에서 점점 사라졌다. 난 그 환영을 붙잡고 싶었다. 더 느끼고 싶었다. 머릿속에서 강렬한 엔도르핀이 솟구쳤다. 더 느끼고 싶다 더 도로시의 부드러운 손이 내려갔다. 난 눈을 천천히 떴다. 내 손은 도로시 이마에 있었다. 도로시는 멍하니 날 바라봤다.

"젠장. 뭐 하는 거야, 도로시! 정신 차려!"

마커스가 외쳤다. 그때 하늘에 떠있던 자동차를 우리 쪽으로 날렸다. 토비가 주먹으로 파장을 만들어 공중에서 부숴 버렸다. 토비에 힘이 더 강해진 것 같다. 마커스가 파편들을 방어했다. 수지가 적들 쪽에 이글이글 불타오르는 열기를 만들었다. 적들이 뒤로 물러섰다. 다른 초능력자들이 다가오고 있었다. 매우 빠른 속도로 다가왔다. 세 명이다. 난 정신을 차리고 소영이를 돌아봤다.

"소영아, 초능력자들이 더 오고 있어."

"민우야, 이리로 와!"

소영이가 외쳤다. 도로시가 내 손을 잡았다.

"가지 마, 민우야."

도로시의 눈동자는 사랑스러웠다. 날 원하고 있었다.

"가야 해, 도로시. 난 네가 우리 쪽으로 왔으면 좋겠어."

도로시는 깊은 생각에 잠겼다.

"민우야, 빨리 이리로 와!"

태호가 외쳤다. 토비가 나에게 뛰어와 날 끌어당겼다. 난 토비 힘에 이끌려 소영이 진영으로 갔다. 난 도로시를 바라봤다. 도로시는 혼자가 돼버린 사람처럼 보였다. 도로시 얼굴에 아무것도 생겨나지 않았다. 표정이 사라졌다. 세 명의 초능력자가 재빨리 도착했다. 그중의 한 명이 너무 빠른 속도로 우리 쪽을 훑고 지나갔다. 악! 하는 소리가 터졌다. 우리 쪽 아이들을 공격하고 다시 도로시 진영으로 갔다. 마리아가 머리를 잡고 바닥에 주저앉았다. 토비가 분하다는 듯이 주먹을 쥐고 욕을 했다. 숙희도 도로시 진영의 사람들에게 믿을 수 없는 속도로 달려가 때렸다. 마커스가 하늘로 날아올라 강렬한 빛을 발현하며 우리를 짓눌렀다. 내가 손을 뻗어 마커스 머리에 타격을 가했다. 마커스는 머리를 잡다가 다시 우릴 짓눌렀다. 수지가 마커스에게 열기를 가했다. 쌍둥이 자매가 불꽃을 우리 쪽으로 날렸다. 지미가 하늘로 날아올라 마커스를 타격하고 쌍둥이 자매들과 몸 다툼을 벌였다. 토비는 주먹을 허공에 휘둘러 방금 합류한 초능력자들을 때렸다. 그중의 한 명이 공중으로 날아올라 공중제비를 돌고 몸을 뒤틀어 발차기를 날렸다. 토비가 바닥에 뒹굴었다. 난 도로시를 바라봤다. 도로시는 가만히 그 자리에 서 있었다. 난 순간 강력한 힘을 발산했다. 땅이 흔들리고 바람이 나를 중심으로 휘몰아쳤다! 내 몸이 붉게 빛이 났다. 빛이 나고 발광을 했다. 주변에 넓은 방경으로 번쩍했다. 마커스가 나에게 빛을 발하며 짓눌렀지만 나에게 안 통했다. 소영이가 내 옆에 힘겹게 다가왔다.

"민우야, 그러다 누군가 죽을 수도 있어!"

소영이가 외쳤다. 난 정신을 집중해 손을 뻗었다. 하와이 셔츠 남자가 두 손을 들어 손바닥을 활짝 폈다. 그렇지만 그의 손은 불타올라 뼈가 드러났다.

"그만해!"

소영이가 내 팔을 붙잡아 날 흔들었다. 순간 난 힘을 껐다. 하와이 셔츠 남자가 비명을 질렀다. 목소리를 너무 크게 내서 여자 비명같이 들렸다. 난 순간 온몸에 소름이 돋았다. 소영이가 내 머리에 손을 댔다. 혼란스러운 내 마음을 잡아 주었다. 내가 덜 충격받게 날 잡아 주었다. 도로시는 우리 쪽으로 걸어왔다.

"비켜, 이소영."

도로시가 소영이를 밀고 내 머리에 손을 대었다.

"이 힘이면 넌 더 이상 그 기지에 있지 않아도 돼. 이 세상을 자유롭게 살아갈 수 있다고. 나랑 자유롭게 살자. 세상 모든 걸 다 갖고."

도로시가 말을 하곤 나의 뺨을 쓰다듬었다. 마리아가 적들 진영에 가서 하와이 셔츠 남자를 치료하기 시작했다. 여기서 싸움이 멈췄다. 다 같이 하와이 셔츠의 남자를 둘러싸고 뼈가 드러난 손을 살펴봤다. 마리아가 손을 대서 피부를 약간 재생시켰다. 저 멀리서 경찰 사이렌 소리가 들려왔다. 도로시가 내 손을 잡고 옆에 바짝 붙어 있었다. 다른 쪽 손은 태호가 잡았다. 태호는 나를 여기저기 살펴봤다. 토비는 날 멀리서 지켜봤다. 소영이가 손을 펴서 하와이 셔츠의 남자의 머리에 얹었다 그의 얼굴이 그나마 편해졌다. 끔찍한 그의 뼈가 드러난 손은 서서히 원상 복귀하는 것 같았다. 난 그에 이마에 손을 얹어 고통을 삭혀 주었다. 그의 얼굴이 더 편해졌다. 도로시 일행들은 주변에 서성이며 서로의 얼굴을 쳐다보고 있는 듯했다. 토비는 그들을 무섭게 노려봤다. 경찰차가 왔다. 경찰 두 명이 내려 우리 쪽으로 다가왔다. 소영이가 그들에게 천천히 다가갔다. 소영이가 당차게 물었다.

"무슨 일이세요?"

"초능력자이신가요?"

소영이는 곰곰이 생각하다 말했다.

"네, 초능력자예요."

"등록되신 분인가요?"

"아니요."

"잠깐 서까지 가 주셔야 될 것 같습니다."

나머지 경찰 한 명이 무전을 했다.

"우린 돌아가야 해요."

소영이가 말했다. 엘리자베스가 경찰에게 손을 뻗자 경찰 두 명의 눈이 공허해졌다.

"소영아, 이제 어쩔 거야?"

수지가 물었다. 우린 하와이 셔츠 남자에게 멀어져 소영이 쪽으로 모였다.

"도로시, 왜 우리 쪽에 붙어 있어? 민우에게서 좀 멀어져."

소영이가 도로시를 보고 말했다.

"민우는 나와 함께 갈 거야."

도로시가 말했다. 도로시의 목소리는 너무나 확고한 확신이 있었다. 난 어찌할 바를 알 수 없었다. 도로시는 내 손을 꼭 잡고 있었다. 난 당황스럽긴 해도 도로시가 내 곁에 있는 게 왠지 안심이 되었다.

"마리 카우스가 뭐라고 할 것 같아?"

도로시와 함께 있었던 흑인 남자가 말했다. 영어 발음이 꼭 사투리가 씌워진 것 같았다.

"그가 배신했다고 생각할 거야."

아시아 여자아이가 말했다. 그녀는 가만 보면 꼭 미국계 한국인 같은 느낌을 주었다. 도로시는 눈에 힘을 주었다.

"그는 날 가질 수 없어. 난 자유롭다고."

마리 카우스는 우리 쪽에 알렉스 같은 사람은 아닐 거란 생각이 든다. 그는 악당으로 인식되지만 전에 만났을 때는 상당히 선한 아버지 같은 인상을 주었다. 난 마리 카우스가 어떤 사람일까 하는 생각이 들었다.

"도로시. 전에 데려간 우리 아이들은 어떻게 했어?"

소영이가 물었다.

"그 아이들은 무사해. 우리가 키우고 있어. 아이들 능력이 쓸모 있어."

"쓸모라니. 아이들은 아이들일 뿐이야. 쓸모에 의해서 키울 순 없어. 협상을 하든 어떻게 하든 아이들을 돌려줬으면 좋겠어."

도로시는 고개를 다른 곳으로 돌렸다. 소영이 말을 무시하려고 하는 것 같았다.

"도로시, 아이들을 어떻게 할 거야? 우리에게 돌려줄 방법을 말해 봐."

소영이가 말했다.

"소영아, 마리 카우스는 아이들을 돌려주지 않을 거야. 아마 알렉스가 나서야 할걸?"

도로시가 말했다. 소영이는 매우 복잡한 심경을 나타냈다. 소영이 감정이 내 마음속에 들어오자 난 몹시 불편했다. 소영이는 평소에 상당한 스트레스를 달고 살고 있다고 생각했다.

정신과에 소영이도 가야 하는 게 아닌가 하는 생각이 들었다. 난 기존에 못 느꼈던 소영이의 감정을 느끼자 매우 괴로웠다. 난 태호의 손을 꽉 잡았다. 양옆에 태호와 도로시의 손을 잡고 있는 내 모습이 이상하게 보일 거란 생각에 마음이 복잡했다.

"도로시, 호퍼는 무사해? 어떻게 됐어?"

내가 물었다.

"호퍼는 잘 있어."

난 곰곰이 생각하다 용기를 갖고 말해 보았다.

"호퍼도 데려왔으면 좋겠어. 우리랑 같이 있게."

도로시는 인상을 썼다.

"그러면 복잡해져, 민우야. 나와 함께 가자."

"민우랑 어디 가게?"

"소영이는 신경 꺼. 민우는 나와 함께 갈 거야."

도로시가 말했다. 도로시는 확신에 차 있었다. 그게 날 불안하게 만들었다.

"도로시. 난 소영이와 같이 있을 거야. 도로시, 우리와 함께 가자."

내가 말했다.

"민우야, 그건 위험해. 도로시가 우리 쪽으로 오면 우리 기지가 발각될 수 있어."

난 또 고민에 빠졌다. 난 아이들을 바라봤다. 토비가 도로시를 몹시 경계했다. 지미는 고개를 숙이고 있고 숙희와 수지는 팔짱을 끼고 도로시를 노려봤다. 엘리자베스는 턱에 손을 대고 날 바라봤다.

마리아는 진이 빠졌는지 앉아 있고 아이작은 마리아 어깨에 손을 둘렀다. 난 뒤를 돌아 도로시와 같이 온 아이들을 바라봤다. 하와이 셔츠 남자는 멍 때리며 허공을 바라봤다. 다른 사람들은 그냥 서성이고 있었다. 쌍둥이 자매가 우리 쪽으로 걸어왔다.

"도로시, 어쩔 거야? 또 기분이 오락가락해?"

"너희들은 돌아가. 마리 카우스에게 말해. 난 빠지겠다고."

도로시가 말했다. 쌍둥이 자매는 어이가 없다는 표정을 지었다. 가까이서 보니 그냥 평범한 백인 여자아이들 같았다. 전에는 좀 나이가 들어 보였는데 생각보다 상당히 어려 보였다. 화장이 두꺼웠다. 왜 저렇게 유치한 화장을 한 건지 좀 이상했다. 자매 중에 한 아이가 나를 보며 말했다.

"너 변태니? 남자랑도 하고 여자랑도 하고, 이상한 아이구나."

그렇게 말하곤 팔짱을 끼고 도도한 표정을 지었다. 꼭 외국 영화에 나오는 발랑 까진 아이 같았다. 난 대꾸를 하지 않았다. 내 영어 실력은 그다지 좋지가 않았다.

"어떻게 할 거야?"

토비가 쏘아 물었다. 소영이는 생각을 정리하는 듯하다.

"난 우리가 그만 싸웠으면 좋겠어. 불가능할 것 같지만, 우린 목적이 다를 뿐이지, 그다지 서로를 죽이고 살 만큼 적대적이지 않아도 된다고 생각해."

소영이가 말했다.

"우린 그렇게 생각하지 않아. 너희들만 없으면 우리가 기를 펴며 살 수 있겠다 싶어. 그만 우리에게 항복하라고 알렉스에게 전해 줄래?"

쌍둥이 자매 중 핑크색 원피스를 입은 아이가 말했다. 소영이는 무표정하게 그 말을 받아들였다. 토비는 화가 나서 씩씩거렸다.

"근데 우리가 딱히 공격한 것도 아닌데 왜 우릴 그렇게 몰아세우는 거야?"

내가 물었다.

"넌 어느 시대 초능력자니? 과거에 우리가 박 터지게 싸운 건 쏙 감춰 놓고 이야기하는구나. 여하튼 언젠가 우린 한판 붙게 돼 있어.

도로시를 데려가면 안 되지!"

쌍둥이 자매가 말했다. 왠지 난 이 대화에서 빠져 있어야 한다는 생각이 들었다.

"도로시, 민우는 우리와 함께 갈 거야."

소영이가 말했다. 도로시는 고개를 높이 들고 말을 했다.

"그래? 알렉스는 잘 있어?"

"알렉스는 잘 있어. 혹시 민우를 따라와서 기지를 알아내서 외부로 알릴 생각이면 그만둬."

도로시는 팔짱을 끼다 손을 풀고 말했다.

"난 민우를 따라가는 거지, 너희들 기지에 대해서는 관심 없어."

도로시가 말했다.

"그럼 우리랑 같이 가겠다고?"

소영이가 말했다. 소영이는 표정이 안 좋았다.

"가만있어 봐, 도로시."

소영이가 도로시 이마에 손을 댔다. 도로시가 움찔하며 물러서려 했지만 소영이는 도로시 이마에 손을 얹었다. 새벽이 깊어지고 있었다. 조금 쌀쌀해져 갔다. 한참 있다가 도로시 이마에서 손을 뗐다. 소영이는 안경을 만지작거렸다.

"그럼 기다려. 알렉스에게 물어볼게."

소영이는 골목 구석에 가서 무전을 했다. 우린 다 같이 모여 있었다 아이들이 슬슬 바닥에 앉았다. 다들 피곤해 보였다. 한참 후에 소영이가 우리에게 다가왔다.

"도로시 민우를 따라오고 싶으면 조건이 있어."

"조건? 무슨 조건?"

도로시가 물었다. 도로시가 조금 뜸 들이다 말을 했다.

"일단 따라와, 도로시."

"도로시, 어디 가는 거야? 너 미쳤어?"

쌍둥이 자매가 말했다. 화가 난 모양이다. 다른 도로시 일행들은 어이가 없다는 듯이 도로시를 쳐다봤다.

"마리 카우스에게 난 그만 빠진다고 전해 줘. 너희들은 돌아가."

"네가 가면 우린 어쩌라고?"

"당분간 싸움은 그만둬."

도로시가 말하곤 나를 쳐다봤다. 도로시의 눈동자는 크고 동글했다. 날 멀뚱히 쳐다봤다. 난 부담됐다.

"도로시 정말 우리랑 가도 괜찮겠어?"

내가 물었다. 도로시는 내 손을 이마에 대었다. 그래서 내가 좋은 기를 주었다.

"민우야, 그거 하지 말라니까. 네가 소모돼."

소영이가 말했다. 그렇지만 내가 도로시에게 해 줄 수 있는 건 이거밖에 없다.

우린 기지 입구에서 떨어진 곳으로 걸어가다가 카페에 들어갔다. 24시간 하는 카페다. 거기서 도로시와 손을 잡고 앉았다. 도로시 손을 떼 놓고 싶지 않았다. 태호의 감정이 전해졌다. 태호는 몹시 불편해하고 있다. 난 태호를 안심시키려고 태호의 손을 꼭 잡았다.

"양옆에서 그렇게 좋다고 손을 꼭 잡고 있네."

엘리자베스가 말했다.

"민우야, 도로시를 믿을 수 있어?"

수지가 말했다.

"도로시는 적이 아니야. 어쩌면 우린 그만 싸워도 될지 몰라. 뭔가 방법이 있을 거라고."

내가 말했다.

"그러기에는 너무 늦은 것 같아. 경찰도 우릴 찾고 적들도 우릴 압박하고, 우리가 뭘 어찌해야 할지 알 수가 없다…."

숙희가 말했다.

"너희들 기지는 안전해?"

도로시가 물었다.

"착각하지 마, 도로시. 너에게 아무것도 이야기해 줄 생각 없어."

숙희가 말했다. 도로시는 눈을 반쯤 감고 숙희를 노려봤다.

"도로시, 능력을 사용하지 마. 우린 지금 휴전이라고."

마리아가 말했다. 마리아는 알게 모르게 도로시를 두려워하고 있었다. 아까 하와이 셔츠의 드러난 뼈 때문에 안 그래도 겁을 집어먹은 상태이기도 하다. 우린 커피를 마셨다. 난 시원한 아이스 아메리카노를 마셨다. 소영이가 왔다. 기지에 다녀온 것 같다. 소영이는 알렉스와 같이 왔다. 알렉스의 눈이 커졌다. 도로시를 보고 놀란 것 같다. 알렉스는 매우 조심스럽게 다가와 의자에 앉았다. 난 도로시의 손을 빼려고 했지만 도로시가 갑자기 손을 꽉 잡았다 손이 아팠다. 알렉스는 도로시를 보고 말이 없었다. 도로시는 알렉스를 빤히 쳐다봤다. 그러다 내 손을 놓았다.

"알렉스, 오랜만이구나."

도로시가 말을 꺼냈다. 알렉스는 도로시를 미묘한 표정으로 쳐다보았다.

"잘 지냈어?"

알렉스가 말을 꺼냈다.

"다들 자리를 비워 주자."

우린 다 같이 일어나서 알렉스와 도로시만 있도록 밖에 나갔다. 새벽 공기가 차가웠다. 술에 취해 여기저기 걸어 다니는 사람들이 보였다. 옆 골목에는 담배연기가 자욱했다. 아마도 여기가 흡연하는 자리인가 보다. 태호는 내가 춥지 않게 나를 안아 줬다. 토비는 그런 우리를 멀리서 힐끔 바라봤다. 소영이가 나에게 다가왔다.

"민우야. 도로시랑 도대체 무슨 일이 있었던 거야, 아까?"

"응. 아까 서로 생각을 주고받은 것 같아. 생각보다 도로시의 힘은 강해. 정신을 사로잡아 버려서 어떤 공격을 가하기 전에 무력해져 버려. 내 능력하고 비슷한 것 같아."

"그래, 도로시는 강해. 예전에 싸울 때도 딱히 도로시를 이긴 사람이 없어."

소영이가 말했다. 난 나와 소영이 만 특별히 강하다고 생각했는데 그게 아니었던 것 같다. 우린 도로시와 알렉스가 대화를 마칠 때까지 기다렸다. 한참 후에 도로시가 밖에 나왔다. 그녀는 목에 어떤 장치를 달고 있었다. 빨간색이고 가운데 네모난 단말기 장치가 있었다. 그렇게 크지도 않고 작지도 않았다.

"좋아. 가자, 너희들 집에."

도로시가 말했다.

"무슨 이야기했어?"

소영이가 물었다.

"넌 몰라도 돼."

도로시가 소영이를 내리깔고 보면서 말을 했다. 소영이는 고개를 획 돌렸다. 도로시는 내 옆에 다가와 나를 바라봤다.

"민우야. 어쩌면 우린 함께일 수밖에 없는 운명일 수도 있어."

난 도로시 말을 듣고 당황스러웠다. 너무 급작스럽기 때문이다.

"그래? 근데 왜 그렇게 생각하는데?"

난 당황하기도 했고 이유를 알아야 한다는 생각에 조심스럽게 물어봤다. 모든 게 급작스러웠다.

"아까 우린 하나가 된 거였어. 너도 느꼈지?"

난 확실히 도로시와 뭔가 하나가 되어 바다를 유영하는 듯한 느낌이 들긴 했다. 그렇지만 이러면 안 된다. 나에겐 태호가 있다. 그렇지만 난 더 이상 말하지 않았다. 마음이 약해졌다. 도로시 얼굴이 어두워지는 걸 보는 게 괴로웠다. 과거에 토비 얼굴에서 실망하는 걸 보기 싫었던 것처럼 도로시가 실망하는 걸 보길 바라지 않았다. 난 이게 나의 문제라고 직감했다. 도로시가 나의 답을 기다리고 있었다. 도로시의 눈에는 확신이 차있었다. 확고한 신념이 가득했다. 내가 그걸 무너뜨릴 수도 있다. 이건 우리와 적대 세력의 관계와도 상관있다. 도로시를 우리 쪽으로 데려와 휴전이라던가 평화를 이룰 수도 있다고 생각한다. 도로시를 통해서 과거에 빼앗겼던 아이들이나 로버트 신부님을 데려올 수도 있다는 희망을 품고 싶었다. 난 도로시를 받아들여야 한다고 생각했다. 이건 모두의 평화를 위해서다.

"응. 하나가 된 것을 나도 느꼈어. 그럼 어떻게 해야 해?"

난 말했다. 답은 도로시가 주는 것이다.

"그래. 우린 함께해야 해."

도로시가 말하곤 미소 지었다. 도로시는 어여쁜 소녀 같았다. 태호는 어쩌지. 내가 어떻게 태호를 설득시킬 수 있을까? 우린 그리고 다 함께 기지로 돌아갔다.

도로시는 기차를 신기하게 생각했다.

"이게 정말 움직인다고?"

"응. 바닷속은 정말 아름다워, 봐."

도로시는 바닷속에 신비로움과 장엄함에 넋을 놓았다.

"과학적인 기술은 너희들이 더 발전했구나. 그럴 수밖에 없지."

도로시가 말했다.

"앞으로 편하게 지냈으면 좋겠어."

알렉스가 말했다. 그러곤 알렉스는 날 미묘한 표정으로 바라봤다. 난 몹시 부담스러웠다. 난 도로시와 앉아 있었다. 이따가 태호와 어떻게든 대화를 해 봐야 할 것 같다. 내가 잘못 판단한 거면 어쩌지? 난 태호의 뒤통수를 바라봤다. 지금 태호의 감정을 느껴보려고 했다. 태호는 편안하게 느껴졌다. 이럴 때 내 능력은 사용하기 좋다. 그렇지만 다른 사람의 감정을 너무 다 알게 되면 힘들어진다. 우린 기차를 타고 기지에 도착했다.

"전에 싸움이 난 후 옮겼어, 바다로."

알렉스가 말했다. 도로시는 대꾸가 없었다. 도로시는 경이롭다는 듯이 기지를 둘러봤다.

"너희들이 더 발전했구나. 마리 카우스가 말한 것과는 다르네. 우린 너희들이 허름한 곳에서 지낼 거라고 생각했거든. 너희들이 전에 있던 학교가 너희들 기지인 줄 알았어."

"그랬구나. 피곤할 텐데, 숙소를 안내해 줄게."

"난 민우와 지낼 거야. 그치, 민우?"

난 도로시를 바라봤다. 식은땀이 날 것 같다. 이때 누군가 도와줬으면 좋겠지만 난 나 혼자 해결해야 한다고 생각을 해 보았다. 어쩌면 소영이가 도와줄지도 모르겠다. 말도 안 된다. 소영이가 도와줄 리 없다.

"난 태호와 같이 지내. 도로시는 여자니까 다른 숙소에 편하게 지내는 게 좋지 않아?"

내 목소리가 조금 떨렸다. 도로시는 날 빤히 바라봤다.

"당연히 우린 같이 지낼 거야. 알렉스, 민우와 난 같이 지낼 거야. 큰 방을 줬으면 좋겠어."

맙소사. 난 얼어붙었다. 내 능력의 저주다. 어쩌면 난 태호와 토비, 도로시, 세 사람을 상대해야 할지도 모르겠다. 알렉스는 조금 미묘한 표정을 지었다. 난 어딜 쳐다봐야 할지 모를 정도로 당황했다. 도로시는 단호했다. 난 도로시 손이 무겁게 느껴졌다. 내 손에서 땀이 나는 걸 도로시가 몰랐으면 좋겠다. 태호의 얼굴은 보기도 힘들었다. 난 이따가 반드시 태호와 대화를 나눠야 한다는 생각을 또 했다. 태호는 지금 무슨 생각을 하고 있을까?

"이리로."

알렉스가 우릴 안내했다. 다른 아이들이 나와 손을 잡고 걷고 있는 도로시를 쳐다보았다. 도로시는 매우 강렬한 눈빛을 하고 있었다. 도로시가 조금만 머릿속으로 침투해도 버텨 낼 사람이 있는가 모르겠다. 곰곰이 생각해 보면 나보다 파괴적인 능력 아닌가? 다른 사람의 정신을 제어하고 컨트롤하는 것 난 도로시가 조금 두려웠다. 어여쁜 소녀 같았지만 지금은 무서운 초능력자로 느껴졌다. 예전에 도로시가 날 가지고 놀던 기억이 난다. 도로시는 날 끊임없이 꿈에 빠지게 만들 수도 있을 거다. 우린 숙소로 안내받았다. 요한이와 내가 지내는 곳보다 크고 못 보던 가구나 데스크톱이 보였다.

"옷이나 생필품 필요한 것 들은 신청하면 돼. 소영이가 도와줄 거야. 바깥보단 자유롭지 않지만. 잘 지내 봐, 도로시."

알렉스가 말했다. 알렉스는 도로시 눈치를 보는 것 같다. 이제 보니 알렉스는 생각보다 젊어 보였다. 아마 최고 연장자는 로버트 신부인 걸로 추정이 된다.

"내가 없어지니 로버트 신부는 곧 알아서 빠져나올지도 몰라."

난 순간 움찔했다. 도로시가 내 생각을 읽은 건가?

"그래, 그거 다행이군."

알렉스가 말했다. 난 일단 도로시 손을 놓고 침대에 앉았다. 난 무엇을 해야 하는가? 난 어린아이가 된 기분이다. 소영이가 내 옆에 털썩 앉았다.

"도로시, 앞으로 어쩌려고. 여기서 살게?"

"웅. 왜, 안 돼? 너희들은 평화를 추구하잖아. 날 받아 주는 게 어려운 건 아니지? 게다가 잘사는 것 같은데?"

도로시는 태연했다. 난 지금 잠깐 빠져나가야 한다고 생각했다. 그다음엔 어쩌지? 오늘 도로시와 같이 자야 하나?

"도로시, 나 잠깐 나갔다 올게."

"어디 가는데?"

난 얼어붙는 것 같았다. 제발 식은땀을 흘리지 않길 바랐다.

"웅, 친구랑 이야기하고 올게."

그러고 난 나왔다. 도로시 답변은 듣지 않았다. 난 그제서야 한숨을 쉬었다. 난 태호를 바라봤다. 태호도 나를 보았다. 태호는 날 쫓아왔다.

"태호야, 이야기 좀 하자."

"그래…."

태호의 답변에 힘이 없었다. 태호는 조금 자라나지 못한 아이 같았다. 난 태호에게 죄스러웠다. 태호와 난 정원에 앉았다. 난 무슨 말을 할지 머리가 복잡했다. 태호는 도로시와 나와 벌어진 일을 헤아리지 못하는 것 같았다. 그게 더 내 마음을 복잡하게 만들었다.

"도로시가 널 좋아해?"

태호가 물었다. 난 태호에게 뭐든지 솔직해지기로 다짐했다.

"웅, 그런 것 같아. 내 생각에는 도로시가 우리와 함께 있는 게 안전할 것 같다는 생각이 들어. 그래서 난 도로시와 같이 있어 주고 싶어. 모두의 안전을 위해 어쩌면 우린 안 싸워도 될지도 몰라. 난 그렇게 생각해."

난 태호의 얼굴을 살펴봤다. 태호는 내 손을 꼭 잡았다. 난 태호에게 키스했다. 내 혀를 넣었다. 태호도 내 혀가 닿자 급격하게 흥분했다. 이제 내 몸이 질릴 만도 한데 태호는 여전히 나에게 흥분했다. 태호 가슴이 크게 요동쳤다. 지금은 오늘은 할 수 없다. 내가 태호를 사랑한다는 것을 보여 주고 싶어. 태호와 사랑을 나누고 싶었다. 난 불현듯 태호와의 관계를 도로시에게 이야기해야 한다는 생각이 들었다. 또 급격히 머리가 복잡해졌다. 태호와 긴 키스를 나누었다. 태호는 키스를 계속하면 뜨거운 욕구가 해소될 것처럼 했다. 난 턱이 아파 그만했다. 토비는 과거에 내 턱을 많이 아프게 했다. 내 입에 무슨 굉장한 거라도 있는 것 마냥 내 입을 가만히 두지 않고 별짓을 다 했던 기억이 난다. 태호는 내 몸을 만졌다. 태호는 흥분을 가라앉히지 못했다. 난 태호가 내 몸을 편하게 만지도록 내버려 두었다. 난 안되겠다 싶어 태호를 데리고 샤워장에 갔다. 새벽이라 아무도 없었다. 우린 구석으로 갔다. 난 태호를 기분 좋게 해 주었다. 난 또 턱이 아팠다. 태호는 몹시 흥분해서 날 가지고 어찌할지를 모르는 것 같았다. 내가 도와주었다. 내가 토비에게 했던 것처럼 매우 난잡한 짓을 했다. 그렇게 태호를 만족시켜 주었다. 우린 사랑을 나누고 같이 샤워를 했다. 난 좀 피곤했다. 약 때문에 좀 졸려웠다. 그래도 환청은 안 들렸다. 난 태호와 함께 요한이를 보러 갔다. 난 요한이에게 구체적으로 설명해 주었다. 어째서인지 요한이에게 이야기하는 게 더 편했다. 요한이는 이해를 잘 못하는 듯했으나 여하튼 내 건강을 걱정했다. 난 약을 먹어서 괜찮다고 말해 주었다. 요한이는 요즘 공부를 하고 있다. 갑자기 밖에 나가면 요한이나 나나 무엇이든 해야 하기 때문에 우선적으로 생각하는 건 수능 시험이다. 난 공부를 꾸준히 하진 않았지만 요한이는 꾸준히 공부를 했다. 난 또 밖에 나갈 때를 대비해 요한이에게 물어봤다.

"뭐 필요한 거 없어?"

그러자 요한이가 패드에서 뭘 검색한 후 나에게 보여 주었다. 시계였다. 난 요한이가 시계를 좋아하는지 몰랐다. 조금 비싼 시계였다. 그렇지만 난 꼭 가져다주고 싶었다. 전자시계이고 터프 솔라 전파 수신 기압 온도 같은 게 측정되는 시계였다.

"아, 이거? 꼭 가져다줄게."

"봐, 이 근처에 시계 파는 백화점이 있어."

요한이가 위치도 알려 주었다. 난 자세히 보고 사진을 찍어 두었다. 태호와 난 방에서 나와서 도로시가 있는 곳에 갔다. 도로시는 문밖에 서 있었다.

"왔어? 밥 먹는 곳이 어디야? 나 배고파."

도로시가 말했다. 마침 우리도 배가 고팠다. 우린 다 같이 식당에 갔다. 만들어서 포장해 놓은 음식들이 있었다. 난 치킨 샐러드를 골랐다. 우린 다 같이 앉아 식사를 했다.

"여긴 차가 필요 없겠구나. 난 밖에서 스포츠카를 타고 다녔는데."

도로시가 말했다.

"자랑하는 거니? 재수 없게."

수지가 기를 세웠다. 도로시는 웃었다.

"넌 그렇게 감정이 쉽게 흔들리는구나. 실전에 들어가면 내 먹잇감이 되기 쉽겠어."

도로시 말에는 가시가 있었다. 수지를 진짜 흔들리게 만들었다. 난 뭐라고 말을 할까 관두었다. 왠지 모르게 여자아이들이 기가 세다.

"도로시, 너 그렇게 말하면 정말 악당 같아 보여. 여기서 잘 지내려면 말을 좀 조심히 해 줘."

소영이가 말했다.

"소영이가 없으면 너희들은 좀 아이들 같아."

도로시가 말했다. 난 조바심이 나서 환청이 들릴 것 같았다.

"밥이나 먹어, 도로시."

숙희가 말했다. 남자아이들은 말이 없었지만 여자아이들끼리 싸우는 것 같았다. 우린 식사를 다 마치고 방에 돌아갔다. 난 도로시를 따라 방에 갔다. 도로시는 뒤를 돌아 날 보았다. 그리고 날 빤히 쳐다봤다. 그리고 나에게 다가왔다.

"우린 가까워질 거야. 그럼 우리 힘이 강해져서 여기서 제일 우두머리가 될 수 있어."

도로시는 위험한 말을 했다. 난 그러길 원치 않았다.

"우린 사람들을 도울 수 있을 거야."

"그건 바보들이 그러는 거야. 그러다가 그냥 그저 그런 삶을 살아가지. 욕심이 강할수록 많이 가질 수 있어. 봐, 결국에 너희들은 우리 수법에 놀아났잖아. 밖에 나가서 자유로울 수도 없어."

도로시 말에 나는 뭐라 말해야 할지 알 수 없었다. 화가 나지는 않았다. 도로시는 꼭 폭탄 같았다. 타이머는 없지만 언젠가 터질 것 같이 깜박이는 것 같았다.

"자, 피곤하니까 자자. 이리 와."

도로시가 이리 오라고 했다. 난 무슨 의미인지 순식간에 파악해야 할 것 같다. 도로시가 나에게 다가왔다. 난 방금 태호와 사랑을 해서 아무것도 못 느꼈다. 도로시는 입술을 파겠다. 너무 부드러웠다. 남자 입과 여자 입은 큰 차이가 나질 않았다. 다 부드러운 피부인 것 같았다. 도로시는 혀를 넣지는 않았다. 입술을 떼고 날 빤히 쳐다봤다. 난 도로시의 날카로운 눈에 홀리는 것 같았다. 그렇지만 도로시는 능력을 사용하지 않았다. 도로시에게는 목걸이가 채워져 있다.

"자자."

난 도로시와 같은 침대에서 잤다. 그녀는 날 안았다. 나쁘지 않았다. 도로시는 따듯했다. 좋은 향기도 나고 나도 부드럽게 안아 주었다. 도로시라는 폭탄이 안정되길 바랐다. 다음 날 오후 2시쯤에 눈을 떴다. 도로시는 먼저 일어나 옷을 입고 화장을 했다. 화장품 냄새가 났다. 도로시는 짧은 치마에 핑크색 반팔 티를 입었다. 배꼽이 드러나 있었다. 난 노출이 심하다는 말을 감히 하지 못했다. 도로시가 내 말을 받아 주지 않을 것 같다. 도로시의 화장은 예쁘기보다는 무서워 보였다. 붉은 입술이 강렬하고 섹슈얼한 무기 같았다. 도로시는 나를 빤히 쳐다봤다.

"일어나. 너 잠이 많아?"

"아니."

난 일어나서 샤워를 했다. 그리고 약을 먹었다.

"자, 너희들 건물을 다 보여 줘. 난 다 봐야겠어."

도로시가 당차게 말했다. 난 도로시와 밖에 나가 게임룸부터 갔다. 가다가 태호를 만났다. 태호가 내 손을 자연스럽게 잡았다.

"민우야, 이리 와 봐."

도로시가 불렀다. 난 태호의 손을 떼고 도로시에게 갔다. 도로시가 내 뺨을 쓰다듬었다.

"동성애는 병이야, 비위생적이기도 하고. 지금이라도 벗어나길 바라. 서두를 필요 없어. 천천히 빠져나오면 돼."

난 말문이 막혔다. 난 태호가 걱정이었다. 순간 태호의 감정을 읽어 보려고 했다. 태호는 도로시 말을 못 들었다.

"쾌락 때문이라면 내가 해결해 줄게."

난 뭐라 답을 할지 알 수 없었다. 도로시는 내 답변을 기다리지 않았다. 도로시는 내 손을 잡고 걸었다. 우린 태호를 지나쳤다. 난 태호에게 미안했다. 가다가 토비랑 마주쳤다. 토비가 우리 뒤통수에 대고 말을 했다.

"마녀."

도로시는 못 들은 척했다.

"토비 같은에는 물리적인 공격밖에 할 줄 모르지? 그런 유의 능력을 가진 아이들은 무조건 우리 밑이야. 정신기를 사용하면 순식간에 무너지거든."

도로시가 또 무서운 말을 했다. 도로시의 사고 관념을 알 수가 없었다.

"커피 좀 마시고 싶은데?"

"응 게임룸에 가면 커피숍이 있어."

"게임룸? 그런 곳이 있어?"

"응."

난 게임룸을 보여 주고 커피를 가지고 다니면서 여기저기 보여 주었다. 소영이가 불러서 난 훈련하러 가야 했다. 도로시는 구경하기로 했다. 소영이는 도로시를 경계했다. 우리 기지의 위치를 무슨 방법이든 알려 줄 수 있다고 생각하는 것 같았다. 난 소영이와 힘을 컨트롤하는 훈련을 했다. 제어하기가 어려웠다. 틈이 보이지 않았다.

"민우야, 제어하기 어려워?"

"응. 머리가 아파."

난 두통이 강하게 느껴져서 힘을 꺼 버렸다. 윤아가 와서 도로시를 호기심 어린 눈으로 관찰했다. 도로시가 윤아를 보며 "너구나?" 같은 표정을 지었다. 난 잠시 쉬었다. 지금은 도로시가 옆에 없어 왠지 편안했다. 그렇다고 난 도로시를 싫어할 마음은 없다. 내가 도로시를 변화시켰으면 좋겠다. 그렇지만 난 그만큼 성숙하지 못했다. 차라리 소영이가 도로시와 가까웠으면 좋겠다는 바램을 가졌다. 난 다시 힘을 증폭시켰다. 소영이는 내 이마에 손을 대고 힘을 제어하는 데 도움을 주었다. 난 틈을 찾으려고 노력을 했다. 난 상상력을 발휘했다. 어떤 조정 장치가 있다고 생각했다. 거기 레버가 있고 그걸 아래로 내리는 상상을 했다. 이런 상상을 하자 내 힘에 어떤 변화가 있는 걸 감지했다. 그 실마리를 잡고 싶었다. 그렇지만 잡을 수 없었다. 아주 미세한 힘에 변화만이 느껴질 뿐, 그걸 잡아서 늘렸다 줄였다 할 수가 없었다. 그리고 지독한 두통이 찾아왔다. 소영이도 그걸 감지한 것 같다.

"민우야, 그만."

난 힘을 꺼 버렸다. 더 이상 진행할 수 없을 것 같았다. 그리고 정신적 붕괴가 찾아왔다. 난 또 여러 가지 것들에 대해서 심적으로 나약해짐을 느꼈다. 난 내 기분이 상승했다 하락하는 걸 느꼈다. 끊임없이 가라앉는 걸 느꼈다. 소영이가 내 머리에 손을 얹었다. 조금 괜찮아졌다. 도로시가 다가와 내 땀을 닦아 주었다. 도로시 손이 부드러웠다.

"고마워."

도로시는 미소 지었다. 화장 때문에 예뻐 보였다. 예뻐 보이다 무섭게 보이기도 했다. 난 여성들의 화장의 용도가 상당히 다양할 수도 있다는 생각을 했다. 소영이는 팔짱을 끼고 도로시를 바라봤다. 우린 그러다 저녁을 먹으러 갔다. 우리 생활 패턴이 점점 깨지고 있었다. 저녁은 뜨거운 닭고기 수프와 하얀 빵이 나왔다. 수프가 달콤하고 부드러웠다. 우린 저녁을 먹고 정원에 갔다. 도로시도 따라왔다. 소영이가 가다가 식품점에 가서 아이스크림을 먹자고 했다. 우린 아이스크림을 하나씩 들고 정원에 갔다. 우린 다 같이 앉아 이런저런 대화를 나누었다. 태호가 내 옆에 있었지만 내 손을 잡지 않았다. 그게 날 불안하게 만들었다. 내가 태호 손을 잡으려 했지만 먼저 도로시가 내 두 손을 잡아 두었다. 난 그게 싫었지만 도로시가 실망하거나 불편해하는 표정을 보는 게 싫었다.

항상 이게 내 문제라고 생각한다. 남이 실망하는 모습을 보기가 싫은 거다. 도로시가 나에게 신경을 안 쓸 때 한 손을 뒤로 빼서 태호 손을 잡았다. 난 안도할 수 있었다. 난 무의식적으로 토비를 봤다. 토비는 팔짱을 끼고 고개를 아래로 숙이고 있었다. 난 토비가 볼까 봐 고개를 돌렸다. 도로시가 날 바라봤다. 나도 바라봤다. 도로시는 내 손을 잡았다. 그렇게 양옆에 태호와 도로시 손을 잡고 앉았다. 그걸 또 엘리자베스가 보고 있다. 엘리자베스가 한마디 할까 봐 두려웠다. 도로시는 내 팔을 세게 잡아당겨 어딘가로 날 데리고 갔다. 그리고 날 앉히고 말을 시작했다.

"민우야. 동성연애자로 살아가지 않아도 돼."

도로시는 내 손을 꽉 잡았다.

"내가 도와줄 수 있어 그러더니 손을 목걸이에 대었다. 그러자 목걸이가 찰칵하고 풀어졌다. 난 순간 긴장했다. 아니 방심했다. 도로시의 두 눈을 봤다. 난 토비가 날 더럽히는 온갖 괴이한 성행위에 기억이 떠올랐고 구역질이 올라왔다. 머릿속에 우종이가 생겨났다.

"뒤로 하는 더러운 놈."

그리고 난 구토를 했다.

"뭘 한 거야 도로시?"

도로시는 날이 아래로 내려다보며 말을 했다.

"진실을 느끼게 해 준 거야. 넌 더러워질 필요 없어. 내가 널 완벽하게 만들어 놓을 거야."

그리고 도로시는 다시 목걸이를 채웠다. 도로시는 웃고 있었다.

난 토비가 지나가면서 했던 말을 떠올렸다.

"마녀."

머릿속에 태호가 고개 숙이고 근심에 빠지는 모습이 떠올랐다.

"그는 어리광스러운 아이에 불과해! 그를 버려야 네가 성장할 수 있어. 태호는 짐짝이야!"

그리고 토비가 그려졌다.

"그 녀석은 더러운 잡종 변태야! 더러워, 질병이라고!"

난 정신을 차리려고 고개를 흔들었다. 그렇지만 실제로 고개를 흔들지는 못했다. 난 한쪽으로 고개를 갸우뚱한 채 멍하니 도로시를 바라봤다.

"이만 가자."

난 멍하니 도로시를 따라갔다. 머릿속에서 윙윙하는 소리가 나고 점점 소리가 작아졌다. 그리고 정신을 차렸다. 소영이가 전화를 했다 난 뜸을 들이다가 전화를 받았다. 도로시가 날 빤히 쳐다보고 있었다. 그녀는 표정에 변화가 없었다. 소영이는 오늘 밖에 나간다고 했다. 난 도로시에게 밖에 나간다고 말을 했다. 난 그럴 필요 없었지만 도로시가 답을 하길 기다렸다. 그녀가 나에게 명령을 내리길 기다렸다.

"조심히 다녀와. 너무 나서지 말고, 다른 아이들이 하게 내버려 둬. 네가 가장 큰 힘을 가졌어."

난 대꾸를 하지 못하고 그냥 돌아서서 소영이와 아이들과 합류했다. 태호가 내 옆에 왔다. 난 태호를 바라봤다. 난 배에서 목으로 뭔가 넘어오려고 하는 걸 간신히 참았다. 태호에게서는 이상한 냄새가 났다.

"도로시가 들어오고 혹시 적들에게 이상한 기후가 없나 살펴볼 거야. 앞으로 자주 나가게 될지도 몰라. 우리가 조용히 숨어만 있다가는 적들에게 당하기만 할 거야. 다들 긴장해."

소영이가 말했다. 우린 시간차를 두고 밖에 나갔다. 나는 초능력자들을 감지하기 시작했다. 태호가 내 손을 잡았다. 난 순간 손을 뺐다. 그러고 태호를 쳐다봤다. 태호가 놀란 눈을 하고 있었다. 나도 스스로 놀라 태호를 보고 미소를 지었다. 태호가 좋아하는 미소를 지었다. 난 찡긋하고 웃었다. 태호도 웃었다.

"어디 안 좋아?"

태호가 물었다.

"으응, 조금 피곤해서."

내가 직접 태호 손을 잡았다. 꼭 잡아 주었다. 태호에게서는 근원을 알 수 없는 냄새가 났다. 태호가 몸을 안 씻거나 냄새가 나게 가만히 있을 아이는 아니었다. 태호는 날 뒤에서 안았다. 난 도로시가 날 쳐다보는 것 같아 피하려 했지만 태호를 받아 줬다. 도로시는 여기 없다. 태호 품에서 안도를 얻었다.

"민우야, 감지하고 있어?"

소영이가 물었다.

"응. 가자."

우린 해변가를 중심으로 많은 구역을 돌아다녔다. 난 문득 요한이가 가져다달라고 하는 시계가 생각이 나서 요한이가 준 지도를 보고 가게를 찾았다. 소영이에게 이야기한 후 가게에 갔다. 아이들이 자기들도 보고 싶다고 날 따라왔다. 난 시계를 찾았고 실제로 보니 너무 예쁜 시계였다.

아웃도어용 시계 같고 다양한 기능들이 있었다. 난 내 자금으로 계산하고 나왔다. 아이들은 구경하느라고 아직 안에 있었다. 소영이가 모이라고 해서 우린 다시 모였다. 난 시계를 가방에 넣었다. 요한이에게 전해 줄 생각에 기분이 좋았다. 우린 마지막으로 왔던 길을 다시 거슬러 올라갔다. 우린 서로 떨어져서 걸었다. 태호는 앞쪽에 있었고 난 가운데 있었다. 태호에게서 나는 냄새가 덜 느껴졌다. 대신 뒤에서 심한 악취가 났다. 그건 토비다. 토비가 내 뒤로 왔다. 그러더니 내 손을 잡으려고 했다. 난 손을 뿌리쳤다. 그 상황에 내가 덩달아 놀랐다. 토비는 당황하는 표정을 지었다. 난 눈을 크게 뜨고 토비를 봤다. 난 나도 모르게 토비 팔목을 잡았다. 미안하다는 뜻이었다.

"젠장. 괜찮아, 민우?"

토비가 물었다. 악취가 났다. 지독한 악취가 난다. 토비에게서. 난 손을 입에 갖다 댔다. 그러자 토비는 반사적으로 자기 입 냄새를 손으로 맡았다. 난 토비의 손을 잡았다. 토비는 의아하다는 표정을 지었다. 토비는 무덤덤하게 내 손을 잡아 자기 이마에 대었다. 난 토비를 기분 좋게 해 주었다. 냄새 때문에 난 토비와 멀어졌다. 이건 도로시가 부린 술수라고 생각했다. 태호와 토비에게만 악취가 났다. 이걸 어찌할지 알 수가 없었다. 우린 잠시 쉴 겸 카페에 들어갔다. 토비가 내 옆에 붙어 앉았다. 언젠가 꼭 토비에게 좋은 애인을 소개해 줄 생각이다. 태호도 내 옆에 앉았다. 태호는 태연하게 내 손을 자연스럽게 잡고 편하게 앉았다. 토비는 내 손을 만지작거렸다. 둘다 심한 냄새가 났다. 난 조금 후에 배에서 뭔가 올라오는 게 느껴졌다. 난 이 구역질을 견뎌 내고 태호를 느끼고 싶었다.

그렇지만 몸이 마음을 이기지 못하는 것 같다. 난 태호에게서 손을 뺐다. 태호는 이상하다고 생각하는 것 같지 않다. 내가 커피를 마시려고 손을 뺀 줄 아는 것 같다. 토비는 그냥 손을 치웠다. 토비는 덤덤했다. 난 태호와 토비 곁에 있기가 너무 힘들었다. 난 자연스럽게 인상을 썼다.

"민우야, 괜찮아? 아까부터 왜 그래?"

태호가 물었다.

"응. 속이 좀 안 좋은가 봐."

태호는 내 등을 쓰다듬어 주었다. 태호 손이 따듯했다. 그래도 악취는 어쩔 수 없었다. 난 이게 무슨 냄새인가 곰곰 생각해 보았다. 꼭 계란 썩는 냄새와 생선 비린내 같은 냄새가 났다. 토비와 태호를 양옆에 두고 앉는 게 곤욕이었다. 속이 울렁거렸다. 난 화장실에 갔다. 화장실에서 심호흡을 했다. 난 도로시에게 화가 나려고 했다. 오늘 도로시에게 따질 생각이다. 우린 다시 기지로 돌아갔다. 태호가 나에게 키스를 하려고 했다. 난 꾹 참고 태호의 입을 받아들였다. 그러다 헛구역질을 했다.

"미안, 태호. 속이 안 좋아서 나 먼저 들어갈게."

태호는 당황해하며 미안한 표정을 지었다.

난 재빨리 방에 들어가 도로시를 찾았다. 도로시는 없었다. 난 도로시를 찾아 돌아다녔다. 도로시는 게임룸 옆에 카페에 있었다.

"도로시, 나에게 무슨 짓을 한 거야?"

"내가 뭘?"

도로시가 예쁜 눈을 끔벅였다.

"태호와 토비에게서 냄새가 난단 말이야. 원래대로 돌려놔."

난 화를 내진 않았지만 간절하게 말했다.

"그건 내가 어떻게 한 게 아니라 원래 그들은 냄새가 나는 인간들일 뿐이야."

난 도로시의 태연함에 뺨을 맞은 기분이다. 난 어이가 없어서 화가 날려고 했다.

"민우. 나에게 화낼 생각이야?"

도로시가 날 빤히 쳐다봤다. 눈빛이 강렬했다. 자칫 잘못하면 빠져들어 갈 것 같았다.

"도로시, 원래대로 돌려놔."

난 단호하게 말했다. 도로시는 날 빤히 보다 내 머리에 손을 얹었다. 그리고 목걸이를 풀었다. 또 철컥 소리가 났다. 난 정신이 몽롱해졌다. 그리고 다시 깨어났다. 내 머리에서 삐— 소리도 났다. 그리고 정신을 차렸다. 도로시는 고개를 약간 숙이고 빨대를 붉은 입술로 빨고 있었다. 나를 또렷하게 쳐다봤다.

"민우야, 잠깐 단둘이 보자. 날 따라와."

도로시가 날 끌고 갔다. 난 멍하니 따라갔다. 우린 방에 들어갔다. 들어가자마자 도로시가 나에게 키스를 했다. 고개를 이리저리 돌리며 격하게 키스를 했다. 난 거부할 수 없었다. 그리고 그녀가 내 몸을 만졌다. 그녀의 손은 너무 부드러웠다. 내 숨소리가 거칠어졌다.

"느끼고 있지? 넌 게이가 아니야. 그냥 더러운 짓을 즐긴 것뿐이야. 내가 더 널 좋아하게 만들 수 있어."

도로시는 입으로 나를 애무했다. 난 황홀경에 빠졌다. 우린 뜨거운 사랑을 나누었다. 난 태호에게 죄를 지었다. 태호는 이걸 알면 어떻게 생각할까 난 눈을 감았다. 도로시의 행위에 난 무너져 내렸다.

"봐. 보통 사람은 이렇게 사랑을 나눠."

그리고 우린 서로를 부여잡고 욕구를 해소했다. 난 침대에 누웠다. 도로시도 내 옆에 누웠다.

"자, 네 말대로 널 원래대로 돌려놨어."

난 30분 후에 밖으로 나갔다. 가다가 태호와 마주치면 어떤 말을 할지 고민했다. 난 더럽다. 아주 난잡한 사람이다. 내가 이렇게 될지 난 예상하지 못했다. 어딘가로 숨고 싶었다. 그러다 난 태호를 만났다. 태호는 웃고 있었다.

"맡아 봐."

태호가 나를 품에 안았다. 난 태호 가슴에 얼굴을 묻었다. 태호 몸에서는 좋은 냄새가 났다. 난 고개를 들지 않았다. 태호가 볼을 쓰다듬었다. 태호가 내 머리를 잡아 위로 올렸다. 난 슬픈 표정을 짓고 있었다. 태호는 표정이 어두워졌다.

"왜 그래, 민우야? 우는 거야?"

"아니."

"어디 안 좋아?"

"그냥 태호를 너무 좋아해서."

"그게 뭐야?"

태호는 희미한 미소를 지었다. 태호는 나에게 키스를 했다. 지나가는 아이들이 힐끔거리며 우릴 쳐다봤다. 난 촉촉하고 부드러운 태호의 입술을 입에 머금었다. 내 눈 옆에 희미하게 눈물방울이 맺혔다. 태호가 내 뺨을 잔뜩 손으로 품었다.

"아름다워, 민우."

태호와 난 손을 잡고 정원으로 갔다. 우린 서로 들떠서 대화를 정상적으로 주고받을 수 없었다. 우린 앉아서 조금 유치한 사랑 이야기를 나누었다. 난 내가 여자가 된 느낌을 받았다. 태호에게 난 예쁜 신부가 되어 다가가는 모습을 떠올렸다.

"태호. 내가 진짜 여자가 되면 좋을 것 같아?"

"진짜 여자? 그냥 지금도 좋은데."

"만약 내가 가슴을 가지면."

"글쎄. 상상해 보지 못했어."

난 봉긋한 가슴을 가졌으면 하는 바람을 느꼈다. 그럼 밖에서도 안에서도 태호와 사람들 보는 데서 키스를 나눌 수 있을 텐데. 우린 서로 사랑을 확인하고 헤어졌다. 난 도로시가 있는 방에 들어갔다. 도로시가 날 쳐다봤다.

"너 이리 와 봐."

도로시가 날 잡아당겼다. 그리고 내 입술을 만지고 냄새를 맡았다.

"누구야? 태호? 토비?"

"태호야. 난 태호를 사랑해."

도로시는 화를 내지 않았다. 대신에 눈물을 머금었다. 난 또 복잡한 심경이 되었다. 하나님, 왜 나에게 이런 시련을 주시는 건가요? 도로시는 나에게 다가와 작게 말을 했다.

"난 너 하나만 보며 여기 왔어. 날 버릴 거야?"

그 무서운 도로시의 얼굴은 작은 소녀같이 변해 있었다. 요한이가 말하는 게 들렸다. "넌 너무 마음이 약해. 다 받아 주려고 해." 도로시가 우는 걸 볼 수가 없었다. 난 도로시의 눈물을 닦아 주었다.

"네가 원하는 대로 해 줄게. 그렇지만 사랑은 쉽게 바뀌지 않잖아."

난 용기를 갖고 말을 했다. 도로시 눈빛이 깊어지고 음울해지고 어두워졌다.

"그래? 내가 변하게 해 줄게."

난 순간 도로시 눈을 피했다. 그대로 방을 나갔다. 난 문득 요한이 생각이 나 요한이에게 갔다. 도로시 일은 미루고 싶었다. 요한이는 공부 중이었다.

"요한아, 받아."

난 요한이에게 시계를 주었다.

"오, 민우. 고마워."

요한이가 환하게 웃었다. 덩달아 내 기분도 조금 나아졌다. 요한이는 설명서를 보며 시계의 기능들을 하나하나 살펴봤다.

"요즘 괜찮아?"

난 턱을 괴고 요한이를 바라보다 조금 놀란 얼굴을 했다.

"요즘… 이상한 일이 가득 있지."

그러면서 조금 웃었다.

"뭔데, 이야기해 봐."

요한이에게는 뭐든지 솔직하게 이야기할 수 있었다. 난 도로시 이야기를 해 주었다.

"와, 진짜. 야, 진짜 무서운 아이인데 너 어떻게 감당하려고 그래?"

"글쎄, 두고 봐야지."

"너는 항상 마음이 약해. 다 받아 주고 다니다가 정말 큰일 난다. 넌 의도하지 않은 바람둥이 같잖아."

"그게 뭐야?"

"뭐긴 너 같은 거지. 그럼 태호는 어떻게 해? 또 매일 너만 보면 징글맞게 찝쩍대는 토비는 어쩌고."

요한이가 토비에 대해 알고 있다는 게 난 조금 놀랐다.

"도로시와 잘 풀어 나가야지. 도로시가 여기 있는 것만 해도 조금은 평화로워진 거라고 생각해."

"그래? 그전에 봤던 우두머리가 가만있을까?"

"어찌하진 못할 거야. 어쩌면 우리와 대화를 시도할지도 몰라."

난 나의 바람을 이야기해 보았다.

"그럴지도 모르지 그… 전에 잡혀가신 신부님은 어떻게 됐어?"

"붙잡혀 있어. 도로시가 자기 능력을 사용해 무기력하게 만들었나 봐. 그렇지만 지금 도로시가 없으니 빠져나오실지도 몰라."

"그럴까…? 흠."

요한이는 시계를 만지며 생각에 빠진 듯하다. 난 턱을 팔뚝에 두고 요한이가 시계 만지는 걸 바라봤다.

"게임이나 하러 갈까?"

요한이는 시계를 차며 말을 했다. 난 모바일로 태호를 불러 우린 게임룸에 갔다. 거기 토비도 있었다. 우린 오랜만에 멀티를 했다. 이렇게 모이기도 오랜만인 것 같다. 조금은 도로시에 대해서 잊을 수 있을 것 같다. 그렇지만 도로시의 울먹이는 표정 때문에 마음이 불편해졌다. 그렇지만 또 급작스럽게 무섭게 바뀌는 도로시 표정에 난 두려움을 느끼기도 했다. 방심하는 순간 우리 편이 졌다. 우린 아쉬움을 토론하며 다시 멀티에 돌입했다. 그렇게 시간을 보내다 또 저녁이 되어서 자러 갔다. 그전에 난 태호와 또 사랑을 나누었다. 내 솟구치는 욕구는 변하지 않았다. 난 절대로 도로시와 동침을 하지 않기로 마음먹었다. 난 태호에게 수줍은 소녀 같은 연기를 했다. 아무것도 모르는 순진한 여자 같은 행위를 했다. 태호가 만족해했다. 우린 그렇게 사랑을 나누고 난 도로시 방에 갔다. 도로시는 없었다. 난 이참에 내가 먼저 자 버릴 생각으로 누웠다. 자기 전에 약을 먹었다. 잠자는 건 어렵지 않았다. 아침에 일어나 보니 도로시가 옆에 누워서 자고 있었다. 잠든 그녀는 사랑스러웠다. 난 도로시에게 이불을 덮어 주고 샤워하고 밖으로 나왔다. 7시밖에 안 되어서 아이들이 안 보였다. 도로시를 깨울까 하다가 그냥 혼자 서성댔다. 그런데 소영이가 일찍 일어나 있었다.

"민우야. 비상이야."

❦ 11 ❦

　우리 기지 입구 주변에 경찰이 깔렸다. 마리 카우스가 공권력을 동원한 것 같았다. 마리 카우스 일당에 초능력자들도 대거 거닐고 있었다. 난 나의 기를 발산해 멀리 부산역 쪽과 우리 기지 쪽에 초능력자들을 느꼈다. 초능력자들이 경찰들 틈에 듬성듬성 있었다. 우린 다 같이 모여 대기했다. 소영이, 수지, 숙희, 토비, 지미, 엘리자베스, 태호, 어느새 합세한 마리아, 아이작, 오랜만에 보는 제시카, 마이클이 있었다. 도로시도 같이 있었다.

　"도로시는 빠져 있는 게 좋지 않아?"

　수지가 말했다.

　"왜? 내가 너희들을 공격하기라도 할까 봐? 그럼 진작에 공격했지. 아마 수지는 영원히 악몽을 꾸며 살아갔을지도 몰라."

도로시는 웃으면서 말했다.

"그만해, 둘 다. 도로시, 너도 무단으로 적대 세력에서 빠져나왔으니 좋지 않은 상황인 건 마찬가지야."

소영이가 말했다. 우린 말없이 기차 플랫폼에서 대기하고 있었다. 여차하면 나갈 생각이다. 우린 대기하는 곳에 옹기종기 모여 앉아 있었다. 갑자기 윤아가 왔다.

"윤아, 왜?"

"나도 나가서 싸우려고."

"안 돼. 위험해, 윤아야. 들어가 있어."

소영이가 윤아를 쓰다듬었다. 윤아는 나에게 왔다.

"오빠, 나갈 거야?"

"아니, 아직 나가거나 하진 않을 거야. 윤아는 잘 숨어 있어."

"난 안 숨어. 전처럼 오빠를 구해 줄 수 있을지 몰라."

윤아는 단호했다. 윤아가 귀여워서 쓰다듬어 주고 싶었지만 그러진 않았다. 난 태호와 같이 있고 싶었다. 태호 옆에 가서 앉았다. 태호가 내 허벅지를 만졌다. 태호 손이 따듯하고 부드러웠다. 난 태호 손을 잡았다. 도로시가 우릴 노려봤다. 난 태호에게서 손을 뺐다. 도로시의 기가 나를 향해 솟구쳤다. 도로시의 기는 특이했다. 파란색이지만 보라색 기운도 느껴졌다. 도로시는 초능력자가 아니라 뭔가 다른 세계 사람 같은 느낌이 들었다.

"알렉스와 사람들이 기지 근처에 경찰이나 초능력자들이 오나 감시 카메라로 보고 있어. 우린 대기하고 있자."

소영이가 말했다. 만약 기지 입구를 발견한다면 우린 나가서 그들을 방어해야 한다.

"미리 나가 있는 게 좋지 않을까?"

수지가 말했다.

"지금 나가다가 눈에 띌 수도 있어서 어쩔 수 없어."

소영이가 말했다. 그리고 알렉스에게 연락이 왔다. 소영이는 응답을 하고 우리를 바라봤다.

"기지 입구 밑에 있자."

우린 기차를 타고 입구 밑으로 갔다. 난 거기서 기를 발산했다. 다행히 기지 입구에는 아무도 없었다. 어쩌면 기지 입구가 너무 허름해서 의심받을 수도 있고, 그냥 지나칠 수도 있을 것 같았다. 우린 자리에 앉아 명령이 떨어지길 기다렸다. 누군가 기지 입구 쪽에 오고 있다. 난 기를 발산했다. 좀 더 세밀하게 기를 관찰했다. 세 사람이 골목으로 들어왔다. 우리 기지 쪽 골목이다. 경찰로 추정되는 사람들의 기는 멀리 떨어져 있었다. 초능력자 세 명이다. 그리고 난 소스라치게 놀랐다. 거대한 기를 가진 사람이 기지 입구에서 좀 떨어진 곳에 있었다. 무시무시한 힘이다. 너무 거대해서 내 감각으로는 다 담을 수 없을 정도다. 마리 카우스인 것 같다.

"소영아. 마리 카우스가 온 것 같아."

"정말?"

"응."

소영이는 좀 당황스러워 보였다.

"민우와 내가 힘을 합치면 상대할 수 있을지도 몰라."

그럴 수 있을까? 지난번에는 무사히 도망쳤지만 상대하는 건 다르다 끝까지 싸운다면 이길 수 있을지 의문이다. 우리가 있는 곳에서 떵— 하는 소리가 들렸다. 난 처음 듣는 소리다.

"입구에 가까이 왔어."

수지가 알려 주었다. 우린 긴장했다. 그들을 막을 것인가 설득할 것인가. 우린 어떤 전술을 펼쳐야 할까. 도로시가 일어나서 처장을 바라봤다. 그리고 나를 바라봤다. 도로시는 미소 짓고 있었다.

"민우야, 걱정돼?"

"응…."

"걱정 마. 내가 지켜 줄게."

"그래. 고마워, 도로시. 다른 아이들도 지켜 줘."

도로시는 희미한 미소를 지었다. 진심으로 도로시가 다른 아이들도 지켜 주었으면 좋겠다. 적들의 기가 입구 근처에서 출렁거렸다. 입구가 있는 집에 들어올 것인가? 출렁이는 기들이 문 앞에 계속 서성였다. 그리고 다른 기가 다가왔다. 경찰들인 것 같다. 아마도 들어가도 되느냐 안 되느냐로 고민하는 듯이 보였다. 우리 기지 입구가 있는 집은 다 무너져 가는 집이다. 기 하나가 문 앞에서 손잡이를 돌리는 것 같다. 그리고 안으로 들어왔다.

"소영아. 그들이 기지 입구가 있는 집으로 들어왔어."

"응, 나도 보고 있어."

소영이는 패드를 들고 보고 있었다. 우린 한껏 긴장했다. 마리 카우스는 다소 멀리 있었다. 그 점이 안심이 됐다. 드디어 적대 세력의 초능력자들이 기지 입구가 있는 집에 들어와 여기저기 돌아다니고 있다.

"자, 우리가 서서히 위로 올라가."

위로 올라가기 위한 계단이 있다. 왜 계단으로 만들었는지는 잘 모르겠다. 우린 조용히 천천히 계단 중간까지만 올라가기로 했다. 우린 항상 체력 단련을 해서 무리 없이 계단 중간까지 올라왔다.

"민우야. 세밀하게 살펴봐."

소영이가 말했다. 난 기를 세밀하게 분산시켜 적들의 동작 하나하나를 지켜봤다. 그들은 벽을 짚어 보기도 하고 바닥을 살펴보기도 했다. 난 급격스럽게 불안감을 느꼈다. 초능력자 두 명이 더 다가오고 있었다. 그 두 명은 집 밖에 서 있었다. 그들은 서성대고 있었으며, 안쪽에 세 명과 경찰 두 명은 계속해서 집을 살펴봤다. 우리 쪽 애들은 천장을 하염없이 바라봤다.

"민우, 지금 어떤 상황이야?"

마리아가 겁을 집어먹고 물어봤다.

"응. 기지 입구 쪽에 사람들이 있어. 초능력자와 경찰이야."

그 말에 마리아는 긴장을 했다. 난 마리아 이마에 손을 얹어서 마리아 기분을 나아지게 만들었다.

"민우야, 그거 하지 말라니까?"

소영이가 말했다. 난 마리아 이마에서 손을 뗐다. 그리고 적들을 살펴보았다.

적들이 결국 입구를 찾아낼까? 숨죽이며 그들을 감지했다. 순간 난 이상한 전류를 느꼈다. 전기가 몸에서 통하는 느낌을 받았다. 그렇지만 곧 그 느낌은 사라졌다. 위에서 소음이 들렸는데 멀리 떨어져 있지만 여기는 거의 동굴과 같아서 소리가 울리는 것 같았다. 큰 소리가 들렸다. 그들이 뭔가를 찾아낸 것 같다.

"준비해. 적들이 단말기를 발견했어."

소영이가 말했다. 토비와 지미는 둘이 뭔가 속삭이듯이 이야기했다.

"민우야. 다급하면 내 능력을 사용해."

태호가 말했다. 내가 태호의 안구를 보호해 주면 태호의 에너지는 강력하게 발산된다.

"그래, 태호야. 걱정 마."

그들이 단말기를 만졌다. 밖에 있는 초능력자 두 명도 들어왔다. 그들의 목소리가 울렸다. 어쩌면 그들은 그냥 갈 수도 있다. 단말기의 암호를 모르면 넘어갈 수도 있다는 생각이 들다가도 끈질기게 파헤칠 수도 있다는 생각이 들었다. 우린 잔뜩 긴장한 채 위를 올려다봤다. 웅성웅성거리는 소리가 들리다가 뭔가를 치는 소리도 들렸다. 그러다가….

"철컥."

소리가 들렸다. 바닥에 열리는 소리다. 우린 다들 자세를 잡았다.

"소영아?"

수지가 소영이를 불렀다.

"적이 공격해온다면 우리도 공격해야 해."

소영이가 말했다.

"젠장, 우리가 먼저?"

토비가 물었다.

"먼저? 뭘 먼저?"

숙희가 답했다.

"우리가 먼저 공격하냐고."

"그래!"

소영이가 말했다.

난 일단 위에 있는 다섯 명의 초능력자들과 경찰에게 전파 공격을 살짝 가했다. 위에서 악! 하는 소리가 들렸다. 위에서 갑자기 불쑥 하고 뭔가 액체처럼 아래로 쏙 하고 내렸왔다. 난 눈을 이리저리 왔다 갔다 하며 자세히 보니 사람이었다. 순간 온몸에 소름이 돋아났다. 몸이 고무처럼 늘어나서 주먹을 멀리 뻗어 우릴 치려고 했다. 지미가 공중으로 날아올라 주먹을 발로 걷어차고 재빠르게 위로 날아가 그 액체 같은 초능력자를 주먹으로 공격하고 발로 걷어찼다. 여긴 공간이 너무 좁았다. 소영이가 손을 뻗어 위에 있는 문을 닫으려고 했다. 그렇지만 문이 자동문처럼 돼 있어서 끼익거렸다. 누군가 계단으로 내려왔다. 그 흑인이다.

"또 보는군."

그 흑인이 손을 연주회 연주자처럼 휘젓자 계단이 일그러졌다. 이 계단은 쇠로 돼 있었다. 아이작이 손을 뻗어 계단에 원래 형태를 유지하려 했다. 숙희가 놀라운 속도로 위로 달려가 흑인을 타격했다. 먼지가 피어오르고 계단이 흔들거렸다. 난 흑인에게 전파 공격을 머리에 가했다. 흑인은 머리를 쥐어잡으며 계단을 굴렀다. 어떤 청바지에 비둘기 평화단이라는 한글로 써진 티셔츠를 입은 백인이 머리에 손가락을 갖다 대자 우리 몸 전채에 전기가 흘렀다. 난 심장이 이상해 가슴을 쥐었다. 위험한 능력이다. 우리가 당한다! 난 손을 뻗어 전파 공격을 가한 후 재빨리 태호 옆에 가 태호 머리에 손을 얹었다.

"태호야, 지금!"

태호 눈에서 고출력 에너지가 뿜어져 나와 천장을 강타했다. 아차 하는 순간 문이 날아가고 위에 적들의 비명소리가 들렸다. 우리가 혹시 살인을 한 걸까 싶어 위를 살펴보았지만 아무 소리도 안 들렸다. 그러다 하와이 셔츠를 입은 선글라스 남자가 위에 있는 잡다한 물건들을 아래로 내던졌다. 토비가 주먹으로 정확하게 다 타격했다 물건들이 부서져 파편들이 날아다니고 종이 쪼가리들이 펄럭거렸다. 수지가 위쪽으로 뜨거운 열기를 보냈다. 초능력자들이 물러나는 것 같았다. 그 액체 같은 남자는 위로 쏙 하고 올라갔다.

"우리가 위로 올라가야 할까?"

수지가 물었다.

"가만있어 봐. 여긴 자리가 너무 좁아. 어차피 들통난 것 같아. 위로 올라가자."

소영이가 말했다. 여긴 자리가 너무 좁았다. 우린 위로 빨리 올라갔다. 난 전파를 사용해 위에 있는 초능력자들과 경찰들의 머리를 아프게 했다. 우린 빠르게 집에 올라왔고, 둘러보자 적색새력들은 밖에 나간 것 같아 밖으로 나왔다. 밖에는 흑인 남자와 하와이 셔츠 남자. 그는 손에 붕대를 감았다. 지난번의 상처가 아직 아물지 않은 것 같다. 그리고 아시아 여자 그리고 액체같이 변하는 백인 남자와 전기를 쓰는 백인 남자 그리고 경찰이 두 명 있었다. 하와이 셔츠 남자가 골목에 벽돌을 뜯어내어 우리 쪽에 마구 던졌다 상황이 험악하게 돌아갔다. 소영이가 그 벽돌을 다 잡아 다시 반대로 던지다 하와이 셔츠나 이 다 부숴 버렸다. 파편이 눈앞까지 날아와 우린 몸을 숙였다. 다음에 지미가 자유롭게 날아올라 갈매기처럼 아래로 빠르게 하강해 적들을 타격했다. 먼지바람이 불어오고 내가 힘을 쓰려 하자 전기가 또 몸에 흘러 들어왔다. 난 이게 우릴 죽일 수도 있다는 생각에 그 전기 쓰는 남자의 머리에 강한 타격을 주었다. 그가 코피를 흘렸다. 내 힘을 잘 조절하지 못하면 시체가 난무할 것 같다는 생각이 들었다. 소영이의 훈련 방식대로 우린 사람을 죽이는 것보다는 제어하는 데 힘을 기울였다. 그러나 토비가 달려나가 그 전기 쓰는 남자를 험하게 두들겨팼다. 난 토비가 저러다 그 남자를 때려죽일 수도 있다고 생각했다. 그러자 아시아 여성이 토비가 서 있는 바닥을 물로 만들어 토비가 바닥으로 쑥 꺼졌다. 소영이가 토비를 끌어올려 다른 곳에 두었다. 저 아시아 여자도 위험하다. 난 일단 전채에다 대고 전파를 쏘고 그다음에 아시아 여자가 손을 못 쓰게 물리적인 파동을 이용해 손을 붙잡아 두었다. 아시아 여자가 손이 묶인 것처럼 바둥대었다. 하와이 셔츠 남자가 악에 받쳤는지 소리를 치며 전봇대를 들어서 우리 쪽으로 회전시켜 던졌다. 스케일이 커졌다. 소영이가 전봇대를 바로잡았다. 그때 코피를 흘리던 백인 남자가 소영이 몸에 강력한 전기를 발산했다. 내가 그러기 전에 그 남자의 손을 물리적으로 힘을 가했다. 그 남자의 손이 기괴하게 꺾여서 뼈가 드러났다. 싸움이 위험해지기 시작했다. 숙희가 빛보다 빠른 속도로 달려나가 하와의 셔츠 남자를 마구 때렸다. 하와이 셔츠가 손바닥을 쫙 펴서 숙희를 날려 버렸다. 숙희는 머리부터 바닥에 떨어져 숙희가 고통스러워했다. 마리아가 뛰어나가 숙희 머리에 손을 얹었다. 난 전체 공격을 가하기 위해 태호 머리에 손을 얹었다 태호가 광역 공격을 가했다. 골목에 담벼락이 터지기 시작했고 무수한 돌 파편과 먼지들이 날아다녔다.

"탕!"

그때 총소리가 났다. 난 깜짝 놀라 내 몸을 살펴보고 주변을 둘러봤다. 난 얼어붙고 말았다. 엘리자베스가 총에 맞았다. 엘리자베스 얼굴이 순식간에 창백해졌다. 난 재빨리 엘리자베스에게 달려가 총 맞은 부위를 봤다. 작게 동그랗게 구멍이 배에 생겼다. 난 손을 대어 총알을 살펴보았다. 관통했다. 조금 후에 피가 솟아 나왔다. 엘리자베스 눈에 초점이 흐려졌다. 난 순간 상당한 힘을 가해 적대 세력에게 손을 뻗었다.

"민우야!"

소영이가 소리쳤다. 난 끔찍한 관경을 보았다. 적대 세력의 초능력자들의 귀와 코에서 피가 흘러내렸다. 경찰관들은 기겁을 하며 도망쳤다.

"아… 저 사람들 죽는 거야?"

내가 말했다.

"민우야, 힘을 꺼!"

난 힘을 꺼 버렸다. 그들이 바닥에 누워 버렸고 몸을 격렬하게 떨었다. 마리아가 뛰어와 엘리자베스의 배에 손을 대고 상처를 치료하기 시작했다. 엘리자베스가 입을 벌리고 몸을 떨었다. 소영이가 엘리자베스 머리에 손을 대고 집중을 했다.

"어… 어업, 아파."

엘리자베스가 말했다. 그리고 엘리자베스가 구토를 했다. 마리아는 아랑곳하지 않고 엘리자베스를 치료해 나갔다. 토비는 앞으로 뛰어가 적대 세력의 사람들을 하나둘씩 발로 걷어찼다.

"토비… 토비. 하지 마. 그들은 어떻게 됐어?"

내가 물었다.

"뒤진 거지. 어차피 우리가 죽나 이들이 죽나, 피해 갈 수 없는 상황이야, 민우."

토비가 나에게 와서 내 머리를 쓰다듬었다. 난 토비 손을 잡고 천천히 내렸다. 태호가 내 어깨를 감싸고 말했다.

"괜찮아, 민우. 괜찮아, 안 죽었을 거야."

"안 죽었을 거라고?"

난 천천히 적대 세력들에게 다가갔다. 그들을 살펴보았다. 벌써부터 피가 말라 바닥에 피가 검어졌다. 피는 생각보다 진하고 끈적이는 듯했다. 붉고 깨끗한 피가 코에서 흐르고 귀에서 나왔다. 귀에서 누런 액체도 흘러나왔다. 난 순간 헛구역질을 했다.

누군가 내 머리에 손을 얹었다. 소영이다.

"저리 치워."

도로시가 소영이 손을 치우고 내 머리를 쓰다듬었다. 도로시가 자기 능력을 사용했다. 난 벗어나려 했지만 도로시의 능력은 너무나 달콤했다. 너무 다 황홀했다. 내 머리에서 엔도르핀이 마구 솟구쳤다.

"도로시, 그런 건 남용하면 좋지 않아. 너에게 의지하게 된다고."

소영이가 도로시를 나에게서 떼어 냈다. 난 솔직히 아쉬웠다. 그만큼 도로시의 능력은 치명적이다. 난 누워 있는 초능력자들을 조심히 살펴보았다. 난 마리아 쪽을 봤다. 아직 엘리자베스에게 있었다. 난 내 힘을 이용해서 이들의 상태를 이해해 보려고 했다. 하와이 셔츠 남자는 그래도 조금은 알던 사람이라 난 그를 살펴봤다. 그는 눈은 뜨고 누워 있었다. 전에 석호와 롯데월드에 왔다고 웃으며 말하던 남자였다. 그의 미소를 잊지 못한다. 시퍼렇게 뜬 눈은 허공을 향하고 있었다.

"도로시, 이 남자 알지? 이 남자를 살릴 수 있어?"

도로시는 무표정하게 그 남자를 내려다봤다.

"당연히 알지. 그렇지만 나랑 친하지도 않은걸?"

도로시는 태연했다. 난 그 모습을 믿을 수 없다는 듯이 바라봤다.

"살릴 수 없어? 도로시. 어떻게 해 봐."

도로시는 그 하와이 셔츠 남자를 바라보다 가슴에 손을 얹었다. 난 그냥 그 상황을 지켜봤다. 하와이 셔츠를 입은 남자는 눈을 움직이지 않았다. 그는 죽어 있는 것 같았다.

"민우야, 기지의 입구가 발각됐어. 적들이 몰려올 거야."

소영이가 내 손을 잡았다. 난 소영이 손을 꽉 잡았다.

"도로시, 어때? 그 사람?"

도로시가 나를 돌아봤다.

"죽었어."

모든 게 깨졌다. 산산조각 나 버렸다. 소영이의 평화 주위도 도로시의 지배력도 결국 우린 사람을 죽일 수밖에 없는 운명인 것 같았다. 난 사람을 죽였다. 너무 허무했다. 그냥 힘을 조금 더 크게 사용했을 뿐인데.

"너무 나약하구나."

누군가 하늘에서 말을 했다. 난 멍하니 하늘을 올려다봤다. 마리 카우스다. 그는 어느새 다가와 있었다. 하늘이 어두워지고 번개가 치기 시작했다. 하늘에 빛이 번쩍이자 마리 카우스의 검은 망토가 빛을 받아 번쩍였다. 그는 헬멧을 쓰고 있었고 헬멧 가운데가 돌출되어 있었다. 재질은 매우 고급스러웠으며 헬멧 눈쪽 양옆에 동그란 LED 빛이 나왔다. 망토는 좀 작아지고 몸에 타이트하게 붙었다. 그러나 펼치면 박쥐 날개처럼 커다란 검은 입처럼 벌어지는 것 같았다. 그의 힘이 증폭되기 시작하자 번개가 일어나고 바닥에 물건들이 진동하고 하늘로 떠올랐다. 마리 카우스 중심으로 바람이 뿜어져 나왔으며 그의 두 눈은 하얗게 빛이 났다. 주변에 공기가 무거워졌다. 하늘에서 빛이 출렁이고 이후에 귀가 터질듯한 번개가 뿌려졌다.

"너무 나약해. 왜 너의 강함 힘을 두려워하는 거지?"

너무나 따뜻한 음성이다. 난 마음이 편안해졌다. 그는 따뜻한 아버지 같았다.

"사람이 죽는 건 원치 않아요."

"우리가 겪고 있는 상황 속에서 사람이 안 죽긴 어려울 거란다. 혁명은 언제나 죽음을 가져오지."

"그냥 우린 함께 살아갈 수 없습니까? 꼭 싸워야 하나요?"

"안 싸워도 된다."

안 싸워도 된다는 말에 난 희망이 싹텄다. 그에게 하와이 셔츠를 입은 남자를 살려 달라고 빌고 싶다. 간절하다.

"네가 나의 편이 되어 준다면 당분간 싸움은 멈추지. 그리고 도로시, 나에게로 돌아오렴. 거기서 방황하지 말고."

마리 카우스가 말했다.

"난 내가 있고 싶은 곳에 있을 거예요. 당신에게는 이제 돌아가고 싶지 않아요. 저를 벌하실 건가요?"

도로시가 말했다.

마리 카우스는 한쪽 손을 들어 손바닥을 펼치고 나를 향했다. 난 더 이상 죽는 사람이 나오길 원치 않았다. 그래서 나도 손을 들어 손바닥을 펼치고 마리 카우스를 느끼기 시작했다. 그의 힘은 너무나도 무겁고 밀도가 높았으며 틈이 없다. 난 그곳에 부서지지 않는 바위에 대고 나의 힘을 조금씩 천천히 끌어올렸다. 서두르지 않았다. 내 옆에 도로시와 소영이가 양옆에 서 있었다. 소영이가 내 어깨에 손을 올렸다. 난 붉은빛으로 빛이 났다 골목을 환하게 밝게 비추었다. 마리 카우스는 검은색으로 주변을 물들었다. 내 빛을 집어삼켰다. 난 조금 더 힘을 올렸다. 뭔가 딱딱하고 아주 단단한 것에 막힌 듯한 느낌이 났다. 이게 마리 카우스의 힘인가? 절대 틈을 보여주지 않았다. 난 내 최대치의 힘을 내볼까 고민했다. 만약 내 힘으로 마리 카우스를 능가하지 못하면 우린 진다. 그의 머리도 노릴 수가 없다. 헬멧은 미동도 하지 않았다. 더욱더 강한 헬멧을 만든 것 같다. 난 힘의 무게를 아래에서 위로 증가시켰다. 마리 카우스는 손을 살짝 위로 올리고 손바닥을 아래로 뻗었다. 내 힘은 여기서 막혔다. 마리 카우스에게 가는 힘이 증가되자 내 주변에 아지랑이가 피어올랐다. 잡다한 쓰레기들이 휘날렸다. 소영이가 내 머리에 손을 없었다. 마리 카우스는 말이 없었다. 나의 붉은빛은 날개를 펼치는 것 같았다. 마리 카우스의 발이 조금 뒤로 밀렸다. 틈이 보인다! 난 최대치의 힘을 내지는 않았다. 누군가 죽을까 봐 난 그게 두려웠다. 그렇지만 마리 카우스는 검은색의 어둠이 골목을 모두 뒤덮을 정도로 강한 힘을 발산했다. 난 조금 무기력해졌다. 이 힘은 내가 어찌할 수 없는 힘이다. 그렇지만 소영이의 손바닥에서 뜨거운 기운이 나에게 전해졌다. 소영이의 파란 기가 허공을 뚫었다. 난 머릿속에서 상상을 했다. 아주 작은 빛이지만 그 빛이 증폭해서 저 어둠을 모두 몰아내는 상황을 상상했다. 그러자 즉각적으로 반응하기 시작했다. 정말 작은 빛이 있었고 빛이 심장처럼 요동치며 마리 카우스의 검은 장막을 밝히기 시작했다. 빛이 발광하고 고농축된 에너지를 품고 있었다. 그 빛이 내 가슴에 다가와 가슴속으로 들어왔다. 그러자 내 몸이 강렬한 빛을 내며 발광하기 시작했다. 마리 카우스의 검은 장막을 모두 벗겨 낼 정도였다. 마리 카우스는 바닥에서 공중으로 뜨기 시작했다. 그가 양팔을 벌리고 손바닥을 가운데로 모았다. 골목의 낡은 집들의 지붕들이 뜯겨 나가기 시작했다. 난 손바닥을 천천히 마리 카우스에게 향하고 위로 서서히 올렸다. 마리 카우스가 손바닥 하나를 주먹을 쥐어 나에게 찌르듯이 날렸다. 갑자기 빛이 깨지고 난 둔탁한 딱딱한 충격에 의해 몸이 붕 떠서 뒤로 날아갔다. 소영이와 도로시는 괜찮았다. 나만 뒤로 날아가 넘어졌다. 태호가 뛰어와 나를 일으켜 세웠다. 난 태호의 머리에 손을 얹었다.

"태호야, 쏴!"

태호가 강력한 에너지를 눈에서 발산했다. 난 태호의 힘에 나의 힘을 가했다. 마리 카우스는 손을 엑스 자로 만들어 그 빛을 막았다. 마리 카우스가 뒤로 조금 밀렸다. 그리고 태호에게서 손을 떼서 내가 한 손을 들고 손바닥을 펴 마리 카우스에게 전파 공격을 가했다. 그러면서 난 마리 카우스에게 천천히 걸어갔다. 다들 숨죽이고 있었다. 마리 카우스 헬멧에서 불꽃이 튀었다. 빛이 사방으로 터졌다. 골목의 전등도 모두 터졌다. 펑펑 소리와 함께 유리 파편들이 날아다녔다. 난 마리 카우스의 헬멧을 벗겨 내기보다는 부숴 버릴 생각으로 조금씩 힘을 가했다. 난 서두르지 않았다. 마리 카우스가 양팔을 양옆으로 들어 손바닥을 펼쳤다. 난 장엄한 광경을 목격했다. 저쪽 해변에서 물줄기가 솟아오르고 있었다. 그 물줄기 회오리가 우리 쪽으로 오고 있었다. 소영이가 골목 밖에 주차된 자동차들을 들어 올렸다. 그리고 우리 쪽으로 가져와서 커다란 방패를 만들었다. 수지, 숙희, 지미, 토비, 태호, 엘리자베스, 마리아, 아이작이 할 수 있는 건 없었다. 거대한 물 구렁이가 우리 쪽으로 그 거대한 덩어리를 드러내 순간 빠른 속도로 우리에게 돌진했다. 소영이의 자동차 보호막을 덮쳤고 그 힘이 어마어마해 자동차가 양옆으로 날아갔다. 우린 거대한 소나기를 맞은 듯이 물에 흠뻑 젖었다. 토비가 물을 주먹으로 때렸지만 형태는 흩어지지 않았다.

수지가 한번 마리 카우스 쪽에 무겁고 뜨거운 온도를 보냈다. 그렇지만 마리 카우스는 꿈적도 하지 않았다. 난 마리 카우스의 검은 에너지를 보았다. 검은 파장이 몸을 감싸고 있다. 보호막이다. 이제 마리 카우스는 주변에 모든 걸 들어 올려 우리들에게 매우 빠른 속도로 날렸다.

거의 총알 같았다. 난 눈을 감고 전파장으로 된 보호구가 우리 앞에 있는 걸 상상했다. 그것이 현실이 되어서 마리 카우스의 수많은 파편들을 막아 낼 수가 있었다. 전파장이 드럼처럼 출렁거렸다. 난 손바닥을 펴고 마리 카우스의 공격을 방어했다. 소영이도 주변에 무수히 많은 잡다한 병 돌 벽돌 등을 마리 카우스에게 날렸다. 마리 카우스는 나머지 한 손을 펴서 막았다. 마리 카우스는 공중으로 더욱더 솟아올랐다. 멀리서 경찰들이 오는 사이렌 소리가 들렸다. 사이렌의 빨간빛이 번적번적하며 다가왔다. 마리 카우스가 두 손을 주먹 쥐어 나에게 날렸다. 난 피하지 않고 한번 내 힘을 강하게 증폭시켰다. 나의 붉은빛이 출렁이고 마리 카우스가 날린 파장을 막아 냈다. 난 좀 자신감이 붙었다. 난 눈을 감고 내 손가락을 이마에 갔다 대었다. 내 머릿속에서 동그란 링 같은 파장을 전파 파장을 만들어 마리 카우스에게 지속적으로 날렸다. 마리 카우스는 손바닥을 포개서 막았다. 그렇지만 마리 카우스의 몸이 들썩거렸다. 상당히 무거운 파장을 막아 내고 있다고 판단되었다. 마리 카우스는 받아들일 수 없다는 듯이 주먹을 쥐어 마구 파동을 날렸다. 토비와 비슷한 유형의 공격 같았다. 난 우리 아이들 앞에 보호막을 만들었다. 여기서부터 난 머리가 지끈지끈 아팠다. 소영이가 그걸 눈치챘는지 내 머리에 손을 얹어서 내 두통을 완화시켜 주었다. 난 이제 그 막강한 힘을 쓰려고 한다. 난 아이들을 뒤로하고 이제 내 힘이 어느 정도인지 마리 카우스를 막을 수 있는지 시험대에 오른 것이다. 경찰들이 차에서 내려 우리 쪽으로 다가왔다. 난 눈을 또 감고 내 힘을 자유롭게 풀어내기 시작했다. 내 붉은빛이 쿵쾅거렸다. 빛이 번쩍번쩍였다. 나 손바닥에서 붉고 농도 짙은 에너지 덩어리가 뱀처럼 앞으로 휘저으며 날아가 마리 카우스에게 닿았다. 마리 카우스는 팔을 엑스 자로 만들어 내 에너지를 받아 냈다. 마리 카우스는 공중에서 뒤로 서서히 밀려나기 시작했다. 아직 나의 최대치의 힘을 내지는 않았다. 난 두 손바닥을 교차시켜 마리 카우스를 겨냥해 한 번 큰 파장을 날려 보았다. 마리 카우스가 지상으로 내려왔다. 경찰들은 우릴 경이롭다는 듯이 보고 있었다. 마리 카우스는 망토를 벗었다. 망토가 하늘로 날아올라 바닥에 떨어졌다. 암흑과도 같은 어둠이 우리를 감싸기 시작했다.

"민우야, 얼마나 버틸 수 있어?"

소영이가 물었다.

"지금부터야. 지금 내 힘을 다 써 볼 거야."

난 답했다.

난 내 힘을 최대한으로 방출하기 시작했다. 주변에 모든 건물이 진동했다. 소영이가 내 머리에 손을 얹었다. 난 소영이 손을 감쌌다. 바닥이 진동을 했다. 마리 카우스도 자기 힘의 최대치를 방출하기 시작했다. 마리 카우스와 나 사이에 균열이 생기기 시작했다. 골목이 이제 다 부서지고 무너져내리기 시작했다. 우리 아이들은 뒤로 멀리 물러나기 시작했다. 내가 마리 카우스를 압도하기 시작했다. 난 그 틈을 느낄 수 있었다. 그 틈을 파고들면 된다 우린 이 갈등을 해소할 수 있다. 난 평화를 제시할 거다. 로버트 신부도 아이들도 다시 데리고 올 수 있을 것이다.

"철컥."

그 소리가 났다. 도로시 목걸이가 풀렸다. 난 머리에 보호구를 씌우려고 하는 순간 도로시가 내 머릿속에 침투해 왔다. 나에게 달콤함 꿀 같은 환상이 스며들어 왔다. 그게 너무 따뜻하고 아늑해서 눕고 싶었다. 난 예쁜 빨간색 드레스를 입고 있었다. 드레스는 짧고 나에 예쁜 다리가 드러났다. 어깨는 다 드러나 있었고 너무나 곱고 아름다웠다. 내 피부는 우유 같고, 만지면 너무 부드러워서 상대적으로 날카로운 것이 떠오를 정도다. 나의 아름다움에 많은 이들이 감탄했고 그 안에 태호가 있었다. 토비도 있었다. 토비는 아주 예의 바르고 멋진 신사가 돼 있었다. 태호는 나와 결혼할 것이다. 난 이제 봉긋하고 아름다운 가슴을 가질 수 있게 되었다. 그 안에서 난 너무 행복하고 황홀경에 빠져들었다. 소영이가 날 부르는 소리가 들린다. 그렇지만 안 들어도 될 것 같다. 난 내가 원하는 것을 모두 이루었다. 이미 내가 바라보는 광경에는 소영이가 그 안에 들어와 있었다. 소영이는 웃고 있었다. 난 결혼식을 할 것이다.

도로시가 내 쪽을 손바닥을 펴고 웃고 있다.

"잘 속는구나, 너희들."

소영이는 경악하며 도로시를 공격했다. 그렇지만 소영이는 손을 힘없이 내리고 도로시의 달콤한 꿈에 빠져들었다. 다른 아이들은 이게 무슨 상황인지 이해하려고 노력을 했다. 그렇지만 그들은 마리 카우스 힘에 하나둘씩 무너져 내렸다. 숙희가 빠져나가려고 골목을 빛보다 빠른 속도로 튀어 나갔지만 마리 카우스의 망토에 들어가 순식간에 사라졌다. 토비는 분노에 휩싸여 주먹을 마구 날렸지만 마리 카우스는 미동도 하지 않았고 그가 주먹을 내지르자 토비는 붕 떠서 벽에 부딪혀 바닥에 떨어졌다. 토비는 일어나려고 했다. 그렇지만 어깨에 무거운 것이 있는 것처럼 그는 힘에 겨워 다시 누워 버렸다. 태호가 나에게로 다가오는 게 느껴진다. 그렇지만 난 상상 속에 더 완벽한 태호가 있었다. 현실에 태호는 성장하지 못한 아이 같아 난 그를 버리기로 했다. 태호는 전기 공격을 당했다. 태호는 발작을 하며 바닥에 쓰러졌다. 수지는 주변을 두리번거리며 어찌할지 알 수 없는 페닉에 빠져 버렸다 소영이를 불렀지만 소영이는 가만히 서 있을 뿐 대답이 없었다. 수지는 다가오는 마리 카우스를 보았다. 마리 카우스가 눈앞까지 다가왔다. 수지는 떨고 있을 뿐 능력을 사용하지 못했다. 마리 카우스가 수지 머리에 손을 얹었다. 그녀는 강력한 정신 공격에 코피를 흘리며 쓰러졌다. 마리아와 아이작은 기지 쪽으로 뛰었다. 그렇지만 얼마 가지 못해 벽돌 파편을 맞아 피를 흘리며 쓰러졌다. 바닥에 진하고 끈적한 피가 고이기 시작했다. 지미는 하늘을 날아 멀리 가버렸다. 그렇지만 다른 초능력자들이 공격해 땅으로 추락했다. 아주 높은 공중에서 떨어졌다. 추락을 대비해 지미 몸을 보호할 수 있는 보호장구는 없었다. 그대로 추락했다. 아주 높은 곳에서 떨어졌다. 뭔가 터지는 소리가 들렸다. 엘리자베스는 총상 때문에 바닥에 누워 있을 수밖에 없었다. 손으로 총을 맞은 배를 누르고 있었다. 마리 카우스가 엘리자베스 머리만 위로 올렸다가 매우 빠른 속도로 바닥으로 찍었다. 엘리자베스는 조용해졌다. 골목이 조용해졌다.

"마리 카우스님, 기지로 바로 들어가실 건가요?"

"그러지. 우리 초능력자들이 모이면 들어가지."

"네."

도로시는 마리 카우스 옆에 서서 바닥에 누워 있는 우리들을 둘러봤다. 그녀는 웃고 있었다. 그녀는 마녀 같았다. 고대로부터 살아온 마녀 같았다. 마리 카우스는 뒤를 돌아 나에게 다가왔다. 난 멍하니 마리 카우스를 봤다. 그는 나를 빤히 바라보다 내 머리에 손을 얹었다. 그리고 나의 파란기를 그 파장을 쑥 빨아올렸다. 나는 순간 모든 힘과 기운이 빠져나가는 것을 느꼈다. 내 아름다운 껍데기만 남긴 채 난 그대로 바닥에 쓰러졌다. 그리고 난 눈을 감았다. 도로시의 달콤한 환상은 빠져나갔다. 이후에 찾아오는 가슴을 쿡쿡 쑤시는 고통과 무기력해진 육체와 강렬한 엔도르핀 이 사라진 텅 빈 머리가 느껴졌다. 마리 카우스가 망토를 휘날리며 주변을 어둠으로 물들였다. 우린 어둠 속으로 사라졌다. 난 내가 어디로 사라지는지 알 수 없이 어딘가로 흘러 들어갔다. 죽음이 이런 느낌인가?

12

"이 게이 새끼!"

우종이가 날 아래로 내려다봤다. 주변에는 아무것도 없었다. 그리고 우종이가 내 입에 자기 물건을 집어넣고 마구 쑤셔 넣었다. 난 목이 막혔다. 그리고 내 바지를 벗겼다.

"더러운 새끼, 얼굴은 존나 이쁘네."

그리고 자기 물건을 내 얼굴에 마구 문질렀다. 우종이의 물건은 까칠까칠했다. 난 극도로 불쾌함을 느꼈고 가슴에 무거운 통증이 느껴졌다. 벗어나고 싶었다. 그렇지만 우종이가 나를 너무 강하게 붙잡아 벗어날 수가 없었다. 너무 갑갑했다. 우종이는 내 몸에 자기 물건을 집어넣다 너무 아파서 몸이 단단하게 굳어졌다. 우종이가 마구 쑤셔 넣었다. 난 고통에 찔끔 눈물을 흘리기 시작했다.

"여자처럼 신음해!"

그러면서 우종이가 내 머리를 주먹으로 때렸다.

"여자처럼 비명 질러!"

우종이가 내 목을 졸랐다.

"씨발, 쪼임이 죽이는데. 내가 널 걸레로 만들어 버리겠어."

"씨발 걸레 새끼."

왕복되는 고통에 난 속에 것이 빠져나갈 듯한 공포를 느꼈다. 그리고 쾌감이 동반되기 시작됐다. 내 안에 어떤 예민한 것을 자극해 쾌감이 느껴졌다.

"느껴지지, 네가 창놈이라는 뜻이야. 이 창녀야, 더러운 계집."

"그만!"

난 그만두라고 외치고 싶었지만 목소리가 나오지 않았다. 일어나려고 해도 일어날 수가 없었다. 또 다른 남자가 들어왔다. 전에 봤던 덩치가 크고 머리가 벗겨진 백인 남자였다. 그가 바지를 벗자 어마어마하게 큰 물건이 드러났다. 그걸 내 몸에 쑤셔 넣기 시작했다. 감당할 수 없다. 몸이 망가질 것이다. 난 이를 악물었다. 일어나려고 발버둥 쳤다. 일어날 수 없었다. 그 덩치가 내 어깨를 짓눌렀다. 난 엄청난 고통을 느끼고 다리를 오므렸다. 그렇지만 그가 내 다리를 위로 활짝 올렸다. 그러고는 마구 삽입했다. 난 온 얼굴을 찌푸리고 고통을 참아 보려고 했지만 내 입에서 비명이 나왔다. 침이 흐르고, 난 울기 시작했다. 그가 웃었다.

"영락없이 계집애네. 우니까 더 흥분되는데. 더 아프게 해 줄게."

그가 내 머리카락을 잡고 내 입에 자기 혀를 넣었다. 내 입을 마구 휘저었다. 난 고개를 양옆으로 흔들며 반항을 했지만 그러다 세게 한 대 맞았다. 눈앞에서 번쩍했다. 난 기절할 것 같았다. 다시 잠들 것 같았다. 그렇지만 고통이 나를 깨웠다. 치욕스럽고 날카로운 고통이 느껴졌다. 내 몸속이 망가질 것 같았다. 내 몸이 부서지고 있는 것 같았다. 우종이가 내 몸속에 손을 집어넣었다. 난 극악의 고통을 느꼈다. 소리를 지르고 싶었다. 너무 아파서 견딜 수가 없었다. 우종이는 미친 사람처럼 웃었다. 난 몹시 혼란스럽고 경악스러웠다.

"그만."

난 눈을 떴다. 난 눈물로 얼굴이 뒤범벅돼 있었다. 난 누워 있었다. 난 힘겹게 일어났다. 주변을 둘러봤다. 땀으로 온몸이 흠뻑젖어 있었다. 난 흐느껴 울었다. 혹시 다른 아이들이 여기 있을까 봐 난 일어나서 주변을 살펴봤다. 다리가 후들후들 떨렸다. 똑바로 서 있기 어려웠다. 몹시 허기가 졌고 목이 말랐다. 난 기를 느껴 보았다. 아무것도 안 느껴졌다. 나 혼자인 것 같다.

"정신이 들어?"

목소리가 들렸다. 누구 목소리인지 알 수가 없었다.

"순진하긴."

난 예전에도 이런 목소리가 머릿속에 들어온 적이 있었다. 이 목소리는.

"도로시, 다른 아이들은?"

"다른 아이들 걱정하지 말고 너 스스로나 걱정해."

"날 속인 거구나. 그렇지?"

"글쎄, 근데 넌 너무 착한 것 같아. 세상은 악하게 살아야 해."

난 그 말에 대꾸를 할 수가 없었다. 난 천천히 주변을 둘러봤다. 조금씩 주변에 윤곽이 나타나기 시작했다. 이곳은 어떤 마루가 깔린 나무로 만든 건축물 같았다. 나무로 반듯하게 만든 벽에 콘크리트 벽이 있기도 했다. 구조물이 상당히 고급스러웠다. 밖에서는 티브이를 오래 틀면 나는 소리가 들린다. 난 좀 더 다가가 봤다. 이건 폭포 소리다. 폭포 소리가 난다. 비 오는 소리가 아닐까? 벽들을 살펴보았다. 천장 테두리에 은색으로 된 네모난 것이 천장 테두리를 두르고 있었다. 그 네모난 은색을 따라가다 보면 네모난 단말기가 나오는데 빨간색으로 빛이 들어왔다. 가운데에 소파가 있었다. 난 좀 앉아야 한다는 생각에 앉아서 머리를 써 보려고 했다. 우종이가 날 강간하는 상황은 진짜였을까? 어쩌면 환상일지도 모르겠다. 도로시가 나에게 악몽을 심어 놓은 듯하다. 소영이는? 태호와 지미, 토비, 수지, 숙희, 엘리자베스, 마리아, 아이작은 어떻게 된 거지? 그들은 무사할까 불안감이 날 감싸 안았다. 난 가만히 앉아 눈을 감고 마음을 진정시켜 보려고 했다.

"너희 기지는 뚫렸어. 아마 많은 아이들이 죽거나 우리 쪽 사람이 될 거야."

난 순간 요한이와 윤아가 떠올랐다.

"기지로 들어갔다고? 뭐 어떻게 됐는데?"

"알려 줄 수 없어."

"소영이는?"

"소영이는, 글쎄. 그것도 알려 줄 수 없어."

"내게 원하는 게 뭐야?"

"아직 기다려. 너에게 원하는 걸 말할 거야. 그전에 편히 쉬라고. 여긴 안전한 곳이야."

"여기가 어디인데?"

"아직 알려 줄 수 없어."

난 마음이 답답했지만 어찌할 바를 알 수가 없었다. 내 능력을 사용해 보았지만 이곳에서는 아무것도 안 보였다. 난 장님이 된 기분이다. 항상 사용하고 느꼈던 감각이 사라지자 거대한 무언가가 텅비어 있는 느낌이었다. 그리고 여긴 점점 추워졌다. 난 팔짱을 끼고 몸을 감싸 안았다. 이 상황을 진정시키고 싶었다. 난 하얀색 셔츠와 짧은 반자지를 입고 있어 몹시 추웠다. 방을 둘러보다 담요를 발견해 그걸 어깨에 둘렀다. 난 몸에 통증이 있다는 걸 느끼기 시작했다. 작은 멍 같은 것들이다. 이곳에는 문이 보이지 않았다. 완전히 밀폐된 곳인 것 같다. 폭포수 소리가 자장가처럼 들려왔다. 난 졸음을 참았다. 지금과 같은 상황에서 잠이 든다는 건 실수다. 적들에게 내 약점을 드러내는 것이다. 그렇지만 난 졸음을 이겨 내지 못하고 잠이 들었다. 꿈속에서 태호와 난 결혼식을 올렸다. 난 하얀 드레스를 입었다 난 천사 같았다. 새하얀 목선이 우아하게 곡선을 그렸다. 태호는 멋있었다. 난 예쁜 가슴을 가지고 있었다. 주례서는 사람을 바라봤다. 도로시가 주례를 섰다. 그녀는 웃고 있었다. 그리고 눈앞이 흐려졌다. 도로시 얼굴이 흐리게 보였다 괴이하게 입이 양옆으로 올라가 웃어 대었다. 이상한 웃음소리가 났다. 괴이한 소리가 흘러 들어온다. 난 또 눈을 떴다. 누군가 소곤소곤 말하는 소리가 들렸다.

"일어난 것 같은데?"

"조용해."

난 그 둘을 보았다. 그 흑인과 아시아 여자다.

"이봐 여기선 네 능력을 쓸 수가 없어. 가만히 있으라고."

"다른 아이들은?"

"글쎄. 죽었나? 난 모르겠는데."

그러면서 흑인이 웃었다. 난 내 친구들이 죽는 것을 받아들이지 못했다. 분명 농담일 것이다. 분명 농담이다….

"여기 가만히 있어. 우리가 먹을 것을 가져다줄 테니까. 화장실 가고 싶은 건 아니겠지?"

난 골똘히 생각을 했다. 난 담요를 걷어 내고 말했다.

"화장실 가고 싶어."

"젠장. 따라와. 허튼짓하지 말고. 명심해, 여기선 네 능력이 안 통해."

난 흑인과 아시아인을 따라갔다. 이 집은 상당히 컸다. 통로가 매우 넓고 방이 많았다. 난 큰 건물을 상상했다. 그들은 날 화장실로 안내했다. 화장실이 너무 커서 깜짝 놀랐다. 넓은 욕조와 샤워장 고급스러운 변기가 있었다. 난 볼일이 급하지 않았다. 그냥 좀 둘러보고 싶은 것뿐이다. 화장실 벽 쪽에 어떤 화학약품 같은 커다란 통이 있었다. 이런 통이 여러 군데 있는 것같이 느껴졌다. 난 이 건물의 극히 일부분을 보는 것 같았다. 난 화장실에서 나와 다시 안내를 받아 방으로 돌아왔다. 그들은 문을 잠그고 사라졌다. 그리고 한참 있다 식사를 가져다주었다. 수프와 빵을 주어서 난 먹어야겠다는 생각에 먹었다. 맛있는지는 잘 모르겠다. 그리고 마리 카우스가 들어왔다.

"몸은 괜찮나?"

그는 망토와 헬멧을 다 벗은 것 같다.

"괜찮습니다. 다른 아이들은 어디 있죠?"

"그건 말해 줄 수 없다. 난 네가 우리 편이 되어 주었으면 한다. 그러면 다른 아이들도 무사할 거다."

내 친구들을 인질로 삼고 있는 것 같다. 난 그렇게 판단했다.

"당신의 편이 되어 준다면 아이들을 보여 줄 건가요?"

"나의 편이 되고 내가 시키는 일을 잘 수행해 낸다면 그렇게 하지."

난 잠시 고민했다. 어쩌려고? 마리 카우스를 속일 순 없다. 그가 마음을 읽을까? 도로시라면 읽을 것이다. 난 상당한 고민에 휩싸였다.

"제가 어떤 일을 하면 되죠? 먼저 아이들을 볼 수 없나요?"

"날 따라오렴."

난 마리 카우스를 따라갔다. 그는 나를 이 건물의 거실 같은 곳을 보여 주었다. 거기 마리 카우스 쪽의 아이들이 있는 것 같았다. 다들 날 쳐다보았다. 거기 우종이도 있었다. 난 조금 움찔했다. 난 약도 없었다. 그 딜레마가 떠오르기 시작했다. 난 우종이 때문에 몸을 떨었다. 여긴 초능력도 사용할 수가 없다. 마리 카우스는 날 밖으로 안내했다. 그는 나에게 어떤 사람을 보여 주었다. 난 그를 곰곰이 바라봤다. 그는 로버트 신부다. 난 로버트 신부에게 가까이 다가갔다. 그는 나를 보며 인자한 미소를 지었다.

"민우로구나. 여긴 어떻게 들어왔나? 잡혀왔나?"

"네, 잡혀왔어요. 몸은 어떠세요?"

"아주 좋네."

로버트 신부님은 여기서 초능력을 사용하지 못하는 것 같았다. 그의 주름이 더 깊어 보이고 조금 피곤해 보였다. 병원 복 같은 걸 입고 있으며 앞에는 커피잔이 놓여 있었다.

"마리 카우스 로버트 신부님도 풀어 줘요. 시키는 대로 할게요. 전에 데려갔던 아이들도요."

마리 카우스는 다른 곳을 보며 생각에 잠겼다.

"좋아. 대신에 넌 우리 편이 돼야 해."

"제가 지금 어떻게 당신의 편이 되겠습니까?"

"쉬워. 나를 받아들이면 돼."

마리 카우스가 내 머리에 손을 얹었다. 그리고 내 머릿속으로 들어왔다. 도로시와 비슷한 능력을 가지고 있는 것 같다.

"우리가 꼭 적이어야만 하나요?"

난 물었다. 마리 카우스는 비대한 힘을 누그러뜨렸다. 초능력이 없어도 기라는 게 느껴져서 마리 카우스의 거대한 힘을 느낄 수 있었다.

"적이어야 할 필요는 없다, 민우…. 우리가 추구하는 건 인간들과의 차별성이야. 차별성 말이다. 우린 특별하고 대우받을 자격이 있어. 민우 너도 일반 사람들과 차별을 느끼지 않나?"

"차별성이요? 초능력자라서 특별하긴 하지만 그렇다고 우월감이나 대우는 바라지 않아요."

"그건 네가 욕심이 없어서야. 뭐 갖고 싶은 거 하나만 말해 보렴."

난 곰곰이 생각하다 별다른 생각 없이 말을 했다.

"GTX3080이요."

"그거? 컴퓨터 부품 말인가? 아니, 그런 거 말고 스포츠카 같은 걸 갖고 싶어 해야 해. 왜 그 수준에 머물러 사나? 더 많은 걸 가질 수 있는걸."

"스포츠카요? 전 아직 미성년자인걸요."

"왜 어린 나이에 물질적인 것들을 많이 소유할 수 없다고 생각하지? 생각을 크게 가지렴."

"전 그냥 우리가 안 싸웠으면 좋겠어요."

"싸움은 인류 역사상 벌어질 수밖에 없는 숙명이란다. 서로를 다치게 하지 않아도 우린 싸우지. 하루하루 싸워 가고 있단다. 우린 항상 경쟁하거든. 넌 순진하구나. 내가 너를 키워 주고 싶단다. 부디 나를 악당으로 생각하지 말아 주렴. 따라와라."

난 마리 카우스를 따라갔다. 우린 고전적인 복도에서 조금 미래적인 공간으로 옮겨갔다. 벽에 다양한 단말기가 붙어져 있었다. 뭐 하는 장비인지 알 수 없었다. 우린 아주 넓은 주차장까지 왔다.

"여기서 나가면 넌 초능력을 자유롭게 쓸 수 있단다. 그렇지만 난 널 믿겠다…"

마리 카우스는 나를 데리고 빨간색 스포츠카를 보여 주었다. 왜 보여 주는지는 알 수가 없었다. 마리 카우스가 내 머리에 손을 올리자 난 웬일인지 차를 운전할 수 있게 되었다. 기어랑 운전 자동차의 모든 옵션을 만질 수 있는 지략이 머릿속에 들어왔다. 그건 놀라운 느낌이었다.

"자, 운전해 보렴."

"제가요?"

어떤 의미인지 알 수가 없지만 난 자동차에 탔다. 마리 카우스는 옆에 탔다. 난 스포츠카를 몰고 밖에 나갔다. 나는 옆에 절벽이 있고 반대쪽에 해변이 있는 도로를 운전했다. 기분이 무척 상쾌했다. 난 차를 몰고 번화가에 갔다. 조명들이 아름다웠다. 네온사인은 크리스마스 분위기 같았다. 난 차를 천천히 몰며 사람들을 관찰했다. 힘없이 걷는 사람들 가방을 메고 가는 수험생 같은 아이들, 축 처진 사람들. 살아가는 데 있어서 누구나 하나쯤은 무거운 짐을 지고 가는 것 같았다.

"이 차는 네 거야. 너 가지렴."

"제 거라고요? 이거 비싼 것 같은데요?"

"생각해 보렴. 네 능력은 핵폭탄처럼 강력해. 넓은 반경 이내의 사람들을 한 번에 눈 깜짝할 사이에 무력화시켜 버릴 수도 있지. 왜 이게 비싸다고 생각하는 거지? 네가 무슨 선교자나 남을 위해 희생하는 종교인이라도 된 것 같다고 생각하는 거니?"

난 종교인도 아니고 아무것도 아닐 수도 있다. 그렇지만 초능력을 가진 나로서는 어떤 평화를 지키고 남을 돕는 일을 한다고 인식해 왔다.

"이 차를 갖는다고 해서 악당이 되는 거니? 그건 아니잖아. 그치?

이보다 더한 것도 가질 수 있지. 집이라든가. 멋진 집, 큰 집."

내가 집을 갖는다고. 요즘 많은 사람들이 집을 못 사서 불행하다고 하는데, 난 그냥 가질 수 있는 건가? 마리 카우스가 나에게 집을 줄 생각인 걸까?

"좋아요. 일단 친구들을 보고 싶어요. 그들이 안전한지 알고 싶어요."

"좋아, 매일 볼 수 있게 해 주지. 그렇지만 그들은 안전하지 않아."

"그쪽에서 공격하지 않으면 우리도 공격을 안 하잖아요."

"그렇지만 우리 사상을 반대하지. 네가 지금 누리는 걸 이야기하는 거야. 우린 모든 걸 가질 수 있다고. 그렇다고 우리가 시민들을 괴롭히는 것도 아니잖아. 우린 가져도 돼. 우리 힘은 쓰기 위한 거야. 우린 지구에서 가장 상위의 존재가 될 수 있어. 너도 마찬가지야, 민우."

난 말을 조심스럽게 해야 한다고 생각했다.

"좋아요. 돌아갔으면 좋겠어요. 아까 거처에. 그리고 친구들을 보고요."

"좋다. 넌 친구들이 좋은가 보구나."

"네, 우린 그냥 평범한 아이들일 뿐이에요. 전 우리가 싸우지 않길 바라요."

난 마음속에 어떤 희망이 생겨났다. 스포츠카? 집? 내가 좋아하는 게임기들. 고전 게임기들까지 포함해서 그걸 갖는다고 뭔가 죄를 짓는 건 아니지 않은가? 그리고 소영이와 아이들과 즐겁게 지낼 수도 있을 거란 생각이 들었다. 마리 카우스와 난 거처에 돌아갔다.

난 조금 안도감을 얻었다. 일이 잘 풀릴 수도 있다는 생각이 들었다. 그는 나를 지하로 데려갔다. 거기 최신식 구조물들이 있었다. 마리 카우스 진영의 과학도 많이 발전했음을 알 수 있다. 일반 시중에는 못 보던 데스크톱 모니터 장비들이 눈에 띄었다. 거기서 한참을 더 내려갔다. 모든 게 하얀색으로 된 구조물들이었다. 더 내려간 후 나는 여러 개의 방이 있는 공간을 보았다. 여기 친구들이 있을 거라는 추정을 했다. 마리 카우스가 다른 사람들에게 명령을 하자 문이 다 열렸다. 한참 후에 아이들이 나왔다. 모두 볼 수가 있었다. 난 안도했다. 수지 숙희 지미 토비 마리아 아이작 엘리자베스 엘리자베스는 배에 붕대를 감고 있었다. 태호 그리고 소영이 다들 어딘가 안 좋아 보이진 않았다.

"민우야!"

소영이가 불렀다. 난 반가운 마음에 소영이에게 다가갔다.

"괜찮아, 소영아?"

"웅, 괜찮아. 너는?"

"난 괜찮아."

"마리 카우스를 너무 믿지 마…."

소영이가 작게 말했다. 그렇지만 마리 카우스는 들었을 것이다.

"걱정 마. 어쩌면 잘될 수도 있을 것 같아. 우린 더 이상 안 싸워도 될지도 몰라."

"민우야. 마리 카우스에게 무슨 이야기를 들었는지 모르겠지만 그는 그렇게 좋은 사람은 아니야. 걸러 들어야 해."

소영이는 눈살을 찌푸렸다.

"그래…"

"기지는 어떻게 됐는지 좀 알아봐 줘. 지금 어떻게 됐는지 알 수가 없어. 우린 여기서 초능력을 사용할 수가 없어."

"기지에 대해서 알아볼게, 걱정 마. 그가 매일 소영이와 친구들을 볼 수 있게 해 준다고 했어."

그리고 태호가 와서 내 손을 잡았다. 난 태호 손을 꽉 잡아 주었다. 그리고 우린 입을 맞출 뻔했지만 사람들이 보고 있어 그러지 못했다. 난 다른 아이들을 하나씩 살펴보았다.

"자, 약속대로 보여 줬으니 그만 가지."

마리 카우스가 재촉했다. 난 더 있고 싶었지만 자리를 떠야 했다. 난 최대한 그에게 협조하고 싶었다. 난 그가 좋은 사람이라고 믿고 싶었다. 우린 다시 위로 올라갔다. 올라갈 때는 엘리베이터를 탔다.

"민우 너의 방을 안내해 주지."

우린 다시 상층으로 올라와 고전적인 인테리어가 가득한 곳에 갔다 여기서 시골 냄새가 났다. 꼭 시골풍 인테리어 같았다. 매우 아늑하고 어렸을 때 들어갔던 장롱 냄새가 났다.

"여기가 자네 방이네. 일단 쉬고 있어. 저녁 먹을 때 부르겠네."

난 방에 들어왔다. 방이 크고 테스크톱과 모니터, 냉장고, 과자, 간식 같은 게 담겨 있는 곳이 보였고. 티브이도 있었다. 난 침대에 털썩 누웠다. 그리고 도로시가 다가왔다.

"넌 우릴 위해 해 줘야 할 일이 있어. 당장 가야 해."

"가야 한다고? 어딜? 지금?"

"그래. 난 이제 너의 편이야. 너도 우리 편이고. 그렇지?"

도로시는 초능력을 사용하진 않았지만 난 도로시 말에 빨려 들어가는 듯하다. 난 정신을 강하게 붙들었다.

"어딜 가자는 거야?"

"일단 따라와."

난 도로시를 따라갔다. 여자아이들이 있는 곳으로 보이는 곳에 다가섰다. 인형들과 예쁜 옷 화장품들 가발들도 있었다 무슨 용도인지는 알 수가 없었다. 그리고 작고 아담한 카페테리아도 있었다. 이곳은 꼭 작은 놀이공원 같았다. 난 동화 속에 들어온 듯한 착각을 했다. 도로시가 자기 방인듯한 곳으로 날 데려갔다. 거기 두 명의 여자아이가 있었다. 피크 색 머리를 한 아이와 빨간 머리를 한 아이 둘 다 백인이다. 도로시는 뒤를 돌아 나를 봤다. 그리고 진지한 표정이 점점 장난기와 섬뜩한 표정으로 변해 갔다. 난 도로시가 좀 이상한 아이였음을 느꼈다. 너무 뒤늦게 느낀 건 아닌가 하는 생각이 들었다.

"난 네가 여자 옷을 입었으면 좋겠어."

그 말에 난 얼어붙었다. 왜지?

"도로시, 왜 갑자기 여장을 하라는 거야?"

"그냥 해 줬으면 좋겠어. 그게 보기 좋거든."

난 도로시의 삐뚤어진 틈을 보았다.

"도로시, 난 여장을 하고 싶지 않아. 지금 그런 상황은 아닌 것 같아."

"그럼 나도 협력할 수 없어."

"무슨 협력?"

"넌 친구들을 구하고 싶지. 안전하게 온전하게 말이야. 내가 시키는 대로 하면 네가 원하는 대로 다 될 거야. 우린 더 이상 싸우지 않아도 된다고."

난 머리가 아플 지경이었다. 난 도로시를 바라보다 주변을 둘러봤다. 여긴 여자 옷이 많았다. 화장품도 많았고 난 결심을 해야 했다. 도로시는 좀 변태적인 여자아이인 것 같다는 생각도 들었다.

"좋아, 알았어."

난 도로시가 나에게 여자 옷을 입히도록 내버려 두었다. 도로시와 관계를 했었기에 기분이 이상하지는 않았다. 도로시는 나에게 빨간 원피스를 입혔다 치마 위에 가슴에 하얀색 천이 달린 예쁜 옷이었다. 그리고 날 화장시켰다. 그리고 나에게 양 갈래머리 가발을 씌웠다.

"좋아, 가만있어."

그리고 도로시는 나를 빤히 쳐다보더니 묘한 미소를 짓고 있었다 도로시와 헤어진 후 내 방에서 옷을 갈아입었다. 난 태호가 보고 싶었다. 누구에게 물어볼지 몰라 거실로 갔다. 자유롭게 다녀도 되는지 모르겠다. 난 지하로 내려가려다가 저지를 당했다. 몇몇 사람들이 지하 입구에서 지키고 있었다. 난 친구들을 좀 더 자유롭게 하고 싶었다. 도로시가 나에게 핸드폰을 주었다. 시중에 파는 것과 다른 느낌이 난다.

"이건 우리가 만든 거야. 우리랑만 연락이 가능해. 그리고 네가 어디 있는지 알 수 있지."

도로시가 말했다. 난 이 휴대폰이 일종의 수갑이라고 느껴졌다.

난 도로시에게 또 이용당하거나 속임 당하는 거라면 그만두고 싶지만 친구들이 있어서 어쩔 수 없었다. 도로시는 좀 이상한 아이 같다는 생각이 날 갉아먹었다. 도로시가 내 머리를 괴롭혔다. 난 머리가 아팠다. 약. 그 약, 정신과에서 처방받은 약을 못 먹은 지 오래됐다. 난 머리가 아프고 붕 뜨는 기분이었다. 정신 차리지 않으면 안 된다. 난 내 방으로 돌아갔다. 창문 밖에 달이 보였다. 구름이 달을 조금 가려 그림 같았다. 머리를 가라앉히려 침대에 누워 보았다. 잠이 안 왔다. 그 약이 필요하다. 이걸 도로시에게 이야기해야 한다. 도로시가 내가 정신병이 있다는 걸 알게 될 거다. 그것을 약점으로 잡아 날 괴롭힐 것 같다. 그 생각이 또 날 어둡게 만들었다. 우리가 졌다. 우린 이길 수 없다. 마리 카우스와 평화적으로 해결해야 한다. 내가 감당할 수 있는 문제가 아니다. 로버트 박사를 찾아가야 한다. 내일 바로 내일 해결해야 한다. 근심이 내 머리를 혼탁하게 만들고 있다. 그때 호퍼가 찾아왔다. 호퍼는 건강해 보였다.

"오랜만이야. 좀 괜찮을까 싶어서 가져왔어."

호퍼가 어떤 병을 가져왔다.

"그게 뭐야, 호퍼?"

"술이야. 위스키."

"호퍼, 난 미성년자야."

"미성년자라고? 맙소사. 게이에 미성년자라니. 넌 마치 22세기 펑크록 같구나."

"그게 무산 말인지는 모르겠다."

"너희들이 결국 패배했구나."

호퍼는 나를 보다 창밖을 바라봤다.

"패배라…. 결국 나와 마리 카우스의 싸움이었어."

"원래 싸움은 그래 가장 강한 사람들의 싸움에서 결말이 나지."

난 침대에 누워 호퍼를 바라봤다. 호퍼가 날 훑어봤다.

"젖가슴만 있으면 정말 여자 같구나."

난 눈을 동그랗게 떴다.

"넌 항상 이상한 말만 하는구나."

"차라리 여자로 살면 어때? 남자들 등쳐 먹고 살면 편하잖아. 남자는 항상 괴롭다고."

난 소영이를 떠올렸다. 지금 소영이는 전의를 상실했을 것이다. 소영이가 너무 보고 싶다. 호퍼는 나에게 가까이 왔다. 그리고 내 **뺨**을 만졌다.

"호퍼?"

호퍼는 자기가 무슨 일을 했는지 모른다는 듯이 손을 내렸다. 그리고 술을 마셨다.

"여긴 상황이 안 좋아."

난 머리를 기웃거리며 호퍼를 바라봤다.

"알고 보면 다 개새끼들이라고. 마리 카우스는 좀 정신이 나간 사람 같아. 뭔가 이상에 빠진 사람 같다고."

"마리 카우스가?"

"그래. 그리고 도로시가 항상 마리 카우스와 함께 뭔가 꾸미는 것 같아."

나도 도로시가 좀 이상하다고 생각하던 참이었다. 그렇다고 도로시 흉을 보고 싶지 않았다. 난 도로시가 마음 한편으로 우릴 생각해 주길 바랐다.

"도로시가 배신했지?"

난 허공을 바라봤다.

"그년이 배신했지? 그렇지?"

호퍼는 취했다.

"정말 개년이야. 그런 마녀가 무슨 비둘기 평화단이라고? 하하! 정말 웃겨. 이걸 한국 사람들이 알면 뒤집어질걸?"

호퍼에 말이 날 더욱더 늪으로 깊숙이 집어넣게 만들었다.

"그만, 호퍼. 난 자야 할 것 같아."

"이게 끝은 아닐 거라고 생각해. 부산에 기지가 있잖아. 거길 쳐들어가려면 한바탕 또 싸워야 할걸? 너희들 싸움은 아직 끝난 게 아니라고 생각해."

"그래…?"

호퍼 말에 난 또 혼란스러웠다. 마리 카우스가 뭘 꾸미는 걸까…?

호퍼는 나가지 않았다. 난 잠을 잘 수가 없었다. 호퍼가 옆에 있건 없건 난 잘 수 없다. 정신이 바짝 깨어 있었다. 약이 필요하다.

새벽에 호퍼가 곯아떨어졌다. 내 옆에 누워서 내가 이불을 덮어 주었다. 호퍼는 날 안았다. 난 그대로 내버려 두었다. 그냥 그대로 괜찮았다. 내가 정말 여자가 된다면 난 따스한 여성이 되고 싶다. 사람을 감싸 안아 주는 사람이 되고 싶다. 그러나 잠이 오지 않았다. 부드러운 여성이 된다는 환상이 나를 사로잡았다. 난 호퍼를 따듯하게 안아 주었다. 잠을 자려고 노력했다. 믿을 수 없을 정도로

빠르게 아침이 다가왔다. 내 눈가가 붉었다. 알람이 울었다. 누구를 위한 알람인지 모르겠다. 난 호퍼를 옆에 두고 일어났다. 그리고 샤워를 했다. 그날은 아침을 먹고 거처 정원에서 있었다. 꼭 옛날 생각이 많이 나는 정원이었다 쓸쓸하던 골목이 생각나고 어릴 적 돌아다녔던 거리 생각이 났다. 시골 같진 않지만 오래된 것들로 디자인된 정원 같았다. 난 빨리 마리 카우스에게 기지에 대해 물어보고 도로시에게 말해 약을 구해야 한다. 전원에서 나와 도로시를 만나러 갔다 여자들이 있는 구역으로 넘어갔다. 마주치는 아이들에게 도로시가 어디 있는지 물어보고 다녔다. 도로시는 화장대 앞에서 화장을 하고 있었다. 도로시의 눈 주변은 붉었다 입술은 꼭 뱀 같았다. 두툼한 입술에서 혀가 날름거릴 것 같았다. 과거에 요한이와 산에서 본 뱀이 떠올랐다. 난 그 뱀이 도로시였다는 생각을 하기 시작했다. 그게 또 내 머리를 지배하기 전에 도로시에게 다가섰다.

"도로시, 나 약이 필요해."

"뭐? 환각제 같은 거?"

"아니. 내가 먹던 약이 정확히 뭐였는지 모르지만 머리가 아파."

"뭐였는데. 어디가 아픈데?"

다른 아이들이 안 듣게 도로시에게 가까이 가서 조용히 말했다.

"나 정신분열 증상이 있어."

도로시는 나를 빤히 가만히 쳐다봤다. 도로시의 입술이 미세하게 올라갔다. 도로시는 날 보고 웃는 것 같았다. 도로시는 뱀 같았다. 잘 꾸며진 뱀.

"약을 어디서 구해다 줄까?"

"정신과…."

"알았어, 날 따라와. 우리 거처에 작은 병원이 있어."

난 도로시를 따라갔다. 이 집은 정말 아기자기했다. 꼭 놀이동산에 테마파크 같았다. 작은 병원이 있었다. 의사가 있었는데 흑인이다. 그는 나와 30분 정도 대화를 나누었고 적절한 약을 처방해 주었다. 참았다가 저녁에 먹으라고 말해 주었다. 내가 밖으로 나오자 갑자기 도로시가 내 약을 집었다.

"왜?"

"약은 내가 갖고 있을게."

"왜? 어째서?"

"너에게 중요한 것 같아서. 걱정 마. 내가 보살펴 줄 테니."

난 마음이 조급해졌다. 약을 안 먹어서 그런 것일 수도 있다고 생각했다. 난 자제하지 못했다. 도로시에게서 약을 다시 찾아오려고 했다.

"내가 편하게 해 줄게."

도로시가 내 머리에 손을 얹었다. 난 두통과 조바심이 가라앉았다. 마음이 편안해졌다.

"자, 걱정 마. 넌 내가 돌봐 줄게. 우리 커피 마시러 가자."

난 도로시를 따라 커피를 마시러 갔다. 얌전히 따라갔다. 지금은 머리가 평화로웠다. 그리고 멍했다. 도로시가 주는 아이스 아메리카노를 시원하게 마셨다. 난 얌전히 도로시를 따랐다.

"여기서 쉬고 있어. 난 마리 카우스를 만나고 올게."

도로시는 자리를 비웠다. 마리 카우스와 만나 무엇을 하는 걸까?

그렇지만 지금은 당장 가만히 앉아 멍하니 있는 게 편했다. 나도 마리 카우스를 만나고 싶었다. 도로시가 돌아온 후 만나러 가야겠다는 생각이 들었다. 도로시나 마리 카우스도 약점이 있을까? 약점을 안다고 해도 난 싸움으로 이 상황을 변화시키기 어렵다고 생각한다. 도로시가 돌아오고, 난 마리 카우스를 만나러 갔다.

"우리 기지는 어떻게 됐죠?"

마리 카우스는 포도주를 마시고 있었다.

"자네들 기지는 안 건드렸네. 여긴 자네와 자네 친구들만 있어. 기지 쪽하고는 곧 협상을 할 거야."

"설마 우리를 인질로 잡아 협상을 하실 건가요?"

"그렇지는 않을 거네. 걱정 말고 여기서 편하게 지냈으면 좋겠네."

"친구들을 풀어 주시면 안 될까요?"

"자네는 좀 순진한 면이 있는 것 같아. 그 친구들은 위험해서 풀어 줄 수 없네."

난 순진하다는 말에 마음이 약해졌다.

"그렇지만 친구들은 보고 싶을 때 보게 해 주겠네."

그 말에 나는 바로 친구들을 보러 갔다. 아래로 내려가 소영이와 아이들을 만났다. 난 소영이에게 기지에 대한 이야기를 해 주었다.

"우리를 인질 삼아 거래를 할 거야. 마리 카우스는 항상 그 점을 노리고 있어."

소영이가 말했다. 다행히 아이들은 괜찮아 보였다.

"민우야. 적들에게 너무 마음을 쓰지 마. 도로시가 널 유리한 쪽으로 조종할 수도 있어. 방심하지 마."

소영이는 날 걱정했다. 아이들은 기운이 없어 보였다.

"기회를 보고 여기서 빠져나가야 해."

소영이가 말했다. 소영이는 반격을 생각하는 것 같았다. 난 그게 위험하다고 판단했다. 잘하면 우린 평화적으로 해결할 수 있을 거라고 생각한다.

"소영아. 마리 카우스와 이야기를 잘하면 우린 싸우지 않아도 될지 몰라."

소영이는 나를 빤히 처다봤다.

"민우야 그런 생각하면 안 돼 마리 카우스와 도로시는 생각 이상으로 위험해."

난 그 말을 믿고 싶지 않았다. 내가 너무 순진한 걸까? 난 머리가 아팠다.

"괜찮아? 민우야?"

수지가 물었다.

"응 괜찮아 도로시가 약을 구해다 줬어."

"도로시를 너무 믿지 마."

소영이가 말했다.

"그래…."

13

다음 날 나는 맑은 정신으로 일어났다. 이쪽 아이들과 아침을 같이 먹었다. 그중에 우종이가 있었다. 우종이는 날 노려봤다. 난 불안감이 생겨나 밥을 제대로 먹지 못했다. 우종이만 보면 불안하고 몸이 떨렸다. 여기 오고 나서 우종이와 부딪친 적은 없지만 불안감은 가시지 않았다. 난 정원 쪽으로 가서 마음을 가라앉혔다. 호퍼가 나를 따라왔다.

"어디 안 좋아?"

호퍼가 물었다. 지난번에 내 얼굴을 쓰다듬은 이후로 호퍼가 불편해졌다. 나에겐 사람을 끌어당기는 힘이 있으리라 생각된다. 태호도 토비도 다 그렇게 나를 선택한 것 같다. 난 그렇게 단정 지었다.

"그냥 속이 안 좋아서."

호퍼는 내 옆에 앉았다. 난 호퍼가 앉도록 옆으로 조금 자리를 옮겼다. 호퍼는 내 귀를 쳐다보는 것 같았다. 그 시선이 느껴졌다. 정원 쪽으로 나오면 내 능력을 어느 정도 사용 가능한 걸로 추정이 된다.

"여기서 무슨 일을 해?"

호퍼에게 물었다.

"응, 밖에 나가서 사람들을 돕거나 시민들에게 안 좋은 일이 생기면 우리가 도와줘."

"좋은 일 하네."

"그래, 우린 악당은 아니야."

"그렇지만 지난번에는 도망쳤잖아."

"응. 다시 잡혀서 정신 개조를 당할 뻔했지만 너희들이 붙잡혀오고 나서 나에 대한 관심은 사라졌어. 지금도 조금 걱정되지만…"

호퍼는 내 얼굴을 빤히 쳐다봤다. 난 앞을 보고 있었지만 호퍼가 내 얼굴 옆을 쳐다보는 게 뜨겁게 느껴졌다.

"호퍼?"

난 호퍼를 조용히 불렀다.

"응… 왜?"

"나에게 관심 있어?"

호퍼는 말이 없었다. 호퍼는 땅바닥을 보았다. 바닥에 개미들이 있었다. 어딘가로 이동하고 있었다.

"나는 네가 좋아. 넌 착한 것 같아."

그 말에 난 조금 안도를 했다. 난 착하다기보다는 소영이나 태호 마리 카우스 도로시 같은 주변 사람들을 생각하면 난 순진한 사람 같았다. 항상 바보같이 좋은 쪽만 생각하는 것 같았다. 마리 카우스와 잘 대화를 하면 이 모든 상황들이 잘 될 거라는 생각도 그러하다. 정말로 내 생각대로 모든 일이 잘될까?

"넌 좋아하는 사람이 있지? 태호인가?"

"응. 난 태호를 사랑해."

"그래, 그렇구나."

호퍼는 말이 없었다. 도로시가 준 모바일에 알람이 왔다. 도로시가 나를 찾는 것 같았다. 난 자리에서 일어난 후 호퍼에게 가볍게 인사하고 도로시를 보러 갔다. 도로시는 분홍색 옷을 입고 있었다. 짧은 치마에 도로시의 예쁜 다리가 드러나 있었다. 도로시는 꽃 같았다.

"무슨 일이야?"

"나랑 기지에 가자."

"기지? 우리 기지?"

"응, 걱정 마. 쳐들어가는 거 아니니까."

"가서 뭐 하려고?"

"그냥 대화만 나눌 거야. 우린 평화적으로 다가설 거야. 정말이야."

도로시는 눈에 힘이 들어갔다. 도로시는 더욱더 마녀 같았다. 난 도로시를 믿을 수가 없었다. 처음부터 그런 느낌이 들었지만 난 그걸 무시했던 것 같다. 불안했지만 내가 같이 가는 거라 여차하면 난 도로시를 제압할 생각이다. 여전히 난 머리 위에 보호막을 만들 수 있다. 소영이와 오랜 훈련을 통해 가능한 일이다. 마리 카우스가 준 스포츠카를 타고 우린 부산으로 출발했다. 가면서 여기가 어디인지 알 수 있었다. 여긴 강원도 춘천이었다 이들이 여기 기지를 세우고 있는지 미처 알 수 없었다. 한참을 가서 부산에 도착했다. 도로시와 나 단둘이만 왔다. 우린 가볍게 점심을 먹고 기지로 향했다. 혹시나 도로시가 날 속이는 거면 어쩌지 하는 생각도 들기 시작했다. 도로시는 날 불안하게 했다. 그러면서도 난 이 상황을 멈출 수가 없었다. 지금 도로시에게 조종 당하는 거라면 난 그것을 느낄 수가 없었다. 멈출 수가 없다. 도로시는 날 완전히 장악하고 있었다. 그리고 잠시 후에 마리 카우스도 왔다. 그가 오는 줄을 모르고 있었다.

"약은 잘 들어?"

"웅. 지금 괜찮아."

도로시는 내 손을 잡았다. 무척 부드러웠다. 그렇지만 차가웠다. 도로시와 함께 골목을 들어가 기지 입구로 들어갔다. 단말기를 누르고 우린 아래로 내려갔다. 기차역에 도달했다. 기차역 앞에 이미 누군가 서 있었다. 난 조금 놀랐다. 알렉스다. 알렉스가 우릴 기다리고 있었다.

"민우, 괜찮아?"

알렉스가 물었다.

"전 괜찮아요. 사정을 설명해 드리고 싶지만 어떻게 말해야 할지 모르겠어요."

"괜찮아, 민우야. 넌 어쩔 수 없었던 거야. 아이들은 괜찮아?"

"소영이와 아이들은 괜찮아요."

"그래. 민우의 생각은 알고 있어. 민우는 선하구나."

내가 선한 인물일까?

"마리 카우스. 이제 어쩔 생각인가?"

"알렉스 나 역시 평화적인 해결책을 원하네."

마리 카우스는 조금 앞으로 걸어가 말을 했다.

"난 우리가 협동해야 한다고 생각해."

협동이라고? 우리가 다 하나가 된다는 건가? 그럼… 괜찮겠지? 문득 난 요한이가 생각났다. 그렇지만 요한이의 안부를 지금 물어보기가 좀 그랬다.

"요한이는 괜찮아, 민우야."

알렉스는 내 마음을 읽는 것 같았다. 마리 카우스의 생각도 읽을까? 아니, 불가능하다. 마리 카우스는 헬멧을 쓰고 있다. 마리 카우스는 뜸을 들이다 말을 꺼냈다.

"난 알렉스의 기지와 우리가 가진 공권력, 또 우리의 기지를 모두 공유하기를 바라네. 그럼 우린 더 이상 싸우지 않을 거야."

"그래? 근데 걱정되는군. 도로시의 환영이 우릴 사로잡을지."

알렉스가 답했다. 도로시의 환영은 분명 강력하다 내가 쓰는 힘 이상일지도 모르겠다.

"도로시는 우리의 편이야. 너희들에게도 도움을 줄 수 있을 거야."

마리 카우스는 주먹을 앞으로 쥐며 말했다. 꼭 스타워즈의 다스 베이더 같았다 헬멧 때문에 더욱더 그렇게 보인다. 알렉스는 잠시 고개를 아래로 숙였다.

"마리 카우스, 자네는 괜찮아. 전술적으로 뛰어난 자네의 수법은 정직하네. 그렇지만…"

알렉스는 잠시 우리에게 다가왔다.

"도로시는 제어할 수 없지 않나? 자네도."

마리 카우스는 잠시 생각을 하듯 뒤로 돌아 걸었다. 그리고 양손으로 난간을 잡은 뒤 다시 뒤를 돌아 보며 말했다.

"도로시에게 원하는 걸 주면 돼."

알렉스는 눈을 크게 뜨며 말했다.

"원하는 게 뭔데?"

마리 카우스는 다시 앞으로 걸어와 내 어깨를 잡았다.

"민우, 자네. 도로시가 자넬 갖고 싶어 하는 것 같아."

무슨 뜻이지?

"저요? 저는 물건이 아니잖아요."

난 침착하게 대답했다.

"그런 뜻이 아니야. 그냥 도로시 곁에 있어 주기만 하면 돼. 좋은 친구로서."

난 도로시와 세 번 잠자리를 가졌다. 친구 이상으로 발전하면 태호는 어쩌란 말인가?

"민우, 자네 선택에 달려 있네. 신중하게 선택해야 해. 지금 나 알렉스는 평화협정을 맺을 수 있다고."

맙소사 이건 내가 어찌할 수 있는 일이 아니다. 이 평화 협상을 위해 난 도로시와 함께해야 한다. 거절할 수 없는 조건이다. 난 알렉스를 바라봤다. 알렉스는 난 따듯한 눈으로 바라보았다. 평화..

"좋습니다. 제가 도로시와 같이 지내며 위험한 일 없이 조심히 지넬게요."

난 답을 해 버렸다. 태호는 어쩌지. 태호 생각에 난 얼굴이 붉어졌다. 또 나의 성욕이 솟아난다. 난 참아야 한다 이런 걸 알렉스가 읽고 있다면 곤란하다.

"좋아, 그럼 좀 더 구체적인 대화를 나눠 보지."

알렉스와 마리 카우스는 대화를 나누러 갔다. 내가 낄 수 있는 자리는 아니다. 그들은 헤어져 기차를 타고 기지로 들어갔고 난 밖으로 나와 그냥 길을 걸었다. 저녁이 되어 야경이 화려했다 여전히 놀러 온 사람들로 가득했다. 요한이를 보고 가진 못 하지만 좀 더 걷다 운전해서 도로시에게 가야 할 것 같다. 그리고 소영이에게 이 소식을 전해 주고 싶었다. 난 소영이가 보고 싶었다. 그리고 걱정됐다. 난 도로시가 슬슬 무서워지기 시작했다. 내가 어쩌면 도로시를 달랠 수 있을지도 모른다. 문제는 도로시가 무슨 생각을 하는지 알 수가 없다는 것이다. 난 한참을 운전해서 도로시가 있는 기지로 돌아왔다. 기지는 아름다웠다. 불빛들이 꼭 크리스마스 트리 같았다. 난 집 안으로 들어가 사람들을 살펴보았다. 이제 평화롭게 지내도 된다니 난 마음이 놓였다. 이 소식을 소영이에게 빨리 전해 주고 싶었다. 난 소영이와 아이들이 있는 곳으로 내려갔다, 세 명의 아이가 지키고 있었다. 그들은 날 알고 있다. 내가 마리 카우스와 가깝다는 것도 알고 있다. 그들은 날 들여보내 줬다. 소영이는 밖에 나와 있었다. 문은 다 열려 있었다.

"민우야."

소영이가 날 불렀다. 난 소영이를 반갑게 바라보았다. 난 소영이에게 알렉스와 마리 카우스가 만남을 이루고 모든 일이 잘 될 거라고 이야기해 주었다. 그리고 태호가 옆에 와서 내 손을 잡았다. 난 태호와 키스를 나누었다. 태호의 혀가 촉촉했다. 그리고 부드러웠다. 태호는 내 손을 꼭 잡았다. 내 부드러운 이마를 만졌다. 내 볼을 쓰다듬었다. 난 흥분하지 않았다. 다른 아이들이 보기 부끄러워 흥분을 참았다. 태호는 날 안았다. 내 몸을 꼭 끌어안았다. 난 태호의 머리를 쓰다듬었다. 태호 몸에서 좋은 냄새가 났다.

"민우야. 그 정도만 하고, 밖의 상황 좀 이야기해 봐."

엘리자베스가 말했다. 소영이가 앞에 서서 아이들에게 상황을 설명해 주었다. 난 태호와 이야기를 나누었다.

"태호, 이제 다 잘될 거야. 모든 게 평화롭게 해결될 거야."

"진짜? 그걸 어떻게 확신할 수 있지?"

"알렉스와 마리 카우스가 평화 협정을 맺을 거야. 그럼 우린 더 이상 안 싸워도 돼."

태호는 심각한 표정을 지었다. 그러다 표정이 다시 부드러워졌다. 태호는 날 사랑스럽게 바라봤다. 내 위로 말려 올라간 머리를 만졌다 그리고 내 손을 잡고 부드러운 면을 쓰다듬었다. 난 얼굴이 붉어지고 호흡이 가빠졌다. 우린 뽀뽀를 했다. 태호 입이 촉촉했다. 난 태호와 내 방에 가고 싶었다.

"곧 여기서 나가게 될 거야. 그럼 기지로 돌아가자."

내가 말했다.

"그래, 그러길 바라. 일단 상황을 좀 더 지켜보자. 서두르지 마."

태호는 내 이마에 뽀뽀를 했다. 난 여자아이가 된 기분이 든다 소녀 같은 마음이 생겨나기 시작했다. 내가 태호의 연인이 되었으면 치마를 입고 태호 팔짱을 끼고 마음대로 돌아다니고 싶었다.

난 도로시가 가져다준 약을 생각하고 있었다. 그게 있으면 괜찮아질 것이다. 이러다 약에 의존하면 어쩌지. 엘리자베스가 날 바라봐 난 감지하고 엘리자베스를 봤다.

"민우야 내 기분 좀 나아지게 해 줄래?"

난 거리낌 없이 엘리의 손을 잡아 주었고 기분을 좋게 만들어 주었다. 우리 아이들은 불안해하고 있었다.

"민우는 이제 고3이지?"

어떤 소녀가 물었다. 꼭 이상한 나라의 앨리스 같은 소녀다. 복장도 꼭 엘리스 같은 복장을 입었다. 자세히 보니 아시아 아이 같다. 머리는 금발이다.

"응, 어떻게 알았어?"

"응, 난 그냥 알아."

"고등학교 3학년인데 이제 시간이 지나 수능생일걸?"

내가 말했다.

"너도 군대에 가겠네?"

아차, 난 군대 생각을 전혀 해 본 적이 없다. 요한이랑 국가의 부름이라는 말로 끊임없이 말장난 쳤던 기억이 났다. 마리 카우스와 알렉스와 대화가 잘되면 요한이부터 빨리 봐야 한다는 생각이 들었다. 나의 소중한 친구… 토비가 내 곁에 붙었다. 내 옆에 찰싹 붙어 앉았다. 난 왜 그러나 싶어 토비의 기를 읽어 보았다.

"날 보호해 주게?"

내가 토비에게 물었다. 토비는 날 기묘한 눈빛으로 바라보았다.

"그래, 널 보호해야겠어. 넌 왜 여기저기 붙어 다녀? 저 도로시랑도 하고, 태호랑도 하고. 너 난잡하구나."

토비 입에서 그런 말이 나올 줄이야.

"토비 너도 난잡해. 날 이렇게 만들었잖아."

토비는 고개를 돌려 앞을 봤다. 그리고 토비만의 냉담한 표정을 지었다. 토비의 두툼한 입술을 구겼다.

"아냐 네가 날 그렇게 만든 거야. 너에게 그런 능력이 있다고 생각해."

"내가 무슨 능력? 전파 공격?"

"아니, 넌 사람을 잡아당겨. 이제야 알 것 같아. 너도 도로시와 같은 마녀야."

토비가 날 쏘아붙이는 건가?

"난 남자야, 토비."

"그래, 여자처럼 생긴 남자지. 그게 기묘하단 말이야."

토비가 평소에 쓰지도 않는 기묘하다는 단어를 사용한다. 준비해 둔 말인가?

"내가 어떤데?"

내가 따져 물었다. 나도 모르게 토비 손을 잡았다.

"너의 눈."

내 눈?

"네 입술."

내 입술….

"너의 뽀얀 볼, 이마."

"응…."

"그런 게 날 미치게 만든다고. 넌 괴물이야. 민우 너도 마녀야."

토비가 나에게 그런 말을 한 게 난 마음이 불편했다. 아프기도 했다. 나더러 어쩌란 말인가. 내 눈에 눈물이 그렁거렸다. 토비가 날 보더니 손으로 내 눈물을 가져갔다.

"널 사랑하는 것 같아."

토비가 말했다.

"안 돼, 토비. 우린 안 돼."

내가 답했다. 태호가 내 옆에 앉았다. 토비는 내 손을 잡아 손등에 부드러운 면을 문질렀다. 태호도 토비와 나를 모른 체 내 손을 잡았다. 두 손으로 꼭 잡았다. 난 두 남자의 손을 잡게 되었다. 영원히 풀릴 것 같지 않았다. 도로시가 앞으로 다가왔다. 팔짱을 끼고 내 머리에 씌워져 있는 빨간 머리띠를 만졌다. 그러던 와중에 정문을 통해 마리 카우스가 왔다. 그는 비장한 표정으로 들어왔다. 눈 사이에 주름이 생겼다. 주름이 너무 깊어 긴 그림자가 생겼다. 눈빛은 차가웠다, 마리 카우스는 꼭 독일 사람 같은 인상이다.

"우리는 이제 더 이상 싸우지 않는다. 우린 이제 적이 없다. 알렉스 군단들과 화해를 이루었다."

난 마음의 무게가 덜어지는 것을 느꼈다. 이제 해방이다. 더 이상 누구도 싸우지 않는다. 누구도 죽지 않는다. 난 소영이를 바라봤다. 그렇지만 소영이 얼굴에 그늘이 졌다. 그 이유를 알 수 없어 두려웠다.

"민우야. 너 항상 여자 옷 입고 다녀도 괜찮아. 여기 아이들은 다 입고 싶은 데로 이어 넌 자유야."

여자 옷을 입고 다닌다고, 난 싫다. 이 모든 건 태호를 위해서다. 태호가 원치 않으면 난 입을 이유가 없다. 난 도로시를 뒤로하고 태호와 손을 잡고 정원에 갔다.

"나 요한이를 만나고 와야겠어."

"그 먼 곳에? 부산이잖아."

"응. 요한이가 걱정돼."

"응… 그래, 이해해."

"같이 가 줄래?"

태호가 웃었다.

"그럼 같이 가자."

난 주방에 가서 물과 초코바 같은 걸 챙겼다. 여긴 주방이 상당히 넓다. 난 빵도 챙겼다. 그냥 맛있어 보여서 챙겼다. 하얀 크림이 가득했다. 그걸 다 싸 가지고 기다리는 태호에게 갔다. 난 차를 빼서 태호를 옆에 태우고 부산으로 향했다. 가면서 태호가 내 머리카락을 만지고 놀거나 내 허벅지를 만졌다. 난 다 받아 주었다. 그러다 태호는 잠들었다. 난 멍하니 부산까지 운전해서 기지 앞까지 갔다. 태호는 잠결에 비몽사몽에 따라왔다. 난 급하게 기지로 내려가 기차를 타고 안으로 들어갔다. 몇몇 아이들이 입구를 지키고 있었고 내신원을 밝히자 들여보내 줬다. 그들은 날 알아봤다. 그들에 눈에는 내가 슈퍼히어로처럼 보이는 것 같다는 기가 느껴졌다.

"요한아?"

"야, 진짜 오랜만이다. 어떻게 지낸 거야?"

"정말 많은 일들이 있었어."

요한이는 안경을 쓰고 공부를 하고 있었던 것 같다.

"민우야, 적들과 화해했다면서?"

"응. 잘됐지?"

요한이는 깊은 생각에 잠긴 듯하다. 요한이는 책을 내려놓고 심각한 표정을 짓다 말을 꺼냈다.

"우리, 집에 돌아가야 하지 않을까?"

"집에?"

"응, 이제 다 끝났잖아. 이제 안전하니 집에 가야지."

난 말문이 막혔다. 이 안에 모든 복잡한 관계들을 버리고 집에 가면 아마도 난 다시 이곳으로 돌아오지 못할지도 모른다. 할 말을 생각하지 못했다.

"민우는 여기 있고 싶은 거지?"

요한이가 내 문제를 정확히 짚었다.

"난 여기서 좀 더 지내고 싶어."

"부모님 안 보고 싶어?"

"그냥 안전한지만 확인하고 싶어. 이 모든 걸 설명하기가 복잡해."

난 말을 얼버무렸다. 내가 겪는 모든 상황은 받아들이기 어려울 정도로 버겁긴 하지만 이 테두리에서 벗어나고 싶지 않았다. 이 테두리가 날 가두고 있다. 너무 많은 것들이 나와 연결되어 있다. 사람들 초능력 현실에서 발견할 수 없었다. 다른 공간들 이걸 어떻게 버리고 평범한 나로 돌아간단 말인가.

"그냥 사실대로 이야기해. 네가 그 뭐냐, 비둘기 평화단인가? 거기

소속이라고. 초능력이 있다고."

요한이가 해결방안을 제시했다. 그렇지만 뭔가 찜찜했다.

"나중에 이야기하자, 요한아."

그리고 난 요한이랑 밥을 먹으러 갔다. 집 이야기는 더 이상 꺼내지 않았다. 여기 음식은 여전히 맛있었다.

"젠장, 계집애같이 생겼네."

마리 카우스 쪽이나 여기나 차이점이 뭔지 모를 때가 많다. 왠 백인 녀석이 날 웃으며 바라봤다.

"소문대로 정말 여자 같잖아? 호르몬의 변화라도 생긴 거야?"

난 대꾸하지 않으려다가 그냥 말했다.

"그냥 이렇게 변했어. 신경 꺼."

그는 더 이상 나에게 말을 안 걸었다. 하마터면 녀석에게 전파를 날릴 뻔했다. 녀석의 얼굴이 찌그러지는 게 머릿속에서 선명하게 상상이 된다. 난 머리가 아팠다. 저녁이 되니 약을 먹을 수 있다. 조금 후에 태호가 왔다. 자기 짐을 정리하고 왔다고 한다.

"그럼 우린 여기서 지내도 되겠네?"

태호가 말했다.

"너네 혹시 결혼할 거야?"

요한이 말에 난 웃었다. 환하게 웃었다.

"결혼할 수도 있지. 내가 예쁜 드레스를 입고 태호랑 입장할 수 있을지도 몰라. 요한이가 진행을 해 줄래?"

요한이는 당황해했다.

"정말 결혼하게? 어디서?"

난 그리고 할 말을 잃었다. 더 이상 진행되지 않는다, 이 이야기는. 난 태호를 물끄러미 바라봤다. 태호 얼굴에 미소와 근심이 섞여 있다.

"결혼은 에버랜드에서 하고 싶어."

"너 에버랜드 참 좋아하는구나, 태호."

내가 물었다.

"응. 아름다운 정원이 있어. 저녁이 되면 환상적일 거야. 조명이 정말 아름답거든."

태호는 감성적이다. 착한 아이다. 난 태호가 내게서 달아날까 무서웠다. 난 태호 손을 잡았다. 태호도 내 손을 꼭 잡았다.

우리가 너무 어릴 때 모든 일이 벌어졌다. 우린 앞날을 알 수가 없을 것이다.

🐾 14 🐾

    난 예쁜 신부가 되는 꿈을 꾸다 일어났다. 편안해서 좋다. 여긴 알렉스 기지의 내 방이다. 전에 도로시와 같이 있던 자리에서 다시 요한이와 같이 있는 방으로 왔다. 난 늦잠을 잤다. 개운하게 일어나 샤워를 했다. 그리고 아침을 먹으러 갔다. 요한이는 수업을 들으러 간 것 같다. 난 저녁에 약을 먹어서 좀 무기력했다. 그때 갑자기 난 머리에 보호구를 씌우는 능력을 발동했다. 그렇지만 아무도 날 공격하지 않았다. 신경 쓰지는 않았다. 내가 너무 많은 일들을 겪어 그런 것이라 생각했다. 더 이상 이 보호구는 이 상상 속에 보호막은 쓸 일이 없을 거라 생각된다. 난 아침을 먹고 요한이와 인사를 나눈 뒤 마리 카우스 쪽에 갈 생각이다. 거기 소영이 일행들과 같이 있고 싶었다. 아 그전에 윤아도 보고 가야겠다.

"나도 같이 가!"

윤아가 많이 화나 있었다.

"나만 빼고 오빠랑 언니들만 활동해? 나도 전에 오빠를 구해 준 적이 있잖아. 나도 데려가."

난 소영이에게 전화를 걸었다. 이제 통화를 자유롭게 할 수 있다. 소영이가 윤아도 데려오라는 말을 했다. 난 윤아와 태호 와 같이 마리 카우스 쪽으로 향했다. 우린 차 안에서 그리 많은 대화를 나누지 않았다. 윤아는 좀 들떠 있는 것 같았다. 난 마리 카우스 쪽에 질안 좋은 아이들 때문에 걱정이 됐다. 그렇지만 윤아는 강하다. 도착 후에 난 윤아를 데리고 다니며 이쪽 건물에 대해서 내가 아는 대로 안내를 해 주었다.

"결국 도로시가 배신한 거네."

"그래, 윤아야. 지금은 같은 편이니까 신경 쓰지 마."

"한 번 배신했다면 두 번 할 수도 있어."

난 그러지 않길 바랄 뿐이다. 윤아와 소영이 일행들이 만났다. 오랜만에 보니 다들 반가워하는 것 같았다.

"소영아. 우리가 여기 있을 필요는 없지? 기지로 돌아가 도 되겠지?"

내가 소영이에게 물었다.

"아직, 잠깐."

소영이는 내게 속삭이듯 말했다.

"잠시 여기서 상황 좀 지켜보다 가자."

소영이는 아직 이 모든 상황이 의심스러운 것 같다. 나 역시 너무 빨리 안정을 느끼는 거 아닌지 모르겠다. 우린 다 같이 모여 커피를 마셨다. 윤아도 커피를 마시겠다고 호기를 부려 커피를 주었다. 역시나 토비가 내 옆에 바짝 붙어 앉았다. 날 보호하고 싶어 하는 것 같았다. 이쪽 아이들이 토비를 매우 경계하면서 두려워했다. 아마 과거에 토비와 크게 싸운 것 같다. 몇몇 아이들은 토비에 대해 잘 알고 있는 것 같다. 그리고 난 우종이를 보았다. 난 몸이 떨리고 말이 안 떨어졌다. 몹시 불안하고 순간적인 틱장애가 오듯이 몸을 까딱였다. 난 우종이가 두려웠다. 우종이는 날 묘한 표정으로 바라보면서 시야에서 사라졌다. 난 내가 성추행이라든가 강간을 당할 줄은 상상도 못 했고, 역시나 난 아직도 받아들이지 못하고 있다. 그리고 가랑이 사이가 움찔거렸다. 난 이 모든 반응들이 두렵고 불편했다. 그리고 불쾌했다. 우종이 몸이 내 몸에 들어오는 느낌을 지울 수가 없다는 것을 알게 되었다. 그때 내가 단호하게 공격만 했어도…. 이런 생각들이 꼬리에 꼬리를 물고 날 괴롭혔다. 그때 도로시가 왔다. 아이들은 모두 도로시를 바라봤다. 여전히 도로시는 배신과 속임수를 벌인 사람이라 여겨지는 것 같다. 도로시가 내 머리에 손을 올렸다. 그러더니 내 근심을 줄여 주었다. 도로시와 소영이 나 이렇게 이런 능력을 갖고 있는 것 같다. 도로시는 내 생각까지 읽는 걸까? 만약 도로시의 이런 능력에 의존한다면 난 도로시에게 해어 나오지 못할 거라는 생각이 든다. 그렇지만 도로시는 너무 아름다웠다. 아주 빨간 꽃 같았다. 도로시의 붉은 볼에서 빨간색 물감이 흘러내릴 것만 같았다. 도로시는 조금 머물다 다른 곳으로 갔다.

"민우야. 도로시랑 너무 가까이 있지 마."

엘리자베스가 말했다. 그렇지만 멀어지기도 쉽지 않았다.

"응…."

난 힘없이 답했다. 우린 다 같이 자주 붙어 있었다. 소영이를 중심으로 정말로 이것이 평화인지 또 다른 속임수인지 알고 싶은 것 같았다. 여기 있는 아이들도 우리 쪽 기지 아이들과 별반 다를 것이 없어 보였다. 우리보다 수가 적을 뿐 다들 골고루 능력을 가지고 있는 것 같았다. 여기는 아침 점심 저녁을 큰 식당에서 모여서 먹었다. 나는 주로 도로시를 따라 밖에 나가 사람들을 돕거나 했다. 가끔 범죄 관련된 일도 우리가 처리하는데 나는 참여하지 않았다. 도로시는 내가 힘 조절이 아직 정교하지 않아 사람의 머리를 터뜨려 버릴 것 같다고, 날 빼고 범죄 관련 일을 보곤 했다. 우린 자주 저녁에 나가 동네를 돌았다. 심야 범죄를 예방하자는 의도였다. 비둘기 평화단은 생각했던 것과는 달리 의외로 사회에 많이 기여하고 있었다. 우린 여기서 마리 카우스가 우리가 적대시하던 악당이었는가에 대해서 애매모호해짐을 느꼈다.

"도로시. 전에 우리를 왜 찾아다닌 거야. 우리가 싸웠을 적에."

내가 도로시에게 물었다.

"그냥 신경 쓰여서."

도로시는 성의 없게 답을 했다. 난 여기 어떤 음모론이 있을 거라고 생각을 하면서도 요즘의 평화로운 나날들 때문에 이 이상 생각하는 걸 멈췄다. 난 도로시가 주는 약을 꾸준히 먹었다. 어떻게 처방을 받아 오는지는 모르고 그냥 먹었다. 소영이는 조만간 기지로 돌아가자고 이야기했다. 소영이는 과거에 빼앗겼던 아이들과 자주 지냈다. 그 아이들을 기지로 데려가고 싶어 하는 것 같았다.

그 아이들은 정신이 다른 곳에 팔려 있는 것 같았다. 왜 지금은 마리 카우스가 아이들을 놓아 주었을까, 그에 대해 의문을 가지고 있지만 딱히 어디서 그 근원을 찾아야 할지 알 수가 없었다. 생각해 보면 모든 게 위문투성이였다. 갑자기 평화를 제안한 마리 카우스나 과거에 빼앗긴 아이들 소영이가 아직 마리 카우스 진영을 의심하고 있는 이유이기도 하다. 그렇지만 우리가 이상한 조짐을 보이면 이 평화가 깨질까 봐 함부로 행동하지는 못했다. 가끔 호퍼가 나를 찾아왔다. 호퍼는 나와 이야기하는 걸 좋아했고 우린 아무 이야기나 두서없이 했다. 호퍼는 꼭 태호가 없으면 나에게 다가왔다.

"요즘 어때? 우리 악당들이 요즘에는 착한 일을 많이 하는 모습을 보이지?"

"난 너희들이 정말 착한 사람이길 바라."

"그래? 너무 많은 걸 바라는구나."

호퍼는 여전히 껄떡댄다. 갑자기 호퍼가 내 다리를 만졌다. 그리고 허벅지를 문질렀다. 난 멍하니 있다가 호퍼의 손을 치웠다. 그리고 난 그와 눈이 마주쳤다. 태호가 그걸 보고 그냥 지나쳐 버렸다. 앞으로 이런 일은 조심해야겠다고 생각했다. 태호가 얼마나 알고 있을까? 도로시에 대해서 도 알고 있을까? 태호는 그다지 이런 부분에 대해서 말을 하지 않았다.

"호퍼, 날 좋아해?"

내가 직설적으로 물었다. 호퍼는 당황하지 않았다.

"혹시 네가 날 유혹했어?"

"뭐? 내가 언제 널 유혹했어? 너 게이 싫어하잖아."

호퍼는 고개를 아래로 숙이고 말이 없었다.

"미안…. 난 이만 사라져 줄게."

호퍼는 자리에서 일어나 가 버렸다.

내가 언제 호퍼를 유혹했나? 난 잠시 생각에 잠겨 있었다. 난 유혹한 적이 없다. 초능력이 생기고 나서부터 사람들이 나를 좋아하기 시작했다. 그 이전에 나는 어떤 사람이었을까. 난 눈에 띄지도 않고 사람들과 잘 어울리지 못하는 사람에 불과했다. 이 모든 건 다 초능력 때문이다. 초능력이 아니면 난 아무에게도 인정받을 수 없고 사랑받을 수 없다. 난 태호가 걱정이 됐다. 태호가 오해하는 게 아닐까. 난 아무나 다 받아 주는 그렇게 쉬운 사람처럼 보일 수도 있을 거라고 생각한다. 누가 내 몸에 손을 대면 난 무감각하다. 인형이 된 기분이다. 그렇지만 태호가 손대면 난 떨리고 흥분된다. 그건 토비도 마찬가지다. 난 그들에게 맞춰 완벽하게 동성애를 하는 사람이 되었다. 그것을 할 때의 쾌감도 거의 중독되다 싶이 했다. 너무 큰 쾌감에 난 몸을 떨고 더욱더 크게 갈구했다. 앞에서 토비가 걸어왔다. 토비는 가만히 서서 날 바라봤다. 그리고 내게로 와 머리를 쓰다듬었다. 난 역시나 무심히 가만히 있었다. 그러곤 토비는 가 버렸다. 난 자리에서 일어나서 아이들이 모여 있는 곳에 갔다.

"민우야, 이리 와 봐."

소영이가 날 불렀다.

"민우. 아, 우리 부산에 있는 기지로 잠시 갈 거야. 너도 같이 갈 거지?"

"그럼, 같이 가야지."

"아니. 민우는 여기 있어."

도로시가 끼어들었다. 도로시는 팔짱을 끼고 치명적이게 아름다운 화장을 하고 있었다. 도로시가 내 손을 잡았다. 난 뿌리치지 않았다. 그렇지만 태호가 보는 게 마음에 걸렸다. 난 조심히 도로시 손을 뺐다.

"도로시, 난 친구들과 부산에 가 볼 거야. 내가 여기 남아야 할 이유라도 있어?"

"네가 여기서 할 일이 있어. 사람들을 돕거나 위험한 일들을 처리해야 돼."

"그건 기존에 있던 아이들이 해결하면 될 것 같아."

난 소영이와 아이들과 함께 부산에 가고 싶었다. 도로시는 생각에 잠겨 있다. 또 날 조정하는 게 아닌가 걱정이 됐다. 난 조심히 머리에 보호구를 썼다. 그렇지만 도로시는 나에게 초능력을 사용하지 않았다. 아니다. 도로시의 능력은 초자연적인 마녀의 능력 같았다. 어쩌면 우리가 갖고 있는 슈퍼히어로물 에서나 나오는 초능력이 아니다. 도로시는 고대의 마녀들의 힘을 갖고 있는 게 아닌가 하는 생각이 들었다. 도로시의 눈에 마스카라가 붉어서 꼭 장미 같았다. 도로시는 백인 특유에 주근깨가 있었다. 그게 도로시를 가끔 소녀같이 보이게 만들었다.

"알았어, 부산에 다녀와. 그렇지만 여기 다시 와야 돼."

"여기 왜 다시 와야 해?"

소영이가 물었다.

"그야 민우의 능력이 필요하니까."

"그래, 도로시. 나중에 다시 올게."

내가 말했다. 그리고 도로시는 가 버렸다.

"소영아, 부산에 언제 갈 건데?"

"응, 내일 갈 거야."

그리고 우린 다 같이 저녁을 먹고 각자 자러 갔다. 내방에 태호가 들어왔다. 태호는 날 지그시 바라보다 입을 맞추었다. 태호의 입은 부드러웠다. 했다. 그리고 우린 사랑을 나누었다. 난 아팠다 그렇지만 태호를 위해 참았다. 내가 태호 얼굴에 손을 얹어 쾌감을 극대화 했다. 우린 서로를 따듯하게 감싸 안고 같이 잠이 들었다. 다음 날 태호와 같이 일어났다. 우린 샤워를 하고 옷을 입었다. 난 검정 청 반바지에 하얀 와이셔츠를 입었다. 태호가 내 단추를 잠가 주었다. 난 태호의 옷을 정돈해 주고 우린 아침을 먹으러 갔다.

"너네 둘이 어제 같이 잤니?"

엘리자베스가 톡 쏘아 물었다. 난 아무 대답도 안 했다.

"잘 잤어, 엘리?"

태호가 인사를 대신했다. 엘리자베스는 묘한 미소를 띠며 우리와 같이 식당에 갔다. 우린 다 같이 아침을 먹고 밖으로 나갔다 가기 전에 이곳 관리를 하는 아이에게 이야기를 하고 갔다. 우린 기차를 타고 가기로 했다. 마리 카우스와 협력하기 전에 자금이 많이 남아 서 그냥 그 돈을 쓰기로 했다. 우린 기차를 타고 부산으로 향했다. 그리고 부산에 도착하고 근처 중국집에서 식사를 하고 조심히 기지 로 들어갔다. 우린 거기서 반가운 사람을 만났다. 로버트 신부가 서 있었다.

"오랜만이구나."

우린 다 같이 인사를 했다.

"민우는 많이 강해졌구나."

로버트 신부가 내 머리에 손을 얹었다. 그리고 그의 눈이 파르르 떨렸다.

"많은 일들이 있었구나. 그리고 사랑하는 사람도 생기고."

신부의 얼굴에 편안함이 가득했다. 우린 로버트 신부와 차를 마시며 많은 이야기를 나누었다. 그리고 난 요한이를 만나러 갔다.

"여, 오랜만이야. 이제 평화의 세상에 접어든 건가?"

요한이는 웃었다.

"그래, 이제 다 잘된 것 같아."

난 요한이와 게임룸에 가서 게임을 했다. 조금 후에 태호도 와서 같이 했다. 그러다 윤아가 왔다. 난 윤아와 물방울 맞추는 게임을 했다. 한참을 게임을 하고 난 요한이와 태호와 함께 기지를 둘러봤다. 변한 건 없었다. 난 태호와 옷을 보관하는 곳에 둘이 갔다. 거기서 난 예쁜 소녀풍 원피스를 발견해서 태호 앞에서 옷을 벗고 여자옷을 입었다. 그리고 빨간 리본을 머리에 묶었다. 그러자 태호가 날 안고 내 이마에 뽀뽀를 했다.

"너무 귀엽다."

그리고 난 태호를 기분 좋게 해 주었다. 태호를 애무하고 태호도 나의 치마를 올려서 날 애무했다. 우린 격렬한 흥분에 사로잡혀 서로를 탐했다. 내 피부는 더욱더 부드러워졌다. 아주 투명해졌다. 그리고 우린 충동적인 욕구를 해결하고 밖에 나왔다.

"너 여자 옷을 입고 있구나."

난 순간 심장이 쿵쾅거렸다. 우종이다. 우종이가 날 보며 인상을 쓰고 있다. 난 입 밖으로 말이 안 나왔다. 태호는 우종이를 멍하니 바라보기만 했다.

"저리 꺼져. 민우를 귀찮게 하지 마."

토비가 갑자기 난입해서 우종이를 밀쳐 버렸다. 토비의 우락부락한 힘에 우종이는 힘없이 사라졌다. 토비는 나를 봤다. 그리곤 아무 말 없이 눈앞에서 사라졌다. 난 여전히 가슴이 쿵쾅거렸다. 난 아무 말도 할 수 없었다. 또 머리에서 환청이 들려온다.

"게이 새끼."

"창녀!"

난 눈을 동그랗게 뜨고 멍하니 저 멀리 응시했다.

"괜찮아?"

태호가 물었다.

"응."

난 그냥 괜찮다고 말을 했다. "넌 뭐든지 괜찮다고 해." 요한이의 음성이 들려온다. 난 항상 뭐든지 괜찮다고 말을 해 왔던 것 같다 그래서 토비도 태호도 호퍼도 모두 받아 주는 사람이 되는 것 같다. 난 이제 거절해야 할 건 거절해야 한다고 생각한다. 난 태호의 손을 잡았다. 태호 손이 약간 거칠고 부드러웠다. 난 여자 옷을 입은 채 태호와 손을 잡고 산책을 했다. 사람들이 날 쳐다보는 느낌이 들었다. 그래도 괜찮았다. 머리가 좀 이상하지만 견딜만했다 머리가 휙 돌아가는 느낌이 들었다. 아마 약을 먹어야 할 것 같다. 항상 자기 전에 먹어야 한다고 해서 좀 참아야겠다는 생각이 들었다. 더 이상 환청은 안 들렸다. 누군가 내 머릿속에 들어온 기분은 약간 든다 혹시 도로시인가? 난 주변을 둘러봤다. 도로시는 여기 없다. 내 머릿속에 누군가 들어온 듯한 환각이 돌연 발생했다. 새로운 정신질환에 증상인가?

"이건 거짓이야."

"우리가 다 파괴시킬 거야."

"너희들은 속고 있어, 멍청이들."

머릿속에 속삭임이 들려오는 것 같다. 태호가 날 걱정스럽게 바라봤다. 난 태호를 보고 웃었다. 찡긋 웃었다. 태호도 미소를 지었다. 우린 뽀뽀를 했다. 태호 입에서 박하향이 났다. 그렇게 우린 산책을 했다.

"믿을 수 없을 만큼 조용한데?"

엘리자베스가 말했다.

"이제 적이 없으니까 그냥 아무 일도 없는 것 같아."

"그럼 우린 이제 목적이 뭐야?"

"무슨 목적?"

"우리가 뭔가 하는 일이 없단 말이야?"

"지금 우리가 뭘 해야 할 일이 없는걸?"

"이를테면 전쟁을 멈춘다거나 말이야."

"그럼 높은 사람들에게 허락받아야 해."

"전쟁으로 이익을 얻는 사람도 있거든."

"그런 걸 어떻게 알아? 확실하지도 않잖아."

"민우 넌 왜 여자 옷을 입고 있어?"

"응. 그냥 이게 편할 때가 있어."

"넌 가끔 변태 같아."

"그래? 그렇구나…."

내가 변태일 수도 있다고 생각한다. 그렇지만 그게 이상하다고는 생각이 들지 않는다. 그게 그냥 나 자신이어서 그런 걸지도 모르겠다. 나 스스로여서 그냥 모르고 있는 걸지도 모르겠다. 확실히 토비는 엄청난 변태다. 그 생각이 하니 웃음이 나는 것 같다. 사실 그런 기억들은 날 아프게 한다는 거 안다. 그게 다 나의 상처가 되어 가는 것 같다. 토비는 알게 모르게 나에게 미안해하고 있다. 난 그걸 느낄 수 있었다. 지금은 평화로우니 토비와 다시 친구로서 가까워질 수 있다고 생각을 한다. 부디 이 평화가 깨지지 않길 바란다. 그리고 마음이 편해지고 머리가 편해졌다. 또 무언가 머리에 침입하는 느낌이 들지 않았다. 그러고 보니 최초로 내 머릿속에 들려오던 목소리가 기억난다. 그게 혹시 도로시였나? 우린 다 같이 식사를 하고 정원에 갔다. 정원에 아이들이 많이 있었다.

"그럼 우린 도로시 일당하고 뭐 하는데?"

수지가 물었다.

"아직 정해진 건 없어. 일단 대기해 보자."

"그래? 무슨 이야기 들은 거 없어?"

"아직 위의 사람들이 대화 중이야. 기다려 봐."

소영이가 얕은 미소를 띠며 말했다. 소영이 미소 속에 난 어떤 떨림을 감지했다. 그렇지만 물어보지 않았다. 물어보기 싫었다. 뭔가 안 좋은 말이 나올 것 같아 불안했다. 난 그게 싫었다. 간혹 그게 항상 문제가 되곤 했다. 말하지 않고 침묵하는 것이 내게 어려움으로 다가온 적이 있다. 난 생각을 그만두었다. 그러자 편해졌다.

"민우는 이제 여자 옷 입고 다닐 거야?"

숙희가 물었다.

"아니, 잘 모르겠어. 근데 그냥 편해."

"그래? 너만 편하다면 난 좋다고 생각해."

"그래…"

태호가 내 손을 꼭 잡아 주었다. 순간 전화가 와서 난 자리에서 일어나 전화를 받으러 갔다. 도로시가 전화를 걸었다. 도로시가 이런저런 안부를 물어보았다. 고맙다기보다는 도로시가 날 제어하는 것 같아 좀 부담스러웠다.

"약 먹었어?"

"아니 아직 자기 전에 먹으려고."

"꼭 먹어. 돌아오면 또 약 줄게."

"그래, 고마워."

전화를 끊고 다시 아이들 곁에 돌아왔다.

"누구야?"

"응. 도로시."

도로시가 인제 민우 여자친구야?"

엘리자베스가 물었다.

"아니야. 그럴 리가 없잖아."

"항상 민우 곁에 붙어 다니는 것 같은데?"

"응. 단지 내 능력 때문이야."

혹시나 태호가 불편해할까 봐 걱정이 되었다. 그렇지만 태호 얼굴 보기가 두려웠다. 실망에 가득 차거나 화가 난 태호 얼굴은 상상하기 싫었다. 과거의 토비의 모습을 볼까 두려웠다. 태호는 토비 같은 사람이 아니다. 그건 걱정하지 말자. 난 그렇게 생각을 했다. 난 용기를 갖고 태호를 바라보았다. 태호는 미소 짓고 있었다. 난 태호가 한편 바보 같다고 생각하면서도 그가 사랑스러웠다. 그의 신부가 되는 상상을 했다. 내가 신부 드레스를 입으면 무척 아름다울 것이다. 난 미소를 지었다. 그리고 다음 날 나는 공포와 경악 속에 일어났다.

✿ 15 ✿

"태호?"

태호는 잠든 것처럼 누워 있었다. 태호의 눈동자가 흰자위를 섬뜩하게 드러내며 파르르 떨렸다.

경련이 일어난 것 같다. 태호의 손등에 파란 핏줄이 선명하게 보였다. 난 당황해서 말이 안 나왔고 태호를 만질 수도 없었다. 난 침착할 수 없었다. 내 심장이 빠르게 뛰었고 마치 마라톤을 달리는 듯한 기분이었다. 난 빠르게 달리고 난 뒤에 또 오래 달리고 난 뒤에 몸이 된 것 같았다. 이마에서 땀샘이 땀을 배출했다. 약간 따끔하게 땀이 흘러나왔다. 머리가 가렵기도 했다. 난 땀을 닦을 수가 없었다. 손이 안 움직였다. 공기가 무겁다. 숨쉬기가 어려웠다. 내 어깨가 위아래로 들썩였다. 거울을 안 봐도 내 얼굴은 창백할 것 만 같다. 침이 말랐다 목이 따끔하고 텁텁했다. 갑자기 온몸에 땀이 흘러내렸다. 내가 보고 있는 게 환영인가? 누군가 초능력을 사용하는 걸까? 바닥에 요한이도 누워 있었다. 상상할 수 없다. 이건 환영이다. 이건 반드시 환영이어야 한다. 방문에 누군가 문을 열다가 그 자리에서 잠이 든 것처럼 누워 있는 아이가 있다. 설마 누워 있는 게 소영이인가? 소영이는 강하다. 그냥 저렇게 쉽게 누워 있지는 않을 것이다. 그렇지만 그 윤곽은 분명 소영이인 것 같았다. 소영이가 아닐 수가 없다. 난 곧 땀으로 범벅이 되었다. 몸이 간지러웠다. 숨이 막혔다. 이방을 나가면 시원한 공기를 마실 수 있을 것 같았다. 난 이 광경을 부정했다. 내가 감당할 수 있는 현실이 아니었다. 요한이는 누워 있어서는 안 되는 사람이다. 난 눈을 꼭 감았다. 순간적으로 눈을 꼭 감는 게 이쁘다고 말하는 태호가 떠올랐다. 그게 악몽같이 느껴졌다. 꼭 새하얀 욕실에서 빨간 피를 난자하게 뿌린 것처럼 섬 득했다 이건 악몽이다. 난 즉각적으로 몸을 움직였다. 팔을 드는 게 힘들었다. 힘겹게 태호를 만져봤다. 순간 피가 거꾸로 솟는 것 같았다. 태호 몸이 차가웠다. 내 몸이 파르르 떨렸다. 이런 일을 있을 수 없다. 어째서지? 태호 몸이 딱딱했다. 난 서서히 가라앉고 있었다. 마치 침몰하는 것 같았다. 태호 몸을 더 만졌다. 딱딱하다. 너무나 차갑다. 이러면 살아 있다고 할 수가 없다. 난 부정했다. 박차고 일어나 소영이에게로 갔다. 소영이도 차가웠다.

"소영아…"

목소리가 안 나왔다. 가위에 눌린 것 같았다. 배 속이 텅 비워진 느낌이다. 급격한 허기보다도, 어지러웠다. 머리가 아찔하며 금방 쓰러질 것 같았다. 이 상황을 일단 부정하고 싶었다. 그래서 소영이를 벗어나 밖으로 나왔다. 이상한 공기가 흐르는 것 같았다. 숨쉬기가 어려웠다. 지나치게 밝은 빛이 있었다. 눈이 부셨다. 하얀 빛이 시뻘겋게 물들었다. 난 피부가 짜릿하게 따가운 느낌을 받았다. 저 빛이 어디서 나오는지 볼 수가 없었다. 그 빛 쪽을 피해서 반대쪽 복도로 걸어갔다. 이 모든 걸 감당하기 힘겨웠다. 분명 설명을 해 줄 만한 누군가 나타날 것이다. 난 그러길 바랐다. 하지만 이상하게 아무도 보이지 않았다. 그리고 또 한 번 난 경악했다. 과거에도 이런 관경을 본 적이 있다.

아이들이 바닥에 잔뜩 누워 있었다. 꼭 평온하게 잠들어 있는 것 같았다. 순간 나는 뒷걸음쳤다. 태호와 소영이에게 돌아가고 싶었다. 그들을 보호해야 한다고 생각했다. 그렇지만 언제나 이런 순간은 늦는 법인 것 같다. 눈앞에 드디어 걸어 다니는 사람이 있었다. 도로시인가? 도로시가 아니었다. 다른 여자 아이다. 자세히 보니 둘이었다. 그 쌍둥이 자매들이다. 이제 그들은 적이 아니다. 분명 제3자가 침투한 것 같다. 난 그 자매에게 다가갔다. 그들에게 도움을 청해야 한다. 어쩌면 그들도 당할지 모른다.

"로버트 신부는 오래 버티던데?"

자매 중에 한 아이가 말했다.

"넌 얼마나 버틸까?"

순간 어마어마한 불꽃이 나를 휘감았다. 놀랍게도 뜨겁지는 않았다. 팔에 따끔한 고통이 하나하나 피어나는 것 같았다. 난 팔뚝을 가슴 앞에 불끈 쥐어 내 힘을 방출했다. 전파장이 내 팔과 몸에 보호막을 둘렀다.

"그렇지. 쟤는 능력이 비상해. 독특한 아이야."

그녀들이 속삭인다. 그녀들의 섬뜩한 미소에 붉은 비상등이 칠해져 더욱더 무시무시해 보였다. 나의 힘의 파장이 조여졌다 풀어진다. 파장이 일어나고 있다. 난 그녀들이 날린 불꽃을 부숴 버렸다. 실제 불이 아니라 뭔가 마법 같은 불꽃이었다. 난 그녀들의 머리에 능력을 발산했다. 그렇지만 그녀들은 미동도 안 했다.

"봐, 민우야. 우리 머리에 예쁜 머리띠가 있지?"

그녀들은 사악하게 웃었다.

"이거 너희들이 만든 거야. 너희들 이런 거 잘 만들더라. 그거 알아, 마리 카우스 헬멧도 너희들이 개발한 거야. 너희들은 항상 잘 속더라."

"그거 알아? 소영이도 속았어."

그리고 빨간 조명에 반사된 이빨을 보이며 크게 웃었다. 난 분노했다. 난 벽에 파편들을 떼어 내 그녀들에게 날렸다. 그녀들은 불을 원형 방패로 만들어 막아 냈다. 난 다른 복도로 뛰었다. 체력 단련을 한 덕에 난 빨리 달릴 수 있었다. 그렇지만 이 무거운 공기는 도무지 익숙해지지가 않았다. 난 급속도로 숨을 헐떡였다. 뒤에서 자매들이 따라왔다. 그녀들은 날아서 접근했다. 마녀 같았다. 눈앞에 진짜 마녀가 서 있다. 도로시다.

"민우야, 약 먹어야지. 아침에도 먹을 수 있는 약이야. 넌 이제 관리를 잘해야 해."

"도로시! 어떻게 된 거야!"

"민우야. 넌 너무 착해서 내가 돌봐 줘야만 할 것 같아. 소영이는 이제 필요 없어. 어차피 배울 거 다 배웠잖아. 이들도 다 필요 없어. 필요한 건 사면 돼. 우린 부자잖아. 사람들이 우릴 찬양해."

도로시의 눈이 뱀의 눈처럼 옆으로 째졌다. 도로시는 뱀이다. 새빨간 뱀 도로시가 시뻘건 입술을 다셨다. 뱀의 혀가 날름 거리는 것 같았다.

"민우야, 이리 와. 약 먹자."

난 분노로 두 주먹이 부들부들 떨렸다. 난 온 힘을 다해 도로시에게 공격을…. 난 순간 빠르게 환영에 사로잡혔다. 머릿속에서 물 내리는 소리가 들린다.

"민우야. 한 번은 속아도 두 번은 속지 말아야지. 너희들도 참."

도로시가 사악한 입을 날름거렸다. 난 환상에 빠져들었다. 아름다운 동화 속에 들어왔다. 난 『오즈의 마법사』의 도로시가 되었다. 태호는 허수아비, 토비는 양철통 인간, 요한이는 사자다. 난 그 환상 속에서 꿈을 꾸는 듯한 몽롱함과 무기력함을 느꼈다. 도로시의 힘은 내가 감당할 수 없다. 가장 치명적이다. 난 꿈속에서 빠져나올 수가 없었다. 가위에 눌리는 기분이다. 소리치고 싶었다. 그렇지만 소리가 입 밖으로 나오지 않는다. 몸도 마음대로 움직일 수가 없다. 태호와 소영이가 당했다. 난 이 모든 상황을 부정하고 싶었다. 난 눈물이 났다.

"민우야, 절대강자는 둘이 될 수 없어. 역사적으로도 그래. 우리가 너희들과 왜 편을 먹겠어."

"민우도 죽일 거야?"

"아니, 못 죽여. 우리 민우는 너무 강하거든. 반사적으로 스스로를 보호해. 민우만 일어났잖아? 소영이는 죽음 속에 잘 잠들던데."

도로시가 핏빛 입술을 씰룩이며 웃는다. 웃는 소리가 낡은 관짝을 여는 소리처럼 날카롭고 귀에 거슬렸다.

난 정신을 집중했다. 나의 전자파가 보호막을 형성했다 그렇지만 이 가위 속에서 풀려나기 어려웠다. 난 가위에 눌릴 때면 주기도문을 외웠던 기억이 난다. 그거라도 해 봐야 한다. 난 주기도문을 외웠다.

"인간은 참 재밌어. 믿지도 않는 미신에 집착하곤 하잖아. 민우야, 그거 가지고 되겠어?"

도로시가 날 조롱했다. 난 뭐든지 해야 할 판이다. 쌍둥이 자매가 다가오고 있었다. 꿈이 밀려온다. 꿈속에서 태호가 날 부른다. 태호는 살아 있다. 내 손을 잡고 단상으로 데려갔다. 곧 결혼식을 할 것이다. 난 매우 아름다운 신부가 돼 있었다.

"그래…. 즐거움을 느끼라고. 즐겨…."

도로시의 속삭임이 잠꼬대처럼 들린다. 난 거의 눈을 감고 푹 빠져든다. 잠속으로 주기도문을 외우던 내 입이 무거워졌다. 여기서 잠들면 나도 차가운 시체가 된다. 난 잠에서 달아나고 싶었지만 그 깊은 늪 속으로 들어갔다. 여기서 끝인가? 여기서 끝날 줄을 누가 상상했겠나 난 태어나서 이렇게 끝나리라 생각하지 못했다. 단 한 번도…. 난 곯아떨어진다. 내 몸이 벌써 차가워지는 것 같았다. 마지막으로 태호에게 말하고 싶다. 사랑한다고. 이렇게 난 끝을 향했다.

"잘 자, 민우야."

머리에 뭔가 씌워지는 기분이 든다. 항상 매사 훈련했던 머리에 씌우는 보호막이다. 그게 무의식적으로 발동한 듯하다. 그리고 그것이 산소마스크처럼 밖에서 들어오는 공기를 차단하는 것 같았다. 잠에 쏙 빠지는 공기를 밖으로 쏙 뽑아 버리는 듯하다. 난 이제 온 몸에 보호막이 형성되었다. 전자기 장으로 형성된 파형이다. 잠에서 빠르게 깼다. 정신이 맑아졌다. 내 머리는 뻥 뚫렸다. 난 재빠르게 반격을 가했다. 도로시와 자매들에게 전자파를 발산해 몸을 제어했다.

"젠장! 안 죽었잖아."

"우리 몸에 손대지 마!"

난 그들의 몸을 꼭 묶어 두고 그녀들 머리에 한 번 더 충격을 가했다. 그녀들의 머리띠가 한번 튀어 올랐다. 불안전한 장비라 추정이 된다. 필시 개발 단계의 보호장구를 찾아서 두른 것이라 생각된다. 난 다시 한번 충격을 가했다. 그녀들은 바닥에 고꾸라져 머리를 쥐어 잡았다.

"민우!"

도로시가 날 붙들려 한다. 난 도로시의 눈을 쳐다보지 않았다. 듣지도 않았다. 그리고 바로 뒤를 돌아 밖으로 뛰어갔다. 소영이와 태호를 뒤로 한 채 아마도 다른 아이들도 당했으리라 생각된다. 내가 보호막만 형성했어도 전세가 바뀔 수도 있었는데 도로에 일당들은 우리에게 아무것도 안 해도 되는 평화를 가장한 전술을 사용한 것이다. 난 평소 훈련한 대로 빠르게 뛰었다. 호흡을 조절하고 다리를 느슨하게 그리고 빠르게 달음질쳤다. 곧 앞에 기차 터널이 나올 것이다. 거기 전에 봤던 수염 난 흑인 토드가 보였다. 죽은 줄 알았는데! 그가 쇠를 모아 나에게 날렸다. 난 빠르게 머리에 전파를 가하고 몸을 숙여 쇠를 피하고 다시 일어나 반격으로 그의 몸에 전파볼을 날렸다. 그는 몸이 날아가 바닥에 넘어졌다. 난 그를 뛰어올라 기차에 탔다. 그리고 기동시켰다. 다행히 기차는 작동이 됐다. 난 우선적으로 이곳을 나가야 한다 도로시가 내 정신에 다시 한번 침투한다면 별다를 도리가 없다. 기차는 빠르게 달려 입구에 도달해 가고 있었다. 난 기차에서 재빨리 내려 주변을 감지했다. 오랜만에 감지 능력을 사용했다. 어젯밤 사이에 이들이 조용히 침투해 들어온 것 같다. 뭐라고 거짓말을 하며 들어왔을까. 생각만 해도 끔찍하다. 우린 이들보다 강해지기보다는 악해져야 이들을 이길 수 있으리라 생각한다. 그들은 악이다. 절대적인 악이다. 난 그것을 마음에 새겼다. 더 이상 난 불안감을 무시하지 않을 생각이다. 그렇게 다짐했다. 그렇지만 계단을 올라 집에 올라서면서 난 그 다짐이 무너지기 시작한다는 걸 느꼈다. 그건 '무너짐'이다. 단호하게 쌓아 온 마음에 집념이 하나둘씩 무너지고 있었다. 눈앞에 그가 있다. 그는 헬멧을 쓰지 않았다. 이제 필요 없어진 걸까?

"난 항상 민우 군을 보살피고 잘해 주었다고 생각하는데, 계속 이렇게 나오면 난 자네를 더 이상 믿지 않을 생각이야."

"거짓이잖아. 당신의 스포츠카니 뭐니 다 어차피 거짓이었잖아."

마리 카우스는 손바닥을 펴고 앞으로 뻗었다. 엄청나 파동이 내 가슴을 두군 거리게 만들었다. 심장이 비상식적으로 뛰기 시작했다. 한번 급소를 강타당한 것 같다. 난 생존 본능으로 날 방어했다. "상상하는 게 큰 힘이 돼." 소영이가 했던 말이 머릿속에서 솟아 나왔다. 내 몸이 아주 견고하고 단단한 강철로 감싸지는 상상을 하며 전파를 형상화했다. 이게 현실이 되었다. 마리 카우스의 급소 공격을 막아 냈다. 심장이 정상적으로 운동하는 게 느껴졌다. 나도 날카로운 공격을 형성해서 마리 카우스의 머리와 가슴에 전파를 날렸다. 스파크가 주변에서 튀었다. 빛이 번쩍이고 주변에 사물들에 파편이 반짝이며 날아다녔다. 마리 카우스는 내 공격을 팔로 엑스 자로 대어서 방어했다. 하지만 내 공격을 계속 밀고 들어갔다. 내 전자파가 눈에 보이기 시작했다. 원형으로 파동을 그렸다. 난 손을 펴고 앞으로 찌르듯이 뻗어 나의 파형을 날카롭게 했다 그러면서 상상력을 더해 나의 파형이 유기물처럼 마리 카우스의 몸에 스며들어 공격을 가하는 상상을 더했다. 충분하다. 충분히 마리 카우스를 공격할 수 있다. 그는 몸을 떨었다. 고통에 얼굴을 찌푸렸다. 난 마치 기관총이 나가듯이 전파를 쏘아 대는 상상을 했다. 마리 카우스가 총에 맞은 듯이 들썩거렸다. 이제 마리 카우스가 반격을 할 것이다. 그는 하늘로 둥둥 떠올랐다. 주먹을 쥐고 가슴 앞으로 모았다. 내 가슴이 불편했다. 신장에 문제가 생긴 듯이 장기들이 갑갑했다. 난 다시 보호막에 집중을 했다. 아니다. 마리 카우스는 나만큼 날카로운 공격을 가했다. 그게 비집고 들어오는 것 같다. 이 초 날카로운 에너지장을 막아야 한다. 난 전파를 매우 밀도 높은 파형으로 만들어 상상력을 더해 날 방어해 보았다. 조금 가슴이 괜찮아졌다. 마리 카우스의 공격이 무산되는 듯싶다. 난 숨을 시원하게 한번 쉬었다. 이제 내 턴이다. 난 머리에 두 손가락을 가져가 눈앞에 집중시켰다. 오직 마리 카우스의 머리에 집중해 전파를 발산했다. 지금이다. 마리 카우스는 자리에서 내려앉을 것 만 같이 몸에 균형을 잡지 못했다. 그렇지만 내가 미처 생각지도 못한 부분이 있다 물리적인 공격이다. 지금까지는 눈에 안 보이는 전파 형태의 에너지들이지만 마리 카우스는 소영이만큼 물질을 잘 다루었다. 파편들이다. 유리 나무 벽돌들이 총알 같은 속도로 내 앞으로 날아왔다. 난 눈이 찢어지고 팔뚝에 살이 찢어졌다. 날카롭고 극심한 고통이 꼭 불에 덴 것 같았다. 견디기가 무척 힘들었다. 난 비병을 질렀다. 내 비명에 내 마음이 무너져 내림을 느꼈다. 정신 차려야 한다. 난 다시 몸에 보호막이 형성되는 걸 상상하고 집중을 했다. 작은 파편들은 막았지만 큰 덩어리에 파편들은 내 몸을 강타했다. 복부에 맞아 숨이 쉬어지질 않았다. 이대로 고통 속에 침몰하는 것일까? 수많은 고통들이 온몸을 멍들게 했다. 눈에 맞아 눈 한쪽이 잘 안 보였다. 맞아 죽는 상상을 하기 시작했다. 그게 피해망상처럼 날 괴롭혔다. 비웃는 웃음이 들린다.

"게이 새끼, 창놈."

"이 창녀, 빨아. 내 걸 빨아. 그래, 그래야 너답지. 넌 앞으로 이 짓만 하게 될 거야, 영원히. 네 친구들은 모두 죽었어. 너만 남았지."

"넌 〈반지의 제왕〉의 골룸이야. 흉측한 몰골이 되고 평생 남의 것 빨아 주면서 연명할 처지가 되는 거지."

난 서서히 눈이 감겼다. 순간 엄청난 힘이 날 붙들어 벽에 날려 버렸다. 엄청난 충격이다. 두개골이 흔들려 하마터면 정신이 꺼질 뻔했다. 최후의 일격인 것 같았다. 난 무너졌다. 물리적인 공격을 방어할 수 없었다. 이대로 죽는 걸까? 마리 카우스는 냉소적이다. 차갑다. 그에게서 죽음이 들린다, 보인다. 날 다시 한번 들어서 그의 뒤쪽으로 날려 버렸다. 이번에 타격은 난 견딜 수 없을 것이다. 이미 온몸이 멍과 피투성이다. 난 날려져서 문을 부수고 밖으로 내동댕이쳐졌다. 이대로 끝인가 싶다. 그렇지만 난 밖으로 나왔다. 어쩌면 달릴 수 있을 것이다. 난 일어났다 맙소사 온몸에 통증이 비명을 질렀다 난 달리기 시작했다. 소영이가 날 훈련 시킬 때처럼 난 점점 속도를 냈다. 난 마지막 상상력을 펼쳤다. 마지막이다. 여기서 넘어지면 난 다시 일어날 수 없다. 밖은 어두웠다. 아마도 새벽인 것 같았다. 입에서 침이 흘렀다. 온몸은 망신창이다. 난 상상했다. 내가 숙희처럼 빨리 달리는 상상을 했다. 내 전파장으로 구현할 수 있는 능력은 아니다. 그렇지만 뭔가 일어나고 있다. 내 다리를 빨리 움직이게 했다. 그렇지만 다리에 무리가 갔다. 무릎에 통증이 후벼 파는 것 같았다. 난 다리 쪽에 유리 조각이 박혀 있음을 느꼈다. 그래도 달렸다. 마리 카우스의 기가 내 등 뒤에 있다. 간담이 서늘해짐을 느낀다. 죽음이 바로 눈앞에 왔음을 느꼈다. 그렇지만 서서히 벗어났다. 난 미친 듯이 달렸다. 달리면서 한쪽 발을 절기 시작했다. 속도가 느려진다. 난 안간힘을 다해 자세를 바로잡았다. 그리고 뛰었다. 그리고 내 등 뒤로 방어막을 형성했다. 이게 마지막 내가 할 수 있는 최후의 보호 수단이다. 그리고 달리고 또 달렸다. 뛰면서 시야가 흔들렸다. 마구 흔들렸다. 꼭 지진이 난 것 같았다. 난 부산 기지를 뒤로 한 채 그곳을 벗어나기 시작했다. 난 도망을 치고 있다. 그렇게 도망치고 말았다. 소영이, 태호, 토비, 숙희, 수지, 지미, 윤아. 맙소사. 요한이 이들을 뒤로 한 채 난 달아나 버렸다. 그들이 모두 죽었다는 생각은 하지 못했다. 그렇게 생각하면 난 무너지고 말 것이다. 그리고 난 쓰러졌다. 온몸의 힘을 다 소진한 것 같았다. 더 이상 힘이 들어가지 않았다. 몸에서 생명이 쑥 빠져나가듯이 난 꺼져버렸다. 그리고 바닥에 엎어져 밤하늘을 바라봤다. 또 운석이 떨어져 나에게 새로운 것을 가져다주길 바라는 마음이 생겨났다. 태호의 아름다운 신부가 되는 상상을 하기도 했다. 그러다 난 눈을 감았다. 온몸이 불타오른다. 내 숨이 꺼져 간다.

16

차가운 공기 속에 눈을 떴다. 맙소사. 온몸이 불타는 것 같다. 난
몸을 움직일 수 없었다. 다리에 쥐가 났다. 고통이 나를 강타한다.
그리고 필사적으로 주변에 초능력자들을 감지했다. 이건 본능적인
것 같다. 주변에 초능력자는 없었다. 난 천천히 하나하나 몸을 움직
여 보기로 했다. 이대로 계속 누워 있다가는 잠들어 죽을 것 같았
다. 난 살고 싶었다. 배 속이 텅 비어 기력이 없다. 몸에서 가스가
나왔다. 그리고 한번 풀썩 누워 버렸다. 일단 내 손으로 뺄 수 있는
파편들은 빼 보기로 했다. 난 종아리를 조심히 더듬어 돌출된 것들
을 뽑기 시작했다. 날카로운 고통이 파고들었다. 난 얼굴을 찡그렸
다. 식은땀이 흘러내린다 하나 뽑을 때마다 온 힘이 다 빠져나가는
것 같다. 종아리 쪽을 정리하고 허벅지를 만져 보았다. 난 다행히

아주 큰 파편이 몸을 강타한 것은 없다는 데 안도되었다. 크고 무거운 파편들은 방어막으로 처내고 작은 것들이 내 몸에 날아 들어온 것 같다. 그 작은 파편들을 손을 덜덜 떨며 빼내고 있었다. 그리고 잠시 편하게 누워서 호흡을 가다듬었다. 다시 또 파편들을 빼냈다. 이제 배 쪽으로 왔다. 배에 예리한 통증이 욱신거렸다. 다리 쪽도 울긋불긋 욱신대며 부어오르는 느낌을 받았다. 난 조금씩 기력을 되찾았다. 이제 앉은 자세가 돼서 몸 위쪽에 파편들을 제거했다. 그리고 얼굴을 만져 보았다. 한쪽 눈이 크게 부어올랐다. 머리에 따끔하게 통증이 오기 시작했다. 머리에 피가 말라 있었다. 난 자리에서 일어났다. 여긴 해변이다. 아마도 부산의 해변가인 것 같다. 난 다리 한쪽을 절었다. 빛이 너무 강해 눈을 감았다. 다시 희미하게 뜨고 길을 걸었다. 사람들은 안 보였다. 이른 아침이라 그런 것 같다. 어제 새벽이었으니까 난 얼마 잠들지 않은 거다. 차갑게 누워 있는 태호와 소영이 생각에 난 가슴이 답답했다. 이 좌절감에 눈물이 흐르는 것 같았다. 땀이 아니라 눈물이다. 눈물이 뜨거웠다. 일단 여기가 어딘지 알아야겠다는 생각이 들었고. 앞으로 어떻게 해야 할까에 대한 생각을 해 보는 게 좋겠다는 생각이 들었다. 난 집들이 형성되어 있는 거주지 지역으로 들어갔다. 사람들이 날 쳐다보는 것 같다. 이제 사람들이 보이기 시작했다. 병원에 가야 할까? 병원에 가면 도로시 일당들이 날 발견할 수도 있다고 생각했다. 주머니가 묵직했다. 다행이다. 불행 중 다행으로 모바일폰이 있었다. 여기 많은 정보가 있다. 비상 자금을 찾을 수도 있다. 우린 돈을 여기저기 보관해 두곤 했다. 난 핸드폰을 들어 화면을 봤다. 작동이 됐다. 배터리도 넉넉히 있었다. 공중 화장실에 들어가 얼굴과 팔 다리를 씻었다. 피를 닦아 냈다. 피가 굳어 있었다. 머리를 감고 싶었지만 다른 사람의 시선 때문에 그럴 수는 없었다. 난 적당히 몸을 씻고 밖으로 나와 식당을 찾았다. 뭐라도 먹어야 한다는 생각이 들었다. 난 분식집에 가 김밥을 먹었다. 주인아주머니가 이상한 눈으로 날 관찰했다. 분식집을 나와 사람들의 시선을 피해서 어디로 갈지에 대해 고민하기 시작했다. 소영이라면 어떻게 할까. 예전에 학교에서 적들이 쳐들어왔을 때 가평에 갔던 기억이 난다. 설마 살아남거나 도망친 사람들이 있을까? 행여나 도망친 아이들이 있다면 어디로 갔을까? 가평으로 갔을까? 정말로 소영이와 태호는 죽은 걸까? 나머지 아이들은? 요한이 생각에 눈물이 날 것 같았다. 만약 내가 그때 집에 가자고 했으면 이런 일은 없었을 텐데. 가슴이 아팠다. 가슴이 미어져 왔다. 더 이상 울고 싶지 않았다. 사람들 눈에 띌 것이다. 난 모바일로 부산 근처에 첫 번째 비밀 장소에 가려고 마음먹었다. 다리가 풀렸다. 그렇지만 난 걸어야 한다. 난 최대한 사람들 눈에 안 띄게 다녔다. 이기대공원로 쪽에 있는 산장 같은 곳이다. 한 번도 가 본 적은 없다. 난 그쪽 방향으로 확인하고 걷기 시작했다. 택시를 타도 안전할 것이다. 지금은 자금이 얼마 없다. 난 택시를 타고 이기대공원로 쪽에 새웠다. 그리고 또 걸었다. 상처들이 울그락불그락 했다. 상처가 부어서 윙윙거렸다. 움직이기만 해도 몸이 아팠다. 난 아까 사 둔 생수통의 물을 마셨다. 모바일을 통해 위치 추적기를 켜서 위치를 찾아다녔다. 나무가 많은 곳이다. 한참을 헤매다가 집을 발견했다. 나무로 지어진 집이었다. 고전영화에 나오는 나무 산장 같았다.

안에 들어가 보았다. 눈에 띄는 건 없었고. 바닥에 문이 하나 있었다. 모바일에 칩이 있을 것이다. 난 모바일폰을 단말기에 대 보았다. 문이 열렸다. 난 아래로 내려가 보았다. 아래쪽은 미래적인 공간이 나왔다. 난 그곳을 뒤져 보았다. 비상 자금을 발견이고 방명록을 남겼다. 그리고 알렉스가 개발한 체육 복장이 있었다. 전에도 입어 본 적이 있다. 난 옷을 벗고 일단 샤워를 했다. 머리를 말리고 또 물 한 모금을 마셨다. 여기 간단한 의료약품들이 있어 소독을 했다. 그리고 체육복을 입었다. 매우 밀도 높은 옷감이다. 방어력이 높을 것이다. 체육복은 몸에 딱 맞아 그 위에 입고 있던 옷을 입었다. 좀 덥긴 하지만 나 자신을 숨기기에는 좋다. 그리고 간이침대가 있어 좀 누워서 잠을 청했다. 온몸이 욱신거렸다. 난 오후에 잠을 깨서 혹시나 이곳에 무전기 같은 것이 있나 찾아보았다. 무전기는 없었지만 대신 전화기가 있었다. 수화기를 들고 빨간 버튼을 눌러 보았다. 신호는 간다.

"여보세요?"

난 누군가 받길 바랐다. 그렇지만 아무도 안 받았다. 난 한참을 수화기를 귀에 대고 있었다. 몸이 불편해 그냥 누워 있었다. 요한이를 다시 보러 가야 한다. 요한이가 그렇게 죽었을 리는 없다. 난 갑자기 패닉 상태에 빠지기 시작했다. 손이 떨렸다. 난 최대한 진정하려고 애썼다. 죽지 않았을 거다 무거운 공기가 떠오른다 그건 분명 화학 공격이다. 그 공기 때문에 그렇게 누워 있었던 것이다. 난 그렇게 생각했다. 난 마음을 가다듬고 자리에서 일어났다. 방 안에 뭔가 다른 것은 없나 뒤져 보았다. 물과 비상식량 등이 있었다. 난 핸드폰 충전기와 가방 하나 여분의 배터리 들을 챙기고 밖에 나왔다. 어디로 가야 할까. 기지 쪽으로 다시 가는 건 너무 위험했다. 어쩔 수 없다. 난 가평에 가 보기로 했다. 거리가 상당히 멀다. 버스와 기차를 이용하기로 마음먹었다. 그렇게 난 가평으로 떠났다. 가는 동안 많은 생각을 했다. 도로시의 또 한 번의 배신 더 이상 도로시를 믿어서는 안 된다. 마리 카우스의 협잡스러운 사상. 그들은 악당이 맞다. 이제는 확고한 선을 그어야 할 때다. 한참을 이동해 난 가평에 도착했다. 잠은 기차에서 충분히 잤다. 지금은 저녁이다. 어두워서 날 숨기기 좋을 것이다. 난 전에 가평에 집을 찾아갔다. 찾아가는 건 어렵지 않았다. 조금 긴장해야 할 필요성은 있다. 난 집에 도달했다. 조심히 주변을 살폈다. 난 눈을 휘둥그레 떴다. 불이 켜져 있다. 빛이 새어 나온다. 가슴이 쿵쾅였다. 걱정하지 말자 훈련받은 대로 하면 된다. 난 훈련 받았다. 방어와 공격도 동시에 가능하다 얼마든지 싸울 수 있다. 내 정신기는 광역 공격이 가능해서 여러 명도 제압할 수 있을 것이다. 난 천천히 문 쪽으로 다가갔다. 이 집에는 CCTV가 없다. 난 기를 발산했다. 초능력자 둘이 있었다. 잠깐! 말소리가 조금씩 들린다. 여자의 목소리다. 어린아이의 목소리도 들린다. 난 좀 더 가까이 다가가 보았다.

"윤아?"

순간 말소리가 사라졌다. 그리고 문이 조금 열렸다.

"오빠야?"

"윤아야."

"오빠, 들어와."

난 안으로 들어갔다. 윤아와 숙희, 마리아와 아이작이 있었다. 난 몹시 안도했다. 순간 다리에 힘이 풀려 주저앉을 뻔했다. 난 간신히 몸을 지탱하고 아이들을 하나하나 살펴보았다.

"다쳤구나."

숙희가 말했다.

"윤아는 통과 능력으로 빠져나오고 난 빠르게 기지를 빠져나왔어 마리아와 아이작은 밖에 있어서 무전을 받고 이리로 도망 왔고 그리고…."

또 누군가 있었다. 토비다.

"민우, 괜찮아?"

토비가 내게 다가와 날 안았다. 토비 품이 따뜻했다. 토비가 내 얼굴을 어루만졌다. 난 한쪽 눈에서 눈물이 흘러내렸다.

"소영이하고 태호 그리고 요한이가…."

"민우, 걱정하지 마. 아직 섣불리 판단하면 안 돼."

숙희가 내 어깨를 만지며 말했다.

"오빠, 이제 어떻게 할 거야?"

소영이가 없어서 어떻게 할지 판단할 수 있는 사람이 있을지 모르겠다.

"생각해 보자."

"녀석들과 싸우기에는 수가 부족해."

"토비. 싸우는 생각보다는 기지의 사람들을 어떻게든 구해 낼 생각부터 하자."

숙희가 말했다.

"거길 어떻게 뚫고 들어가지?"

"내가 통과해 갈 수 있어."

윤아가 말했다.

"혼자 들어가서 어쩌게. 그건 위험해."

"내가 안쪽에서 밖으로 정보를 알려 줄 수 있지."

윤아 생각을 듣고 생각에 잠겼다. 윤아는 뭐든지 통과할 수 있다 적들의 물리적인 공격과 정신 공격까지 그냥 통과해 버린다. 윤아는 어떻게 보면 무적이다. 윤아를 기지에 넣고 안쪽의 상황을 볼 수 있을지도 모르겠다. 숙희는 번개처럼 빠르다 여기서 생각이 막혀 버렸다. 지금 당장 우린 아무것도 할 수가 없다. 우린 자리에 앉았다. 토비가 내 다리를 만졌다. 난 그냥 만지게 두었다. 내 상처를 만져 보는 거다. 토비 손가락이 거칠었다. 내 상처를 조심스럽게 부드럽게 만졌다.

"약 발라 줄게."

토비가 말했다. 난 대꾸하지 않았다. 토비가 내 다리에 소독약을 발라 주었다. 우린 그날 별다른 말없이 잠을 잤다. 토비가 먼저 불침번을 섰다. 난 잠을 잘 수가 없었다. 소영이와 태호 요한이가 자꾸 머릿속에서 떠나가지 않았다. 그리고 가슴이 너무 아팠다 가슴이 답답하고 불편했다. 난 자연스럽게 한숨을 쉬었고 그러다 옆에 자는 애들이 들을까 봐 한숨을 그만두었다. 계속 뒤척이다 새벽 즈음에 잠이 든 것 같다. 다음 날 나는 약을 못 먹어 머리가 좀 이상했다 머리가 빙글빙글 돌아가는 것 같았다. 우린 간단히 아침을 먹었다. 점심에는 먹을 걸 사러 근처 편의점에 갔다. 김밥과 사발면을 들었다 토비가 샌드위치나 햄버거가 먹고 싶다고 해서 잔뜩 사 가지고 왔다. 우린 다 같이 모여 이제 어떻게 해야 할지 논의하고자 했지만 무슨 말을 하면 좋을지 다들 말이 없었다.

"우리 말고 또 탈출한 사람들이 있지 않을까?"

마리아가 말했다. 마리아의 순한 눈에 근심이 가득했다.

"보통 어디에 있어? 내가 아는 곳이라고는 가평밖에 없는데?"

내가 물었다.

"아. 전에 다니던 학교는 어때? 그때도 한번 가 봤잖아?"

춘천시의 학교를 이야기하는 것 같았다.

"거기가 더 안전하지 않을까? 더 넓기도 하고."

학교에 가면 어떨까 하는 의견들이 오고 갔다.

"학교에 가서 뭐 하게?"

"숨어 있어야지."

아이작이 말했다 아이작은 잔뜩 겁먹고 있었다. 이 순간을 보면 마리아가 더 용기 있어 보이기도 한다.

"어쩌면…."

"어쩌면 뭐."

토비가 날 걱정스럽다는 얼굴로 바라봤다.

"어쩌면 부산 기지에 들어갈 방법을 생각할 수도 있을 것 같아. 거기 훈련장도 있잖아."

"훈련해서 싸우게?"

윤아가 물었다.

"싸운다기보다는 탈출 작전 같은 거야. 소영이와 태호 요한이 엘리자베스 지미 이 아이들을 어떻게 빠져나오게 하는 거지."

"어떻게?"

숙희가 물었다.

"숙희 넌 번개처럼 빨라. 싸우지 않고 적들을 지나쳐 버릴 수도 있을 거야."

"지금보다 더 빨라야 해. 그리고 내 능력은 총알 같아. 한번 쏘면 재장전하는 데 시간이 걸려."

"만약에 우리가 훈련하면 가능하지 않을까? 내가 광역 공격을 하니까 다수의 적들을 무력화 시킬 수 있어."

"그 도로시라는 계집은 어쩌게?"

토비가 물었다.

"보호구."

"보호구? 우린 정신 공격을 보호할 수 있는 헬멧이 없어. 다 부산에 기지에 있을걸?"

"아니, 내가 만들 수 있어. 만들어 봤잖아. 일종의 전파장이야. 그걸 너희들 머리에 씌우면 돼."

그리고 우린 다 말이 없었다. 우린 점심을 먹고 밖에 나가 잔디에 앉았다.

"소영이가 없으면 우린 훈련할 수 없어."

"소영이는 항상 반복적인 훈련을 시켜 우리도 작전을 짤 수 있으면 반복적으로 연습하면 되지 않을까?"

"우리 능력으로 다 감당할 수 있을 것 같아?"

숙희가 말했다.

"난 내 광역 공격만 믿고 있어. 한꺼번에 많은 적들을 제어할 수 있으니까."

"마리 카우스에게는 안 돼."

"그래, 마리 카우스는 이길 수 없어. 어쩌면 소영이와 힘을 합치면 이길 수도 있을지 몰라. 우리 모두의 힘을 합치면."

"그럼 도로시는?"

"도로시는 의외로 쉬워. 근데 장비가 없어. 도로시의 정신기를 차단할 수 있는 헬멧 같은 거 말이야."

"학교에 가 보면 있지 않을까? 찾아보면 좋겠어."

숙희가 말했다. 토비는 말없이 주먹에 뼈 소리를 냈다.

"토비 어떻게 생각해?"

내가 물었다.

"녀석들을 때려 주고 싶어."

"그래 토비 네가 필요해. 네가 많은 도움이 될 거야. 넌 우라의 공격수야."

"그럼 나는?"

마리가 물었다.

"마리는 우릴 치료해 줘야지. 빠르게 치유해 줄 수 있어?"

"그건… 나도 연습해 봐야."

"좋아."

"아이작은 쇠를 움직이지. 어쩌면 매우 강력한 공격을 할 수 있을지 몰라."

"가능하긴 하지. 하지만 난 아직 거대한 쇠 구조물을 다루기가 힘들어. 머리가 아파진다고."

"훈련하면 될 거야. 아마 학교에 이런저런 쇠로 된 구조물들이 많을걸?"

"나는 뭐 해?"

"윤아는 아주 중요한 역할을 할 수 있을 거야. 뭐든지 통과하니까 잘 생각해 보자. 우리 능력을 강화시키면 아이들을 빼내 올 수 있어."

"그다음엔? 작전이 성공한 다음에는?"

"반격을 해야지."

토비가 말했다. 난 그 순간까지 상상하기 어려웠다. 우린 여기서 내 몸이 나을 때까지 기다렸다. 학교에 가기로 했다. 내 몸에 아직 박혀 있는 나뭇조각 같은 것들이 있다. 우린 시내에 나가서 병원에서 제거하고 소독을 한 후 몇 가지 약을 처방받았다. 그리고 난 숙희랑 정신과에 갔다. 그렇지만 진료기록이 없어서 전에 먹던 약을 처방받지 않았지만 즉석에서 상담을 하고 다른 종류의 약을 받았다. 그리고 내 몸이 나아져서 학교로 출발했다. 우린 버스를 타고 가다가 내려서 걸어가기로 했다. 춘천시에 도착해 우린 익숙한 길이 나와 걷기 시작했다. 내가 처음 학교에 갔을 때 탈출하면서 걷던 길들이다. 가면서 토비가 내 옆에 붙어 걸었다. 내 손을 잡기도 하고 내 어깨를 만지기도 했다. 난 그냥 내버려 두었다. 토비가 원하는 대로 다 해 주진 않을 거지만 지금부터는 우린 훈련을 해야 한다. 토비를 강하게 만들고 싶었다. 윤아도 내 옆에 바짝 붙어 걸었다. 윤아가 걱정이다. 나이가 어려서 그러면서도 윤아의 능력이 가장 돋보인다는 생각도 든다. 마리 카우스의 물리 공격도 모두 통과할 것이다. 난 윤아 이마에 손을 대서 기분을 좋게 해 주었다. 토비가 내 이마에 손을 대서 쓰다듬었다. 난 가만히 있었다. 아마도 내 기분을 좋아지게 해 주려나 보다. 마리아와 아이작은 서로 사귀는지 손을 잡고 걸었다 숙희만 힘차게 앞에서 걸었다. 우린 거대한 옥수수밭에 도착했다. 우린 발걸음이 빨라졌다. 학교 입구에 도착해 단말기를 만졌다. 복잡한 디자인의 정문이 열렸다. 우린 안에 들어가 학교를 살펴보았다.

"전부 살펴봐야 할 거야. 누군가 있을 수도 있어."

토비가 말했다.

"그럴 필요 없어, 기다려."

난 나의 기를 발산했다. 거대한 전파망을 떠올리고 주변에 확산시켰다. 난 순간 가슴이 철렁였다.

"있어."

"있다고?"

숙희가 되물었다.

"응, 한 명이야."

"맙소사. 마리 카우스야."

아이작은 겁을 집어먹었다.

"마리 카우스는 아니야. 마리 카우스 기는 거대하거든. 그냥 보통 초능력자야."

"어디 있어?"

토비가 주먹을 쥐며 물었다. 난 기를 정교하게 관찰했다.

"식당 쪽 같은데?"

식당 쪽은 정문에서 정원으로 들어가면 오른쪽에 들어가는 곳이다. 우린 공격 준비를 했다. 난 힘을 써서 아이들에게 머리에 보호구를 씌웠다. 만약 도로시라면 도로시 한 명으로도 치명적이다. 우리가 다 홀리면 우린 끝장이다. 난 보호구를 아주 단단하게 만들었다.

"토비가 앞장서. 내가 정신기로 무력화시키면 토비가 공격을 해. 나머지는 숙희가 재빨리 치고 나가 마무리하면 될 것 같아. 한 명일 뿐이야."

그 한 명이 누굴까. 도로시? 마리 카우스가 자기기를 작게 만들면 저렇게 작아질 수도 있다. 우린 식당 쪽으로 천천히 다가갔다. 토비가 앞장을 섰다. 내가 뒤에서 재빠르게 정신기를 발산할 것이다. 식당 쪽문을 열고 안쪽을 보았다. 누군가 있긴 있었다. 난 재빨리 그의 머리에 정신기를 발산했다!

"지금이야!"

토비가 뛰어나가 주먹으로 머리를 갈겨 버렸다.

"맙소사. 그만해! 나야, 나라고."

토비에게 맞고 힘없이 쓰러진 자가 일어났다.

"맙소사 주먹이 왜 그렇게 세? 잘못 맞으면 죽겠어. 젠장, 이가 흔들리는 것 같다고."

그가 어둠 속에서 서서히 밝은 곳으로 나왔다.

"호퍼?"

호퍼다.

"네가 여긴 왜?"

"왜긴. 전에 와 봤잖아."

"무슨 일로 왔어!"

토비가 다그쳤다.

"갈 데가 없었어. 도로시 일당들은 날 이용했다고. 마리 카우스는 전에 민우 널 놓쳤을 때 날 인형처럼 만들려고 했고. 지금 돌아간다면 난 필요 없는 인물이라. 아마 최면을 걸어서 화장실 청소나 시킬걸?"

호퍼는 진실돼 보였다. 내가 너무 사람을 믿는 측면이 없지 않아 있긴 하다. 나머지 아이들에게 맡겨야 할 것 같다. 토비가 주먹을 앞에 두고 호퍼를 잡아다가 의자에 앉혔다.

"근데 왜 여기 왔어?"

숙희가 따져 물었다.

"전에도 왔었잖아. 난… 그냥 너희들과 있는 게 좋겠어. 마리 카우스는 광적인 사람이야. 그의 사상은 위험해."

"그건 알아 오다가 추적당한 거 아니야?"

숙희가 물었다.

"장담하는데 나는 추적 안 해. 있으나 없으나 난 아무 영향력이 없거든. 민우처럼 공격할 수도 없고. 맙소사, 아직도 머리가 찌릿해. 민우 다시는 날 공격하지 마."

"미안, 호퍼."

난 호퍼의 머리에 손을 대고 호퍼의 기분을 좋게 해 줬다.

"와우. 이거 좋은데? 좀 더 해 줘."

"호퍼 어쩌려고 여길 온 거야?"

내가 물었다.

"몰라, 난 아무런 계획이 없어. 미국으로 돌아갈까도 고민 중이야."

"안쪽에 아이들은 어때?"

"글쎄, 너희들 화학 공격당한 거 알아? 초능력으로 막을 수 없는 공격 중에 하나지. 너희들은 화학테러에 대비해 방독면을 배치하지 않았더라. 아이들이 아마 다 화학공격에 능력을 사용하지 못했을 거야."

"그리고 어떻게 했어, 아이들을?"

내가 물었다.

"아이들을 가둬 놨을 거야. 화학무기 때문에 초능력을 사용할 수 없게 만들었을 거야. 약간에 대립은 있었지. 그렇지만 마리 카우스를 이길 수는 없다고."

난 태호와 소영이가 죽은 게 아니라 화학 공격 때문에 누워 있었던 거라 생각하니 안도가 되었다.

"그래서 너희들은 어떻게 할 거야?"

호퍼가 물었다. 우린 침묵했다. 우리 생각을 호퍼에게 이야기해도 좋을까?

"호퍼, 네 능력이 뭐였지?"

"아, 내 능력. 아, 이름이 수리인가?"

"난 숙희야."

"그래, 숙희 너랑 똑같아. 난 빠르다고."

"얼마나 빨라?"

내가 물었다.

"응… 여기서 정문까지 3초면 가."

"그래? 더 빨리 움직일 수 있어?"

"글쎄? 그건 왜?"

난 답하지 않았다. 우린 학교를 더 살펴보기 시작했다. 우린 전에 먹던 비상식량을 찾았다. 잘 보관되어 있었다. 그리고 물이 잘 나오는지 확인해 보았다. 온수도 된다. 그리고 훈련장으로 갔다. 한편에 운동기구들이 있고 넓은 광장이 있었다. 수영장이 가운데에 있었다. 전에 여기서 한 아이가 죽은 것을 기억한다. 아마도 그 아이가 태호와 친하지 않았을까? 태호는 지금 무사한지 걱정이다. 오늘은 식사를 하고 일찍 잠을 자기로 했다. 전에 잠을 잤던 곳에서 잤다. 아이들은 일찍 잠들지 못했다. 나 역시 잠이 안 왔다. 다음 날 우린 아침을 먹고 무작정 훈련장에 갔다. 우린 일단 체력 단련을 했다. 운동기구들을 이용해 운동을 해 봤다. 토비는 주먹으로 타깃을 공격하는 연습을 했고 난 윤아에게 전파 공격을 하면 윤아는 그걸 다 통과시켰다. 숙희는 최대한 빠르게 움직인 후 재충전 시간을 단축시키려고 노력했다. 호퍼와 같이 연습을 했다. 호퍼는 속도가 숙희보다 느렸지만 매우 빨랐다. 마리아는 운동을 했고, 아이작은 쇠를 들어 올리거나 공격하듯이 앞으로 내던졌다. 난 윤아와 훈련하다 아이작에게 갔다. 나도 소영이와 비슷한 힘을 낼 수 있다. 난 쇠로 된 것들을 모아 와서 아이작 앞에서 들어 올린 다음에 처음에는 천천히 던지기 시작했다. 그걸 아이작이 하나하나 받아 내거나 받아치기 시작했다. 난 속도를 조금씩 올렸다. 우린 다음 날도, 또 다음 날도 우리의 능력을 향상시키기 위해 훈련을 했다. 그렇지만 막상 기지에 가면 어떻게 될지 알 수가 없어 아이들은 두려워했다. 소영이가 있었으면 좋겠다.

"상상력을 발휘해 봐."

"상상력? 난 상상력이 안 좋은데."

아이작이 쇠를 갖고 공격하거나 방어하는 걸 어려워했다.

"머릿속에 떠올려 봐, 네가 쇠를 자유자재로 다루는 걸. 무거운 것도 가볍다고 생각해 봤으면 좋겠어."

"하아… 해 볼게."

아이작은 노력하고 있다. 그렇지만 모든 사람이 다 상상력이 뛰어난 건 아니다. 아이작은 이 훈련으로 스트레스를 받고 있다고 느꼈다. 스트레스를 안 받으려야 안 받을 수 없다. 난 쇠를 들어 아이작에게 빠르게 던지기도 하고 천천히 던지기도 했다. 아이작은 자신의 힘을 조절해서 잡고 날려 버렸다. 아이작이 완급조절을 잘하길 바랐다. 그렇지만 난 소영이가 아니다. 아이작에게 어떻게 하면 효과적으로 공격을 할 수 있는지 말해 줄 수가 없었다. 오후에 난 토비에게 갔다.

"토비."

내가 토비를 부르자 토비는 나를 바라봤다. 그의 눈에 알 수 없는 감정이 가득했다.

"토비, 넌 싸움을 잘하잖아?"

"응."

"그럼 아이작에게 싸우는 법을 가르쳐 줄 수 있지 않아? 쇠를 이용해 공격하는 거라던가."

난 차근차근 물어봤다. 난 토비 앞에 어린아이 같았다. 그러다 토비가 내 손을 잡았다. 난 그냥 내버려 두었다. 난 토비가 우릴 도왔으면 한다.

"싸우는 법을 가르쳐 줄 수 있지. 숙희나 윤아도 아이작하고 너도."

그렇지만 초능력 앞에 격투술은 무용지물이다. 항상 도로시 일당들에 세 명의 무술가들이 별다른 위력을 발휘하지 못하는 이유이기도 하다. 그렇지만 모르는 것보단 낫다.

"좋아, 그럼 내일부터 가르쳐 줘."

토비는 고개를 끄덕이고 얼굴을 가까이 댔다. 난 고개를 돌리고 뒤돌아서 갔다. 이러면 토비가 화를 낼까? 과거에 토비가 화내는 모습들이 기억난다. 그렇지만 난 토비를 생각한다. 그게 사랑은 아니라고 생각한다. 난 토비와 아주 좋은 친구가 되는 상상을 했다. 우린 모여서 점심을 먹었다.

"민우 오빠. 나도 공격하는 법을 알아야 할 것 같아."

윤아가 말했다. 윤아는 통과만 할 뿐 공격하는 법은 도무지 생각이 나질 않았다. 역시나 토비에게 무술 같은 걸 배우는 게 어떨까 싶었다.

"초능력 말고 그냥 맨손으로 싸우는 법을 배우는 게 어때?"

"맨손으로? 난 힘이 없어서…."

"아무것도 모르는 것보단 나을 것 같아."

"응, 알았어."

"우리가 정말 기지에 쳐들어가서 아이들을 구할 수 있을까?"

숙희가 물었다. 마리아와 아이작도 귀를 쫑긋 세웠다.

"아무것도 안 하고 있는 것보단 뭔가를 준비하는 게 나을 것 같아. 우리 아이들이 거기서 고통받거나 하는 건 견딜 수 없어. 우리가 구해야 해."

아이들은 모두 밥 먹는 걸 멈추다 다시 밥을 먹기 시작했다. 다음 날 윤아와 마리아, 아이작, 나와 숙희, 호퍼, 이렇게 모이고 토비가 무술을 가르쳐 주었다. 당연히 처음부터 잘할 수는 없었다. 그래도 우린 최선을 다해 토비를 따라 했다. 공격할 때 호흡법과 끊어 치면 위력이 강해진다거나 하는 원리를 배웠다. 그리고 토비가 우릴 데리고 운동기구에 데려가 운동을 시켰다. 난 특히나 약한 체력을 강화하는 데 힘썼다. 토비가 간혹 옆에 와서 운동기구 드는 걸 도와주었다. 그러면서 토비는 내 몸을 만졌다. 난 괜찮았다. 그저 토비가 우릴 도와주길 바랐다. 난 자주 학교 입구에 감시탑에 올라가 주변을 감지했다. 도로시 일당들이 이곳은 모르는 걸까? 아마 아이들을 고문하고 있을지도 모른다는 생각이 들었다. 이런 생각은 하지 말자라고 생각했다. 옥수수밭은 평화로웠다. 누가 이곳을 관리하는지는 모른다. 그러고 보니 전에 학교에서 밥을 먹을 때 옥수수가 많이 나왔던 기억이 난다. 우린 한 달의 시간을 들여 훈련을 했다. 숙희는 더욱더 빨라졌다. 눈에 띄게는 아니지만 속도는 다소 빨라졌고 무엇보다 이동 후에 재충전 시간을 감소시켜 즉각적으로 자리를 이동할 수 있었다. 이러면 도로시의 눈을 피해 정신 공격을 받지 않고 빠르게 움찔일 수 있을 것이다. 아이작은 쇠를 재빨리 들어 움직이고 이동시키며 자유자재로 다루었다. 공격하는 법은 빠르게 던지는 방법

밖에 없지만 그래도 많이 좋아졌다. 아이작은 더 큰 쇠로 된 구조물을 움직이는 연습을 하기 시작했다. 호퍼는 숙희만큼 좋아졌다. 호퍼는 전부터 자기만의 법칙으로 싸우는 법을 알았다. 호퍼는 알아서 훈련을 했다. 마리아는 토비를 따라 열심히 무술을 익혔다. 태권도와 합기도 그리고 특공부대들이 사용하는 무술을 배웠다. 윤아는 이제 웬만한 모든 공격을 통과시켜서 무력화시킬 수가 있다. 나의 전파 공격도 그냥 통과했다. 어떻게 보면 윤아는 무적이다. 난 윤아의 능력이 내 능력보다 유니크하다고 판단한다. 윤아도 무술을 배웠지만 윤아의 체구가 작아 그다지 힘을 발휘할 수 없었다. 리치가 짧아 대부분의 공격을 막기만 해야 했다. 토비는 윤아에게 차라리 복싱을 배우라고 권유를 했다. 그래서 윤아는 뒤늦게 복싱 연습을 하기 시작했다. 토비는 윤아에게 위기가 닥칠 때 주먹을 마구 휘둘러서 데미지를 주어서 위기를 벗어나는 게 좋겠다고 생각하는 것 같다. 나도 토비를 따라 무술을 배웠다. 그리고 토비가 나에게 꾸준히 체력 단련을 하라고 했다. 그래서 난 자주 운동기구를 들었다. 이제 시간이 지나가자 우린 더욱더 구체적인 방법을 마련하기 시작했다. 교실 하나에 들어가 기지를 어떻게 들어갈지 또 들어가기 전 적들이 대략 어디에 있는지 파악하기 위한 논의를 하기 시작했다.

"누군가 먼저 가서 기지를 살펴봐야 해. 입구에 누가 있는지 문이 잠겨 있는지 알 수가 없잖아."

우린 고민했다. 난 윤아가 입구를 통과해 살펴보는 게 어떨까 하는 생각이 들다가도 하필 제일 어린 윤아에게 그러한 능력이 있는가에 대해서 생각을 했다. 좀 더 경험이 많은 아이가 차라리 그런 능력을 가졌더라면 부담이 덜할 텐데.

"윤아가 사물을 통과할 수 있으니 나와 윤아가 기지 근처에 가서 살펴보고 오면 어때?"

내가 말했다.

"그러다 걸리면 다 헛수고일 텐데 괜찮겠어?"

숙희가 물었다.

"어차피 우리가 다 같이 쳐들어가도 어떻게 될지 확실한 게 없기 때문에 마찬가지야."

내가 답했다. 아이들은 모두 걱정이 가득했다.

"그럼 언제 갈 거야?"

윤아가 물었다.

"한 달 뒤에 가자. 좀 더 훈련을 하자. 어떤 일이 닥칠지 알 수가 없으니."

우린 그러기로 하고 각자의 능력을 향상시키기 위해 더욱더 노력을 했다… 만약 소영이와 힘을 합친다면 난 붉게 타올라 더 강한 힘을 사용할 수 있을 텐데. 그래, 난 힘을 더 크게 확장시켰던 경험을 떠올렸다. 잠시 잊고 있었다. 난 혼자 저녁에 훈련장에 가서 그 힘을 발휘해 보려고 안간힘을 썼다. 내 몸에서 나오는 파랑 장을 봤다. 붉어지지는 않았다. 소영이가 옆에 있으면 그게 가능했던 것 같다. 먼저 마리 카우스가 그 힘을 느끼게 해 주었고 난 불사조처럼 불타오르길 바라며 안간힘을 쓰기 시작했다. 내 힘이 증폭되는 걸 느꼈다. 그렇지만 소영이는 내 힘이 위험하다고 했다. 그게 날 사로잡을 거라고 했다. 그렇지만 난 지금 친구들을 구출해 내는 게 우선이다. 천장이 흔들렸다. 바닥이 진동하기 시작했다. 한참 후에 내 몸이 조금씩 불타오르기 시작했다 상상을 초월한 강력한 힘을 발산했다. 난 뭔가 급작스럽게 위험하다는 생각이 들어 힘을 꺼 버렸다. 그리고 난 내가 조금 다른 사람이 되는 경험을 했다. 확실히 이 힘은 위험하다. 이 힘이면 모든 걸 집어삼킬 수 있을 것 같다. 난 성욕이 솟구치는 걸 느꼈다. 그 충동이 엄청나서 토비가 떠올랐다. 난 안정을 취해야겠다는 생각에 찬물에 샤워를 했다. 그리고 잠을 청했다. 나의 이런 연습은 계속되었다. 우리 학교 쪽으로 접근하는 사람은 없었다. 우린 꾸준히 훈련을 했고, 윤아와 내가 부산에 가서 살펴본 후 구체적인 작전을 세우기로 했다. 윤아와 난 떠날 준비를 하고 같이 옥수수밭을 지나 버스 정류장에 갔다. 우린 버스에 나란히 앉아 갔다.

"오빠, 어떻게 접근할 거야?"

"응. 내가 먼저 초능력자들이 있나 확인하고 조금씩 천천히 다가갈 거야."

"만약 초능력자들이 너무 많으면?"

"응. 그들이 어떻게 움직이는지 멀리서 관찰하자. 시간이 좀 걸릴 거야."

"알았어. 난 참을 수 있어. 만약 전투가 벌어지면."

"윤아는 최대한 멀리 도망가. 무전기 켜 두고 내가 어떻게든 시간을 벌어 볼게. 이후에 나도 빠져나올 거야."

생각대로 될지는 모르겠다. 순간적으로 항상 소영이가 명령을 내려서 내가 그 역할을 할 수 있을지 잘 모르겠다. 여기서부터는 근심이 들었지만 애써 잊어버리려 했다. 지금 가면 기지 주변이 어떻게 변했는지 알 수가 없었다. 지금으로서는 알 수가 없다. 우린 부산 기차를 탔다. 아직까지는 초능력자를 발견하지 못했다.

"오빠, 나 배고파."

"응. 우리 김밥 먹자."

윤아와 난 김밥과 음료수를 먹었다. 윤아는 별로 긴장하지 않아 보였다. 난 긴장이 되기 시작해서 김밥을 남겼다. 부산과 가까워지기 시작했다. 잠이 왔지만 참고 내 감지 능력을 확장시켰다. 내 능력은 긴장될수록 날카로워지기 시작했다. 오히려 잘된 일이다. 내 능력은 예민해지기 시작했다. 금방이라도 온몸이 붉게 불타오를 것 같다. 옆에서 윤아가 날 의식했다.

"오빠, 뭔가 이상해."

"응. 내 능력 때문에 그래. 괜찮아, 신경 쓰지 마."

내가 윤아 이마에 손을 얹어 주었다. 윤아는 희미하게 미소를 지었다. 그리고 윤아는 잠들었다. 난 온신경을 집중해 주변을 살펴보기 시작했다. 한참 후에 부산에 도착해 난 윤아를 깨우고 우린 기차에서 내렸다. 부산역에 비둘기 평화단에 문장이 보여 긴장했고 적들과 가까워졌음을 실감했다. 우린 얼굴이 조금 알려졌기 때문에 준비해온 모자와 마스크를 썼다. 그리고 택시를 타고 기지 쪽으로 향했다 기지와 멀리 떨어진 곳에 도착한 후 난 기를 사용해 적대 세력이 어디 있는지 살펴보았다. 있다! 기지 입구 쪽에 있다 난 윤아와 조금 떨어져 근처에 카페에 들어가 내 능력을 확장시켰다. 더 큰 레이더를 상상해 더 자세하고 디테일하게 관찰하기 시작했다. 적들은 마치 기지 입구에 감시탑처럼 방을 하나 만들어 기지 입구를 지키고 있었다. 지금 생각해 보면 도로시 일당들은 우리와 안 싸우고 이기는 법을 몰래 생각하고 있었던 게 아닌가 하는 느낌이 들었다. 기지로 접근하기가 어려웠다. 혹시 기지에 다른 입구는 없을까? 그걸 왜 이제 와서 생각했는지 후회된다 기지에 있을 때 한번 물어볼 걸 그랬다. 난 숙희에게 무전기로 상황을 알렸다.

"숙희야, 혹시 기지에 다른 입구가 있어?"

"응, 없어. 들어가는 입구는 하나뿐이야. 대신 기지가 어떻게 되면 바닷속으로 탈출하는 구명 잠수함이 있어."

잠수함이라는 말에 난 다소 황당함을 느끼기도 했다. 난 여러 가지 생각을 하기 시작했다. 도로시와 같은 최면술을 쓸 수 있다면 입구로 들어갈 수 있을지 모르겠다. 난 윤아와 같이 다른 곳에 가서 점심을 먹고 다시 기지 근처로 가서 감지하기 시작했다. 마리 카우스 일당들이 교대로 자리를 바꾸는 것 같다는 생각이 들었다. 예상하기로는 대략 다섯 시간마다 자리를 바꾸는 것 같았다. 지루해하는 윤아에게 눈에 보이는 대로 상황을 들려주었다. 아마도 어쩌면 윤아 혼자서만 안쪽으로 들어가는 수밖에 없을지도 모른다. 그렇지만 난 윤아를 혼자 보내고 싶지 않았다. 만약 내가 원거리로 공격이 가능하다면 윤아를 보호할 수 있을지 모르겠다. 난 한 번도 훈련해 보지 못한 방법으로 아주 멀리 떨어진 적들의 감시탑에 병을 한번 건드려 보았다. 머리에 지독히도 강한 통증이 생겨났다. 그렇지만 병을 건드리는 데는 성공했다. 여기서 내가 아주 강한 힘을 쥐어짜면 적들에 머리에 타격을 줄 수 있을지도 모르겠다.

"오빠!"

"응?"

"오빠, 몸이 빨개. 빨간빛이 나오는 것 같아."

윤아가 놀라고 있었다. 내가 먼 거리에 물건을 건드리는 행위를 할 때 내 힘이 표출된 것 같다.

"응. 걱정 마, 윤아. 오빠가 힘을 많이 사용하면 그래."

난 윤아를 안심 시켰다. 윤아는 컵에 담긴 아이스크림을 먹었다 다행히 윤아가 별로 긴장하지 않는 것 같다. 조금의 긴장은 해 주길 바랐지만 난 윤아의 태평함이 마음에 들었다. 윤아까지 덩달아 벌벌 떨 이유는 없다. 난 좀 더 안쪽을 감지해 보기로 했다. 감시탑 지나서 입구로 들어가 계단을 내려갔다. 그리고 기차역을 사방으로 감지했다. 설계도처럼 머릿속에 구조물들이 보였다. 안쪽에 도 두 명이 기차역에 서 있었다. 난 한참을 살펴볼 생각에 집중해서 그 자리에 머물렀다. 조금 힘에 부쳐 난 다시 몸이 빨개졌다. 그들도 역시 위와 똑같이 교대를 했다. 교대하는 틈에도 들어갈 틈이 안 보였다. 그리고 누군가 나왔다. 기가 어마어마했다 마리 카우스 같다. 난 긴장을 하며 기를 낮추었다 마리 카우스는 초능력자를 알아내는 능력은 내가 알기론 없다 그렇지만 긴장되는 건 어쩔 수 없다. 마리 카우스가 밖에 나가는 것 같다. 어디로 가는 걸까? 저녁 늦은 시간에 마리 카우스가 나오자 돌연 감시탑과 기차역에 사람들이 안쪽으로 다 들어갔다. 그리고 입구 쪽에 아무도 없다 들어가려면 지금 들어가야 한다. 그렇지만 CCTV가 있을 것이다. 난 적어도 일주일은 이 상황이 반복되는지 알아봐야겠다. 지금까지 본 상황들을 윤아와 무전기로 숙희에게 들려주었다. 우린 일주일간 관찰하기로 했다. 윤아와 난 모텔방을 잡고 기지와 조금 떨어진 곳에서 생활했다. 그리고 매일같이 같은 자리에서 적들을 관찰했다. 윤아가 몇 번 혼자서 기지 입구 쪽에 옆으로 나 있는 오래된 집들을 통과해 가까이 가 본 적이 있다. 내가 멀리서 여차하면 적들의 머리에 타격을 줄 준비를 했다. 윤아는 매우 가까이까지 갔고 입구에 감시장치 근처까지 가 보았다. 거길 지나면 안쪽에는 감시 카메라가 없다. 그리로 쏙 들어가면 윤아가 기차역을 지나 안쪽까지 들어갈 수 있을 것이다. 기차가는 길 옆에 사람이 걸어갈 수 있는 비상로가 있다. 그쪽에는 감시 카메라가 있는지 없는지 알 수가 없다. 윤아가 바다 쪽에 있는 두꺼운 벽 속으로 계속 걸어간다면 상관없을지도 모르겠다. 그렇지만 그건 윤아의 능력 밖이다. 난 새로운 시도를 잠시 해 보았다. 원격으로 멀리서 내가 윤아 능력을 향상시켜보면 어떨지 윤아와 기지와 멀리 떨어진 곳에서 실험해 보았다. 난 전에 태호의 능력을 증폭시켜 본 적이 있었다. 내가 윤아에게 힘을 가하자 윤아가 인상을 썼다.

"윤아야, 어디 불편해?"

"아니, 기분이 이상해. 꼭 내 몸속에 오빠가 들어온 것 같아."

"그래? 그럼 조금 약하게 해 볼게."

"아냐. 괜찮아, 강하게 해도."

윤아는 용기 있는 아이다. 난 윤아에게 힘을 전달해 보았다. 윤아가 벽에 들어가 얼마나 버티나 해 보았다. 30분 정도 견디고 있었다. 40분이 지나갈 때 중단했다. 윤아는 벽에서 안전하게 나왔다.

"윤아야, 아프지 않았어?"

"아프진 않고 조금 벽에서 나올 듯 말 듯 했어. 괜찮은 것 같아."

이 정도면 됐다. 윤아는 혼자서 기지 안으로 들어갈 수 있을 것이다. 문제는 기지 안쪽에 적들이 어떻게 생활하고 있는지 알 수가 없다는 것이다. 그 점이 가장 위험한 점이 아닌가 하는 생각이 들었다. 윤아가 들어갈 때 내가 최대한 기지 가까이서 윤아를 관찰해야 한다 원거리에서도 적을 타격할 수 있을 만한 거리가 필요했다. 난 윤아를 거처에 두고 기지 주변을 돌아다녔다. 기지와 가까운 쪽에 카페가 있었지만 사람들이 있어 내가 초능력을 발휘하기 어려웠다. 난 주변을 모두 둘러보았다. 우체국이 하나 있었고 식당이 있었다. 우체국은 도무지 내가 혼자 있을 장소도 없고 해서 그냥 두리번거리다 나왔다. 식당에 들어가 식사를 하고 혹시나 해서 화장실에 가 보았다. 난 조금 희망이 느껴졌다. 남자 화장실에 칸이 두 개에다가 공간이 넓었다. 기지하고도 제법 가까웠다. 난 안에 들어가 화장실칸에 들어가 앉아서 정신을 집중해 보았다. 기지까지 접근해 자세하게 관찰할 수 있었다. 내가 못 보는 기지 안쪽은 윤아가 보고 나올 것이다. 난 화장실에서 나와 윤아에게로 갔다.

17

우린 아침에 자고 저녁에 기지 근처로 갔다. 저녁을 든든히 먹고 윤아는 기지 근처에서 대기하고 난 식당 화장실에 들어가 있었다. 혹시 주인이 화장실을 확인해 볼까 싶어 다리를 들어 변기 위에 있었다. 식당이 문을 닫은 것 같다. 난 윤아와 무전기로 소통을 하고 내 능력으로 윤아 주변을 관찰했다 시각적으로 보면 주변이 선과 빛으로 보였다. 사람이 지나가면 그 사람의 윤곽선이 보이고 초능력자면 파랗게 빛이 났다.

"윤아야, 이제 20분 뒤면 교대 시간이야. 입구 옆에 벽으로 들어가서 우리가 전에 내려갔던 계단 아래로 통과해서 내려가 봐."

"응, 알았어."

"걱정 마, 내가 보호해 줄게."

"응, 오빠만 믿을게."

자, 이제 내가 정신을 가다듬고 전파망을 확장시켰다. 윤아 주변에 사물과 배경들이 선이 강해졌고 붉게 보였다. 꼭 적외선 카메라로 보는 것 같았다. 난 시험 삼아 윤아 가 서 있는 바닥에 캔을 건드려 보고 들어 보기도 했다. 자유롭게 컨트롤이 가해졌다.

"오빠가 한 거야?"

"응, 시험 삼아 한 거야. 신경 쓰지 마."

"귀신인 줄 알았잖아."

윤아가 웃었다. 윤아는 신기할 정도로 긴장하지 않았다. 난 간혹 어떤 여성들은 용기가 있다고 생각된다. 물론 겁쟁이 남자들도 많지만 이제 교대 시간이 돼서 윤아에게 신호를 보냈다.

"지금 들어가, 윤아야."

"응."

윤아가 속삭였다. 난 윤아를 관찰했다. 윤아는 알렉스가 제작한 운동복 위에 가벼운 스포츠 잠바를 입었다. 윤아는 벽을 쑥 하고 들어가 그 안에서 앞으로 전진했다. 난 윤아의 기를 잡고 따라갔다. 윤아가 벽을 통과해 집 내부로 들어갔다. 다행히 사람은 없었다. 그리고 윤아는 조금 망설이다가 계단 쪽으로 내려가 기차역으로 향했다. 난 아래쪽으로 시선을 옮겼다. 교대하려는 사람들이 두 명 올라왔다.

"윤아야 사람이 올라와 계단 옆벽으로 들어가."

"응, 들려. 들어갈게."

윤아의 속삭임이 간지러웠다. 윤아가 계단 옆에 쑥 들어갔다. 두 명의 초능력자가 올라왔다. 윤아를 지나쳐 시야에서 사라졌다. 난 여차하면 두 명에게 전파 공격을 하려고 집중했지만 힘을 뺐다.

"윤아야, 이제 내려가."

"응."

윤아가 계단을 내려갔다. 계단이 꽤 길다. 왜 알렉스가 엘리베이터 같은 걸 안 만들었는지 알 수는 없지만 윤아는 한참을 내려갔다. 난 이마에 땀이 나기 시작했다. 갑자기 밖에서 소리가 들렸다. 난 숨죽이고 침을 삼키며 소리에 집중했다. 취객이 근처에 있는 것 같다. 담배 냄새가 났다. 아마 이 화장실 쪽 골목이 취객들이 주로 흡연하는 장소가 아닌가 하는 생각이 들었다. 난 다시 윤아에게 돌아갔다. 이제 서서히 나는 윤아에게 내 힘을 전해 주었다. 원거리라 내 기가 윤아에게 천천히 들어갔다.

"오빠, 힘이 강해. 오빠 힘이 정말 세."

"그래, 윤아야. 내가 힘을 전해 주고 있어. 거의 다 내려갔지?"

"응, 이제 거의 다 왔어."

윤아가 계단 아래로 거의 다 내려왔다. 난 앞서 기차역을 보았다. 사람이 두 명 있었다. 역시나 그들은 구석에서 뭔가 딴짓을 하고 있었다. 담배를 피우는 것 같았다. 그들의 입에서 연기가 나왔다. 알렉스가 알면 큰일 날 일이다.

"윤아야. 기차역에 두 명 있어. 구석 쪽이야."

윤아는 계단을 내려와 기차역에서 바다 쪽으로 나 있는 벽으로 들어갔다. 여기서부터는 윤아가 계속 벽에 있을 수 있게 내가 힘을 집중해야만 했다. 난 등에서도 땀이 흐르고 있었다. 윤아가 길고 긴

기찻길 옆에 벽에 들어가 앞으로 전진하고 있었다. 난 윤아를 따라 집중해서 기를 전해 주었다. 윤아 바로 옆에 벽하나가 더 있고 그 뒤로는 거대한 유리다. 윤아가 계속 앞으로 전진 한 지 15분 정도가 흘렀다. 긴장해서 그런지 1분이 10분같이 느껴졌다. 옆에 바다가 신경 쓰였다. 내 힘이 바다를 힘겹게 통과하는 것 같았다. 난 힘을 쓰는데 머리가 지끈 아파지기 시작했다. 견딜 수 있는 수준이라 윤아에게 별말 안 했다. 윤아가 걸어간 지 30분 정도 됐을 때 난 윤아에게 말을 했다.

"윤아야, 잠깐 벽에서 나와 봐."

"응, 괜찮아?"

"응, 괜찮아."

윤아가 벽에서 나왔고 난 머리를 좀 비우고 휴식을 취한 후 다시 윤아를 벽 속에 걷게 했다. 밖에서 쿵 하는 소리가 들렸다. 난 순간 긴장했다. 누군가 화장실 벽을 친 것 같았다. 난 조용히 밖에 소리를 들어 봤다. 누군가 이야기하는 소리가 들렸다. 혹시 초능력자들인가 하고 약간의 기를 밖으로 향했다. 그냥 평범한 사람이다. 난 다시 윤아에게 집중했다. 윤아가 기찻길을 따라 벽에서 계속 앞으로 전진했다. 한참을 걸어 이제 기지로 도달해간다. 과연 기지 안쪽이 어떻게 변해 있을까? 아이들이 그냥 전처럼 생활하고 있을까? 아니면 갇혀 있을까? 난 궁금해서 못 견딜 참이었다. 그렇지만 윤아를 보채고 싶지 않았다. 지금 윤아도 정신을 집중하느라 힘들 것이다.

"윤아야, 괜찮아?"

"으응. 머리가 좀 아파. 괜찮아 견딜 만해."

이제 기지 쪽으로 거의 다 와 갔다. 윤아는 기찻길 끝에 도달해 벽에서 잠시 나와 있었다. 난 주변을 빠르게 훑어봤다. 기지 안쪽에는 사람이 없었다. 윤아가 휴식을 취한 후에 안쪽으로 들어갔다. 사람이 안 보였다.

"오빠, 아무도 없는 것 같아."

윤아가 속삭였다. 난 생각을 하다 윤아에게 말했다.

"안쪽에 감시 카메라가 있을지 몰라. 벽 쪽으로 안쪽으로 좀 더 들어가 봐."

다소 위험하긴 하지만 안쪽을 확인해야만 했다. 이제 내 능력에도 한계가 있다. 윤아가 상당히 멀리 있다. 난 두통과 통증이 머리를 쥐어짰다. 윤아가 안쪽으로 천천히 접근하기 시작했다 난 관찰을 했다. 방들이 텅 비어 있다. 아이들이 어디 있는 거지? 아무도 없었다. 윤아가 점점 멀어져 갔다.

"윤아야, 그만 가. 윤아가 잘 안 보여."

윤아가 대답이 없었다 난 땀이 흐르기 시작했다. 난 온갖 안 좋은 생각이 솟아나기 시작했다. 속이 거북해졌다. 난 손을 머리에 대고 온정신을 집중했다. 내 몸이 붉게 빛이 나기 시작했다. 난 가까스로 윤아를 발견했다. 윤아는 기지 안쪽으로 천천히 살피며 들어갔다.

"윤아야? 들려?"

"…"

잡음이 들리기 시작했다. 아마 바다 안쪽이라 무전에 방해가 되는 것 같았다. 난 윤아를 놓칠 듯 말 듯 따라갔다. 사람들이 보이기 시작했다. 윤아는 안전하게 벽 속에 있었다. 윤아가 벽 밖을 보려면 얼굴을 내밀 수밖에 없었다. 조금 위험했다. 파란기가 하나둘씩 보이기 시작했다.

"윤아야, 들려? 윤아야?"

윤아는 응답하지 않았다. 그리고 밖에서 무슨 소리가 들리기 시작했다. 경찰차가 오는 소리가 들렸다. 혹시 비둘기 평화단인가? 난 벽 쪽에 귀를 대었다. 경찰차에서 사람이 내리는 소리가 들렸다. 무전기에서 잡음이 들렸다.

"윤아?"

"…"

윤아는 대답하지 않았다. 난 밖에 소리에 집중했다. 웅성이는 소리가 들린다. 내 쪽으로 다가오는 것 같다. 내가 있는 화장실에 뒤쪽 벽면이다. 발걸음 소리가 들렸다. 불안감이 솟아나기 시작했다. 식은땀에 젖어 온몸이 축축했다.

"윤아야?"

난 작게 속삭였다.

"강당…에…"

"윤아야? 잘 안 들려."

"…갇혀…"

"윤아야, 안 들려. 이제 나와, 윤아야. 이제 나와…"

"…"

난 윤아가 대략 안쪽을 살펴봤을 거라고 생각하고 이만 나오라고 말하고 싶었다. 제발 윤아가 뒤쪽으로 다시 돌아 나오길 바랐다. 밖에서 소리가 더 크게 들렸다. 난 불안감에 화장실 칸 문을 열고 작은 창으로 밖을 보려고 까치발을 섰다. 마이크는 귀에 대고 있었다. 난 밖을 볼 수 있었다. 경찰 세 명과 민간인으로 보이는 사람이 주변을 서성 되고 있었다. 그들의 말소리는 들리지 않았다. 그들이 내 쪽으로 다가오는 것만같이 느껴졌다. 새벽바람이 서늘했다. 난 땀 때문에 안 그래도 축축한데 바람에 추위가 느껴졌다. 난 몸을 벌벌 떨었다. 경찰 한 명이 핸드폰으로 불을 켜고 내 쪽을 비췄다. 아차 하는 순간 내가 보일 뻔했다. 1초도 안 되는 타이밍인 것 같다. 난 가슴에 미꾸라지가 펄떡였다. 난 몸을 숙이고 숨을 죽였다. 이쪽으로 걸어오는 소리가 들린다.

"오빠?"

무전기 소리가 들렸다. 경찰들이 동작을 멈추는 느낌이 전달된다. 그 순간 정적이 흘렀다. 난 화장실을 조용히 나가려고 했다. 문 손잡이를 잡고 돌렸다. 마찰음이 미세하게 났다. 난 돌리는 걸 잠시 멈추었다. 밖에서는 소리가 안 났다. 난 순간 서늘한 느낌을 받았다 경찰이 창문을 통해 나를 보는 장면이 떠올랐다. 난 천천히 고개를 돌려보았다. 그러나 창문에는 아무도 없었다. 차가운 공기가 들어와 난 다시 떨기 시작했다.

"오빠?"

"윤아야 괜찮아?"

"응, 학생들이 강당에 다 갇혀 있는 것 같아. 거기 아마 소영이 언니랑 나머지 사람들이 있을 것 같아. 더 가까이는 못 갔어."

"그래? 알았어. 이제 돌아와."

난 다시 윤아와 어느 정도 거리가 돼서 윤아에게 힘을 전해 줄 수 있게 되었다. 윤아는 천천히 안쪽에서 나와 기차역 쪽으로 왔다 길고 지루한 걸음이 시작되었다. 윤아에게 스트레스가 안 가게 내가 기를 전해 주었다. 가능할지 모르겠다.

"기분 좋아, 오빠."

"그래? 다행이다."

정말 다행이다. 이런 능력까지 가능하다니, 난 내 능력에 감탄했다. 난 무전기를 귀에 대고 천천히 밖을 봤다. 경찰들은 다른 곳에 갔는지 없었다. 난 다시 화장실에 들어가 윤아를 보살폈다. 윤아는 한참을 걸어서 기차역 끝까지 왔다. 난 위쪽으로 기를 돌려 적들을 관찰했다. 자고 있는 것 같은 이미지가 보였다. 정말 터무니없이 허술했다. 난 괜스레 안심했다.

"윤아야, 감시자들이 자고 있어. 천천히 올라와."

"응, 알았어."

윤아가 천천히 조심스럽게 계단을 올라 위쪽까지 도달 후 문을 통과해 집으로 들어온 후 옆으로 길게 걸어가 빽 돌아서 나왔다. 그리고 감시탑 밖으로 집들을 통과해 거리로 나왔다. 나도 화장실을 나와 식당 문을 전자파로 따서 밖으로 나왔다. 난 윤아가 있는 곳을 감지해 빠른 걸음으로 찾아갔다.

"윤아야, 괜찮아?"

"응. 나 따듯한 커피 사 줘."

"그래, 가자."

윤아와 난 24시 카페에 가서 같이 커피를 마셨다.

"사람들이 생활하는 숙소에는 없고 다 강당에 모여 있었어. 소영이 누나 일행들은 못 봤어. 다들 앉아 있거나 누워 있거나 하더라고."

난 윤아 말에 귀를 기울였다.

"거기 생필품도 다 모아 둔 것 같아. 샤워실도 있고 화장실도 있으니까. 그리고 소수의 초능력자들이 그들을 지키고 있는 것 같았어. 내 눈에는 그렇게 보였거든, 그 초능력자들이…."

윤아는 눈을 가늘게 했다.

"그 초능력자들이 강했던 것 같아. 내가 그런 능력을 볼 수는 없지만 그렇게 느껴졌어."

아마도 도로시 메인 일당들인 것 같다. 어쩌면 난 무서운 생각을 하고 있었다. 때가 되면 우리 쪽 아이들을 해치울 수 있다. 과거에 대학살이 일어난 춘천시 학교 생각이 났다. 마리 카우스로서는 우리가 거슬렸을 것이다. 그렇지만 난 같은 편으로 데려가고 싶어 했던 것 같다. 나는 믿을 수 없을 만큼의 부담이 생겨났다. 우린 겨우 일곱 명이다. 일곱 명의 능력을 가지고 그들을 구해 내야 한다. 시간이 얼마 없을 수도 있다. 난 조바심이 났다. 지금 당장 쳐들어가 전파 공격으로 적들의 머리를 타격해서 무력화한 후 아이들을 보고 싶었지만, 그러다 더 큰 사고가 날지 몰라 그 생각을 떨쳐 버렸다. 소영이가 힘을 안 쓰고 있는 걸 보면 분명 도로시가 최면을 걸어 놓은 게 아닌가 하는 추정이 들었다. 도로시의 힘은 무시무시하다. 물리적인 지배력에서 벗어나 인간의 생각을 가지고 제어하는 고도의 능력이다. 현재로서는 방어밖에는 대책이 없다. 도로시의 눈을 보지 않는다든가, 뭔가 특수 제작된 고글 같은 게 필요하다. 그런 게 학교에 있을지 알 수가 없다. 필요한 장비들이 있다. 어쩌면 우리가 만들 수도 있을까? 일단 윤아와 숙소에 가서 잠을 충분히 잤다. 그리고 우린 바로 당일 표를 구해서 춘천시로 돌아갈 채비를 했다.

"오빠, 우리 피자 먹고 가자."

"그래, 좋지."

윤아가 발랄해서 다행이다. 아니면 내가 너무 과묵해서 윤아가 불편해할 것이다. 우린 피자를 먹었다. 핫소스도 잔뜩 뿌려 우린 맛있게 먹었다. 시원하고 달콤한 콜라를 마시고 우린 기차를 탔다. 그리고 난 잠에 빠져들었다. 도로시가 나왔다. 도로시가 날 쳐다봤다. 꼭 죽은 사람 얼굴 같았다. 붉은 꽃처럼 화장을 했다. 도로시의 입은 독사같이 날름거렸다. 요한이와 내가 운석을 보러 갈 때 나오던 뱀이 생각난다. 그게 도로시였던 것 같다. 도로시 눈이 죽은 사람 눈 같았다. 나를 노려보다 서서히 눈빛이 살아나기 시작했다. 눈에 생기가 돌기 시작했다. 그 눈으로 나를 뚫어지게 쳐다봤다. 도로시의 눈 화장이 붉어졌다. 얼굴이 불그스름 했다. 꼭 피가 엉겨 붙은 것 같았다. 난 웨딩드레스를 입고 있었다. 그렇지만 드레스가 빨간색이다. 도로시 얼굴에서 붉은 피가 떨어졌다. 내 드레스를 빨갛게 물들여 가기 시작했다. 도로시가 웃기 시작한다. 입만 나무 인형처럼 위아래로 움직이며 웃었다. 웃음소리가 울렸다. 내 귀를 아프게 했다. 그러다 난 잠에서 깨었다. 윤아는 잠들어 있다. 난 자동으로 주변을 감지했다. 이 기차에는 초능력자가 없었다. 난 음료를 하나 사서 마셨다. 윤아 것도 사 두었다. 기차 창밖에 배경들이 쏜살같이 지나갔다. 하늘에는 붉은 노을이 지기 시작했다. 윤아와 난 학교에 도착했다. 아이들과 다시 만났다.

"별일 없었어?"

숙희가 물었다.

"응."

우린 식당에 들어가 이야기를 나누었다.

"우리 쪽 아이들이 다 강당에 갇혀 있어. 소영이 일행들도 거기 있을 거야."

"소영이가 반격하지 않았을까? 소영이라면 싸워 볼 만했을 텐데."

"내 생각에는 도로시가 최면을 걸어 놓지 않았을까 하는 생각이 들어. 도로시 최면은 광역으로도 걸 수 있거든."

"난 도로시 최면에 걸려 본 적이 없어서 위력이 어느 정도인지 모르겠어."

"당하면 좀 끔찍해. 그리고 상당히 위험해. 아마 도로시가 마음만 먹으면 평생 정신적인 데미지를 입고 살게 할 수도 있을 것 같아."

"그래서 어떻게 들어갈 건데?"

숙희가 물었다. 난 생각을 정리해 의견을 제시해 보았다.

"윤아가 정문에 먼저 들어가 계단 쪽으로 가는 문을 열고 나와. 토비가 정문에 경비 서는 적들을 제압하고 숙희와 호퍼가 빠르게 내려가 기차역 쪽에 세 명을 제압하고 다 같이 기차역에서 합류 후에 터널을 걸어서 가자. 그리고 학교에 들어가 재빨리 강당으로 진입하는 거야. 진입 중에 적들은 내가 전파 공격으로 무력화시킬게. 이때 아이작이 쇠를 이용한 공격도 하면 좋을 것 같아. 생각보다 마리 카우스 쪽 아이들은 수가 적어. 도로시처럼 압도적으로 강한 아이는 있지만. 그리고 내 생각에는 도로시의 최면을 막을 만한 장비가 있으면 좋겠어."

"장비라고?"

"응. 숙희야, 혹시 이 학교에 뭔가 쓸 만한 장비나 그런 것들이 있는 곳이 있어?"

"글쎄… 한번 뒤져 봐야겠는데."

"다른 사람들도 작전에 대해 이야기하고 싶으면 해 줘."

내가 말했다.

"그 기찻길을 가다가 적들이 많이 나오면 어쩌지."

"윤아가 걸어갈 때 주변을 봤는데 천장과 걷는 길 쪽에 펜스나 쇠로 된 구조물들이 있어. 그걸 아이작이 뜯어 내서 공격용으로 사용하면 어떨까 싶어. 무거운 구조물들을 던지면 아무리 강한 초능력자도 물러서거나 상당한 데미지를 입을 거라고 생각해. 도로시가 등장하지 않는 이상 역시나 도로시의 최면을 막을 뭔가가 필요해. 헬멧이라든가, 눈에 쓰는 고글 같은 거 없을까?"

"영화에 나오는 그, 눈에서 레이저가 나오는 캐릭터가 쓰는 것 같은 거?"

윤아가 말했다.

"맞아. 그런 거, 시각을 보호할 수 있는 거. 도로시는 눈이 마주치면 최면을 걸거든. 아마도 도로시 능력이 눈에서 발산되는 것 같아."

내가 답했다.

"일단 그럼 장비 같은 걸 찾아볼까?"

토비가 말했다.

"좋아, 찾아보자."

우린 다 같이 학교 전체를 둘러보기 시작했다. 토비나 숙희, 아이작, 마리아도 모르는 장소나 장비가 많았다. 우린 우리가 자주 입는 특수 제작된 운동복의 프로토타입을 발견했다. 창고에 전시돼 있었고 빨간색으로 돼 있었다. 지금 입는 운동복이 더 좋기 때문에 우린 그냥 살펴보다 다른 곳으로 갔다. 다른 곳에는 과거에 사용했다고 하는 무기들이 있었다. 지금은 무용지물일 거라고 설명을 해 주었다. 일종에 총같이 생겼는데 비살상용 무기들이다. 고무나 플라스틱을 총알로 사용을 한다. 맞으면 상당히 고통스럽고 머리가 어지러워진다고 한다 약간 가스가 나온다고 한다. 난 그중에서 쇠로 된 타격 탄환을 발견했다.

"아이작, 이 탄환을 몸에 지니고 다니면서 위급할 때 사용할 수 있지 않을까?"

아이작은 탄환을 만지며 생각에 잠겼다. 아이작은 탄환을 움직여 벽에 날려 보았다.

"이거 정말 총알인데?"

아이작은 쇠로 된 탄환을 챙겨들었다.

"옷에 넣고 다니면서 사용할 수 있겠어."

아이작은 무기를 얻었다. 우린 다른 곳으로 자리를 옮겼다. 학교에 지하인데 이곳에 이런 장비들이 많았다. 우린 한참을 찾아다니다 고글 비슷한 것을 발견했다. 매우 세련되고 날렵하게 생긴 고글이 있었다. 그렇지만 용도는 숙희도 토비도 몰랐다. 우린 고글을 써 보았다. 무슨 스포츠용 고글 같은 느낌이었다. 고글은 검은색에 빨간 줄이 있는 디자인이었는데 쓰면 검은색으로 안 보이고 그냥 원래대로 보였다. 조금 신기했다.

"이건 용도가 뭘까?"

우린 여러 가지를 테스트해 보았다.

"아, 이 고글은 쇠가 안 들었어. 강화 플라스틱인가 봐."

"용도가 뭐야?"

"아직… 잘 모르겠어."

이 고글을 어떻게 테스트해 봐야 할지 알 수가 없었다. 우리 중에 최면을 걸 수 있는 사람이 없었다. 나는 주변에 컴퓨터를 켜고 혹시 용도가 나와 있단 걸 살펴보았다. 어려운 용어들이 너무 많아 알 수가 없었다. 난 숙희에게 부탁을 했다. 숙희가 컴퓨터 앞에 앉아 이것저것 살펴보았다. 난 전파 장을 이용해 고글을 움직여 보기도 하고 고글 앞쪽에 전파 공격을 가해 보기도 했다. 내 전자파 공격은 통했다.

"그냥 고글 같은데? 그냥 자외선 차단하는."

마리아가 말했다. 우린 고글을 살펴보는 걸 그만두고 다른 곳으로 가 보았다. 혹시 몰라 난 고글을 챙겼다. 다음에 발견한건 손목시계였다. 우린 단번에 이게 무전기 대용이라는 걸 알았다. 우린 여러 번 테스트 후에 손목 무전기를 챙기기로 했다. 사용하기 간편하게 돼 있어서 사용법을 알 수가 있었다. 우린 무전을 테스트해 본 후 다른 물건들도 살펴보았다. 우린 몇 가지 작은 휴대용 식량과 작은 케이스에 담긴 휴대용 구급 통을 발견했다. 그리고 우린 드디어 헬멧들을 발견했다. 다들 머리에 써보았다. 내가 실험 삼아 전파 공격을 가했다. 호퍼가 자지러지며 자리에서 넘어졌다.

"맙소사. 민우, 머리가 터지겠어."

"미안해. 괜찮아?"

"어? 내 건 민우 공격이 안 통하는데?"

헬멧 두 개는 공격을 막아 내고 나머지는 공격을 받았다. 아마도 개발 중인 헬멧과 완성된 헬멧이 뒤섞여 있는 것 같다. 우린 공격을 방어할 수 있는 헬멧 두 개를 챙겼다. 우린 커다란 쇼핑 키트 같은 걸 찾아서 거기 쓸만한 물건들을 담았다. 그리고 지하에서 안 열리는 문이 있어 토비가 부서서 들어간 곳이 있는데 거긴 총들이 있었다. 진짜 탄환도 있고 우린 한참을 고민하게 했다. 과연 우리가 총을 사용할지 말지 우린 총을 사용해 본 적이 한 번도 없다. 토비는 흥미 있다는 듯이 총을 만졌다. 난 핀 이 달린 원통을 발견했는데 이게 뭔지 토비에게 물어봤다.

"이건 섬광탄 같은 거야. 인질범을 진압할 때 던지면 일순간 눈이 멀걸?"

난 〈콜 오브 듀티〉의 '눈뽕' 같은 걸 떠올렸다. 어쩌면 이걸 사용할 수 있을지 모르겠다. 난 섬광탄을 여러 개 챙겼다. 수류탄 같은 건 잘못 던졌다가는 우리도 다칠 수 있어서 사용 하지 않기로 했다. 난 호기심에 총을 들어 보았다. 상상했던 것보다 무거웠다. 쇳덩이 같았다. 난 총을 효율적으로 사용할 수 없다는 판단을 하고 내려놓았다. 언뜻 토비가 총을 챙긴 것 같았다. 난 위험하다고 생각했지만 어쩌면 총이 필요한 순간이 있을 수도 있다는 추정을 했다. 우린 지하를 좀 더 둘러봤다. 난 아까 그 고글의 용도가 뭘까 계속 만지작거렸다. 우린 구경을 다 마치고 숙소로 돌아왔다. 난 운동복을 입고 겉에 셔츠와 청바지를 입었다. 그리고 섬광탄과 손목 무전기 등을 착용해 보았다. 그러자 윤아가 웃었다.

"오빠 꼭 코미디 영화에 나오는 특촬물 같아."

"그래?"

나도 웃었다. 우린 저녁을 먹은 후 운동을 하고 자러 갔다. 난 감시탑에 갔다. 앉아서 이런저런 생각들을 했다. 이후에 누군가 올라왔다. 토비였다.

"토비, 안 자?"

"응… 태호 생각 하겠네?"

"응…."

"만약에 태호가 당했으면 어쩔 거야?"

토비가 아주 돌직구를 날려서 난 황당하면서 당황했다 그러면서도 태호가 없으면 난 어쩌나 같은 생각에 슬픔이 밀려왔다.

"그런 말 하지 마, 토비. 난 네가 그런 말을 안 했으면 좋겠어. 넌 그렇게 삐뚤어진 사람이 아니야."

"내가? 나에 대해서 뭘 안다고."

"네가 보여 내 눈에 이게 내 능력이야 토비 너는 좋은 사람이야 좋은 사람이 될 수 있어."

"그럴지도 모르지."

토비는 나에게 가까이 와 내 손을 잡았다. 내 손에 뭐라도 발라져 있나 보다. 태호도 토비도 내 손을 안 잡으면 불안하기라도 한 것 같다.

"내 손이 좋아?"

내가 토비에게 물었다.

"응…."

토비는 말이 없었다. 토비가 내 손 등을 문질렀다. 그리고 입에 가져다가 뽀뽀를 했다. 토비는 항상 이런 식이다. 자기 욕구에 매우 충실한 사람이다. 난 토비가 아마 어렸을 때부터 상당한 문제아이지 않았을까 하는 생각을 했다. 난 토비가 내 손을 마음대로 하게 내버려 두었다. 토비의 손은 따뜻하고 거칠었다. 토비가 더 나에게 가까이 다가와 내 머리를 만졌다. 토비는 이런 식이다. 상대방이 거절하지 않으면 아주 다 챙겨 먹을 작정이다. 그리고 내 볼을 만졌다.

"토비 그만해 손만 만져."

"왜? 너도 좋아했잖아."

또 이런 말싸움을 하고 싶지 않았다.

"토비 나 지금 적들이 여기 혹시 안 오나 보고 있는 거야 얌전히 있어."

토비가 내 얼굴을 만지는 걸 그만두었다. 내 손을 꼭 잡고 있다가 자러 갔다. 난 새벽쯤에 자러 갔다. 난 윤아 옆에서 잤다. 토비가 내 이불 속에 들어왔다. 난 가슴이 두근거렸다. 토비가 그 짓을 할까 봐 긴장했다. 내가 토비 귀에 대고 말했다.

"토비, 난 너랑 하고 싶지 않아."

"알았어 그냥…."

토비가 날 꼭 안았다. 그리고 내 머리 냄새를 맡았다. 그러고는 조용히 잠을 잤다. 토비는 그냥 날 안고 싶어 하는 것 같다. 나도 토비

품에 안겨 잠을 잤다. 다음 날 운동하고 샤워할 때 토비가 날 유심히 바라봤다. 난 눈을 동그랗게 뜨고 토비를 바라봤다. 난 샤워를 마치고 옷을 입었다. 특수 제작된 운동복을 입고 익숙해지려고 몸을 많이 움직였다. 호퍼가 와서 내가 복장에 익숙해지는 걸 도와줄 모양인가 보다. 그러면서 호퍼는 내 몸을 만졌다. 왜 다 나한테 들러붙는지 모르겠다. 혹시 내가 성욕을 유발하는 게 아닌가 싶다. 호퍼가 내 엉덩이를 만졌지만 난 모른 체했다. 난 호퍼에게서 벗어나 훈련을 했다. 난 윤아에게 지난번에 가져온 고글을 씌워 보고 전자파를 주었다. 고글이 진동했다.

"가려워, 오빠. 고글이 덜덜 떨려."

"응, 가만있어 봐."

난 전파 에너지를 뾰족하게 만들어서 고글에 쏘아보았다.

"윤아야, 뭔가 통과하는 느낌이 들어?"

"음… 아니, 아닌 것 같은데. 다시 해 봐."

난 전자파의 파장을 고글에 쏘았다. 고글이 덜덜 떨렸다.

"오빠. 전파가 통과 못 하는 것 같아."

고글의 검은색의 물질이 초능력을 막아 주는 것 같다. 난 직접 써 보았다.

"오빠, 후레쉬맨 같아."

윤아가 웃었다. 검은색이지만 고글로 보면 멀쩡하게 보였다. 신기한 물질이다. 용도가 뭐였을까? 이게 도로시의 최면을 막아 줄까? 난 고글이 상당히 단단하다는 걸 느꼈다. 부스러기도 안 생기고 흠집도 안 났다. 난 옆에 커터 칼을 갖고 고글을 그어 보았다. 흠집도 안 났다. 매우 단단한 물질이다. 그러면서도 투명하게 앞을 볼 수 있었다. 강력한 강화유리 중의 하나가 아닐까 하는 생각이 들었다. 난 고글의 날카로운 면을 책상에 그어 보았다. 책상에 흠집이 났다. 고글은 매우 단단한 물질이다. 밀도가 상당히 높다. 난 잠시 고글을 두고 아이작에게 갔다. 아이작은 마리아와 속삭이며 애정을 나누고 있었다.

"아이작, 그 쇠로 된 탄환 지금 사용해 볼까?"

아이작은 흔쾌히 벌떡 일어나 몸에 꽂아 둔 쇠 탄환을 날리기 시작했다. 매우 빠르고 위협적이었다. 난 그걸 다 막아 냈다. 내 앞에 전파망을 치면 된다. 그럼 진동이 생기고 그게 공기를 밀도 높게 형성해 물질을 막을 수가 있었다.

"좋은 공격 무기인데, 당하면 끔찍할 거야."

"그래. 온몸이 갈기갈기 찢길걸?"

아이작이 인상을 썼다.

"너무 끔찍해. 아이작, 그거 꼭 사용해야 해?"

난 피가 낭자한 시체들이 상상이 된다. 숙희가 일어나 뭔가 말을 전하고 싶어 하는 것 같았다.

"민우야, 이건 싸움이야. 당연히 누군가는 죽을 거야. 우리가 절대 선일 수는 없어. 우린 조금은 악하게 싸워야 해. 그래야 이겨. 그래야 겨우 싸울 수 있을 거야. 봐줘서는 안 돼."

숙희가 내게 다가왔다.

"민우의 전파 공격으로 적들을 아프게만 하는 게 아니라 죽여야 할지도 몰라. 우린 계속 당하기만 했어. 선이라는 그늘 아래 최소한의 힘만 사용해 왔다고. 이대로는 이길 수 없어. 우린 적을 해치워야 해. 강하게 나가야 해. 민우 네 능력을 과감하게 사용하길 바라."

난 숙희의 말을 듣고 자리에 앉았다. 난 악해져야 한다. 태호와 소영이, 지미, 엘리자베스, 요한이. 이들을 살리기 위해서는 난 잔혹한 수단을 발휘하지 않으면 흐지부지하게 끝이 날지 모른다. 도로시를 어떻게 상대하면 좋을까? 난 고글을 바라봤다. 눈을 봐서는 안된다.

"갑자기 뭔가 생각났어."

내가 말했다.

"뭐? 뭔데?"

숙희가 물었다.

"여기 혹시 핸드폰에 들어가는 카메라 있어? 작은 카메라."

❧ 18 ❧

아이작이 개발실에 들어가 작은 크기의 렌즈가 달린 핸드폰용 카메라와 여러 특수 장비에 사용되는 카메라를 가져왔다.

"이걸 헬멧에 연결하면 앞을 보듯이 화면이 보일 거야. 작은 LCD 디스플레이들도 있어. 이러면 적들이 시각적으로 발산하는 최면술도 막아지지. 진짜 눈을 보는 게 아니니까. 아이작은 헬멧을 개조해서 카메라를 달기 시작했다. 오래 걸릴 것이다. 그동안 우린 공격과 방어를 하는 연습을 했다. 윤아의 권투 실력이 향상되고 있다. 주먹으로 나무를 마구 부수기도 하고 재빠르게 치고 빠질 수도 있다. 윤아의 주먹이 빨라서 잘 안 보이기도 했다.

"윤아. 혹시 붙잡히거나 적이 앞에 있으면 인정사정 없이 주먹을 마구 날려."

토비가 말했다.

"응, 알았어."

난 실전에 효과적인 특공무술을 배웠지만 근력이 약해서 그런지 별다른 타격을 주지 못하는 듯하다. 토비가 나를 밀어붙이기 시작했다. 난 다소 스트레스를 받았지만 위험한 순간에 무술이 힘을 발휘할지도 모른다. 마리아가 유독 열심히 했다. 마리아는 공격 능력이 없어 무술을 최대한 열심히 배우려고 노력했다. 숙희는 문제없었다. 원래 공격도 잘하면서 빠르게 번개처럼 움직이고 빠르게 재충전하고 이렇게 5회 정도 빠르게 움직일 수 있다. 호퍼도 그에 근접했다. 호퍼는 본래 자기편이었던 사람들을 배신하고 우리와 함께하려한다. 아마도 내가 전에 탈출했을 때 순식간에 자기편이 자기를 공격하고 고통을 준 상황을 겪고 마음을 저버린 것 같다. 호퍼가 날 묘한 눈으로 바라봤다. 난 고개를 돌렸다 윤아가 뒤따라왔다.

"오빠, 여기 아이스크림 있는 거 알아?"

"아이스크림? 어디에? 먹으러 갈까?"

"응, 가자."

윤아와 내가 아이스크림을 잔뜩 가져와 아이들과 나눠 먹었다. 그리고 우린 다시 훈련을 했다. 그리고 4주간 지난 후에 우린 드디어 기지에 쳐들어가기로 날을 잡았다. 우린 비교적 손상이 적은 특수 제작된 검은 운동복을 입었다. 몸매가 그대로 드러나는 옷이고 옷이 조금 안 맞으면 자동으로 길이를 맞춰주는 기능이 있다 그리고 위에다가 겉옷을 입었다. 난 청 반바지와 하얀 반팔 셔츠를 입었다. 우린 기존에 무전기와 지난번에 발견한 손목 무전기를 다 같이 착용했다. 그리고 군청색 백팩을 하나씩 매고 거기다 헬멧을 넣었다. 헬멧 디자인이 워낙 심플하고 날렵해 백팩에 쏙 들어갔다. 그리고 자금을 넉넉하게 나눠 갖고 각자 챙기고 싶은 것을 챙겼다. 난 지난번에 찾아낸 섬광탄을 넉넉히 가방 포켓에 넣었다. 비상 에너지바도 넣고 물과 휴대용 구급 킷을 챙겼다. 핸드폰을 충전하고 여분에 배터리도 하나씩 챙겼다. 여기서 개발한 배터리인데 용량이 상당하다. 우린 서로를 봐 주었다. 옷차림이라든가 안 챙긴 물건이 없는지 확인하고 우리 일곱 명은 부산으로 향했다. 우린 춘천시에서 항상 타는 버스를 타고 서로 일행이 아닌 것처럼 하고 갔다. 기차역에 도착해 표를 사고 점심을 먹었다 기차를 타고 부산으로 향하기 시작했다. 난 좀 자 두라고 말을 해 두고 난 깨어 있었다. 초능력자가 있을 수도 있기 때문이다. 중반부에 피곤함이 몰려왔지만 참아 냈다. 부산에 도착할 때는 긴장 때문에 잠이 달아났다. 우린 기지 근처까지 택시를 타고 갔다. 눈에 띄게 경찰들이 자주 보였다. 아마 우리를 찾고 있는 게 아닌가 하는 생각이 들었다. 우린 긴장감을 놓지 않고 서로 멀리 떨어져 걸었다. 대화는 무전으로 주고받았다.

"어디서 머물 거야?"

숙희가 물었다.

"전에 윤아랑 머물던 곳 기지에서 좀 멀리 떨어져 있어. 내가 앞장설게. 날 잘 따라와. 모바일에 내 위치가 표시되니까 그걸 보고 와도 돼."

그리고 우린 조금 멀리 떨어져서 걸었다. 우린 모텔을 잡고 안에 들어갔다. 우린 두 명씩 천천히 들어왔다. 우린 저녁이 될 때까지 잠을 자 두기로 했다, 최대한 컨디션이 좋아야 한다. 난 약을 안 먹어 잠이 잘 오지 않았다. 그래서 자기 전에 토비를 따라 맥주를 마셨다. 잠이 좀 잘 오는 것 같다. 자는 중에 토비가 내 몸을 만지는 것 같다. 난 그냥 잤다. 우린 저녁에 일어나 자정까지 기지 근처로 갈 채비를 했다. 우린 밖에 나와 저녁 공기를 받으며 기지 쪽으로 천천히 걸어갔다. 우린 간격을 벌리고 걸었다.

"이제 우리가 싸워야 할 때야 우린 일곱 명밖에는 안되지만 우리 각자의 능력을 효율적으로 사용한다면 승산이 있어."

내가 말했다.

"마리 카우스는 어쩌려고?"

토비가 물었다.

"어려운 작전이지만 소영이를 구한 다음에 소영이와 힘을 합쳐 처치해야 해."

그리고 모두 말이 없었다. 정말 간발의 차로 벌어질 법한 일이다. 소영이를 찾아 같이 힘을 합쳐야 하는데 이게 쉽지가 않을 것이다. 우린 드디어 기지 입구까지 도달했다. 먼저 윤아가 벽을 통과해 옆으로 들어갔다. 난 감시탑을 감시했다.

"민우야, 적들을 죽여도 괜찮다고 생각해. 그래야 우리가 이겨."

숙희가 무전기로 말했다. 난 막상 눈앞에 닥쳐오니 급격하게 긴장하기 시작했다. 사람이 사람을 죽인다는 건 난 이해하지 못하고 있다. 난 그리고 너무 어리다. 내가 감당할 수 있을까? 땀이 눈에 흘러들어 난 눈을 비볐다. 그리고 난 헬멧을 썼다.

"그래… 이제 헬멧 쓰자."

우린 다 헬멧을 썼다. 윤아가 벽을 통과해 집 안으로 들어갔다. 집 안에는 아무도 없었다.

"윤아야, 헬멧 써."

"응… 무거워."

"윤아야, 집 안에서 대기하고 있어. 난 감시탑에 있는 세 명을 단번에 전파장으로 머리에 타격을 가했다. 그들은 머리를 쥐어 잡으며 쓰러졌다. 난 그들이 완벽히 기절한 것을 확인하고 입구로 들어갔다. 윤아는 계단 문을 열었다. 우린 계단을 신속하게 내려갔다. 난 밑에 세 명을 감지했다. 그들이 어떤 능력을 가졌는지 알 수가 없었다.

"내가 먼저 칠게."

숙희가 순식간에 밑으로 달려 내려가 적들 세 명을 동시에 1초 만에 타격을 가했다. 발차기로 머리를 차고 한 명을 급소를 한 명은 목젖을 쳤다. 적들은 급작스러운 공격에 당황했다. 내가 전파 공격으로 머리를 공격하자 그 세 명은 고통스럽게 무너졌다.

"민우야. 죽여야 해, 어서!"

갑자기 주위의 모든 것이 차단되었다. 숙희의 말만 들렸다. 죽여야 한다. 식은땀이 흐른다. 손이 떨리기 시작했고 혼란스러웠다. 인간을 죽이는 건 어떤 느낌일까?

"민우, 그냥 마네킹이라고 생각해. 아니면 내가 죽일게."

토비다. 토비는 냉소적이다.

"내가 죽인다?"

"아니야. 내가 할게."

가슴이 쿵쾅거렸다.

"민우야, 우리가 이겨야 해. 이게 마지막 싸움이야."

"그래… 마지막이야…"

난 온 힘을 다해 전파를 그 세 명의 머리에 가했다. 매우 무겁고 둔탁한 힘이다. 뭔가 터지는 소리가 났다. 난 눈을 감았다. 난 아무것도 못 느꼈다. 내 힘은 빠르게 재충전됐다. 난 숨을 몰아쉬었다. 토비가 나에게 와서 손을 잡고 날 안았다.

"아직 아니야, 토비. 민우를 내버려 둬."

"가자."

내가 말했다.

"친구들을 구하자."

우린 기차역 옆으로 난 길을 따라 천천히 뛰었다. 힘을 소모하지 않게 움직였다. 적들이 이제 눈치를 챘을 거라고 생각이 된다.

"준비해. 공격이 들어올 것 같아."

앞쪽에서 파란기가 번쩍였다. 난 보이는 대로 전파 공격을 머리에 가했다.

"민우야. 확실히 공격해, 반격할 수 없게."

난 힘을 강하게 냈다. 내 몸이 붉게 빛이 났다. 그들은 죽었다. 난 싸늘한 냉기가 등을 따라 흐르는 걸 느꼈다.

"더 빨리 가자!"

토비가 외쳤다. 우린 순식간에 입구에 다다라 안으로 들어갔다. 안쪽에 네 명의 초능력자가 있었다. 얼굴을 수염으로 뒤덮은 흑인이 천장과 벽에서 뜯어낸 쇠 구조물들을 빠른 속도로 날렸다. 우리 눈앞까지 날아와 난 가슴이 쿵쾅였다. 하지만 아이작이 모두 막아 들고 바닥에 내동댕이치고 쇠로 된 탄환을 날렸다. 흑인은 그 탄환을 공중에서 멈추게 만들었다. 그렇지만 탄환 여러 개가 이미 흑인의 다리와 배를 뚫고 지나갔다. 난 그 순간을 틈타 전파 공격으로 머리를 강타했다. 그는 귀와 코 눈에서 피를 흘리며 쓰러졌다. 여자 초능력자가 튀어나왔다.

"젠장, 가만 안 뒤! 토드! 맙소사."

흑인의 이름이 토드인 것 같다. 아이작이 쇠 탄환을 날렸다. 여자는 그걸 물로 변화시켰다. 숙희가 뛰쳐나가 여자를 몸통으로 받아쳤다. 여자가 험하게 나자빠졌으며 숙희가 날 쳐다봤다. 여자가 천장을 날카로운 물질로 변형시켜 숙희에게 떨어지게 했다. 난 순간 어마어마한 힘으로 여자의 머리를 타격했다. 호퍼가 뛰쳐나가 숙희를 안고 다시 우리 쪽으로 빛 같은 속도로 왔다. 그 여자는 죽었다. 내 입술이 파르르 떨렸다. 이제 우린 강당으로 향했다. 그들이 근처에 있다. 쌍둥이 자매 무술 3인방, 그리고 스모키 화장을 한 고스풍의 여자가 있었다. 뒤쪽에 누군가 걸어왔다. 묘한 꽃 향이 났다.

"민우야, 어서 와. 이렇게 다시 적이 되다니 아쉬운데?"

도로시다.

"헬멧을 사용하고 있네. 그런데 내 최면이 꼭 시야를 통해 들어가는 건 아니야."

우린 쭉 둘러섰다. 쌍둥이 자매들이 불꽃을 만들었다. 매우 사악하고 농도 짙은 불이었다. 무술 3인방이 짧고 매우 날카로운 손칼을 쥐었다. 저걸 마구 사용한다면 난자당하고 말 것이다. 무술가 중에 하나가 표창 같은 걸 던졌다. 매우 빠른 속도로 날아왔고 아이작이 잡았지만, 하나가 뒤에서 더 날아와 숙희 다리에 박혔다. 숙희가 날카로운 비명을 질렀다. 마리아가 재빨리 치료했다. 난 즉각적으로 무술가 세 명을 전자파로 머리를 공격했다. 그들은 내 전파 공격에 굴하지 않고 이겨 냈다. 그들이 이제 내 공격을 막을 수 있는 훈련을 했다는 것을 느끼고 있었다. 난 더욱더 강한 전파장을 광역으로 날렸다. 그때를 놓치지 않고 자매들이 불꽃을 날렸다. 뜨거운 기운이 빠르게 날아왔고 호퍼와 숙희가 양옆으로 피하고 윤아는 그냥 통과해 갔다. 토비가 주먹으로 불꽃을 쳐서 반짝이는 파편이 날아다니는 폭발을 냈다. 토비 손이 뜨거운지 손을 문질렀다. 난 바로 자매들에게 전파를 날렸다. 역시나 그들도 견뎌 내고 있었다. 난 사물을 움직이는 능력을 발휘해서 주변에 물건을 모두 자매들에게 날렸다. 자매들은 흔들리지 않았다. 본격적으로 무술가 세 명이 우리 쪽으로 날렵하게 달려왔다. 거의 날아다니는 것 같았다. 아이작이 쇠 탄환을 무술가들에게 날렸다. 무술가들은 그것들을 손으로 절도 있게 쳐 냈다. 몸집이 작은 윤아에게 한 명의 무술가가 덤벼들었다. 칼날을 휘두르며 윤아에게 다가갔다. 난 전파장을 날렸다. 무술가가 고통스러워하는 듯했으나. 윤아에게 다가가는 걸 멈추지 않았다. 토비에게 무술가 두 명이 달려들었다. 난 다시 한번 전파 장을 날릴 찰나 윤아가 복싱 기술로 무술가의 얼굴을 가격했다. 무술가가 뒤로 물러나 다시 한번 자세를 가다 담았다. 칼날이 윤아 목에 날아들어 가고 있었다.

"으악!"

무술가는 비명을 지르며 나자빠졌다. 내 몸이 붉게 빛이 났다. 윤아는 나를 보고 뒤로 빠졌다. 어차피 윤아는 칼날을 다 통과해 낼 것이다.

"민우의 힘은 정말 대단하구나. 그렇지만 우리 편이 되지 못했지."

도로시의 눈이 빛이 났다. 난 도로시에게 타격을 주려고 손을 폈다. 그 순간 난 황홀경에 빠져들었다. 최면에 걸린… 거….

눈앞에 아이들이 모두 죽어 있었다. 토비도 아이작도 숙희도 숙회는 다리에 피가 분수처럼 빠져나와 얼굴이 창백해져 있었다. 마리아는 싸늘하게 누워 있었다. 윤아는 앉아서 아이처럼 울었다. 호퍼는 내동댕이쳐져서 바닥에 누워 있었다. 난 토비를 불렀다. 토비는 내 쪽으로 고개를 천천히 돌렸다. 토비의 두 눈이 텅 비어 있다. 난 소리 없는 비명을 질렀다. 내 목소리가 들리지 않았다. 도로시가 다가왔다. 무술가가 들고 있는 칼날을 번뜩이며 내 눈앞까지 다가왔다. 내 목에 날카로운 칼날이 닿았다. 너무나 차가웠다. 서늘한 통증이 퍼진다 난 비명을 질렀다. 그러나 들리지 않았다. 꼭 가위에 눌린 것 같았다.

"왜? 또 주기도문 외우게?"

칼날이 목에 쏙 들어왔다. 이루 말로 할 수 없는 따가운 고통이 들어왔다. 온몸에 땀샘에서 땀이 흘러내렸다. 다리가 떨렸다. 주저앉을 것만 같았다. 차가운 칼날이 목을 왕복운동하며 더 깊숙이 들어왔다. 견딜 수 없는 고통에 주먹을 쥐고 발가락을 오므렸다. 손에 둔탁한 물건이 닿았다. 거기 고리가 있었다. 난 고리에 손가락을 끼웠다. 그리고 고리를 뺐다. 그것이 바닥에 떨어졌다. 호탕한 굉음과 함께 불이 번쩍였다. 도로시가 비명을 질렀다. 섬광탄이다. 내가 가져온 섬광탄을 터뜨렸다. 난 악몽에서 빠져나왔다. 난 재빨리 목에 손을 대 보았다. 아무 이상 없다. 도로시의 환술이다. 난 재빨리 도로시 머리에 타격을 가했다.

"민우야! 죽여야 돼!"

숙희가 소리쳤다.

"민우야, 도로시를 죽여!"

도로시의 눈동자가 커졌다. 그리고 희미한 미소를 지었다.

"넌 날 못 죽여. 넌 그런 사람이 아닌 거 알거든?"

토비가 바람처럼 달려와 도로시에게 공격을 가했다. 토비의 주먹이 바람을 가르고 휘저었다. 도로시는 몸에 타격을 받아 몸이 흔들렸다.

"민우, 도로시를 죽여!"

토비가 외쳤다. 도로시의 눈이 번뜩였다. 또 최면 환술이 들어오려고 한다. 난 눈을 감고 손을 앞으로 뻗었다. 그리고 손을 꼭 쥐고 힘을 가했다. 내 전파장이 도로시를 향했다. 매우 빠르게 도로시의 비명이 들린다. 이건 환각이 아니다. 실제로 벌어지는 일이다. 내 손에 피가 묻었다. 도로시의 비명이 섬뜩하게 울려 퍼졌다. 난 귀를 막았다. 그렇지만 헬멧 때문에 귀를 막을 수 없었다. 무술가들이 윤아에게 달려들어 칼을 마구 휘저었다. 윤아가 주먹을 앞으로 마구 날렸다. 윤아는 체구가 작지만 윤아 주먹에 맞은 무술가들이 나가떨어졌다. 토비가 무술가에게 주먹을 휘저었다. 무술가들을 상당한 타격을 받고 몸을 들썩였다. 아이작이 쇠 탄환을 자매들에게 날렸다. 자매들은 막을 방도가 없이 타격을 받아 주저앉았다. 난 멍하니 앞을 바라봤다. 도로시 눈이 터져서 피눈물을 흘리고 있었다. 도로시는 멍하니 어딘가를 바라보는 듯했다. 도로시의 붉은 화장이 죽어 검은색으로 변했다. 난 온몸에 소름이 돋는 걸 느꼈다. 그리고 정적이 흘렀다. 쌍둥이 자매들이 자리에서 일어나 뒤로 재빠르게 도망을 갔다.

"민우야 잡아! 잡아야 해! 정신 차려!"

숙희가 소리쳤다. 난 자매들에게 전파 공격을 가했다. 자매들은 쓰러졌다. 무술가들은 고통스럽게 꿈틀거렸다. 토비가 무술가들의 목을 졸랐다.

"토비, 그만둬!"

"가만있어, 민우."

난 이 끔찍한 상황에서 벗어나고 싶었다. 바닥에 도로시 피로 난잡했다. 피가 생각보다 진하고 끈적였다. 피가 거의 검게 보이기 시작했다. 난 도로시에게 가 도로시 손을 잡아 주고 이마에 손을 얹었다. 도로시의 정신이 온전하도록 최대한 힘을 썼다. 토비가 천천히 걸어왔다. 토비는 무서운 기를 뿜고 있었다. 난 그 순간 토비가 두려웠다.

"오지 마, 토비."

"저리 비켜, 민우."

토비가 도로시의 목을 졸랐다.

"안 돼…. 하지 마, 토비."

내가 토비 팔을 잡고 빼려고 했지만 토비 힘이 너무 강하다. 내가 토비를 끌어안았다. 토비 얼굴에 내 얼굴을 파묻었다. 내 눈물이 토비 뺨을 따라 흘러내렸다. 그리고 내 얼굴을 토비 얼굴에 비볐다.

"하지 마, 토비."

토비는 도로시의 목을 쥐어 졸랐다. 내 어깨가 들썩였다. 도로시가 내 손을 잡았다. 내가 토비의 이마에 손을 얹었다. 토비의 힘이 서서히 풀렸다. 도로시 목에 손자국이 깊게 파여 있었다.

"도로시 여기 있어. 우릴 따라오지 마."

내가 말했다. 도로시는 말이 없었다.

"민우! 빨리 가자. 지금 가야 해!"

숙희가 외쳤다. 우린 천천히 앞으로 움직이기 시작했다. 우린 빠르게 강당 쪽으로 갔다. 그리고 앞에 그가 있었다. 그는 망토와 매우 단단해 보이는 헬멧을 쓰고 있었다. 두 손에는 검은 장갑을 끼웠다.

"다들 강당으로 가."

내가 말했다.

"민우, 어쩌려고."

"나 혼자 상대할게. 빨리 소영이를 데려와 줘야 해."

아이들은 주저하지 않았다. 여기서 내가 못 막으면 끝이다. 난 두 주먹을 불끈 쥐었다.

"자네가 도로시 자리를 대신했으면 좋겠군."

마리 카우스가 말했다. 말도 안 되는 소리다. 저 말이 정말로 실현될 거라고 생각하는 걸까? 그렇지만 그의 목소리에는 힘이 있었다. 절대적인 권위와 우월한 힘이 느껴졌다. 목소리가 따듯하기까지 하다. 정말로 그 온도가 나에게 다다를 것만 같았다. 그는 따듯한 부성애를 뿜어 대는 사람 같았다. 그와 대적하면 적처럼 느껴지지도 않았다. 그는 신 같았다.

난 주먹을 쥐고 가슴에 손을 올렸다. 한 손은 그를 향해 뻗었다. 내 몸이 붉게 빛이 났다. 나의 전파 에너지를 그에게 날렸다. 그는 팔을 들어 손바닥으로 막았다. 내 힘에 절대로 밀려나지 않았다 그는 단단했다. 그는 순식간에 내 헬멧을 날려 버렸다. 그리고 내 고글이 드러났다.

"그거 도로시 최면을 막기 위해 사용한 건가 보군."

그가 주먹을 쥐고 나에게 툭 치듯이 뻗었다. 난 엄청난 장력에 몸이 뒤로 밀렸다. 난 두 주먹을 쥐고 앞으로 최대한 앞으로 기를 발산했다. 주변이 흔들리기 시작했다. 벽면에 창이 금이 갔다. 물줄기가 쏟아지기 시작했다. 난 주먹을 가슴까지 올렸다. 내 몸은 거의 불타오르는 것 같았다. 타오르는 소리가 날 정도로 내 몸에 불꽃이 번쩍번쩍하며 타올랐다. 반짝이는 파편들이 몸 밖으로 날아갔다. 내 눈에서 빛이 광채가 뿜어져 나왔다. 마리 카우스는 미동도 안 했다. 그의 헬멧 눈 부분에 빛이 나왔다. 빛이 강렬해 내가 있는 곳까지 빛이 전달되었다. 빛이 섬뜩하게 차가웠다. 마리 카우스는 천장을 뜯어내 내 쪽으로 던졌다. 매우 무겁고 느리게 눈앞까지 날아왔다. 난 전파장을 세밀하게 나누어 그것들을 부숴 버렸다. 난 부서진 파편을 그에게 날렸다. 그는 한쪽 손을 들어 그것들을 분해시켜 버렸다.

"자네가 나와 함께한다면 자네 친구들을 살려 주지. 그리고 모두 함께하는 거야."

마리 카우스 말은 이제 믿을 수 없다. 이 자는, 이 존재는 그저 허망한 말만 하는 괴악한 사상가로 인지되기 시작했다. 난 그 말에 반박이라도 하듯 그의 헬멧에 전파 공격을 가했다. 난 오래된 훈련이 생각났다. 소영이와 함께하던, 수박을 세밀하게 쪼개는. 그렇지만 저 헬멧은 너무나 단단했다. 상당히 밀도 높은 물질로 추정된다. 마리 카우스가 두 팔을 양옆으로 펴고 가운데로 모으는 동작을 했다. 내 몸에 상당한 압박이 가해지기 시작했다. 나의 불꽃이 펄럭였다. 난 상당한 압박에 제대로 힘을 사용할 수가 없었다. 난 온몸의 힘을 쏟아 내서 팔을 뻗어 마리 카우스의 헬멧을 압박했다. 난 주먹을 꽉 쥐었다. 마리 카우스의 헬멧이 흔들렸다. 그렇지만 벗겨 낼 수 없었다. 난 다른 공격을 펼쳤다. 마리 카우스가 내 몸을 쥐어 잡아 난 답답함을 느꼈고 벗어나기 어려웠다. 난 갈비뼈가 아파지기 시작했다. 심한 압박감을 받고 있고 절대로 여기서 벗어날 수 없다는 생각이 들기 시작했다. 숨쉬기가 곤란했다. 난 이 갑갑함을 해소하고자 최대한의 힘을 가해 안에서 밖으로 기를 내뿜었다. 너무 강한 압박에 그것이 미동도 하지 않았다. 이대로 나를 죄어 왔다. 마리 카우스는 깨진 유리 틈으로 솟아 나오는 물을 뱀처럼 움직여 내 주변에 둥그렇게 세우고 내 쪽으로 서서히 물이 차오르게 했다. 난 숨을 쉴 수가 없었다. 난 별안간 어떤 생각이 났다. 난 내 고글을 날렸다. 최대한의 힘을 쥐어짰다. 그리고 내 머리에 보호구를 씌웠다. 날린 고글을 그의 헬멧에 대고 긋기 시작했다. 고글의 강도가 상당이 높다. 어쩌면 그의 헬멧에 손상을 줄 수도 있다. 난 과거 소영이와 훈련한 대로 매우 세밀하게 정교하게 그의 헬멧을 쪼개기 시작했다. 마리 카우스는 고글이 뭘 하는지 의식하지 않는 것 같다. 난 서서히 압박을 견디지 못하는 한계까지 온 것같이 느껴진다. 갈비뼈가 부러지는 듯한 소리를 들었다. 그리고 매우 막막한 고통이 터져 나왔다 난 심한 고통을 느꼈다. 그 고통에 반사적으로 고글로 그의 헬멧을 반으로 갈라 버렸다. 고통의 조건반사적인 힘이 미세하게 터져 나온 것이다. 마리 카우스의 헬멧이 벗겨졌다. 난 남아 있는 힘을 다해 그의 머리에 공격을 가했다. 안 통한다. 그도 머리에 보호구를 형성한 것 같다. 그와 나는 서로의 머리에 힘을 가했다. 보호구가 얼마나 버틸지 모르겠다. 물이 내 목까지 올라 찼다. 난 이 물기둥에서 어떻게 벗어날지 고민하기 시작했다. 상상력. 상상력은 실현 가능하다. 초능력의 특성이다. 난 전파장으로 물을 증발시키는 상상을 하기 시작했다. 전자파에도 열기가 있을까? 난 갑자기 전자레인지가 떠올랐다. 역시 열을 발생시키지 않나? 내 생각이 맞을까? 난 물을 태우고 증발시키는 상상을 하며 전파장을 사방으로 표출시켰다. 마리 카우스의 머리에 가한 힘이 작아지자 내 머리에 상당한 고통이 느껴지기 시작했다. 난 코에서 피가 나오는 것을 느꼈다. 코에서 피가 흘러 입가를 적셨다 물이 이제 머리끝까지 차올랐다. 난 숨을 참았다. 방법이 없다. 난 끊임없이 머릿속에서 물을 증발시키는 상상을 했다. 나의 전자파가 파르르 파장을 일으켰다. 주변에 번쩍번쩍 불꽃이 피어올랐다. 증기가 솟아오르며 물이 적어지기 시작했다. 된다! 가능하다! 난 더욱더 상상력에 집중하며 내 몸 전체 방향으로 전파를 발산했다. 두통에 머리가 깨질 것 같았다. 마리 카우스는 공중으로 붕 뜨기 시작했다. 망토가 휘날리고 그의 주변에 에너지 파장이 일렁였다. 나 역시 위로 떠오르기 시작했다. 그의 힘과 내 힘이 뒤섞이는 느낌이 들었다. 그의 힘과 내 힘이 공존하는 것 같다. 그와 내 중심으로 힘이 뭉치기 시작했다. 물은 거의 다 증발했다. 난 이제 제대로 힘을 사용할 수가 있다. 난 코에서 피가 멈추었다. 난 두 손을 앞으로 뻗어 강력한 전파장을 만들었다. 그걸 마리 카우스의 머리에 집중할 생각이다.

"만약 이 구조물들을 다 부숴 버린다면 여긴 침몰되겠군. 자네 친구들과 함께. 그렇지만 우리 둘은 살 수 있을 거야. 이대로 우린 떠오르기만 하면 되니까."

그가 말했다. 이 기지를 부숴 버릴 생각인가. 난 친구들을 생각했다. 그들을 죽게 내버려 두지 않을 것이다. 난 그와 함께 있는 구조물들을 지탱했다. 천장에 힘을 들여 견고하게 붙들었고 깨져서 물이 나오는 유리벽은 넓게 파장을 생성해 막았다 문제는 마리 카우스가 지속적으로 내 머리에 힘을 가하는 것이다. 난 머리가 깨지듯이 아파졌다. 머리가 터져 죽는 상황이 눈앞에 그려졌다. 상상력이 너무 뛰어나도 탈이다. 난 마리 카우스의 팔이 부러지는 상상을 했다. 왜 그런 생각이 떠오르는지는 모르겠다. 소영이가 끊임없이 강조했던 상상력… 난 머릿속에서 상상했다. 마리 카우스의 팔이 부러진다. 부러진다. 내 주변에 이상한 공기가 흘렀다. 나의 전자파 같았다. 주변이 따듯해졌다. 머리의 통증이 서서히 사라지기 시작했다. 그가 이 건물을 무너뜨리기 시작했다. 내가 막을 수 있는 수준이 아닌 것 같다. 결국 이곳은 침몰되는 것인가. 친구들을 어떻게 살리지?

"마리 카우스, 당신 팔은 부러질 거야!"

난 호탕하게 소리 질렀다. 그는 당황한 얼굴을 했다. 난 한 번도 그가 저런 표정을 짓는 걸 본 적이 없다.

'뚝!'

팔이 부러졌다. 마리 카우스의 팔이 부러졌다. 실제로 벌어졌다. 난 머릿속으로 상상을 했다. 이제 내 온몸이 붉게 불타올라 양옆에 날개를 펼치는 것 같았다. 난 불사조 같았다.

"민우야!"

소영이다. 소영이는 매우 초췌해 보였다. 소영이가 두 손바닥을 폈다. 나의 힘과 하나가 되었다. 소영이가 머릿속으로 말을 걸었다.

"그를 죽여야 해. 이제 끝내야 해."

난 소영이와 힘을 합쳐 마리 카우스 머리에 힘을 가했다. 운석을 발견하던 날이 생각난다. 크리스마스처럼 불빛이 그 빛나는 파편들이 사방으로 퍼졌다. 마치 불꽃놀이 같았다. 마리 카우스의 머리는 풍선처럼 터졌다.

❧ 19 ❧

"도로시가 죽었어? 갑자기 최면이 풀렸어."

엘리자베스가 말했다. 엘리자베스 얼굴이 아주 밝아 보였다.

"도로시는 안 죽었어. 대신 눈이 멀었어. 괜찮아, 우리와 함께 지낼 거야."

도로시는 이후로 말이 없었다. 죽은 사람 같았다. 그렇지만 서서히 안정을 취해 갔다. 그치만 말을 하지 않았다. 태호와 요한이, 지미, 수지 모두 무사했다. 난 여전히 정신분열증에 시달렸다. 이게 후유증처럼 사라지지 않았다. 기지는 구조가 변경되었다. 다시 설계되기까지 오래 걸렸다. 입구 쪽의 건물들은 모두 철거되었고. 거기 공공건물이 입구 쪽으로 생겨났다. 비둘기 평화단이라는 이름은 사라졌다. 우린 매일같이 초능력자들을 찾아다녔다. 그들이 홀로 고통받거나 악한 일을 저지르기 전에 차단시키기 위해 알렉스는 기지를 세상에 오픈했다. 매우 다양한 사람들이 방문했고 초능력에 대한 연구를 공동적으로 하기 시작했다. 항상 정원에서 아이들과 산책을 하거나 앉아 있으면 토비와 태호가 내 손을 하나씩 잡았다. 그리고 난 태호와 에버랜드에 갔다. 정말 예쁜 정원이 있었다. 끝 쪽에는 분수대도 있었다. 난 예쁜 원피스를 입었다. 우린 분수대 앞에서 키스했다. 그렇지만 호퍼가 따라와서 우린 눈치를 봐야 했다. 마리 카우스 쪽에 있던 아이들은 자연스럽게 우리와 같이 지내게 되었다 우리와 함께 훈련을 하곤 했다. 의외로 괜찮은 아이들이 많았다. 난 아직도 우종이와 마주치면 몸을 떨었다. 우종이는 그냥 조용히 지내는 듯했다. 그리고 모든 게 안정화되고 요한이와 나는 집에 방문했다. 부모님들이 우릴 보고 놀랐으며 우린 한동안 집에서 지냈고 내가 초능력자라는 걸 알려 주자 어머니와 아버지가 나름 좋아했다.

"공부도 못하는데 뭐라도 돼야지."

요한이는 기지를 나와 수능 시험을 봤고 대학에 들어갔다. 요한이는 기지에 생각나면 놀러 왔다. 우린 〈콜 오브 듀티〉를 같이 했고 간혹 태호와 윤아도 함께 멀티를 했다. 요한이가 대학 다니면서 알바를 해서 GTX3090을 구해서 컴퓨터를 업그레이드 시켰다. 그에 맞춰 CPU랑 램, 메인보드까지 바꿔야 했다. 나도 집에 자주 가서 요한이랑 게임을 했다. 다음 주면 미국에서 그쪽 초능력자가 우리 기지로 방문한다고 한다 미국 쪽 아이들도 여러 가지 사건들이 있었고 크고 작은 싸움이 있었다고 한다. 우리 쪽에 방문해서 앞으로 우리와 교류를 할 생각이라고 한다. 그들에게 어떤 문제가 있다고 한다. 우린 그들의 갈등을 해소시키고 도와줄 수 있을지 고민하고 있다. 기지 내부가 술렁이기 시작한다. 여름이 끝나간다. 우리의 이야기는 계속된다.

끝